MIRA®

Der Preis dieses Bandes versteht sich einschließlich der gesetzlichen Mehrwertsteuer.

Umwelthinweis:
Dieses Buch wurde auf chlor- und säurefreiem Papier gedruckt.

Flucht nach Schottland

Zehn Jahre ist es her, seit Mary Fairchild nach Schottland geflohen ist und hier als Haushälterin bei Lady Valéry arbeitet. Jetzt droht die Vergangenheit sie einzuholen: Als Valéry Besuch von Sebastian Durant, Viscount Whitfield, erhält, besteht sie darauf, dass Mary ebenfalls anwesend ist. Entsetzt erkennt Mary ihn wieder: Sebastian ist der einzige, der die dunklen Umstände ihrer Flucht aufdecken könnte! Zwar weiß er nicht sofort, wer sie ist, aber dennoch verlangt er Unmögliches von ihr – sie soll ihn nach England, auf den Stammsitz ihrer Familie, begleiten. Denn auf Fairchild Manor vermutet er Lady Valérys verschwundenes Tagebuch. Gerät es in die falschen Hände, droht England eine Revolution ...

Christina Dodd

Flucht nach Schottland

Roman

Aus dem Amerikanischen von
Ute-Christine Geiler

MIRA®

MIRA® TASCHENBUCH
Band 25033
1. Auflage: November 2002

MIRA® TASCHENBÜCHER
erscheinen in der Cora Verlag GmbH & Co. KG,
Axel-Springer-Platz 1, 20350 Hamburg
Deutsche Taschenbucherstausgabe

Titel der nordamerikanischen Originalausgabe:
A Well Pleasured Lady

erschienen bei: Avon Books, New York

Konzeption/Reihengestaltung: fredeboldpartner.network, Köln
Umschlaggestaltung: pecher und soiron, Köln
Titelabbildung: GettyImages, München
Satz: Berger Grafikpartner, Köln
Druck und Bindearbeiten: Ebner & Spiegel, Ulm
Printed in Germany
ISBN 3-89941-042-4

www.mira-taschenbuch.de

1. KAPITEL

Schottland, 1793

Alles lief wie am Schnürchen.

In der ganzen Küche summte es geschäftig, während die Dienstboten die Vorbereitungen für den Besucher trafen. Der französische Koch schwang drohend den Kochlöffel, während er seine Anordnungen brüllte. Seine Gehilfen hantierten emsig mit Töpfen und Pfannen. Die Dienstmädchen kamen eines nach dem anderen herein, um ihre Aufmachung von dem streng blickenden Butler begutachten zu lassen. Bronsons Augen leuchteten, war er doch mit der ehrenvollen Aufgabe betraut worden, einen für eine so bedeutende Persönlichkeit wie Sebastian Durant, Marquess of Whitfield, angemessenen Wein auszusuchen.

Inmitten des Aufruhrs saß der Küchenjunge, drückte sich seine Nase an der kalten Fensterscheibe platt und hielt nach dem Vorreiter Ausschau. Bei seinem Ausruf „Er kommt, Miss!“ verstummte der Lärm schlagartig.

Alle schauten zu Mary Rottenson. Sie goss unbeeindruckt von der gespannten Stille um sie herum heißes Wasser in die Teekanne, stellte sie dann auf das Tablett mit den kunstvoll angerichteten Keksen und Törtchen. Ein zuversichtliches Lächeln auf den Lippen, sagte sie: „Das habt ihr alle sehr schön gemacht, und ich bin davon überzeugt, dass alles gut gehen wird. Ihr wisst ja, wenn ihr mich braucht, müsst ihr nur rufen.“

Ein Seufzer allgemeiner Erleichterung ging durch die Küche. Es war eigentlich lächerlich, aber sie bedurften ebenso wie Soldaten vor der Schlacht einiger ermutigender Worte ihres Kommandanten.

„Macht weiter“, forderte Mary sie auf und nahm das beladene Tablett. Hinter ihr schwoll der Lärm wieder an.

Vor zehn Jahren hätte sie es nie für möglich gehalten, dass die Haushaltsführung eines ländlichen Herrensitzes ihr ein derartiges Gefühl von Zufriedenheit vermitteln könnte. Nichts konnte sich mit der Befriedigung messen, die sie aus dem Wissen bezog, dass alle Dienstboten ihr Respekt entgegenbrachten.

Tremayne stand auf seinem Posten vor der Bibliothek. Mary blieb stehen, um seinen Bericht abzuwarten. „Ich habe Feuer gemacht und mehr Kerzen gebracht. Und ...“ Der Lakai trat unsicher von einem Fuß auf den anderen, gerade so, als ob er ein schwer wiegendes Verbrechen begangen hätte.

„Ja?“

„Ich habe ein paar Möbel verrückt.“

Verblüfft erkundigte sie sich: „Warum?“

„Mylady hat es angeordnet.“

„Dann hast du alles richtig gemacht“, versicherte ihm Mary.

Eine gute Haushälterin ermutigt ihre Untergebenen immer.

Er grinste und nickte. „Das ist genau, was ich auch gedacht hab.“

Und Denken war nicht unbedingt seine Stärke, wie Mary gut wusste. „Willst du für mich anklopfen?“

Er tat es und öffnete die Tür, als Lady Valéry „Herein!“ rief.

Mary glitt lautlos in das mit Büchern voll gestopfte Zimmer.

Eine gute Haushälterin ist stets unauffällig.

Genau wie Tremayne gesagt hatte, standen die Möbel jetzt anders als zuvor. Lady Valérys Stuhl war seitlich neben den Kamin geschoben worden. Zusammen mit den beiden anderen Stühlen bildete er ein Dreieck; der Teetisch stand zwischen Lady Valérys und einem der anderen Stühle.

Es waren eigentlich nicht Möbel verrückt worden, nein, man

hatte vielmehr einen zusätzlichen Stuhl hereingebracht und dafür Platz geschaffen. Was hatte das zu bedeuten? Wer würde der andere Besucher sein? Warum hatte man sie nicht darüber in Kenntnis gesetzt, dass ein weiterer Besucher erwartet wurde? Mary hatte nur ein Schlafzimmer vorbereiten lassen und wäre beinahe sofort wieder gegangen, um eins der Mädchen anzuweisen, noch eines bereitzumachen.

Aber Lady Valéry hielt sie davon ab. „Komm doch herein, Kind, und stell das schwere Tablett auf den Tisch."

Die ältere Frau stand neben einem Bücherregal und strich mit den Fingerspitzen über die Rücken ihrer Lieblingsbücher. Ihre kleine, mollige Figur besaß nichts mehr von der zierlichen Anmut, die sie einst zur gefeierten Schönheit der Londoner Gesellschaft gemacht und mit deren Hilfe sie zwei Ehemänner in ihren Bann geschlagen hatte, aber ihr Lächeln strahlte immer noch so viel Wärme aus, dass alle, denen es zuteil wurde, sich glücklich schätzten. Wegen dieses Lächelns hatte Mary vor zehn Jahren den nötigen Mut gefunden, sich um Hilfe an sie zu wenden, und die Güte, deren Ausdruck es war, hatte sie zu Lady Valérys ergebenster Angestellten gemacht.

Das Tablett abstellend, sagte Mary: „Lord Whitfields Kutsche befindet sich schon auf dem Besitz. Er wird hier bestimmt in der nächsten halben Stunde eintreffen." Sie ging zum Fenster und zog die Vorhänge zu, wobei sie es vermied, nach draußen zu sehen. Die Wintersonne ging gerade unter. In der kalten Luft stiegen Nebelschwaden vom Boden auf und senkten sich von den Wolkenfetzen am Himmel herab. Vor den Fenstern erstarb das Tageslicht, schwand, floh vor der nahenden Nacht. Nichts flößte Mary mehr Furcht ein als die Dunkelheit.

Hadden war irgendwo dort draußen, aber er liebte die Nacht. Er behauptete, in dem fahlen Licht der Sterne und in der dichten

Umhüllung des Nebels Trost zu finden. Hadden kannte nicht die alles durchdringende Einsamkeit der Seele, und er verirrte sich auch nicht. Nie. Niemals.

Rasch wandte sie sich von der allgegenwärtigen Verzweiflung der in Finsternis getauchten Landschaft und ihrer eigenen quälenden Hoffnungslosigkeit ab. Sich fassend, vergewisserte sie sich, dass ihre Rettung in greifbarer Nähe war: Licht und Wärme. Kerzen brannten in verschwenderischer Fülle in dem gemütlichen Zimmer, das munter im Kamin flackernde Feuer spendete genug Wärme, um einen die Kälte vergessen zu lassen, und es gab ausreichend Essen. Lady Valéry hatte sich gesetzt. Mary ging zu ihr und dem Teetablett zurück.

„Warum schenkst du nicht bereits ein?" Lady Valéry ließ ihre Hände auf den seidenbezogenen Armlehnen ihres Stuhles ruhen. „Und wenn du schon dabei bist, nimm dir doch auch eine Tasse."

Beunruhigt hielt Mary inne. Sie war noch nie gebeten worden, den Tee mit Lady Valéry einzunehmen. Lautlos wiederholte sie einen der Leitsätze, die ihr Leben bestimmten.

Eine gute Haushälterin schlägt niemals Vorteil aus der Beziehung zu ihrer Herrschaft.

Lady Valéry sagte: „Nimm doch Platz, während du den Tee servierst. Als Tochter von Charles Fairchild von den Sussex Fairchilds bist du mir schließlich ebenbürtig."

Mary musste nicht noch einmal aufgefordert werden, sich zu setzen. Sie schaffte es mit knapper Not bis zu dem Stuhl, bevor ihre Knie nachgaben.

Die Tochter von Charles Fairchild. Niemand wusste das. Niemand. Dieses einfältige, nutzlose Geschöpf Guinevere Mary Fairchild war vor zehn Jahren vom Angesicht der Erde getilgt worden. Jetzt gab es nur noch eine Haushälterin. Mary Rottenson.

Lady Valéry beugte sich vor und tätschelte ihr tröstend die Hand. „Du siehst ziemlich blass aus. Du hast doch sicherlich gewusst, dass die Wahrheit eines Tages ans Licht kommen würde?"

Nein. Nein, das hatte sie eben nicht gewusst. Mary Rottenson hatte Guinevere Fairchilds Stelle eingenommen, Mary, die so ganz anders war – ernsthaft, wo Guinevere sorglos war, verantwortungsbewusst, wo Guinevere leichtfertig war –, dass sie nach den ersten Jahren die Furcht vor Entdeckung verloren hatte.

„Wann haben Sie das herausgefunden, Madam?" Ihre Stimme klang in ihren eigenen Ohren seltsam – ruhig, wie gewohnt, aber merkwürdig schrill –, und sie bemühte sich, die in ihr aufsteigende Furcht zu unterdrücken. Die Position einer Haushälterin erforderte Selbstbeherrschung, die sie in schwerem Ringen mit sich selbst erworben hatte, und Stärke, die sie nun wie eine Rüstung umgab.

Lady Valéry machte in unbewusst herrischer Manier eine wegwerfende Handbewegung. „Das ist unerheblich. Worauf es dagegen ankommt, ist, dass mein Patensohn heute hierher kommt, nicht um mich, sondern um dich zu sehen."

Ihre zitternden Knie zusammenpressend, fragte Mary: „Warum? Kommt er, mich ...", sie schluckte, „... mich festnehmen zu lassen?"

Lady Valéry brach in lautes Gelächter aus. „Es ist doch kein Verbrechen, eine Fairchild zu sein, auch wenn Sebastian dich vielleicht von etwas anderem zu überzeugen versuchen wird." Sie hörte auf zu lachen und musterte Mary so eingehend, dass diese sich am liebsten vor Unbehagen gewunden hätte. „Warum sollte dich irgendjemand verhaften wollen, meine Liebe?"

Mary schlug die Augen nieder und schüttelte den Kopf.

„Warst du eigentlich wirklich zwanzig, als du mich um eine Stelle batest?" erkundigte sich Lady Valéry.

Welchen Nutzen hatten Lügen jetzt noch? „Sechzehn“, gestand Mary.

„Das ist sehr jung, sechzehn, für das, was du getan hast.“

„Ja.“ Zurückschauend erkannte Mary das unschwer. Sechzehn, verzweifelt, ohne einen Penny, aber mit einem Bruder, der von ihr abhängig war. „Ich fand es damals befremdlich, dass Sie mir ein derart großzügiges Angebot gemacht haben.“

„Meine Haushälterin war alt und wollte bei ihrem Sohn leben. Du warst ganz offensichtlich von vornehmer Abstammung, und ich hatte das unbestimmte Gefühl, unter all den jugendlichen Flausen könne man bei dir Anzeichen von etwas Verheißungsvollem erkennen. Anzeichen von ... Reife.“

„Oh, ja“, flüsterte Mary. „Ich hatte begonnen, erwachsen zu werden.“ Das Erwachsenwerden war ihr durch ein furchtbares Ereignis aufgezwungen worden, ein Ereignis, dessen Grauen sie bis heute verfolgte, bei ihr Narben hinterlassen hatte. Wann immer das junge Mädchen, jene Guinevere Fairchild, sich in ihr rührte, unterdrückte Mary sie unerbittlich.

Man konnte seinen Verstand verlieren, wenn man bloß daran dachte, welche hirnlosen Dinge die wilde Guinevere Fairchild sagen – oder gar anstellen – könnte.

„Ich habe mich schon damals gefragt, warum du aus England geflohen bist, aber du warst so zugeknöpft, was deine Vergangenheit betraf, dass ich nicht weiter nachgefragt habe.“

Mary erwiderte darauf nichts.

„Wie du es immer noch bist“, bemerkte Lady Valéry lächelnd, ein Ausdruck ihrer unvermindert guten Laune, ein Umstand, den Mary dankbar zur Kenntnis nahm. „Du solltest dich darauf gefasst machen, dass Sebastian großes Interesse an der Tochter von Charles Fairchild hat.“

Eine gute Haushälterin bewahrt immer die Ruhe.

Dass meine wahre Identität entdeckt worden ist, muss keine Katastrophe bedeuten, ermahnte Mary sich. Vielleicht wusste Lord Whitfield gar nicht ... alles. Vorsichtig entspannte sie ihre verkrampften Schultern und bemühte sich, normal auszusehen. „Darf ich fragen, warum, Mylady?"

„Weil er dich um einen Gefallen bitten will, den nur du ihm erweisen kannst."

In ihrer Zeit als Lady Valérys Haushälterin hatte Mary schon viel über Lord Whitfield gehört. Sie wusste, dass er ein mächtiger Mann war, sowohl in der Politik als auch in der Geschäftswelt, und sie konnte sich nicht vorstellen, dass er von London aus die Reise unternehmen würde, nur um irgendjemanden um etwas zu bitten.

„Er wollte es dir selber sagen, aber ich hielt es für unnötig gefühllos, dich so zu überfallen, und das auch noch in seiner Gegenwart. In Gegenwart eines Fremden."

„Ich bin Ihnen für Ihre Umsichtigkeit überaus dankbar." Mary benötigte die Tasse Tee gerade jetzt dringend, aber sie traute sich nicht zu, sie einzuschenken, ohne etwas zu verschütten, und so blieb sie so ruhig sie konnte sitzen. „Was kann ich für Lord Whitfield tun?"

Lady Valérys warme Hand glitt von Marys. Sie versuchte zu sprechen, aber ihr schienen die Worte zu fehlen. Ein Unheil verkündendes Zeichen, dachte Mary, wo Lady Valéry doch sonst immer genau wusste, was sie sagen wollte und wie sie es am elegantesten formulieren konnte. Sie hätte einen Platz unter den Machthabern der Welt einnehmen können. Doch die Machthaber der Welt waren Männer.

Lady Valéry hob einen Finger. „Hör mal!"

Mary hörte Schritte auf dem Holzfußboden, die tiefe Stimme eines Mannes. Lord Whitfield war eingetroffen, und Lady Valéry entschlüpfte ein Seufzer, der nur ihrer Erleichterung entsprungen sein konnte. Marys düstere Vorahnung nahenden Unheils verstärkte sich.

Die Tür zur Bibliothek wurde aufgestoßen, und ein großer Mann, noch mit Schal und Hut angetan, trat über die Türschwelle. „Meine liebste Patin!“ Sein schwarzer Mantel blähte sich hinter ihm, als er die Arme ausbreitete, um Lady Valéry, die zu ihm geeilt war, zu umarmen, so dass er wie eine riesige Fledermaus wirkte, die ihre Beute fing.

Mary erhob sich, wandte aber ihren Blick ab. Lady Valéry begrüßte Lord Whitfield so überschwänglich wie eine Mutter ihren verlorenen Sohn. Sicherlich wollte sie nicht, dass Mary Zeuge eines so zärtlichen Wiedersehens wurde.

„Tritt einen Schritt zurück“, befahl Lord Whitfield seiner Patin.

Sein scharfer Tonfall strapazierte Marys ohnehin schon überspannte Nerven. Hatte sie diese Stimme schon einmal gehört?

„Lass dich anschauen“, sagte er. „Ah, ich sehe keine Anzeichen des hohen Alters, dessen du dich bezichtigst und das dich veranlasst hat, London aller Eleganz und allen Geistesreichtums zu berauben.“

„Schmeichler.“ Lady Valéry, erfreut über sein Kompliment, lachte melodiös. „Das mag ich so an dir. Komm setz dich und wärm dich auf.“

„Mit dem größten Vergnügen. Es ist schon ein verteufelt kaltes Exil, das du dir hier gewählt hast, verehrte Patentante.“

Mary gab Tremayne mit einer Geste zu verstehen, hereinzukommen und Lord Whitfield beim Ablegen behilflich zu sein.

Sie hatte den Marquess noch nicht angesehen. Sie konnte es nicht. Noch nicht.

Eines der Dienstmädchen huschte in das Zimmer, gab Mary

eine neue Kanne mit dampfendem Tee. „Supper in einer Stunde“, flüsterte Jill.

Alles verlief wie geplant. Alles in Valéry House war so wie immer. Alles und nichts.

„Sag dem Koch, er soll alles so machen, wie wir es besprochen haben“, beschied sie dem Dienstmädchen, das sie mit großen Augen ansah und knickste, bevor es den kalt gewordenen Tee aus dem Zimmer trug. Tremayne schloss die Tür und ließ Mary mit Lady Valéry und Lord Whitfield allein.

In der Hoffnung, mit den Schatten zu verschmelzen, trat Mary neben das Teetablett. Mit genau bemessenen, präzisen Bewegungen nahm sie die Tassen – drei, da sie beschlossen hatte, zu tun, worum Lady Valéry sie gebeten hatte – und hob die Teekanne, um einzugießen. Sie hatte die namenlose Haushälterin schon so oft gespielt, dass es ihr zur zweiten Natur geworden war, und so schlüpfte sie auch jetzt mühelos in diese Rolle, wobei sie erleichtert zur Kenntnis nahm, dass Guinevere Fairchild widerstandslos Platz machte und Mary Rottenson ihre Stelle einnahm.

Lord Whitfield kam zu ihr herüber, aber sie schaute nicht auf, genauso, wie es sich für eine Haushälterin gehörte. Er trat näher, entschlossen, sie durch seine Gegenwart dazu zu zwingen, ihn zur Kenntnis zu nehmen. Sie konnte die Kerzen nicht mehr sehen und die Wärme des Feuers nicht mehr spüren, aber sie nahm allen Mut zusammen und hielt ihm die volle Tasse hin.

Seine Hände hoben sich, um sie ihr abzunehmen – und sie erkannte augenblicklich die Narbe wieder, die über vier Finger seiner rechten Hand lief.

Er. Er war es.

Die heiße Flüssigkeit schwappte nicht über, als sie ihm die Tasse überließ. Schließlich hatte Mary die letzten zehn Jahre damit verbracht, zu lernen, sich wie eine perfekte Haushälterin zu benehmen, und sie lehnte es ab, sich durch den Anblick der Hand eines Mannes aus der Fassung bringen zu lassen – auch nicht des Mannes, der sie als Mörderin entlarven konnte.

2. KAPITEL

Ganz langsam hob Mary ihren Blick, bis sich ihre Augen trafen. Graue Augen. Kalte Augen, so kalt wie der Nebel draußen. Sie schaute rasch wieder fort.

Er war es. Als sie ihn das letzte Mal gesehen hatte, war es Nacht gewesen. Die Stalllaternen hatten den Hof nur schwach beleuchtet, und sie hatte gebetet, dass er die Blutflecken auf ihrem Kleid oder den Schmutz an ihren Händen nicht bemerken würde. Zu jenem Zeitpunkt hatte sie ihm nicht in die Augen sehen können, also hatte sie ihren Blick auf seine Hände gerichtet – vernarbte, aber kräftige Hände, im Stande, ihr einen Strick um den Hals zu schlingen –, und dann hatte sie sich auf seine Lippen konzentriert.

Die Lippen waren genauso wie damals. Voll und weich, dahinter gesunde weiße Zähne, die in seinem dunklen Gesicht aufblitzten. Als er die Teetasse in Empfang nahm, wurde sein Lächeln breiter; Mary fühlte sich unwillkürlich an einen Jagdhund erinnert, dem es gelungen war, ein unvorsichtiges Kätzchen in die Ecke zu drängen.

Ihr Herzschlag beschleunigte sich ein wenig – ehrlich gesagt, wie viele Frauen standen ihrem Henker schon ohne zu beben gegenüber? –, es gelang ihr jedoch, auch die zweite Tasse Tee einzuschenken.

Sicherlich würde er sie nicht wiedererkennen. Sie hatte sich stark verändert. Ihre blonden Locken trug sie nun unter einem einfachen Häubchen verborgen. Sie hatte die eher gewagten Modetorheiten eines jungen Mädchens gegen die manchmal einfallslos vernünftige Kleidung einer Erwachsenen eingetauscht. Sie hatte all die flatterhaften Neigungen, die sie in die Katastrophe geführt hatten, bekämpft und besiegt. Das machte mehr als alles andere den Unterschied zwischen dem hoffnungsvollen Mädchen, das sie einst gewesen war, und der verantwortungsvollen Frau aus, die sie inzwischen geworden war.

Dann drangen seine Worte an ihr Ohr: „Ich erinnere mich an Sie."

Sie erstarrte. Heiße bernsteinfarbene Flüssigkeit ergoss sich in die Tasse, floss über den Rand in die Untertasse und dann auf das Tablett. Lady Valéry schrie erschrocken auf, und Mary kam wieder zu sich. Hastig stellte sie die Kanne auf das Stövchen und griff nach dem Tuch, das sie immer bei sich trug.

Eine gute Haushälterin ist stets auf jeden Notfall vorbereitet.

Während sie die Überschwemmung beseitigte, ermahnte sich Mary, dass sie dankbar dafür sein musste, weder ohnmächtig geworden zu sein oder aufgeschrien zu haben, ja, noch nicht einmal eine Miene verzogen zu haben. Eine beachtliche Leistung für eine Frau, die jeden Moment damit rechnen musste, angeklagt und verhaftet zu werden.

Er nahm einen Schluck von seinem Tee und musterte sie eindringlich. „Sie sind Charles Fairchilds Tochter."

Verblüfft, da sie etwas weit Dramatischeres erwartet hatte, schaute sie ihm voll ins Gesicht. „Charles Fairchilds ..." Ihre Finger kamen dem silbernen Bauch der Teekanne zu nahe, und sie zuckte zusammen, als sie sich verbrannte. Sie unterdrückte tapfer das Bedürfnis, sich den verletzten Finger in den Mund zu stecken, um den Schmerz zu lindern.

Eine fähige Haushälterin zeigt niemals ihre Gefühle.

„Hier." Er umfasste ihr Handgelenk und zog ihre Hand zu dem Sahnekännchen. „Das hilft gut bei Verbrennungen."

Während ihre Finger in der kühlen Sahne versanken, überlegte Mary fieberhaft, wie sich eine gute Haushälterin unter diesen Umständen verhalten würde. Aber dieses eine Mal ließ ihr Verstand sie im Stich. Sie konnte ihre Finger nicht in dem Kännchen lassen. Wie ungehörig.

Er hielt ihre Hand jedoch unnachgiebig fest, und sie konnte sie ihm nicht entwinden. Wie würdelos.

So stand sie äußerlich ruhig da, starrte auf seine Finger, die ihr Handgelenk umschlossen, und fragte sich, warum die Vorsehung ihr bestimmt hatte, seine Hand – und ihn – wiederzusehen.

Sie hätte es nicht für möglich gehalten, doch er sah jetzt noch bedrohlicher aus als vor zehn Jahren. Der exquisit gearbeitete Gehrock betonte die breiten Schultern. Sein schwarzes Haar mit den vereinzelten silbernen Strähnen war lang und wurde im Nacken von einem einfachen Band zusammengehalten. Dieser Stil unterstrich die harten Linien um seinen Mund und seine Augen und beraubte seine schroffen Züge jeder Weichheit, die ein moderner Haarschnitt verschafft hätte.

„Gütiger Himmel, Sebastian, ich habe ihr schon gesagt, dass wir Bescheid wissen, und ich bin froh, dass ich es getan habe." Lady Valéry klang streng. „Du hast sie beinahe zu Tode erschreckt."

Sie antwortete in ihrem sachlichsten Ton: „Ich war nur überrascht, Madam. Sie haben eine höchst aggressive Art an sich, Lord Whitfield."

Lord Whitfield fuhr zurück, wie von ihrer Anschuldigung getroffen, aber sein leichtes, belustigtes Lächeln sagte ihr, dass sie ihn nicht täuschen konnte. „Ich verfüge über eine höchst *aggressive* Neugier, Miss Fairchild."

Fieberhaft überlegte sie – an wie viel von den lange zurückliegenden Ereignissen erinnerte er sich *tatsächlich*?

„Sicher doch, Sebastian." Lady Valérys sorgfältig gezupfte Brauen hoben sich fragend. „Erwartest du von mir, dass ich diese Sahne noch für meinen Tee nehme?"

„Ihre Hand ist ja sauber." Lord Whitfield nahm Marys Hand aus der Sahne und benutzte sein Taschentuch, um ihre Finger abzuwischen. „Es fühlt sich doch jetzt besser an, oder?"

Mary war es verhasst, das zugeben zu müssen, aber der Schmerz war fast vergangen. „Ja, danke, Sir." Sie wollte von ihm fort. Er stand so nahe, dass seine Beine ihre schweren Röcke streiften und die Unterröcke gegen ihre Beine drückten. Sie hatte das Gefühl, er nähme ihr die Luft zum Atmen. Dieses Gefühl war auch für den schwachen Schmerz in ihren Lungen und die seltsame Enge in ihrem Hals verantwortlich.

Sie wollte die Frage nicht stellen, sie wusste jedoch, es blieb ihr nichts anderes übrig. Sie wählte ihre Worte vorsichtig: „Haben wir uns schon einmal getroffen?"

„Ich kannte Ihren Vater."

Damit hatte er ihre Frage nicht beantwortet, allein, Mary hatte ihr Mut verlassen. War es möglich, dass er sie nicht wiedererkannt hatte, oder spielte er nur mit ihr? Sie wollte seine Gedanken lesen und scheute sich doch gleichzeitig davor. Sie wollte ihn befragen und fürchtete gleichzeitig seine Antworten.

Sie wollte fortlaufen.

Sie wollte dieses Zimmer verlassen, und so sagte sie: „Wenn Sie gestatten, würde ich gerne in die Küche zurückkehren und ein neues Tablett holen."

„Nein, das gestatte ich nicht. Sie setzen sich jetzt hin und erzählen mir, was Sie hier in Schottland tun."

Sein tiefer, sanfter Tonfall weckte all die alten, zügellosen Gefühle, die sie schon lange besiegt geglaubt hatte, aber sie verriet nichts von ihren Gedanken und Empfindungen. Sie stand einfach da, die eine Hand schlaff an ihrer Seite, die andere seiner energischen Behandlung überlassen.

„Du setzt dich vielleicht wirklich besser hin", riet ihr Lady Valéry. „Es ist nicht leicht, Sebastian etwas abzuschlagen."

Lord Whitfield warf sein schmutziges weißes Taschentuch auf das Teetablett, wo es augenblicklich die braune Flüssigkeit aufzusaugen begann.

Marys Blick wanderte zu dem am weitesten entfernt stehenden Stuhl in der dunkelsten Ecke des Zimmers, aber Lord Whitfield deutete auf den Stuhl direkt neben dem Kamin. „Nein, mein Mädchen, Sie setzen sich da hin."

Eine gute Haushälterin tut, was ihr aufgetragen wird.

Ihr steifes Korsett würde dafür sorgen, dass sie während seiner Befragung aufrecht sitzen blieb, und ihre in harter Arbeit erworbene Selbstbeherrschung würde verhindern, dass sie sich zurücklehnte.

Lady Valéry, so musste sie zu ihrem Missfallen feststellen, verbarg ein amüsiertes Lächeln hinter ihrem Fächer.

„Schauen Sie mich an, Mädchen", befahl Lord Whitfield. „Ich möchte Ihr Gesicht sehen."

Das Problem dabei war, dass sie dann auch sein Gesicht würde sehen müssen. Allerdings: *Eine gute Haushälterin sorgt stets dafür, dass der Gast zufrieden ist.*

Sie hob ihr Kinn und blickte ihn geradewegs an; sie weigerte sich, sich von ihm einschüchtern zu lassen. Natürlich hätte er es ihr leichter machen können. Doch er blieb stehen, während sie saß. Er betrachtete sie eindringlich, während sie es vorgezogen hätte, unsichtbar zu sein. Er nahm ihr Licht und Wärme – einfach durch seine überwältigende Gegenwart.

„Ja, Sie sind wirklich Charles Fairchilds Tochter“, sagte er dann mit offensichtlicher Genugtuung. „Sie haben seine Augen – bloß dass er einen niemals so kühl ansah. Wo haben Sie das gelernt?“

Ihr fielen mehrere Antworten ein, allerdings alle miteinander ungezogene, weswegen sie sie augenblicklich verwarf.

Lord Whitfield musste doch etwas gemerkt haben, denn seine Stimme wurde sanfter, als er weitersprach. „Am liebsten würden Sie mir sagen, ich solle mich zum Teufel scheren, nicht wahr? Nun, das können Sie aber nicht, schließlich sind Sie nur eine Haushälterin. Wie nennen Sie sich?“

Mit so viel Höflichkeit, wie sie nur irgendwie aufbringen konnte, antwortete sie: „Mary Rottenson, zu Ihren Diensten.“

„Miss Guinevere Mary Fairchild“, korrigierte Lord Whitfield sie. „Es ist immer noch ‚Miss‘, nicht wahr? Sie haben nicht geheiratet, um dieser kräftezehrenden Arbeit zu entkommen.“

„Sie ist in keiner Weise kräftezehrend.“ Mary schenkte Lady Valéry ein flüchtiges Lächeln. „Ich fühle mich geehrt und bin überaus dankbar ...“

Aber Lady Valéry unterbrach sie. „Ich habe dir doch gesagt, dass du das Wort mir gegenüber nicht benutzen sollst. Du hast keine Veranlassung, mir dankbar zu sein.“

„Dann bewundere ich Ihre Güte“, erwiderte Mary.

„Du hast es mir reich vergolten.“ Lady Valérys Augenlider wurden schwerer und die Falten um ihren Mund tiefer, aber Mary konnte immer noch die Reste ihrer einstigen Schönheit in ihren Zügen erkennen. „Glaubst du, ich wüsste nicht, wie viele meiner Gäste versucht haben, mir deine Dienste abspenstig zu machen? Erst letzten Monat versuchte meine eigene Schwester, dich zu bestechen, mit ihr nach England zu gehen.“

Wie hat Lady Valéry das nur herausgefunden, wunderte sich

Mary. Allerdings schien ihre Herrin gelegentlich allwissend zu sein, auch wenn sie sich niemals nach den Ereignissen erkundigt hatte, die Mary dazu bewogen hatten, England zu verlassen und nach Schottland zu kommen. Das vor allem anderen war der Grund für Marys unbeirrbare Ergebenheit für Lady Valéry. „Ich verspüre nicht den geringsten Wunsch, in die Dienste von jemand anderem zu treten."

Lady Valéry ging zum Fenster, zog die Vorhänge zurück und sah hinaus auf die letzten Nebelschwaden, die man erkennen konnte, bevor die Nacht sich über die schottischen Lowlands senkte. Sich umwendend, trat sie näher an das Feuer im Kamin und spreizte ihre blau geäderten Hände. „In England wäre es wärmer."

Wärmer? Das bestimmt! Man würde Guinevere Mary Fairchild bei lebendigem Leibe verbrennen.

Lord Whitfield betrachtete sie nachdenklich, lächelte dann wieder, so schadenfroh, als ob er ihre Verletzlichkeit wahrgenommen hätte. „Charlie war auch stets loyal."

Er schaute sie immer noch so beunruhigend eindringlich an, doch Mary war ihm für den Themawechsel dankbar. Schließlich konnte Lady Valéry auf ihre eigene Art und Weise ebenso hartnäckig sein wie Mary selbst.

„Aber ein Verschwender, natürlich." Lord Whitfield seufzte, wie aus Mitgefühl. „Er hat Sie mittellos zurückgelassen, nicht wahr?"

Urplötzlich überkam sie maßlose Wut. Mary erhob sich in einer geschmeidigen Bewegung aus ihrem Stuhl und ging wortlos zur Tür.

Sie wusste gar nicht genau, warum sie so wütend war. Männer hatten in ihrer Zeit als Haushälterin schon weitaus schlimmere Sachen zu ihr gesagt. Aber dieser Mann mit seiner anmaßenden

Art brauchte nur ein wenig an der Oberfläche zu kratzen, und schon verlor sie ihre hoch geschätzte Selbstbeherrschung.

Sein Arm legte sich plötzlich von hinten um ihre Taille, er schwang sie herum, so dass sie Lady Valéry gegenüberstand.

Mary gewann den Eindruck, Lady Valérys Interesse bewege sich am Rande zum Voyeurismus.

Doch dann zog Lord Whitfield sie näher an sich, so dass sie seine muskulöse Gestalt an ihrem Rücken spürte, und sie vergaß augenblicklich alles um sich herum. Seit einer Ewigkeit hatte es niemand mehr gewagt, sie, die Haushälterin par excellence, so zu berühren.

War er sich überhaupt der Gewagtheit seiner Tat bewusst? War er sich der Wirkung bewusst, die die Nähe des kräftigen männlichen Körpers nach der langen Zeit auf sie ausübte? Sie wollte ihn schlagen, ihn ohrfeigen oder an den Haaren ziehen, irgendetwas, damit er ebenfalls den scharfen Schmerz der Einsamkeit verspürte – der Schmerz, den sie gewohnt war.

Und mit dem sie zu leben gelernt hatte.

Er flüsterte ihr ins Ohr, wobei sein warmer Atem sich ihr noch zusätzlich aufdrängte. „Viel zu stolz auch noch! Genau wie Charlie."

Sie erbebte. Wie konnte sie es wagen, sich wegen ihrer fast schon schmerzhaften Einsamkeit zu beklagen? Sie war eine Haushälterin, ein Niemand ... eine Mörderin. Und von allen Menschen auf der Welt musste sie ausgerechnet diesem Mann alle Freiheiten gestatten, nach denen er verlangte.

Sein Griff lockerte sich, und er zog seine Hände langsam fort, ließ sie so zögernd los wie eine besorgte Mutter, die fürchtete, ihr Kind könnte jeden Moment in Gefahr geraten. Genauso langsam trat sie zur Seite.

Er beobachtete sie. Sie konnte seine Blicke deutlich spüren, fast wie die Berührung seiner Hände. Ihre Haut brannte noch, ihr Körper schmerzte noch. Tränen traten ihr in die Augen, und wenn sie ihn ansähe, würde er sie gewiss bemerken.

Stattdessen bewältigte sie auf wackeligen Beinen die kurze Strecke bis zu ihrem Stuhl. Sie würde nicht noch einmal aufstehen. Schließlich lernte sie schnell, und der kurze Körperkontakt hatte ihr zu der Erkenntnis verholfen, dass es nicht ratsam wäre, Lord Whitfield noch einmal eine Gelegenheit zu bieten, sie anzufassen.

Er setzte sich ebenfalls. Seine Ellbogen auf die Armlehnen gestützt, spreizte er die Hände, legte sie aneinander, so dass sich die Fingerspitzen berührten, und studierte sie.

Offensichtlich war es für ihn nichts Ungewöhnliches, Frauen nachzustellen und sie seinem Willen zu unterwerfen. *Sie* verspürte den Drang, die Hände zu heben und sich über ihr streng zurückgekämmtes Haar zu streichen, zu überprüfen, ob sich Strähnen aus der Frisur gelöst hatten. Sie verspürte den Drang, sich ihren Finger zu reiben, der immer noch schmerzte, oder die anderen Stellen, an denen er sie berührt hatte und die noch immer von seinem unerbittlichen Griff pochten.

Aber sie tat es nicht. *Eine gute Haushälterin zappelt nicht ...*, ganz besonders dann nicht, wenn ein Mann gerade dabei war, all das zu zerstören, was sie sich so mühsam aufgebaut hatte. „Wie haben Sie meinen Vater kennen gelernt?“

„Wir waren einmal Nachbarn“, erwiderte Lord Whitfield. „Er war gut zu mir.“

Gut? Ja, das war eine passende Beschreibung für ihren Vater. Er war zwar loyal und stolz, aber auch ein Verschwender gewesen, genau wie Lord Whitfield gesagt hatte. Sie hatte ihren Vater geliebt, ihn verehrt, während er sie mit seiner unbesorgten, fröhlichen Art angesteckt und dadurch ihr Leben ruiniert hatte.

Sie dachte nicht gerne an ihren Vater.

„Sie sind die ruhigste Frau, die ich jemals getroffen habe." Lord Whitfield musterte sie eingehender, zog sie in den Bann seiner Augen. „Ich frage mich, warum."

Weil die Gejagten seit Anbeginn der Zeit in der Bewegungslosigkeit Zuflucht suchen. Mary war innerlich zerrissen – sie wollte ihn nicht mehr sehen. Gleichzeitig durfte sie ihn auf keinen Fall aus den Augen lassen. Ohne sich zu bewegen, schien er sie zu umzingeln und zu belauern auf der Suche nach einer verletzlichen Stelle, an der er ansetzen konnte.

„Und schweigsam auch." Er schlug seine Fingerspitzen gegeneinander, als ob er tief in Gedanken wäre. Sich seiner Patin zuwendend, fragte er: „Vielleicht sogar verschwiegen?"

„Sehr." Lady Valéry hatte aufgehört, hinter ihrem Fächer zu lächeln. Sie hatte eigentlich ganz aufgehört zu lächeln, und Mary begann, die Ernsthaftigkeit von Lord Whitfields Vorhaben zu erahnen. Auch Lady Valérys Vorhaben?

Aus Respekt für Lady Valérys besorgte Miene – und bestimmt nicht, weil sie selbst neugierig wäre – erkundigte sich Mary: „Auf welche Weise könnte Charles Fairchilds Tochter Ihnen von Nutzen sein, Lord Whitfield?"

„Es gibt da eine Dame", entgegnete er, „eine sehr schöne, kluge Dame, die die Geliebte einiger der angesehensten Persönlichkeiten in der Regierung unseres Landes war. Sie hatte großen Einfluss auf sie, den sie weise nutzte, aber sie schrieb – weit weniger weise – alles in einem Tagebuch nieder."

Mary bemerkte, dass sie nicht mehr ihn, sondern Lady Valéry ansah. Ein leichtes Lächeln umspielte die Lippen der alten Dame, vertiefte sich und wurde dann rasch unterdrückt.

„Das Tagebuch wurde unglücklicherweise gestohlen, von Leuten, die Übles damit planen, in dessen Folge die schöne Dame zu leiden hätte."

In Mary mischte sich Furcht mit einem Gefühl von Unausweichlichkeit, und sie verspürte den Drang, ihn anzuschreien, er solle doch endlich auf den Punkt kommen.

Aber eine Haushälterin zeigte niemals Ungeduld.

„Die schöne Dame könnte diesen gewissenlosen Schurken Geld geben, wie jene es fordern, und hoffen, dass man ihr dann wie versprochen das Tagebuch wieder zukommen lassen würde, aber sie fürchtet – wie ich meine zu Recht –, dass dies eher unwahrscheinlich ist. Wenn sie jedoch nicht zahlt, wird man das Tagebuch veröffentlichen, und jede Aussicht auf Diskretion oder Wahrung ihrer Anonymität wäre verwirkt."

In dem Zimmer war es bis auf das leise Knistern des Feuers still. Die Luft roch schwach nach Rauch, und Mary dachte zusammenhangslos, dass der Schornstein wieder gereinigt werden müsse. Sorgsam mied sie es, sich der Erkenntnis zu stellen, die ihr den Magen vor Angst umzustülpen drohte. Die Erkenntnis, dass das Tagebuch, das Lord Whitfield suchte, nur ...

Sie schaute Lady Valéry direkt an. „Es ist Ihres, nicht wahr?"

„Ja."

Es war nicht mehr als ein Flüstern, aber Mary schien es so laut, wie das Zuschnappen von Eisenbändern um ihre Handgelenke. Für Lady Valéry würde sie alles tun.

Während sie um Fassung rang, wenigstens dieses eine Mal wieder die gewohnte, unerschütterliche, tüchtige Mary Rottenson sein wollte, ging Lady Valéry durch das Zimmer zur Tür. Sie öffnete sie und sprach mit Tremayne. Dann kam sie wieder zurück und setzte sich auf ihren Stuhl, völlig unbeeindruckt davon, dass sie gerade eben die von Mary so sorgfältig organisierte Befehlskette umgangen und erneut selbst eine Anweisung gegeben hatte.

Wann war ihr Leben außer Kontrolle geraten? Mary fand den Schuldigen sofort und bedachte Lord Whitfield mit einem vorwurfsvollen Blick. „Das hört sich meiner Meinung nach sehr wie der Anfang eines Märchens an.“ Ihre Stimme brach. „Eines, das Gefahr bedeutet.“

„Ja“, stimmte ihr Lord Whitfield zu. „Aber die Veröffentlichung dieser Geschichte wird die Regierung in ihren Grundfesten erschüttern. Seit die Franzosen ihren König enthauptet haben, fürchten sich alle vor einem ähnlichen Aufstand in England.“

„Diese französischen Barbaren“, rief Lady Valéry empört. „Der arme König Ludwig musste für die Sünden seiner Vorgänger büßen.“

„Die richten da drüben ein schreckliches Blutbad an.“ Lord Whitfield stand auf und baute sich direkt vor Mary auf. „Ich weiß nicht, ob Sie die Geschichten gehört haben von ganzen Familien, die zur Guillotine geschickt werden. Ob Frauen oder Kinder, die französische Bevölkerung kümmert es nicht. Sie schlagen ihnen mit unverminderter Begeisterung die Köpfe ab.“

„Wir leben hier in Schottland und nicht hinter dem Mond“, bemerkte Lady Valéry spitz. „Und ich höre mehr als andere. Schließlich war mein lieber Comte de Valéry ein Franzose.“

„Diese Revolution muss sich reichlich unvorteilhaft auf deine Geschäfte auswirken.“ Sebastian konzentrierte sich darauf, einen unsichtbaren Fussel von seinen Wildlederhosen zu schnipsen. „Du hast alle Einkünfte aus Valérys französischen Besitzungen verloren, nicht wahr?“

„Ich nage noch nicht am Hungertuch, falls es das ist, was du wissen möchtest“, erwiderte sie scharf. „Ich habe immer noch das, was Guldene mir einbringt. Und würde nicht ein drohender Regierungsumsturz auch deinen Geschäften schaden, Sebastian?“

Sie zog ihn auf, aber Sebastian antwortete unbeeindruckt: „Da hast du Recht.“

Lady Valéry wandte sich an Mary. „Mir geht es um mehr als

bloß um die Regierung. Es geht um die ruinierten Karrieren, die zerstörten Leben. Ich schäme mich nicht für meine Vergangenheit. Hätte ich mein Leben noch einmal zu leben, so würde ich bis zu jedem letzten wundervollen Augenblick alles genauso haben wollen. Doch ich habe stets darauf geachtet, umsichtig vorzugehen. Niemand ist jemals verletzt worden, wenn ich mein Vergnügen gesucht habe. Aber jetzt kommt irgendjemand, irgendein dahergelaufener Wicht, und droht meine ganze Arbeit zunichte zu machen."

„Arbeit?" erkundigte sich Mary mit schwacher Stimme.

„Arbeit", erklärte Lady Valéry fest. „Außerdem werde ich nicht dastehen und tatenlos zusehen, wie die Männer, die ich geliebt habe, und ihre Familien durch einen scheußlichen Skandal gequält werden."

Mary schaute die Frau an, die ihr Leben und das von Hadden gerettet hatte. Sie saß in der Falle. Dennoch fragte sie den Patensohn dieser Frau: „Was hat das alles mit mir zu tun?"

Lord Whitfield flegelte sich in seinen Stuhl wie ein ungezogener Junge. „Ich habe die Spur des Tagebuches bis nach Fairchild Manor zurückverfolgt."

Mary gefror das Blut in den Adern, erhitzte sich dann aber in einem Aufwallen purer Feindseligkeit. „Wollen Sie etwa mich beschuldigen, es gestohlen und an die Fairchilds geschickt zu haben?"

Statt einer Antwort legte er seinen Finger an die Lippen und bedeutete ihr zu schweigen, da die Tür aufging und mehrere Bedienstete ins Zimmer kamen. Jill brachte ein neues Teetablett, ein Lakai nahm das alte fort, ein anderer brachte neues Holz und schürte das Feuer. Sie alle hielten den Blick gesenkt, wie es sich gehörte, aber Mary wusste, dass sie sie genau beobachteten, wie sie hier bei Lady Valéry saß und sich mit ihr und ihrem Gast unterhielt. Sie konnte sich gut vorstellen, welche Blüten der Klatsch im Dienstbotentrakt treiben würde. Schlimmer noch, sie konnte sich gut vorstellen, was erst los wäre, wenn sie in ihrer Gegenwart den selbstgefälligen Rüpel, der sich in seinem Stuhl lümmelte, anschrie.

Sie hatte hier Sicherheit und Zuflucht gefunden, und wenn es nach ihr ginge, würde niemand je erfahren, dass sie eine Adelige war. Wenn es nach ihr ginge, wäre diese Nacht nichts als ein böser Traum.

Jill kam zu Mary, lehnte sich vor und fragte leise: „Sollen wir das Supper zur vereinbarten Zeit servieren?"

„Zur selben Zeit", bestätigte sie.

„Und sollen wir noch ein Gedeck auflegen?"

Mary schaute sie erstaunt an. „Für wen?"

„Für Sie."

Angesichts Marys Stirnrunzeln richtete sie sich hastig auf. „Wir servieren das Essen dann für zwei Personen", sagte sie sachlich.

Jill knickste und eilte aus dem Zimmer, während Lord Whitfield ihr mit den Augen folgte. Nachdem die Tür sich geschlossen hatte, bemerkte er: „Das war doch eine ganz berechtigte Frage. Das Mädchen hatte diese Zurechtweisung nicht verdient."

„Das war wohl kaum eine Zurechtweisung." Mary sprach betont langsam. „Aber Haushälterinnen speisen nicht mit ihrer Herrschaft."

„Ts, ts. Wir sind aber pingelig! *Das* haben Sie sicherlich nicht von Charlie geerbt."

Sie hasste es, ihn über ihren Vater reden zu hören – fast genauso, wie sie es hasste, mit ihrem Vater verglichen zu werden. Kühl wiederholte sie ihre Frage: „Beschuldigen Sie mich, das Tagebuch gestohlen zu haben?"

„Wer außer der Haushälterin könnte wissen, wo es war?“

„Ich bin keine Diebin.“ Eine Mörderin, ja, aber keine Diebin.

„Dann sind Sie die erste Fairchild, die das von sich behaupten kann.“

Sein Zynismus erzürnte sie umso mehr, als sie sich der Tatsache nur zu bewusst war, dass ihr Vater es sich sehr wohl zur Gewohnheit gemacht hatte, gelegentlich „eine Kleinigkeit mitgehen zu lassen“.

„Jetzt ist es aber genug!“ Lady Valéry hob ihre Hand. „Wie du sehr wohl weißt, Sebastian, wurde das Tagebuch vor über einem Jahr gestohlen.“ Zu Mary gewandt, sagte sie: „Es geschah während der Gesellschaft, die ich für diesen lüsternen alten Bastard gegeben habe.“

„Den französischen Botschafter?“ stellte Mary klar.

„Derselbe.“ Abwesend lächelnd spielte Lady Valéry mit den Ringen an ihrem Finger, und Mary wusste, dass sie mehr als nur ein paar angenehme Erinnerungen an den „lüsternen alten Bastard“ hegte. „Jemand entwendete eines meiner Schmuckkästchen. Es enthielt nichts, das einen erfahrenen Dieb interessiert hätte – ein paar weniger wertvolle Schmuckstücke, einen Elfenbeinfächer –, allerdings war das Kästchen ganz reizend gearbeitet.“

„Mylady, warum haben Sie mir nichts davon erzählt?“ erkundigte sich Mary.

„Meine Liebe, ich habe hier noch nicht genug Hausgesellschaften gegeben, dass du es wissen könntest, aber es verschwindet dabei immer die eine oder andere Kleinigkeit und gewöhnlich bedeutend mehr als nur eine.“

„Oh.“ Es gab also mehr Leute, die wie ihr Vater waren. Mary war es schrecklich unangenehm, zu erfahren, dass sich etwas derart Unerhörtes in *ihrem* gut geführten Haushalt zugetragen hatte. „Entschuldigen Sie. Es war mir nicht klar ...“

Lady Valéry fegte Marys Einwände mit einer Handbewegung beiseite. „Franzosen sind doch alle gewohnheitsmäßige Langfinger", behauptete sie, „und ihre Diener lernen das Stehlen schon in der Wiege. Ich dachte – ich hoffte –, der Dieb würde das Tagebuch wegwerfen, ohne den Wert seines Inhalts zu erkennen. Nachdem so viel Zeit verstrichen war, wähnte ich mich in Sicherheit."

Mary wusste, dass sie in Lady Valérys Augen freigesprochen war.

„Der Brief war dann ein ganz schöner Schock", fügte Lady Valéry hinzu.

„Was für ein Brief?" wollte Mary wissen.

„Der Erpresserbrief." Lady Valéry rieb ihre Hände aneinander, als ob die bloße Erwähnung bewirken konnte, dass sie sich beschmutzt fühlte.

„Weiß deine geschätzte Haushälterin vielleicht *davon* etwas?" Lord Whitfield traute Mary in keiner Weise. Er hatte das vorhin schon deutlich gemacht, und er bewies es jetzt mit diesem bösen kleinen Lächeln und seinem skeptischen Tonfall.

„Ich habe freien Zugang zu allem hier!" Mary wollte ihn unbedingt von ihrer Unschuld überzeugen, wenigstens in dieser Angelegenheit. „Warum hätte ich ein Tagebuch stehlen sollen, wenn ich Juwelen hätte haben können?"

„Das Tagebuch ist mehr wert als die Kronjuwelen." Er erhob sich, und Mary zuckte zusammen. Sie war davon überzeugt, dass er sie gewogen und für zu leicht befunden hatte. Was kam jetzt? Doch er zog sich lediglich lässig seinen Gehrock aus. Zu einer solchen Ungezwungenheit war er natürlich berechtigt, schließlich war dies das Haus seiner Patin, und er blieb ja mit seiner zweireihigen Weste anständig bekleidet. Weiße Hemdsärmel bedeckten seine Arme, wenigstens teilweise, denn er begann, sich die Ärmel aufzukrempeln, und irgendwann während der Fahrt hierher hatte er sein Krawattentuch gelöst, das jetzt schlaff um seinen Hals hing. Langsam zog er es fort und warf es zusammen mit dem Rock über eine Ottomane.

Es juckte Mary in den Fingern, seine Kleidung zu nehmen und ordentlich aufzuhängen, aber sie unterdrückte entschlossen jede hausfrauliche Neigung.

Er setze sich seitwärts auf den Stuhl und ließ ein Bein über die hölzerne Armlehne baumeln.

Für Mary, die Strenge vorzog, zeugte sein Rekeln von einem Mangel an Respekt, fast schon ... intimer Vertrautheit. Sie blickte flüchtig zu Lady Valéry, doch die schien von seiner Unhöflichkeit eher belustigt.

„Auf Fairchild Manor wird eine Hausgesellschaft stattfinden“, sagte er.

Mary nahm einen tiefen Atemzug, und mit aus Verzweiflung geborener Zurückhaltung erwiderte sie: „Es finden gewiss ständig irgendwelche Hausgesellschaften auf Fairchild Manor statt.“

„Ich bin nicht eingeladen“, unterrichtete er sie.

„Glauben Sie etwa, ich?“

„Nein, natürlich nicht. Die Fairchilds wissen ja gar nicht, wo Sie sind.“ Er musterte sie einmal mehr eingehend. „Ich frage mich, warum eigentlich nicht.“

Ihr Magen zog sich vor Furcht zusammen. Sie hatte es sich angewöhnt, aufzupassen, wenn gelegentlich Gäste zu Besuch kamen, sie hatte jedoch niemanden Guinevere Mary Fairchild als Gesetzesflüchtige erwähnen gehört. Aber dieser schreckliche Mann schien zu verlangen, dass sie den verschwundenen Geist von Guinevere wiederbelebte und damit auch das Schreckgespenst von Schande, Gefangenschaft und schließlich Tod. Durch zusammengebissene Zähne antwortete sie ihm: „Ich kann ihnen in keiner Weise von Nutzen sein. Als mein Vater starb, wandten wir uns an meinen Großvater und baten ihn um Hilfe, doch er verweigerte sie uns. Es gibt keinen Grund, warum die Familie uns jetzt willkommen heißen sollte."

„Uns?"

Merkwürdig. Gewöhnlicherweise war sie mehr auf der Hut. „Hadden und ich. Mein Bruder und ich."

„Charlie hatte also einen Erben?"

Er machte eine Feststellung, aber es klang eher nachdenklich, als ob er es vermutete oder, schlimmer noch, sich erinnerte. Das war das Letzte, was sie wollte. Nicht, wenn er jene Nacht wirklich vergessen haben sollte. „Wie ich schon sagte, die Fairchilds würden mich nicht willkommen heißen."

Gewiss hatte er ihr Unbehagen bemerkt, aber er war ein Mann, der es vorzog, die Oberhand zu behalten. Er lehnte sich entspannt in dem gepolsterten Chippendale-Stuhl zurück.

Sie durchschaute seine Absicht. Da er sie unbeeindruckt von drohender Verhaftung glaubte, versuchte er, sie durch seine Person einzuschüchtern. Unter dem dünnen weißen Leinen seines Hemdes konnte sie den Schatten dunkler Haare auf seiner muskulösen Brust erkennen; seine Schultern ähnelten mehr denen eines Preisboxers, als denen eines Edelmannes. Seine Unterarme waren sehnig und leicht behaart, seine Hände, die hatte sie schon bemerkt, und sein Gesicht ... nun, sie hatte schon Henker mit weniger unnachgiebigen Zügen gesehen.

Ja, er schüchterte sie ein.

„Ich kann Ihnen nicht helfen."

„Aber das müssen Sie, meine Liebe. Die Hälfte der guten Gesellschaft ist eingeladen, einschließlich einiger sehr mächtiger Männer. Ich zweifle nicht daran, dass das Tagebuch während dieser Hausgesellschaft an den Meistbietenden verkauft werden soll."

Mary spürte das nahende Unheil fast körperlich.

„Ich werde Sie als Ablenkung benutzen, während ich nach dem Tagebuch suche, und diese Ablenkung wird eine sehr wirkungsvolle sein."

Oh, sie würde eine Ablenkung sein – und was für eine. Besonders, wenn einer der vornehmen Hausgäste sie wiedererkannte.

„Ich versichere Ihnen, ich habe jede Schwierigkeit vorausgesehen und umgangen."

„*Jede* Schwierigkeit?"

„Sehen Sie ...", er beugte sich vor, seine Augen so grau und kalt wie der nächtliche Nebel, den sie so fürchtete, „Sie werden meine Verlobte sein."

3. KAPITEL

„Sie sind wohl verrückt!" Mary war Ärger begegnet, ohne seinen Namen zu kennen. Nun kannte sie ihn: Sein Name war Sebastian Durant, Marquess of Whitfield. Sie zwang sich zur Ruhe und sagte bestimmt: „Ich habe nicht die geringste Absicht, Ihre Verlobte zu spielen."

„Wenn ich etwas dazu sagen dürfte?"

Mary erschrak. Lady Valéry hatte so lange geschwiegen, dass sie ihre Anwesenheit beinahe vergessen hatte. Dabei ... *eine gute Haushälterin vernachlässigt niemals, unter welchen Umständen auch immer, ihre Herrin*. „Ja bitte, Lady Valéry. Ich bin sicher, Sie werden die Stimme der Vernunft sein."

„Meine Liebe, der Vorschlag mag verrückt klingen. Für mich tut er das auf jeden Fall." Lady Valéry fixierte ihren Patensohn hochmütig. „Aber vielleicht sollten wir uns seinen ganzen Plan anhören, bevor wir vorschnell urteilen. Unser vorrangiges Ziel ist schließlich die Wiederbeschaffung des Tagebuches."

„*Unser* Ziel?" erkundigte sich Mary mit schwacher Stimme. Sie wollte Lady Valéry anflehen, doch Vernunft anzunehmen. Stattdessen schaute sie zu Lord Whitfield und musste feststellen, dass er auf ihre Hände starrte, die unruhig den Stoff ihrer wollenen Röcke zerknitterten. Sie hatte selbst gar nicht gemerkt, was sie tat. Warum brachte er sie nur so aus der Fassung?

Sie streckte ihre Finger und zwang sich, die Hände ruhig zu halten.

Aber ganz offensichtlich hatte sie schon zu viel verraten. Er lachte, ein hartes, schadenfrohes Lachen. „Ganz gewiss wird sie meine Verlobte spielen. Es ist die einzig mögliche Vorgehensweise."

Es zeigte sich deutlich, dass es an Mary war, Vernunft zu bewahren. „Die Fairchilds werden mich gar nicht erst über ihre Türschwelle treten lassen", versuchte sie es noch einmal.

„Oh, jetzt werden sie es." Lord Whitfield legte sich die Hand auf das Herz. „Ich fürchte, Miss Fairchild, ich muss Ihnen mein Beileid aussprechen. Ihr Großvater, Viscount Smithwick, ist letztes Jahr von dieser Welt in eine andere, bessere geschieden."

Hoffentlich schüren sie das Feuer in der Hölle für ihn heißer.

Marys Erinnerung an Fairchild Manor bestand ausschließlich aus Scham, Ungläubigkeit und abgrundtiefer Wut auf den alten Mann mit den boshaften Augen. Sein langer, knochiger Finger hatte ihr den Weg zur Tür gewiesen, und als sie nicht glauben wollte, dass er tatsächlich so kaltherzig war, hatte er sie unbarmherzig aus dem Haus geworfen.

„Hat der alte Menschenschinder letztendlich doch noch das Zeitliche gesegnet? Gut, dass die Welt von ihm befreit ist, möchte man sagen", sprach Lady Valéry Marys Gedanken laut aus.

„So ein Mangel an Mitgefühl“, zog Sebastian Lady Valéry auf. „Aber ja, der alte Viscount ist tot, und sein Sohn hat den Titel geerbt, den dazugehörenden Landbesitz auch – und sonst verdammt wenig.“

Mary hatte die Erinnerung an den hoch gewachsenen Mann, der sich selbst als ihr Cousin bezeichnete, immer wie einen geheimen Schatz gehütet. Als ihr Großvater wieder in seinem Arbeitszimmer verschwunden war, hatte er sich eingemischt, ihren Rauswurf verzögert und ihr eine Hand voll Goldmünzen zugesteckt. Das Geld war ihr Notgroschen gewesen. Es hatte sie und Hadden bis hierher nach Schottland gebracht, als sie hatten fliehen müssen.

„War da kein Geld?“ erkundigte sich Lady Valéry erstaunt. „Ich kann nicht glauben, dass da keines war! Es gab doch immer so viel Geld, und nachdem dein Vater ...“

„Es war schon Geld da“, erwiderte Sebastian glatt, „aber aus Gründen, die nur Lord Smithwick kannte, hatte er beschlossen, sein Vermögen nicht seinem Sohn zu hinterlassen.“ Er zögerte, als ob er noch etwas hinzufügen wollte, schwieg dann aber.

Mary vermochte sich nicht länger zu beherrschen. „Es ist überaus betrüblich, dass *ich* nichts von seinem Ableben erfahren habe.“

Was sah Lord Whitfield, wenn er sie betrachtete? Den Ärger, die Verachtung, den erbitterten Zorn, den sie für alle Fairchilds empfand? Zu der Familie gehörten vier Großonkel, Brüder ihres Großvaters, und Bramwell Fairchild, der Bruder ihres Vaters, der jetzt der neue Marquis war. Keiner von ihnen hatte einen Finger gerührt, ihr zur helfen, als sie die Verantwortung für ihren Bruder übernommen hatte. Keiner von ihnen interessierte sich auch nur im Mindesten für irgendetwas anderes als die eigene wertlose Haut.

Sebastian wandte sich mit übertrieben geduldigem Tonfall an

sie. „Sie leben in der Wildnis Schottlands. Die Fairchilds leben im Süden Englands. Sie haben Ihren Namen geändert und Ihr Äußeres auch ..."

Sie sprang auf. „Mein Äußeres? Wie können Sie das sagen?"

Er musterte sie von Kopf bis Fuß. „Ich habe noch keine Fairchild gesehen, die anders als großartig aussah, während *Sie* ... wie eine Haushälterin aussehen."

Danke, sehr freundlich von Ihnen, mein Herr. Aber sie verkniff es sich.

Und, ehrlich gesagt, sie war ausgesprochen erleichtert, dass er nichts anderes gemeint hatte.

„Aber das ist nebensächlich. Viel wichtiger ist, dass der neue Viscount gar nicht versucht hat, Sie aufzuspüren", fuhr Sebastian fort. „Warum sollte er auch? Bramwell Fairchild fürchtete seinen Vater, solange dieser lebte, und ist jetzt höchst ungehalten – weniger wegen seines Todes als wegen seines Testamentes. Wie will er ohne entsprechende finanzielle Mittel die Familie unterhalten? Seine Lage ist bestenfalls verzweifelt."

„Verdächtigen Sie ihn, das Tagebuch zu haben?"

„Selbstverständlich. Ich verdächtige jeden Fairchild." Sebastians Finger umfassten die Armlehne seines Stuhles so fest, als wollte er das polierte Holz würgen. „Miss Fairchild, würden Sie es nicht gerne sehen, wie Ihr Onkel sich windet?"

Das Problem war, dass sie es tatsächlich gerne sähe. Sehr gerne sogar. Und sie würde mindestens ebenso gerne sehen, wie sich alle Fairchilds wanden. Dennoch fuhr sie ihn an: „Sie missdeuten meine Gleichgültigkeit als Interesse."

„Mary!" Lady Valéry klang entsetzt, betrachtete aber die Szene vor ihren Augen eher belustigt. „Wenn du das hier nicht tun willst, sag es bitte. Ich möchte nicht, dass dein Ehrgefühl um meinetwillen verletzt wird."

Lord Whitfield nahm die Hand seiner Patin. Er küsste die mit Altersflecken übersäten Knöchel und murmelte besänftigend: „Ganz ruhig, Liebe. Ich kümmere mich darum. So, wie ich es dir versprochen habe.“

Lady Valéry neigte den Kopf zur Seite und sah ihren Patensohn an, als wäre er ein charmanter Lausejunge statt des gefühllosen Monsters, das er in Wirklichkeit war, und Mary verstand, wie er seine Patin hatte täuschen können. Im Augenblick war er die Fleisch gewordene Lauterkeit wie einem Gemälde entstiegen. Seine Augen schimmerten. Seine Lippen lächelten – allerdings nicht aus Belustigung, sondern um seiner Patin eine ähnliche Reaktion zu entlocken. Er hielt seine ausgestreckten Hände mit den Handflächen nach oben, als wollte er ihren Segen erbitten.

Sich genau seines Charmes und seiner Macht über sie bewusst, fürchtete Mary ihn – in all seinen Rollen.

Hilflos in den Netzen zappelnd, versuchte sie, den verlorenen Boden zurückzugewinnen. „Ich tue, was immer nötig ist, Lady Valéry, aber es scheint mir, dass Sie, Lord Whitfield, sich leichter Zutritt zu Fairchild Manor verschaffen können als ich.“

„Vielleicht sollten wir das einmal von anderer Warte aus betrachten.“ Er lächelte mitreißend. „Stellen Sie sich nur einmal den Aufruhr in der Familie vor, wenn die lange verloren geglaubte Nichte auf einmal auf ihrer Türschwelle erscheint und auch noch bereits verlobt ist.“

„Warum sollte sie das kümmern?“

„Wenn ich eine Vermutung anstellen sollte, würde ich sagen, dass seit dem Ableben des Viscount alle Mitglieder der Familie Fairchild das eine Ziel haben – reich zu heiraten.“ Für einen Mann, der so oft lächelte, strahlte Lord Whitfields Lächeln bemerkenswert wenig Wärme aus – oder Belustigung. „Gerade jetzt, könnte ich mir denken, würden sie Ihren Verlust als einen weiteren Köder sehr bedauern. Die Familie wird denken, Sie wären genau wie sie – charmant, gesellig, schön ..."

„Oberflächlich, nachtragend, leichtfertig, heimtückisch", ergänzte sie seine Aufzählung.

Er lehnte sich mit einem Ausdruck übertriebener Verwunderung zurück. „Sie *kennen* sie ja doch!"

„Genau", pflichtete sie ihm bei.

„Aber sie waren doch nicht alle ... nachtragend", gab er zu. „Oder heimtückisch."

Sie wollte sich erkundigen, wen er meinte, doch er wandte sich schon wieder fast genießerisch dem ursprünglichen Thema ihrer Unterhaltung zu. „Die Fairchilds werden erwarten, dass Sie eine der Ihren sind."

„Sie werden ihr Möglichstes tun, uns auseinander zu bringen, und warum nicht? Es wird jedem schon bald auffallen, dass wir alles andere als einander zugetan sind."

„Ach, ja?" Er hob einen Finger an seine Lippen und begann, auf eine Art und Weise darüber zu streichen, die Mary höchst anzüglich fand. „Ich vermute, wir könnten sie davon überzeugen, dass wir uns ... lieben."

Lady Valéry hatte sie mit dem faszinierten Blick eines gebannten Theaterbesuchers beobachtet, doch jetzt schritt sie ein. „Du wirst sie von nichts Derartigem überzeugen! Du wirst ihren guten Ruf nicht zerstören, Sebastian, nicht, nachdem sie all die Jahre bei mir gelebt hat."

„Sie wird mit mir gehen, Madam. Sie hat keine andere Wahl." Dieser Mann war einfach unglaublich! Er hatte sich im Verlauf einer einzigen Unterhaltung erst hochmütig, dann anmaßend und schließlich skrupellos gezeigt.

„Sie werden mich irgendwie dazu zwingen?" erkundigte sich Mary.

„Keineswegs.“ Sein Jagdhund-Lächeln weckte in ihr den Wunsch, zu fauchen, einen Buckel zu machen und ihm das Gesicht zu zerkratzen. „Ihr Vater war der Fairchild, der nicht heimtückisch war. Wollen Sie mich glauben machen, dass Sie diese Loyalität *nicht* von ihm geerbt haben?“

„Ich habe überhaupt nichts von meinem Vater geerbt“, entgegnete sie hitzig. „Meine Loyalität habe ich von mir selbst.“

Er richtete sich in dem Stuhl auf und verwandelte sich vor ihren Augen in Auftritt und Benehmen in einen höflichen Fremden. „Dann werde ich wohl mit Ihrem Bruder reden müssen. Vielleicht kann ich *ihn* davon überzeugen, mich zu begleiten.“

Ein Schauder lief Mary über den Rücken. Dieser Mann wollte mit Hadden reden? Ihm die Gelegenheit bieten, nach England zu gehen? Ihn befragen, so wie er sie befragt hatte?

Nicht etwa, dass Hadden dumm war. Nein, auf keinen Fall. Hadden könnte – sollte – an einer Universität studieren. Aber er war so freimütig und dabei so unerfahren, dass Mary innerlich zusammenzuckte, wenn sie sich vorstellte, was er in seiner Arglosigkeit alles enthüllen mochte.

Sie erkannte eine Niederlage, wenn sie sie sah, und so erhob sie sich mit all der Würde, die sie aufzubieten hatte. „Wann wünschen Sie aufzubrechen, Mylord?“

„Morgen“, antwortete er.

„Das ist ja lächerlich, Sebastian“, erwiderte Lady Valéry. „Sie kann sich unmöglich über Nacht für die Reise fertig machen.“

„Wie viel kann sie schon einzupacken haben?“ wollte er ungeduldig wissen.

„Sie muss Anordnungen für die Dauer ihrer Abwesenheit treffen – schließlich ist sie meine Haushälterin.“

„Sie wird ohnehin nicht zurückkommen.“

„Nicht zurückkommen? Was soll das heißen?" rief Mary entsetzt.

Er bemerkte beiläufig: „Fairchilds arbeiten nicht als Haushälterinnen."

„Er hat Recht, Liebes." Lady Valéry lächelte Mary ermutigend zu. „So sehr ich es auch hasse, dich zu verlieren, fürchte ich doch, dass unser für alle Beteiligten so bequemes Arrangement beendet ist."

Mary fühlte, wie der sorgfältig errichtete Grundstock ihres neuen Lebens unter ihren Füßen zu wanken begann. „Aber was soll ich denn tun? Wohin soll ich denn gehen?"

„Die Fairchilds werden Sie dieses Mal mit offenen Armen aufnehmen", sagte Lord Whitfield.

Mary hätte am liebsten geschrien. Verstand er denn gar nichts? „*Ich* will die Fairchilds nicht haben. Ich will sie nicht kennen lernen, und ich will ganz sicher nicht mit ihnen zusammen leben."

„Du wirst immer bei mir dein Zuhause haben", beruhigte Lady Valéry sie. „Wenn nicht als meine Haushälterin, dann als meine Freundin." Mary begann, sie stammelnd ihrer Dankbarkeit zu versichern, doch Lady Valéry wollte – wie vorauszusehen gewesen war – nichts davon hören. „Du wirst mit Hadden reden müssen. Wirst du ihn mitnehmen?"

„Selbstverständlich nicht!" Zu nachdrücklich, wie Mary verspätet erkannte, und sie bemühte sich darum, ihre Bestürzung zu verbergen. „Es besteht keine Notwendigkeit für ihn, von hier fortzugehen."

„Hadden ist ein junger Mann", bemerkte Lady Valéry freundlich. „Vielleicht hat er dazu eine eigene Meinung."

Mary schüttelte den Kopf. „Ihm gefällt es hier. Er wird hier bleiben wollen."

„Wie alt ist er?“ verlangte Sebastian zu wissen.

Mary wandte noch nicht einmal den Kopf, um ihn anzusehen, als sie antwortete. „Neunzehn.“

„Ihr Bruder muss ein langweiliger Bursche sein, wenn er in diesem Alter zufrieden ist, in den schottischen Lowlands zu bleiben.“

Wie widerwärtig ihr dieser Lord Whitfield war! Sie würde es niemals schaffen, irgendjemanden davon zu überzeugen, dass sie in ihn verliebt war. Niemals. Nie. So gelassen, wie es ihr angesichts ihrer Wut möglich war, antwortete sie: „Hadden ist sehr abenteuerlustig, aber anders als die meisten anderen jungen Männer ist er in der Lage, diese Neigung an anderen Orten als dem Hexenkessel London auszuleben.“

„Ein glatter Treffer“, murmelte er und applaudierte leise. „Bravo!“

Mary wandte ihm den Rücken zu. „Wann soll ich zur Abfahrt bereit sein?“ erkundigte sie sich.

„Zeit *spielt* eine gewaltige Rolle, besonders, wenn einer der Gäste das Tagebuch kaufen sollte.“ Lady Valéry schlug ihre Hände zusammen. „Wäre es dir möglich, innerhalb von zwei Tagen alles für deine Abreise vorzubereiten?“

„Wie Sie wünschen, Madam.“ Mary knickste vor Lady Valéry, drehte sich zu Lord Whitfield herum und deutete in seine Richtung eine steife Verneigung an, dann ging sie zur Tür.

Lady Valéry wartete, bis die Tür hinter ihr ins Schloss gefallen war, bevor sie sich erhob und neben ihn trat. „Was für ein vulgäres Schauspiel du da geboten hast. Ich hätte dir nie gesagt, wer sie ist, wenn ich geahnt hätte, dass du dich ihr gegenüber so ungehobelt aufführst.“

Sie geduldete sich, während er über seine Antwort nachdachte, und verspürte eine gewisse Befriedigung. Sebastian respektierte und fürchtete sie immer noch. Sie war jetzt über siebzig und hatte es gleichmütig hingenommen, dass ihre Schönheit verblasste, sich um ihre Augen Falten bildeten und sie dazu übergehen musste, sich kleine steife Härchen auf der Oberlippe auszurupfen. Was sie dagegen hart getroffen hatte, war, dass es sie ihre Stellung im Zentrum der Macht gekostet hatte.

Ein Mann wurde ungeachtet seines Alters mit Respekt behandelt. Eine Frau, und besonders eine ältere Frau, erfuhr höchstens Nachsicht, ihr wurde der Kopf getätschelt und eine Schüssel mit eingeweichtem Brot vorgesetzt. Es war nur eine weitere Ungerechtigkeit des Lebens, aber eine, mit der zurechtzukommen, ihr am schwersten fiel.

Ihre Finger an seine Wange legend, drehte sie seinen Kopf zu sich. „*Ich* werde mit euch zu den Fairchilds gehen – als Marys Anstandsdame."

„Anstandsdame?"

Sein Unterkiefer fiel herunter, und sie legte ihre Hand unter sein Kinn und schloss seinen Mund, so dass seine Zähne hörbar aufeinander schlugen.

Entrüstet fragte er sie: „Traust du mir einen solchen Mangel an Selbstbeherrschung zu, dass ich mich so weit vergessen könnte, diese Frau zu entehren?"

„Nein. Ich traue dir einen solchen Mangel an Selbstbeherrschung zu, dass du dich so weit vergessen könntest, diese Frau zu verführen." Sie gab ihm einen Kuss auf die Stirn. „Schließlich und endlich ist es mein Tagebuch, das wir wiederbeschaffen wollen. Entweder werde ich euch begleiten, wenn ihr geht, oder meine Haushälterin bleibt hier."

„Du weißt doch, dass ich keine Veranlassung habe, eine Fairchild zu mögen."

Er verteidigte sich hitzig, und Lady Valéry wusste, sie hatte einen wunden Punkt bei ihm getroffen. Die geheimnisvolle Mary Fairchild reizte Sebastian.

„Und sie ist eine echte Fairchild." Ganz offensichtlich hasste er die Leidenschaft, die gegen seinen Willen in ihm brannte. „Man muss sie sich nur anschauen, um das zu erkennen."

Voller Zuversicht in die Richtigkeit ihres Planes schritt Lady Valéry zur Tür und öffnete sie. „Ach, mein Lieber, wie lange willst du ihnen das denn noch nachtragen?"

„Wie lange wird es auf dieser Erde noch Fairchilds geben?"

Leise vor sich hin lachend verließ sie ihn.

Sie hatte sich seit Jahren nicht mehr so gut unterhalten.

4. KAPITEL

Mary blickte geistesabwesend auf die Kerze, die sie ins Küchenfenster gestellt hatte. Sie war voller Sorge und Unruhe, aber weder Gebete noch rastloses Umhergehen versprachen Erleichterung. So wartete sie einfach. Der Holztisch, an dem sie saß, war über die Jahre so oft gescheuert worden, dass sich seine Oberfläche unter ihren Fingern ganz weich anfühlte; er war inzwischen fast weiß, und in der Mitte, wo er am heftigsten geschrubbt worden war, befand sich eine leichte Vertiefung. Die Uhr auf dem Kaminsims tickte gleichmäßig. Das Feuer flackerte immer schwächer, und die Dunkelheit um sie verstärkte sich.

Ihm würde nichts geschehen. Ihm geschah nie etwas.

Als die Uhr Mitternacht schlug, öffnete sich die Tür, und Hadden, von wabernden Nebelschwaden umweht, kam herein.

„Schwester, du hättest nicht aufbleiben sollen." Ihr kleiner Bruder war für Schottlands schier endlose Weiten und gewaltige

Stürme mit der ganzen unschuldigen Begeisterung eines Jungen sofort entbrannt, und während seiner Streifzüge durch die nähere Umgebung war er stark und kräftig geworden. Jetzt roch er nach feuchter Luft und Heidekraut, seine Augen funkelten vor Aufregung, als er sich vorbeugte und sie auf die Wange küsste. „Ich verlaufe mich nie, das weißt du doch."

Sie zog das Tuch von dem Tablett vor sich und deutete auf das Brot und den Käse, die darunter verborgen gewesen waren. „Ich dachte, du wärest vielleicht hungrig."

Er schnaubte. „Ich hätte es mir sehr gut selber nehmen können. Hättest du nicht tun müssen", widersprach er, den Akzent der Einheimischen nachmachend.

„Ich bin wirklich nicht davon überzeugt, dass es angebracht ist, in den schottischen Dialekt zu verfallen ..." Er grinste sie an, und ihr wurde klar, dass er sie nur aufziehen wollte. Lächelnd gab sie ihm einen leichten Klaps auf den Arm. „Ich habe auf dich gewartet. Du weißt ja, ich mag die Dunkelheit nicht. Auch wenn es dumm ist." Dann konnte sie es sich nicht verkneifen hinzuzufügen: „Fast so wie dein Vorhaben."

Er schnitt sich gerade eine Scheibe von dem Brot ab, blickte aber bei ihren Worten auf und schaute sie finster an.

„Hast du sie dazu gebracht, mit dir zu reden?" erkundigte sie sich, bemüht, den angerichteten Schaden wieder gutzumachen.

Er starrte geistesabwesend auf das Brot in seiner Hand, legte dann den Brotlaib zurück. „Natürlich. Sie reden *gerne* mit mir."

„Das kann ich mir gut vorstellen. Wer sonst will ihnen denn schon zuhören, wenn sie sich über alte Zeiten auslassen?"

Er nahm ein Stück Käse, legte es auf sein Brot und biss ab.

Sie sollte lieber nichts sagen. Sie wusste, dass es besser wäre. Er erwies sich in dieser Angelegenheit, in diesem ihrem großen Streitpunkt, als der Beherrschtere, aber sie konnte es einfach nicht lassen, ihm deswegen zuzusetzen. „Wenn du ihnen bei ihren sinnlosen Geschichten schon unbedingt zuhören musst, warum kannst du das nicht tagsüber tun?“

Er kaute erst betont gründlich zu Ende, bevor er antwortete. „Die armen Leute von Schottland müssen sich tagsüber ihren Lebensunterhalt verdienen, darum. Die einzige Zeit, zu der sie mit mir reden können, ist nachts.“ Dann verlor er doch seine Beherrschung und schlug mit der flachen Hand auf den Tisch. „Seit der Niederlage bei Culloden geht so viel Althergebrachtes verloren, sterben so viele alte Bräuche aus. Die Hälfte der Bewohner haben die Heimat bereits verlassen, und eine tausendjährige Kultur wird einfach von den Engländern und ihrer verdammten übergeordneten Gerichtsbarkeit hinweggefegt. Ich verstehe nicht, warum du das nicht einsiehst. Wir haben das doch schon hundert Mal diskutiert ...“ Er brach ab und atmete tief durch. „Bist du deshalb aufgeblieben? Damit wir streiten können?“

Er war verärgert, und sie konnte es ihm nicht verdenken. Sein ganzes Leben lang war sie da gewesen, hatte ihn ermutigt, unterstützt und gelobt, hatte ihn den klügsten und begabtesten Jungen in der ganzen Welt genannt. Bloß jetzt war sie mit dem, was er tat, nicht einverstanden – aber was konnte sie dagegen schon tun? Er war neunzehn. Seit sechs Jahren war er größer als sie. Seine Schultern waren breiter geworden, seine Beine länger. Seine tiefe Stimme klang so sehr wie Papas, dass sie nur die Augen schließen musste, um sich in einer früheren Zeit wiederzufinden – und das war das eigentliche Problem.

Sie rang sich ein Lächeln ab und klopfte auf den Stuhl neben sich. „In Wirklichkeit habe ich heute aus einem anderen Grund auf dich gewartet.“

Er schaute sie misstrauisch an. „Aus welchem?“

„Ich weiß nicht genau, wo ich anfangen soll.“ Ihre Hände verkrampften sich, entspannten sich dann wieder. „Ich werde nach England gehen."

„Nach England!" Einen kurzen Augenblick lang sah sie in seinen Augen Abenteuerlust aufblitzen, die aber sofort von Besorgnis ersetzt wurde. „Warum?"

Was sollte sie ihm sagen? Wie sollte sie es ihm sagen? „Das ist alles so merkwürdig, Hadden."

Sie war selten so zögernd, so unentschieden, und er hatte es auch bemerkt, denn seine Augen verengten sich argwöhnisch. Das Brot zur Seite legend, griff er nach ihrer Hand. „Was ist geschehen?"

„Dieser Mann, der heute Abend hier ankam, er ..."

„Lord Whitfield?" Hadden drückte ihre Hand so fest, dass es ihr beinahe wehtat, seine andere Hand ballte sich zur Faust. „Ist er dir zu nahe getreten? Hat er sich dir aufgedrängt?"

„Nein!" Entsetzt über seine Schlussfolgerungen, rief sie noch einmal: „Nein, natürlich nicht! Lady Valéry hätte das doch niemals zugelassen ... nein!"

„Was hat er denn getan, dass du so außer dir bist?"

Sie entwand ihre Hand seiner Umklammerung und bewegte vorsichtig ihre schmerzenden Finger. „Nichts!"

„Nichts? Das glaube ich dir nicht, Mary. Dazu kenne ich dich zu gut. Du bist verstört, und ich möchte wissen, warum."

Sie erkannte, dass ihr kleiner Bruder erwachsen geworden war. Sie musste ihm die Wahrheit sagen. „An wie viel von dem, was in jener Nacht geschah, kannst du dich noch erinnern?"

„In jener Nacht? Was ...?" Hadden verstummte jäh.

Sie hatten nie darüber gesprochen, aber Mary sah das Entsetzen in seinen Augen.

„Ich erinnere mich an alles", erwiderte er schließlich mit flacher Stimme.

„Erinnerst du dich, wie wir zum Haus zurückgegangen sind, nachdem wir den Leichnam vergraben hatten?" Ihre Hand stahl sich zurück in Haddens. „Da war ein Mann, der mich im Stall aufgehalten hat."

Er rieb ihre eiskalten Finger. „Ja."

„Dieser Mann war Lord Whitfield."

„Guter Gott!" Es klang eher nach einem Gebet als einem Ausruf. Hadden starrte über sie hinweg zu dem dunklen Rechteck des Fensters, in dem die Kerze noch brannte. „Hat er dich offen beschuldigt? Ich fand schon immer, dass alles eigentlich meine Schuld war. Ich werde es ihnen sagen, wenn sie kommen ..."

„Es war nicht deine Schuld! Wie kannst du das nur sagen?"

„Ich war es ..."

„Nein. Ich war es." Sie klang abschließend. „Ich war so dumm und so unglücklich und habe davon geträumt, dass ein Prinz kommen und mich retten würde. Ich habe in einer Welt aus Wünschen und Träumen gelebt – oh, verdammt seist du dafür, Papa!" Es war Jahre her, seit sie das letzte Mal geweint hatte, aber jetzt rannen ihr Tränen über die Wangen.

Hadden sprang auf und suchte umständlich in seiner Hosentasche nach einem Taschentuch. Schließlich, nachdem er verschiedene andere interessante Gegenstände – unter anderem ein paar Steine mit seltsamen Kerben darauf – zu Tage gefördert hatte, fand er das Gesuchte und reichte es ihr. Dann fragte er: „Warum Papa?"

Sie wischte sich ihre Tränen ab und zwang die, die noch fließen wollten, eisern zurück. „Er war nichts als ein Träumer. Immer hat er sich diese Geschichten ausgedacht. Er nannte mich Prinzessin Guinevere und sagte, ich müsse erst schwere Kämpfe überstehen, dann würde ein Prinz kommen und mir zur Seite stehen, und gemeinsam würde uns alles gelingen." Sie konnte den Gedanken daran kaum ertragen, wie begierig sie seinen Geschichten gelauscht hatte und wie willig sie gewesen war, daran zu glauben. „Papa hat mich zu träumen gelehrt, und das war alles, was ich getan habe. Sogar noch, nachdem er gestorben war, sogar noch, nachdem unser Großvater sich geweigert hatte, uns zu helfen, sogar noch, nachdem ich eine Stelle als Gouvernante angenommen hatte, habe ich weitergeträumt."

„Du warst damals ganz anders."

„Ich *war* ein anderer Mensch." Das war sie unzweifelhaft gewesen. Mary Rottenson hatte Guinevere Fairchild ausgelöscht und ihre Stelle eingenommen. Guinevere war verschwunden. Ganz und gar. Aber die Folgen ihrer Torheit bestimmten immer noch ihr Leben. „Guinevere erlaubte dem Earl of Besseborough, das Schulzimmer zu besuchen, Guninevere hielt ihn für den Prinzen, der gekommen war, sie zu retten."

„Wo er doch in Wirklichkeit eine schleimige alte Kröte war." Haddens Gesicht verzog sich zu einer Grimasse des Abscheus. Dann stützte er sich plötzlich mit beiden Händen vor ihr auf den Tisch. „Darum willst du nicht, dass ich versuche die alten Geschichten zusammenzutragen und aufzuschreiben."

„Nein, so ist das nicht ..."

„Doch. Du glaubst, ich wäre ein Träumer wie Papa."

Sie hasste es, das zugeben zu müssen, weil sie ihn so sehr liebte – er war tatsächlich wie ihr Vater. Er war auf der Suche nach Romantik und Abenteuer – und was konnte dabei schon Gutes herauskommen?

Aber Hadden wollte an eine Universität. Dort würde er anderen Einflüssen ausgesetzt sein, und dieser Unsinn über das Bewahren der alten Geschichten würde aufhören. Darauf setzte sie ihre ganze Hoffnung. „Lord Whitfield schien mich nicht wiederzuerkennen."

„Er hat dich *nicht* wiedererkannt?"

„Er wusste allerdings, dass ich die Tochter von Charles Fairchild bin. Das wusste er schon, als er hier eintraf. Lady Valéry muss das wohl irgendwie herausgefunden haben."

Leicht verlegen bekannte Hadden: „Sie hat mich befragt, kurz nachdem wir hier angekommen waren, und ich habe ihr erzählt ..."

„Was? Alles?" unterbrach ihn Mary entsetzt.

„Nein, nein. Nur von Papa und wie du dir Arbeit suchen musstest, weil Großvater uns nicht bei sich leben lassen wollte." Man konnte Hadden die Bitterkeit anhören, die er – ebenso wie sie – immer noch bei dem Gedanken an die lang zurückliegende Zurückweisung empfand.

„Ich weiß noch nicht einmal, warum Großvater Papa und uns nicht zu sich nehmen wollte, als wir es so bitter nötig hatten."

„Hat Papa niemals etwas darüber gesagt?"

„Nicht, dass ich mich erinnern könnte." Sie legte sich eine Hand flach auf ihre schmerzende Stirn. Es verursachte ihr jedes Mal Kopfschmerzen, wenn sie über ihren Vater nachdachte. „Wir sind nie zu Besuch auf Fairchild Manor gewesen. Ich habe mich gar nicht weiter darüber gewundert, solange Mama noch lebte."

„Ich erinnere mich an gar nichts mehr davon."

Haddens schmale Züge verrieten deutlich, wie sehr er sich nach Erinnerungen sehnte. Er war erst zwei Jahre alt gewesen, als ihre Mutter starb, und neun beim Tode ihres Vaters. Mary hatte ihr Bestes gegeben, aber sie war zu jung gewesen, um zu wissen, wie sie ihm die Eltern ersetzen sollte. Sie hatte sich so viele Dummheiten geleistet. Während sie Hadden anschaute, überlegte Mary nicht zum ersten Mal besorgt, dass Hadden eigentlich einen Mann brauchte, zu dem er emporsehen konnte.

„Macht nichts." Hadden zuckte die Schultern, als ob er diesen

Verlust schon vor langer Zeit als unabänderlich hinzunehmen gelernt hätte. „Du weißt, wie Lady Valéry ist, und ich war noch jung damals."

„Ich weiß." Sie strich ihm leicht über das goldblonde Haar. „Ich wünschte nur, du hättest es mir gesagt."

„Wir waren uns einig, dass es besser wäre, du könntest einfach tun, was du für am besten hieltest." Er lächelte ihr zu. „Du warst zu jener Zeit ein ziemlich ernsthaftes junges Mädchen."

„Ja, das war ich wohl." Und war es geblieben.

„Erzähl mir von Lord Whitfield."

Sie zwang sich, nicht länger darüber nachzugrübeln, was gewesen war, sondern daran zu denken, was zu tun war. „Wie ich schon sagte, schien er mich nicht wiederzuerkennen."

„Es war eine sehr dunkle Nacht", bemerkte Hadden und setzte sich wieder.

„Und ich habe mich verändert. Aber er kannte Papa."

„Woher?" wollte Hadden wissen.

„Er sagte, sie wären Nachbarn gewesen. Lord Whitfield sagt, ich sähe wie Papa aus, bloß nicht so attraktiv, natürlich."

Hadden lehnte sich überrascht zurück und musterte sie. „Du siehst hübsch aus, wenigstens für eine Schwester."

„Lord Whitfield ist nicht mein Bruder, und er war nicht beeindruckt. Tatsächlich ist das wirklich keine Überraschung, oder?" Sie strich sich über ihre einfachen dunklen Röcke. „Das tut ohnehin nichts zur Sache, er wünscht jedenfalls, dass ich mit ihm als seine Verlobte nach Fairchild Manor reise."

„Was?" Hadden katapultierte es förmlich aus seinem Stuhl.

Mary fasste nach seinem Handgelenk und hielt ihn zurück, verhinderte, dass er einfach aus der Küche stürmte. „Hör zu! Ich muss das tun. Es gibt keine andere Lösung, wirklich. Ich schwöre es."

„Dann erkläre es mir." Er starrte sie finster an, ließ sich aber trotzdem wieder auf seinen Stuhl fallen. „Und lass es eine verdammt gute Erklärung sein."

Rasch erzählte sie ihm von Lady Valérys Tagebuch. Als sie fertig war, erhob er sich und ging in der Küche auf und ab, kam wieder zu ihr zurück und baute sich vor ihr auf. „Es muss ihm doch klar sein, dass er dich in Gefahr bringt. Die Fairchilds sind vollkommen gewissenlos. Sie haben uns zum Verhungern in die Gosse geworfen. Sie fänden noch nicht einmal etwas Schlimmes daran, dich umzubringen."

Schwach erwiderte sie: „Ich hoffe doch, die Lage ist nicht *so* verzweifelt."

„Ich komme mit dir, Mary." Er legte ihr einen Arm um die Schultern. „Es ist klar, dass du mit diesem Lord Whitfield alleine nicht fertig wirst. Und außerdem ist es sowieso an der Zeit, dass ich dir helfe, die Bürde zu tragen."

„Nein!" Sie sprang erregt auf. „Ich kann und werde das alleine schaffen."

„Das kannst du nicht. Guinevere Mary, du weißt genau, dass du das nicht kannst. Behandele mich wie einen Mann." Seine verblüffende Ähnlichkeit mit ihrem Vater verstörte sie, aber er klang jetzt so reif, so vernünftig. „Ich werde dich nicht im Stich lassen, und vielleicht, ganz vielleicht, könntest du wieder glücklich werden."

Etwas von der Last auf ihren Schultern abzugeben, hatte etwas überaus Verlockendes. Aber wie konnte sie? Nein. Sie musste die Gewalt über ihr Schicksal selber behalten. Wenn sie erst einmal heil nach England und wieder zurückgekommen war, unbehelligt von einem Skandal, *dann* konnte Hadden seinen eigenen Weg machen. Ihn noch ein klein wenig länger zu beschützen, war nur klug; sie selbst hatte viel zu schnell und auf eine sehr grausame Art und Weise erwachsen werden müssen. Vor dieser Erfahrung konnte sie ihn bewahren.

Seine Schulter tätschelnd, sagte sie: „Bitte, mach es mir nicht noch schwerer, als es ohnehin schon ist.“

Er richtete sich auf, offensichtlich bereit, mit ihr darüber weiterzustreiten.

„Ich schaffe es nur, wenn ich dich hier sicher in Schottland weiß. Wenn ich mir um dich Sorgen machen müsste ...“ Ihre Stimme brach. Sie hasste es, ihn durch Schuldgefühle dazu zu bringen, das zu tun, was sie wollte, aber heute war sie verzweifelt genug, jede Waffe, die ihr zur Verfügung stand, einzusetzen. „Bleib dieses eine Mal noch hier. Bitte, Hadden. Bitte.“

Er ging zu dem Tisch, blieb stehen und betrachtete nachdenklich die Steine, die er gesammelt hatte und die noch immer dort lagen. Die alten Leute hatten ihm gesagt, es wären uralte Steine, mit denen man die Zukunft vorhersagen konnte. Er hatte einmal versucht, ihr davon zu erzählen, aber sie hatte nichts davon hören wollen.

Während sie sprach, ordnete er die Steine gedankenverloren in einer Reihe an, und als sie fertig war, schaute er mit ausdrucksloser Miene auf. „Natürlich, Schwester, du hast Recht. Es ist gewiss besser, wenn du glauben kannst, dass ich hier sicher in Schottland bin. Geh in Frieden, und wir sehen uns dann zur rechten Zeit wieder.“

Als sie die Tür hinter sich ins Schloss zog, fragte Mary sich verwundert, was er in den Steinen gesehen haben mochte, das für seinen plötzlichen Gesinnungswandel verantwortlich war.

5. KAPITEL

„Eine gute Haushälterin geht immer dorthin, wo sie benötigt wird."

Sebastian hörte den leise gesprochenen Satz hinter sich und drehte sich um. Mary stand da und betrachtete Lady Valérys üppig verzierte Kutsche so verbissen, dass man glauben konnte, sie schaute auf ihren Leichenwagen.

Guter Gott, sie führte Selbstgespräche. Miss Vollkommenheit Fairchild führte tatsächlich Selbstgespräche.

Und Sebastian *war* ebenso gewissenlos wie unbarmherzig. „Verzeihen Sie vielmals, Miss Fairchild, aber ich fürchte, ich habe Sie nicht ganz verstanden."

Er hätte schwören können, dass sie ihn gar nicht bemerkt hatte, da er seitlich neben der Tür stand, aber sie fuhr nicht zurück. Ihre Hände hatte sie vor sich verschränkt, die Finger miteinander verflochten, als ob sie beten wollte. Sebastian dachte bei sich, dass er schon Nonnen gesehen hatte, die sich unruhiger bewegten. Und er hatte auch Nonnen gesehen, die mehr weibliche Wärme ausstrahlten.

Mary musterte ihn ohne sichtliche Begeisterung von Kopf bis Fuß, während ihr Atem weiße Wölkchen in der kalten Luft erzeugte. „Ich habe nicht mit Ihnen gesprochen, Lord Whitfield."

Er schaute sich übertrieben interessiert um; sein Blick schweifte über die leeren Stufen vor dem offenen Portal des Schlosses zu den wartenden Kutschen, die sie erst nach London und dann nach Fairchild Manor bringen würden. „Doch nicht etwa zu sich selbst? Nun, warum nicht? Im Grunde genommen stehen ja ohnehin alle Fairchilds in dem Ruf, exzentrisch zu sein. Auf der anderen Seite ist jedoch meines Wissens nach keiner – bislang – verrückt."

Sie wandte sich ab. „Dann wissen Sie über die Fairchilds vielleicht doch nicht so viel, wie Sie glauben."

„Ah, aber ich plane, das zu ändern." Er genoss es immer wieder, sie daran zu erinnern. „Schließlich sind wir ja *verlobt*."

Der schwere Haarknoten in ihrem Nacken musste ihren Kopf nach hinten gezogen haben, denn, so weit er wusste, hätte es sich die Haushälterin Mary Rottenson nie gestattet, ihn von so oben herab anzusehen, wie es Miss Fairchild gerade jetzt tat. „Wir sind verlobt, ja, doch erst, wenn wir Fairchild Manor erreichen und nur zu dem einen und einzigen Zweck, die Tagebücher meiner Arbeitgeberin wiederzubeschaffen."

Er stellte sich dicht vor sie, drängte sie dadurch zur Tür zurück, und fing ihre Hand ein, die sie gehoben hatte, um ihn abzuwehren. „Ah, versagen Sie uns damit nicht das Vergnügen, das wir in den Armen des anderen hätten suchen und finden können?"

Hätte sie keine Handschuhe getragen, ihre Fingernägel hätten sich in seine Wange gegraben. So, wie die Dinge lagen, drohte ihm schon ihr frostiger Ton und der wütende Blick aus ihren eisblauen Augen alleine, die Haut bei lebendigem Leibe abzuziehen. „Ich finde in keines Mannes Armen Vergnügen, weshalb ich es dort auch nicht zu suchen pflege."

Wie er sie behandelte, gefiel ihr nicht, das war deutlich. Pech für sie, dass ihm das egal war.

Er veränderte seinen Griff, um den Druck ihrer Finger abzuschwächen, und sagte: „Vielleicht lagen Sie nur noch nicht in den Armen des richtigen Mannes?"

„Sie missverstehen mich, Lord Whitfield." Sie schaute demonstrativ auf ihre umklammerte Hand. „Ich habe noch in *keines* Mannes Armen gelegen."

Sie musste scherzen.

„Und ich habe nicht vor, das zu ändern."

Sie scherzte nicht.

Und er glaubte ihr. Glaubte einer Fairchild, einer geborenen Lügnerin, weil sein Verlangen nach ihr so stark war, dass es schmerzte, wann immer er sie bloß ansah. Er hatte ihr gesagt, sie sähe wie eine Haushälterin aus, und das stimmte.

Sie hatte ein altmodisches schwarzes Kleid an und – dessen war er sich sicher – darunter ein Korsett, obwohl modische Frauen inzwischen darauf verzichteten, und hielt sich sehr steif und sehr gerade. Der neuen, freieren Mode entsagend, trug sie Reifrock, in der Gewissheit, dass kein Mann ihre Figur darunter auch nur erahnen konnte. Ihr Haar, zu einem strengen Knoten aufgesteckt, war gefangen in einem dieser netzartigen Gebilde, die sicherstellten, dass ja keine vorwitzige Locke entschlüpfte. Manchmal setzte sie ein einfaches Häubchen auf, wie es zur Tracht der Hausmädchen gehörte. Keine künstlichen Hilfsmittel brachten Farbe in ihre sanft gerundeten Wangen, kein Schönheitspflästerchen betonte den missbilligend verzogenen Mund.

Es entsprach allerdings auch der Wahrheit, dass selbst das Fischbein ihren wohl gerundeten Busen nicht ganz zu verbergen und nichts diese blonden Strähnen für lange zu bändigen vermochte. Ein wenig Puder hätte die verräterische Röte, die in Miss Fairchilds Wangen kam und ging, vielleicht verdeckt, und er fragte sich – wenn er sie küsste, würden seine Lippen auf ihrer blassen Haut ein Mal hinterlassen? Wenn er diese unkleidsame Kopfbedeckung entfernte, würde ihn ihr Haar mit seiner ungebärdigen Fülle verspotten? Wenn er sie aus diesem elenden Korsett und dem scheußlichen Kleid befreite, ihr rosiges Fleisch berührte, würde sie ihn gewähren lassen, weich und freigebig werden und ihn all seine Feindseligkeit gegen ihre ganze zügellose Sippschaft vergessen lassen?

Ihm schauderte. Nein, nein, er konnte niemals vergessen. Das wäre ein Verrat, mit dem er nicht leben könnte.

Auf der langen Reise von seinem Londoner Stadthaus hierher hatte er alles geplant. Er würde auftauchen, diese Fairchild überrumpeln und dazu bewegen, sich seinem Willen zu beugen. Er hatte nicht gedacht, dass es so schwierig werden würde – Gott wusste, die gesamte Familie war gewöhnlich für Schmeichelei empfänglich. Oberflächlichkeit war alles, was sie verstanden. Mit der vollen Wucht seines Charmes konfrontiert, würde sie wie alle anderen Fairchilds buchstäblich dahin schmelzen. So hatte er es sich wenigstens vorgestellt.

Die einzige Schwierigkeit bestand darin, dass ihn in ihrer Gegenwart sein Charme im Stich ließ. Stattdessen fühlte er sich immer wieder versucht, sie wütend zu machen.

Das sollte er nicht, er wusste es. Er brauchte ihre Mithilfe. Doch irgendetwas an ihr erweckte in ihm den unwiderstehlichen Wunsch, die harte Schale ihrer Selbstbeherrschung zu durchdringen. Vielleicht lag es daran, wie sie sprach: leise, als ob sie fürchtete, belauscht zu werden, und langsam, als ob sie sich jedes Wort sorgfältig überlegte, bevor sie es aussprach. Vielleicht lag es daran, wie sie sich bewegte: anmutig, als ob sie fürchtete, einen Unfall zu verursachen, und exakt, als ob jede ihrer Bewegungen gemessen und bewertet würde.

Er ließ ihre Hand los und folgte ihr, als sie die Stufen zur Kutsche hinunterschritt. Sie mochte nicht so aussehen, aber sie war eine Dame und unter ihrem formlosen schwarzen Gewand sehr weiblich.

Er dachte – er hoffte –, sie würde ihm Ehre machen, wenn sie, erst einmal in Seide und Spitzen gekleidet, sich ihrer Familie als seine Verlobte vorstellte. Sie würden dann wissen, dass er den Sieg davongetragen hatte. Das bedeutete ihm viel. Es bedeutete ihm mehr, als es sollte.

„Wo ist Ihr Bruder?“ erkundigte er sich. „Ich hatte damit

gerechnet, dass er hier sein würde, um sich von Ihnen zu verabschieden."

Miss Fairchild beehrte ihn mit einem knappen Lächeln, die Lippen fast unmerklich verzogen, halb beunruhigt, halb trotzig. „Hadden wollte mit einer alten Frau in den Mooren sprechen. Er sagte, sie wüsste etwas über Spuk auf dem Schlachtfeld von Culloden, und er interessiert sich sehr für ... den Krieg."

Sie log. Sebastian wusste das so gut, wie er die Narbe an seiner Hand kannte, doch wie konnte er das beweisen? Sein Blick glitt abschätzend über die Landschaft. Vereinzelte Schneefelder zierten die fernen Gipfel der Highlands; jede Nacht seit seiner Ankunft hatte es Bodenfrost gegeben. Die Straßen wurden dadurch besser passierbar, und ihre Reise würde angenehmer verlaufen. Irgendwie konnte er dennoch das Gefühl nicht abschütteln, dass Mary ihren Bruder absichtlich versteckt gehalten hatte. Ihre Vorgehensweise sprach ganz deutlich von einem schlechten Gewissen.

Ihr schlechtes Gewissen hatte sie viel mehr als die Loyalität seiner Patin gegenüber schnell packen lassen. Wie versprochen war sie innerhalb von zwei Tagen zur Abreise bereit gewesen. Er hatte nicht auf Guinevere Mary Fairchild warten müssen.

Dann grinste er, als er Lady Valéry erblickte. Mit seiner Patin war das freilich etwas ganz anderes.

„Sebastian, hast du dich noch einmal davon überzeugt, ob auch wirklich jedes *einzelne* meiner Gepäckstücke auf die Wagen geladen wurde?" In einen kostbaren Pelzumhang gehüllt, den ihr ein längst vergessener russischer Liebhaber verehrt hatte, stand Lady Valéry hoch oben auf den Stufen des Herrenhauses und schaute so hochmütig auf ihn herab, als wäre er irgendein dahergelaufener Bauer, dazu geboren, zu tun, was sie ihm auftrug.

Und war er auch kein Bauer, so war er doch dazu geboren, zu

tun, was sie ihm auftrug. Sie war die einzige Frau in seinem Leben, für die er Achtung empfand – und vielleicht auch Ehrfurcht. Er war drauf und dran, sich in den Vorhof zur Hölle zu begeben – wie Fairchild Manor von manchen genannt wurde –, und er tat das für sein Land, um es vor einer politischen Katastrophe zu bewahren. Doch er tat es auch für Lady Valéry. Er hatte ihr viel zu verdanken, und dafür war er ihr stets zuverlässig zu Diensten.

„Dein Gepäck, meine Liebe, befindet sich in diesen zusätzlichen Wagen." Er deutete auf die beiden hoch beladenen, schwerfälligen Fahrzeuge, die hinter ihrer eigenen gut gefederten Kutsche warteten. „Miss Fairchilds Reisetasche wird auf den Knien einer der Kammerzofen, die du mitnimmst, Platz finden und meine lumpigen paar Koffer sind auf dem Dach untergebracht, schutzlos Wind und Wetter ausgesetzt."

„Genau wie es sein sollte, mein Lieber." Sie runzelte plötzlich die Stirn, während sie die Treppe hinunterstieg. „Mit Ausnahme von Marys Reisetasche, natürlich. Wir werden wohl ein wenig Zeit in London verbringen müssen, wie du sicher auch schon erkannt hast, um ihr zu einem ansehnlichen Äußeren zu verhelfen."

„Sie hat schon ein ansehnliches Äußeres", gab er zurück. „Was sie braucht, sind ein paar neue Kleider."

„Das auch", erwiderte Lady Valéry gelassen.

Er hörte ein leises Fauchen und wandte sich um. Miss Fairchild starrte sie beide böse an.

„Sie ist wohl ein wenig empfindlich?" erkundigte er sich bei seiner Patin.

„Bisher ist sie es nie gewesen." Lady Valéry blieb auf der untersten Stufe stehen und sah Miss Fairchild dabei zu, wie sie in die Kutsche stieg. „Ich frage mich, was jetzt dafür verantwortlich sein mag."

Sebastian betrachtete Lady Valérys aufrechte Erscheinung.

Bei Gott, sie war die Gegnerin eines jeden Mannes in England. Eine Frau, die mit Macht umgehen konnte, die mehr über die Regierung und ihre Arbeit als die meisten Mitglieder des Parlaments wusste, und die sogar wusste, wie man auf die Gesetzgebung Einfluss nahm. Er musste das Tagebuch an sich bringen, nicht nur, um Lady Valéry zu schützen, sondern auch, um zu verhindern, dass ihre Form der Meuterei gegen das herrschende System im britischen Reich Kreise zog. Wenn andere Frauen entdeckten, dass es ihnen möglich war, zu regieren, und klug noch dazu, welche Verwendung hätten sie dann noch für Männer?

Er half ihr in die Kutsche und trat zurück, weil er wusste, dass die Damen etwas Zeit brauchten, Platz zu nehmen, ihre Röcke zu ordnen und ihre Habseligkeiten um sich zu verteilen, bevor er nachkommen konnte. Er unterzog die drei Wagen noch einmal einer sorgfältigen Begutachtung. Die glänzenden Radnaben zeugten von der gewissenhaften Arbeit des Stellmachers. Neben jedem Kutscher saß ein mit Schießeisen bewaffneter Lakai – Straßenräuber waren eine stets drohende Gefahr. Und auf jeder Kutsche fuhr außerdem noch ein zusätzlicher Lakai – von seinen eigenen oder Lady Valérys Leuten – mit, für den Fall, dass ein Unfall geschah oder dass die Pferde, alles ausgezeichnete Tiere, besonderer Pflege bedurften. Die beiden Zofen reisten in der zweiten Kutsche, während Gerald, sein eigener tüchtiger Kammerdiener, die Bediensteten in der letzten beaufsichtigte.

Sogar jetzt noch schritt ein dick vermummter Gerald die Wagenprozession in ganzer Länge ab und überprüfte selbst alles ein letztes Mal. Als er auf Höhe des Marquess angekommen war, sprach dieser ihn an. „Wir sollten London innerhalb von vierzehn Tagen erreichen können, so wir gutes Wetter haben."

Als der junge Mann sich zu ihm umwandte, bemerkte Sebastian seinen Fehler. Er wunderte sich, dass er ihm überhaupt unterlaufen war. Dieser Bursche hier trug raue Wolle, keinen eleganten Umhang, und der dicke Schal war ganz offensichtlich von irgendeiner alten Großmutter oben in den Bergen selbst gestrickt worden. Gerald würde man niemals dabei ertappen, wie er eine solche Modesünde beging, dennoch besaß dieser Mann – dieser Lakai? – eine Ausstrahlung, als ob er es eher gewohnt wäre, Befehle zu geben, als sie entgegenzunehmen, eine Art sich zu geben, die gewöhnlich höherrangige Dienstboten von den niederen unterschied.

Doch als er sprach, war sein Englisch mit einem starken schottischen Akzent gefärbt. „Gott wird uns gutes Wetter schenken, bis wir Schottland verlassen, M'lord", sagte er, „Aber danach liegt es in der Hand des Teufels."

„Ein echt schottischer Standpunkt." Sebastian konnte sich nicht helfen, er musste grinsen. So ein aufsässiger Geist amüsierte ihn. „Warum fährst du mit, wenn du England so abstoßend findest?"

„Irgendjemand muss schließlich mitkommen und auf Miss Fairchild Acht geben."

Normalerweise hätte eine derartige Unverschämtheit Sebastians Belustigung nur noch gesteigert, aber etwas an der Art und Weise, wie er aus diesen blauen Augen gemustert wurde, ließ das Grinsen von seinen Lippen verschwinden. Der Kerl trat ihm von Mann zu Mann gegenüber. Sebastian scherte sich nicht um die Herausforderung. „Ihr wird es gut gehen, das versichere ich dir."

„Nein, *ich* versichere es *Ihnen*", erwiderte der Bursche unbeeindruckt. „Und darum sollte ich jetzt mit meiner Inspektion des Wagenzuges fortfahren."

„Du bist ein Lakai?" forschte Sebastian.

„Stallbursche."

Und hielt sich dieser Stallbursche allen Ernstes für einen Verehrer von Guinevere Mary Fairchild, Abkömmling einer der vornehmsten englischen Adelsfamilien? „Wie heißt du?"

„Haley, M'lord."

Sebastian zögerte. Er sollte den Mann entlassen, ihm mitteilen, dass er durch seine Frechheiten das Recht verloren hätte, auf seine geliebte Miss Fairchild Acht zu geben, aber irgendetwas an der Art, wie Haley dastand – die Schultern gestrafft, die Hände an den Hüften –, sagte Sebastian, dass er sich genauso gut seinen Atem sparen konnte.

„Nun gut", entgegnete er nur. „Gib auf Miss Fairchild Acht, wann und so viel du willst. Und tu das, indem du dafür sorgst, dass alles auf dieser Reise glatt geht."

„In Ordnung, M'lord." Er ging zur Rückseite von Lady Valérys Kutsche und zog eine große Messingwaschschüssel aus der Verschnürung. „Nehmen Sie die hier."

Sebastian schaute ihn verständnislos an und nahm das zerbeulte alte Ding vorsichtig mit zwei Fingern. „Wofür ist die?"

Jetzt grinste Haley. Sebastian erkannte es an den vielen kleinen Fältchen um seine Augen.

„Die ist für Miss Fairchild", erklärte er. „Sie verträgt lange Fahrten in der Kutsche gar nicht gut."

6. KAPITEL

Müde hob Mary ihren bleiernen Kopf von dem Kissen. Die Kutsche hatte – endlich – aufgehört, hin und her zu schaukeln, die Räder hatten mit dem unablässigen Geholper innegehalten, und die Tür wurde geöffnet, so dass ein Schwall frischer Luft in das Wageninnere drang.

„Setzen Sie sich hin, Miss Fairchild", befahl Lord Whitfield.

„Oh! Wie ... was ist los?“ Sich elenderweise nur zu bewusst, dass sie ebenso kläglich aussehen musste, wie sie sich fühlte, tastete sie ungeschickt auf dem Boden nach ihrem Hut.

„Wir sind da.“

Die bedeutungsvoll betonten Worte hatten die gewünschte Wirkung: Sie setzte sich augenblicklich auf. Den schmalen, gepolsterten Sitz, der für viel zu viele Tage ihre Ruhestatt gewesen war, umklammernd, schaute sie sich verwirrt um. „Auf Fairchild Manor?“

„Kommen Sie.“ Seine Hand mit der schrecklichen Narbe wurde ihr hilfreich entgegengestreckt. „Ich trage Sie.“

„Das will ich aber nicht“, begehrte sie auf, während sie die Bänder ihres Hutes unter dem Kinn zusammenband.

„Sie wollen nie etwas“, gab er zurück. „Aber ich kann mir nicht vorstellen, dass Sie es tatsächlich vorziehen, ausgerechnet hier geradewegs auf die Nase zu fallen.“ Er machte eine kurze Pause, bevor er zum entscheidenden Schlag ausholte. „Wie Sie es auf unserer Reise schon getan haben.“

Das würde er sie nicht vergessen lassen. Jene Episode in der ersten Nacht war nicht unbedingt eine ihrer Sternstunden gewesen, gewiss, aber ein Gentleman würde einfach seine Hilfe anbieten, ohne ständig auf dem einen beklagenswerten Zwischenfall in dem schäbigen Gasthof herumzuhacken.

Widerstrebend legte sie ihre Hand auf seine und ließ sich von ihm zur Kutschentür ziehen. Wie sie es jeden Abend auf der Reise von Schottland nach London und dann wieder auf der Fahrt hierher, nach Fairchild Manor, getan hatte, stützte sie sich mit ihren Händen auf seinen Schultern ab, während er ihr durch die enge Türöffnung half. Ohne dass ihre Füße auch nur einmal den Boden berührten, hob er sie dann auf seine Arme.

Sie hasste es. Sie hasste es, berührt zu werden, besonders von ihm, besonders gerade jetzt. Sie hatte es zwar nicht gemocht, so behandelt zu werden, aber es war ihr schlecht genug gegangen, es widerwillig zu ertragen.

Auf dem Weg nach London war sie wenigstens von mehreren Schichten dichten wollenen Stoffes geschützt gewesen. Dann hatten sie in der Stadt für einen Einkaufsbummel Station gemacht – wobei angesichts des Schwindel erregenden Tempos, in dem Lady Valéry ihre Einkäufe tätigte, von Bummel nicht die Rede sein konnte. Lord Whitfield hatte darauf bestanden, und Lady Valéry musste ihm Recht geben, dass Mary von Grund auf neu eingekleidet werden sollte.

Die neuen Kleiderschnitte, hatte die Modemacherin erklärt, vertrugen sich nicht mit Fischbeinkorsetts und steifen Unterröcken. Stattdessen trug Mary jetzt ein leichtes Reisekleid mit hoch angesetzter Taille über nicht mehr als einem Hemd und einem dünnen Unterrock. Um alles noch schlimmer zu machen, war es auf ihrer Reise in den Süden nach Sussex allmählich wärmer geworden, und sie hatte ihre Pelisse ablegen müssen.

Jetzt drückten Lord Whitfields Finger gegen ihre Rippen, seine Hand lag auf ihrer Hüfte und der Kontakt, den sie unbedingt hatte vermeiden wollen, war in seiner ganzen Sinnlichkeit real geworden. Wenn der Stoff verrutschte, berührte er sie an einer anderen, neuen Stelle. Wenn er ihre Lage in seinen Armen veränderte, entweihte er mit seiner Berührung einen neuen Teil ihrer Haut. Mit jedem Atemzug hob sich seine Brust gegen ihre, und sie musste sich eine Hand auf den Leib legen, um den schwachen Schmerz dort zu lindern. Dieser Schmerz rührte nicht von ihrer Reisekrankheit her, sondern war der Schmerz einer Frau, die sich so an die Einsamkeit gewöhnt hatte, dass sie den Trost vergessen hatte, den die Berührung eines anderen Menschen spenden konnte.

Lord Whitfield zwang ihr die Erinnerung daran zu rücksichtslos auf, indem er unbekümmert das schützende Polster von Zeit und Raum fortzog, und sie fürchtete, wenn er mit ihr fertig war, einmal mehr wieder die hilflose, unselbstständige Guinevere Fairchild zu sein.

Und schlimmer noch, wenn er es wüsste, denn dann würde er in dem Wissen schwelgen. Sie gab sich in Bezug auf Lord Whitfield keinen Illusionen hin. Er würde sie benutzen, und wenn er sie dabei verletzte, wäre das in seinen Augen nur ein zusätzlicher Bonus.

Einen Mann wie ihn hatte sie schon einmal gekannt. Einen Mann wie ihn hatte sie schon einmal umgebracht.

„Es macht mir nichts aus, dass Sie krank aussehen", bemerkte Lord Whitfield leise. „Aber müssen Sie denn auch noch verängstigt aussehen?"

„Ich bin verängstigt." Nicht wegen der Fairchilds, wie er vielleicht vermutete, sondern seinetwegen.

„Wollen Sie sie nicht kennen lernen?"

„Natürlich will ich sie nicht kennen lernen." Er machte sie so wütend! „Ich will nicht, dass sie irgendetwas über mich erfahren. Aber darum haben Sie sich ja sicher auch schon gekümmert, oder?"

Ein leichtes Grinsen umspielte seine Lippen. „Jetzt sehen Sie wütend aus. Das ist besser, denke ich." Er gefiel sich ungemein in der Rolle des Eroberers, der vom Schlachtfeld mit seiner Kriegsbeute heimkehrte. Mit *ihr*. Selbst wenn er es geplant hätte, so hätte er sich keinen besseren Auftritt ausdenken können als diesen hier.

„Hast du sie?" Lady Valéry stützte sich auf ihren Stock, den sie allerdings bloß selten benutzte, und wenn, dann nur um den – falschen, wie Mary sehr wohl wusste – Eindruck von Zerbrechlichkeit zu erwecken. „Mein armes Liebchen", sagte sie zu Mary. „Ich wette, so hast du dir deine Ankunft nicht ausgemalt."

„Ich habe mir meine Ankunft überhaupt nicht ausgemalt", antwortete Mary, und das entsprach der Wahrheit. Sich Fairchild Manor und all seine Bewohner geblendet von ihrer Pracht und Herrlichkeit auszumalen, war die eine Vorstellung, die sie sich von den vielen möglichen befriedigenden Fantasien immer versagt hatte.

„Jetzt sind wir ja hier", stellte Lady Valéry fest. „Das Schlimmste ist vorbei. Du musst nicht mehr in der Kutsche fahren."

„Bis wir wieder abreisen." So elend sich Mary auch während der Fahrt gefühlt hatte, sie wünschte sich doch insgeheim, dass sie bald wieder abreisen würden. Je eher, desto besser. *Jetzt gleich* wäre sogar noch besser.

„Lasst uns erst unsere Aufgabe erledigen." Lord Whitfield betrachtete ihre Umgebung abschätzig. „Unser Entkommen besprechen wir dann später."

Was hatte er gesehen, das für diese unerbittliche Miene verantwortlich sein konnte?

Vorsichtig hob sie den Blick zu der Fassade des Hauses ihrer Ahnen.

Sie hatte die leise Hoffnung gehegt, dass ihre jugendliche Einbildungskraft ihr das Haus gewaltiger oder großartiger hatte erscheinen lassen – doch nein. Das strahlend weiße Marmorgebäude war in den vergangenen Jahren nicht geschrumpft. Das Herrenhaus schien immer noch in seiner Höhe den Himmel zu verschlucken und beherrschte wie ein Fremdkörper die flache Landschaft von Sussex. Jede steinerne Verzierung, jede Kuppel, jeder Balkon war mit Sorgfalt ausgewählt worden, immer in dem Bestreben, den Eindruck von allgegenwärtigem Reichtum zu erwecken. Fabelhaftem, überwältigendem ... schwindendem Reichtum.

Gefühle stürmten auf sie ein. Sie wollte sich zusammenrollen vor Schmach. Sie wollte schreien vor Wut. Sie wollte einen Teil des Fairchild-Erbes ihr Eigen nennen, ein Teil dieses Erbes *sein*.

Trotzdem hasste sie das Haus, das Erbe und die Fairchilds, und nichts konnte daran etwas ändern. Nichts, gleichgültig, wie lange sie noch lebte.

Und Lord Whitfield hasste sie auch. Hasste sie alle. Sogar sie, die Frau, die er gewissermaßen als Opferlamm mitgebracht hatte, die er zu lieben vorgeben würde.

Vielleicht war der seltsame Schmerz, den er mit seiner Berührung verursachte, doch nicht bloß eine Folge des plötzlichen Endes ihres Einsiedlerdaseins. Vielleicht beruhte er auch auf dem Hass, der seine Seele durchdrang und sich mit dem ihren verband.

Sie blickte sehnsüchtig zu Lady Valérys Reisekutschen und dem Entkommen, das sie bedeuteten. Die schottischen Bediensteten waren schon damit beschäftigt, die Koffer und Kisten abzuladen, der Stallbursche stand bei den Pferden, sprach beruhigend auf sie ein und strich ihnen sanft über die Nüstern, versicherte ihnen, dass sie es fast geschafft hatten. Mary fragte sich geistesabwesend, warum er eigentlich immer noch den grob gestrickten Schal um sein Gesicht geschlungen und eine Mütze über seine Ohren gezogen hatte.

Dann drehte er sich um und schaute sie an.

Mary blinzelte verblüfft und blickte noch einmal genauer hin.

Es war nicht Hadden. Der Mann da war alt und gebeugt, er humpelte, als er ihr den Rücken zuwandte und zu dem nächsten Pferdegespann ging. Sie vermisste ihren Bruder bloß so sehr, dass sie ihn schon überall zu sehen glaubte.

„Passen Sie auf!“ Lord Whitfield drückte sie an sich. „Gleich beginnt die Vorstellung.“

Dienstboten säumten den Weg zwischen der Kutsche und der

Tür. Einige der jüngeren Hausmädchen und Lakaien stießen sich gegenseitig an und kicherten. Weibliche Gäste trafen gewöhnlich nicht auf dem Arm von Männern ein, wie Mary sehr gut wusste; sie versuchte, so gut sie konnte, Würde auszustrahlen. Schließlich und endlich war sie jahrelang eine Haushälterin und damit für Kindsköpfe wie diese verantwortlich gewesen.

Dann trat ein kräftiger Lakai aus der Menge und verbeugte sich. „M'lord, darf ich Ihnen helfen, die Dame zu tragen?"

„Niemandem ist es gestattet, meine teure Miss Fairchild anzufassen", verkündete Lord Whitfield fest. „Sie gehört mir, mir allein."

Mary musste die Zähne zusammenbeißen, um die Worte, die sich ihr mit aller Macht über die Lippen drängen wollten, zurückzuhalten. Er machte sich in einem Atemzug über sie lustig und erklärte sie öffentlich zu der Seinen, denn seine kühne Äußerung war auch bis zu dem Edelmann gedrungen, der oben auf der großen Freitreppe stand und sie musterte.

Sie verrenkte sich ein wenig den Hals, um besser sehen zu können. Es war nicht Ian, ihr dunkelhaariger Retter von damals. Sie entspannte sich wieder. Gott sei Dank war es nicht Ian. Sie war noch nicht bereit, ihn wiederzusehen. „Wer ist das?"

„Bramwell Fairchild, der neue Viscount Smithwick." Lord Whitfield lächelte breit und nickte ihm grüßend zu. „Das Oberhaupt Ihrer Familie."

„Mein Gott!" Bramwell kam die Stufen hinab. „Sind Sie das, Whitfield?"

„Ihre Augen trügen Sie nicht", bestätigte Lord Whitfield. „Ich bin gekommen, an Ihrer reizenden Hausgesellschaft teilzunehmen – falls Sie mir eine Einladung zukommen lassen wollen."

Als Bramwell näher kam, konnte sie erkennen, dass er wie ein Fairchild aussah. Wie sie. Wie Hadden. Nur reicher. Er roch förmlich nach Geld. Ein Schneider musste Tage an dem Rock gearbeitet haben, den er so lässig elegant trug. Ein Barbier hatte sein blondes Haar so frisiert, dass es sich gefällig lockte. Ein Kammerdiener hatte sein kräftiges Kinn glatt rasiert. Er verkörperte das Können eines ganzen Bataillons von Dienstboten und war dabei gleichzeitig selber fehlerlos. Mit seinen etwas mehr als fünfzig Jahren war er hoch gewachsen, gut gebaut und attraktiv genug, Frauenherzen höher schlagen zu lassen. Falls jemals ein Mann nach Gottes Bild geschaffen worden war, dann musste Gott wie Bramwell aussehen.

Unverhältnismäßig lange, dunkle Wimpern, die ihm ein unschuldiges Aussehen verliehen, senkten sich über seine strahlend blauen Augen, als er verunsichert zwinkerte. Dann lächelte er. Sein Lächeln unterschied sich vor allem in einem Punkt von Marys: Er lächelte so, als ob er es wirklich so meinte.

„Guter Gott, Mann, natürlich sind Sie mir ein willkommener Gast!" Er streckte einen Arm aus, als wollte er Lord Whitfield eine männliche Umarmung zuteil werden lassen.

Mary spürte, wie Lord Whitfield sich versteifte.

Bramwell musste es auch gemerkt haben, denn er wandelte die Geste geschickt ab und schlug ihm stattdessen freundschaftlich auf die Schulter. „Wenn Sie nicht so viele Einladungen zuvor ausgeschlagen hätten, dann hätte ich Ihnen auch diesmal wieder eine geschickt. Und wen haben Sie mitgebracht?" Er schenkte Lady Valéry ein Lächeln, das sie erwiderte.

„Meine Patin, die Gräfin von Valéry." Lord Whitfield stellte sie einander vor, wobei sein Blick nicht von Bramwell wich.

So arglos wie ein Baby strahlte Bramwell die ältere Dame an. „Es ist mir eine große Ehre, Sie in meinem Hause willkommen heißen zu dürfen, Madame."

Lady Valéry neigte anmutig den Kopf. Mary hörte, wie Lord

Whitfield nahezu lautlos seufzte. Er hatte auf ein Anzeichen für Schuldgefühle gehofft und keines entdecken können.

Dann wandte Bramwell seine Aufmerksamkeit Mary zu. Er musterte sie von Kopf bis Fuß, und sie verstärkte ihren Griff um Lord Whitfield, als Bramwell dieselben Ähnlichkeiten bei ihr entdeckte, die sie zuvor an ihm bemerkt hatte.

Er strahlte auch sie an und wackelte mit dem Kopf, was wohl Freude ausdrücken sollte. „Ist es, wie ich vermute? Ich weiß, wo sich alle meine Verwandten aufhalten – wenigstens die legitimen Familienmitglieder." Er trat näher und beugte sich vor, so dass sie seine selbstgefällige Miene direkt vor Augen hatte. „Solltest du etwa Guinevere Mary Fairchild sein?"

Sein Singsangtonfall ließ Marys ohnehin schon unruhigen Magen noch aufmüpfiger werden, aber sie antwortete so höflich, wie sie nur konnte. „Ja, das bin ich."

„Guinevere Mary Fairchild." Bramwell gurrte jetzt beinahe. „Guinevere Mary Fairchild. Wir haben dich kreuz und quer in ganz England gesucht."

Sie glaubte ihm kein Wort und ließ sich das auch anmerken, da sie misstrauisch fragte: „Warum?"

Bramwell schlug seine Hände zusammen. „Du musst scherzen."

Sie starrte ihn wortlos an.

Bramwell starrte zurück. „Nein?" Er wandte sich an Lord Whitfield. „Haben Sie es ihr denn nicht gesagt?"

Lord Whitfield lächelte so übertrieben herzlich, dass Mary sofort wusste, er war verärgert. „Das Privileg habe ich Ihnen überlassen, Smithwick."

„Mir was sagen?" Mary hatte endgültig die Nase voll von Leuten, die über sie sprachen, als wäre sie gar nicht da.

Bramwells prachtvolle blaue Augen wurden groß, dann holte

er tief Luft. „Dir sagen ... dir sagen, dass du, Guinevere Mary Fairchild, eine reiche Erbin bist. Mein Vater hat dir das gesamte Fairchild-Vermögen hinterlassen."

7. KAPITEL

„Schickt nach Ihrer Ladyschaft!" Bramwell geleitete sie in sein kostbar möbliertes Arbeitszimmer, während er die Anweisung rief. „Wir brauchen Lady Smithwick. Nora wird wissen, was zu tun ist. Setz dich doch, meine liebe Nichte, dort auf die Ottomane." Er zog an der Klingelschnur. „Ist sie schon lange krank?"

Lady Valéry trat neben Sebastian und nahm Marys schlaffe Hand in ihre. „Das arme Liebchen – hierher zu kommen ist eine zutiefst ergreifende Erfahrung für sie. Sie ist ganz einfach überwältigt." Überwältigt von der überraschenden Nachricht, dass sie eine reiche Erbin ist, dachte Lady Valéry säuerlich. Warum Sebastian ihr *das* verheimlicht hatte?

Den zornigen Blick bemerkend, mit dem er Bramwells exquisit eingerichtetes Arbeitszimmer betrachtete, beantwortete sie sich diese Frage gleich selbst.

Weil er befürchtet hatte, dass Mary, wenn sie erst einmal von ihrem Reichtum erfahren hätte, sich geweigert hätte, ihn nach Fairchild Manor zu begleiten, und er benötigte sie hier. Ihre Ankunft hier hatte sich schon als wertvolles Ablenkungsmanöver bewiesen.

Sebastian setzte Mary vorsichtig auf der Ottomane ab und nahm dann selber dicht neben ihr Platz. Lady Valéry erkannte, dass er ehrlich besorgt war. Er hatte nicht damit gerechnet, dass sie ohnmächtig werden würde. Lady Valéry war selbst ein wenig überrascht gewesen, aber im Gegensatz zu Sebastian sagte sie sich, dass Marys Schwächeanfall eher eine Folge der Reisekrankheit in Zusammenwirken mit dem Schock war, als seine Ursache in echter körperlicher Schwäche hatte. Außerdem vermutete sie, dass Mary ein wenig übertrieb und sich so zusätzliche Zeit verschaffte, sich wieder zu fassen. Schließlich fand eine Haushälterin nicht jeden Tag heraus, dass sie in Wirklichkeit eine reiche Erbin war.

Bramwell packte den Lakaien, der auf das Klingeln hin erschien, am Arm. „Schicken Sie nach der Viscountess. Wir brauchen sie *jetzt.*"

Der Lakai war offensichtlich an solche Ausbrüche seines Herrn gewöhnt, denn er antwortete betont ruhig: „Lady Smithwick ist bereits auf dem Weg hierher, M'lord. Möchten Sie vielleicht, dass ich alkoholische Getränke ausschenke?"

„Alkohol? *Alkohol*?" Bramwells Stimme wurde lauter und lauter. „Alkohol für diese arme, zarte, geschwächte Zierde der Weiblichkeit?"

Lady Valéry ließ sich auf einem Stuhl nieder und zog mit ihrem Stock einen Schemel heran, auf den sie ihre Füße legte. „*Ich* wäre einer solchen Erfrischung keineswegs abgeneigt. Etwas Brandy, bitte."

Bramwell warf ihr einen wilden Blick zu, aber ihre sachliche Bemerkung erinnerte ihn an seine Pflichten als Gastgeber. „Selbstverständlich, Lady Valéry. Und Sie, Whitfield, was darf ich Ihnen anbieten ..."

„Ja, Brandy am besten." Sebastian hatte Mary ihr kesses Nichts von einem Hut abgenommen und war jetzt damit beschäftigt, ihr Haarnetz zu entfernen. Aus irgendeinem Grund hatte er an diesem Haarnetz von Anfang an Anstoß genommen und während ihrer ganzen Anwesenheit in London versucht, Mary dazu zu bewegen, es abzulegen.

Seine Beharrlichkeit hatte Lady Valéry überrascht. Immerhin vermochte das Geflecht Marys ungebärdige Lockenfülle zu bändigen, auf der anderen Seite ... nun, vielleicht wollte Sebastian gar nicht, dass diese Pracht gebändigt wurde.

Lady Valéry beobachtete ihn genau, wie er Marys Haar über das harte rechteckige Kissen unter ihrem Kopf ausbreitete. Nein, Sebastian mochte zwar Mary bändigen und seinem Willen unterworfen sehen wollen, aber nicht ihr Haar.

Marys Hand hob sich und umfasste Sebastians Handgelenk; sie flüsterte etwas – es sah aus wie „Nein!" –, aber ihre Stimme war zu leise, als dass sie durch das geräumige Zimmer bis zu Lady Valéry gedrungen wäre. Sebastian lehnte sich in einer vertraulichen Geste dicht über Mary und sprach sanft auf sie ein. Er musste einfach von dem Bild, das Mary gegenwärtig bot, bezaubert sein.

Die modischen Kleider standen ihr gut. Sogar Lady Valéry, die sich auf ihre Scharfsichtigkeit zu Recht etwas einbildete, war überrascht gewesen, als Mary das erste Mal eines ihrer neuen Kleider getragen hatte. Der blassblaue Samt des Mieders hatte das Blau ihrer Augen betont und der mitternachtsblaue Rock schmiegte sich an ihre Beine, wenn sie ging, und gab dem aufmerksamen Beobachter Hinweise auf deren darunter verborgene Wohlgestalt.

Sebastian war schon immer ein besonders aufmerksamer und nicht minder scharfsichtiger Beobachter gewesen, und er wusste, auch wenn Mary das noch nicht tat, dass sie zusammen ein bezauberndes Paar abgaben. Tatsächlich, überlegte Lady Valéry weiter, könnten die beiden da auf der Ottomane durchaus, wenn sie nur nackt wären, als Modell für diese unartige kleine Skulptur, die ihr der dänische Botschafter während seines letzten Besuches geschenkt hatte, gedient haben.

Bramwell reichte Lady Valéry ihr Glas mit Brandy, während der Lakai Sebastian sein Glas brachte.

Sebastian nahm es entgegen und hielt es Mary unter die Nase. Diesmal war ihre Erwiderung so voller Nachdruck, dass jeder im Zimmer ihr „Nein!“ laut und deutlich hören konnte.

Doch Sebastian lehnte sich mit einem selbstzufriedenen kleinen Lächeln auf den Lippen zurück, und Lady Valéry musste einen glücklichen Seufzer unterdrücken. Wie wunderbar, erst alles ein wenig aufzumischen und sich dann hinsetzen und zusehen zu können, was dabei herauskam. Alt zu sein hatte doch durchaus seine guten Seiten.

„Ist sie wach?“ erkundigte sich Bramwell mit so dröhnender Stimme, dass alle Anwesenden erschreckt zusammenfuhren.

„Allem Anschein nach schon.“ Eine zierliche Frau erschien auf der Türschwelle, durchquerte das Zimmer und stellte sich neben Bramwell. „Obwohl dein Geschrei laut genug ist, ihr Kopfschmerzen zu verursachen, Bram.“

Lady Valérys herzerwärmende Gedanken an Liebe, Heirat und Kinder verflüchtigten sich unter plötzlich aufwallender Heiterkeit. *Bram?* Diese Frau sprach Viscount Smithwick mit *Bram* an?

„Ich bin Nora, Lady Smithwick“, wandte sich die eben Eingetretene mit einem entschuldigenden Lächeln an Lady Valéry. „Es tut mir so Leid, dass ich nicht hier war, um Sie zu begrüßen, aber wir haben vor morgen nicht mit Gästen gerechnet.“

„Nein, nein. Wir müssen uns entschuldigen. Schließlich sind wir zu früh, aber Sebastian hielt es für besser, vor allen anderen anzukommen, falls Lord Smithwick“ – Lady Valéry verspürte den heftigen Wunsch, ihn *Bram* zu nennen, konnte sich aber gerade noch beherrschen – „sich entschließen sollte, uns des Hauses zu verweisen.“

Nora sah erst sie erstaunt an und warf dann ihrem Gatten einen liebevollen Blick zu. „Als ob er das jemals täte. Bramwell ist doch die Freundlichkeit in Person."

Sich vage an alte Gerüchte über einen Skandal erinnernd, dachte Lady Valéry, dass Nora das ernst meinte. Sie musterte die neue Marchioness interessiert und bemerkte, dass ihr Verhalten trotz ihres liebenswürdigen Lächelns zurückhaltend war, und ... sie war braun. Ganz unmodern braun. Braune Augen, braunes Haar fiel ihr in Locken bis auf die Schultern, sogar die Haut wies einen leichten Braunschimmer auf, der auf die zahlreichen Sommersprossen zurückzuführen war. Die Gerüchte, dass Bramwell Fairchild eine Gouvernante geheiratet hatte, mussten stimmen.

Interessant. Lady Valéry schaute von Bramwell zu Nora und wieder zurück. Sie hätte dem Hornochsen niemals zugetraut, dass er die Courage würde aufbringen können, seinem Vater zu trotzen.

„Ich habe mich erholt." Ganz offensichtlich hegte Mary weitaus weniger freundliche Gefühle für Sebastian als Lady Valéry, denn sie schob ihn grob zurück bis er zur Seite rutschte, so dass sie sich aufsetzen konnte. „Verzeihen Sie, dass ich in Ihrem Haus ein solches Aufsehen verursacht habe, Lady Smithwick."

„Unsinn." Nora kam mit leise raschelnden Seidenröcken zu ihr und legte ihr die Hand auf die Stirn. „Bramwell ist so kräftig und von so robuster Gesundheit, dass ihm gar nicht der Gedanke kommt, eine Frau könne von einer bloßen Nachricht derart aus der Fassung gebracht werden." Sie ließ ihrem Mann einen tadelnden Blick zukommen. „Und dass die Nachricht von einer beträchtlichen Erbschaft vielleicht mit mehr Besonnenheit überbracht werden sollte, als damit auf der Treppe vor der Tür wie ein Bauerntölpel herauszuplatzen."

Bramwells großer Kopf senkte sich. Mit seiner zerknirschten

Miene und seinem goldblonden Haar besaß er eine verblüffende Ähnlichkeit mit dem Golden Retriever von Lady Valéry, wenn er geschimpft wurde.

Lady Valéry betrachtete ihn abschätzend. Er war wirklich verheerend gut aussehend. Aber – sie seufzte – er war verheiratet, und sie hatte es sich zur Regel erhoben, niemals im Revier anderer Frauen zu wildern. Wenigstens ... nicht allzu oft und ganz gewiss nicht, wenn es eine Liebesverbindung war.

Außerdem mochte sie Lady Smithwick auf Anhieb. Diese Tatsache überraschte sie – schließlich war sie alt genug, um zu wissen, wie unzuverlässig der erste Eindruck sein konnte. Doch etwas an Noras hoch aufgeschossener Gestalt und ihrem energisch gereckten Kinn gefiel Lady Valéry. Sie fühlte sich ihr verbunden, eine Verbundenheit, die gleicher Intelligenz und ähnlichen Lebenszielen entsprang.

„Es hat mich überrascht, von der Erbschaft zu hören", bekannte Mary.

Und das ist eine echte Untertreibung, dachte Lady Valéry. „Entgeistert" wäre zutreffender gewesen. Und wütend. Sie sah zu Sebastian, der inzwischen aufgestanden war und nun neben der Ottomane stand. Mary musste wütend sein.

Mary schwang ihre Beine von der Ottomane. Sie stützte sich mit beiden Händen rechts und links ab und ließ den Kopf nach unten hängen, bis das Schwindelgefühl nachließ. Sie war nicht ohnmächtig geworden, nicht wirklich, aber in ihren Ohren hatte es gesummt, und sie hatte alles nur noch wie durch Nebel sehen können. Es war ihr einfacher erschienen, in einem Schwächeanfall Zuflucht zu suchen, wenigstens so lange, bis sie wieder zusammenhängend denken konnte.

Wie sie jetzt erkannte, war zusammenhängend zu denken für Stunden, wenn nicht sogar Tage unvorstellbar. Bramwell hatte behauptet, sie hätte das Fairchild-Vermögen geerbt. Wenn das stimmte, dann war sie nicht länger Bittstellerin bei Lady Valéry oder für Hadden ein Klotz am Bein. Wenn das stimmte ...

Langsam stieg übermächtige Freude in ihr auf, gemischt mit hitziger Genugtuung. Wenn das stimmte, dann konnte sie Sebastian Durant, Marquess of Whitfield, die Bedingungen ihrer Zusammenarbeit neu diktieren. Sie verstand nicht, was er sich davon versprochen hatte, indem er ihr die wichtige Tatsache verschwieg, dass sie eine reiche Erbin war, aber was immer sein Plan gewesen war, er würde nicht aufgehen. Jetzt war sie unabhängig und in der Lage, Hadden zu geben, was er sich wünschte. Sie war *reich*.

Ihr wirres Haar nach hinten schüttelnd, blickte sie sich um und erkannte das Zimmer augenblicklich wieder. Sie erinnerte sich an seinen Glanz, den Schimmer edlen Holzes, das Wunder polierten Messings und erlesener Stoffe und den Duft von Bienenwachs und frischen Blumen. Sie sah den wuchtigen Schreibtisch aus kostbarem dunklen Holz, der eigens dafür entworfen schien, denjenigen, der davor stand, einzuschüchtern. Der Stuhl dahinter war so groß wie Mary selber, und die Lehne zierten fratzenköpfige Ungeheuer, deren Klauen sich in die hölzernen Ornamente gruben und die jeden Sterblichen anglotzten, der den Herrn von Fairchild Manor herauszufordern wagte.

Sie hatte das gewagt, vor all diesen Jahren, und war dafür von ihrem Großvater des Hauses verwiesen worden. Überbleibsel des damaligen Entsetzens vermischten sich in ihr mit einem Gefühl des Triumphes. Sie war eine Erbin. *Die* Erbin. Und ironischerweise hatte sie das ihrem Großvater zu verdanken.

Ihren Blick auf Nora gerichtet, sagte Mary: „Vielleicht können Sie mir mehr über diese erstaunliche Erbschaft erzählen."

Nora erwiderte den Blick, während sie zu dem Lakaien

sprach. „Du kannst dich zurückziehen, Henry, und schließ die Tür hinter dir.“

Wortlos verbeugte sich der gut geschulte Dienstbote kurz und tat, wie ihm befohlen, ohne sich auch nur im Geringsten anmerken zu lassen, wie brennend ihn dieses Gesprächsthema interessierte. Und er musste daran interessiert sein. Der ganze Haushalt musste fasziniert sein von dem neuen Gang der Ereignisse. Mary wünschte, sie besäße die Rechte an dem Schlüsselloch.

Die Stille nach dem Abgang des Lakaien wurde von Sebastian unterbrochen, der sich Nora vorstellte, und von Bramwell, der erneut Getränke anbot. Augenscheinlich dachten beide Männer, eine gleichermaßen großzügig bemessene Portion Höflichkeit und Alkohol würden die angespannte Situation entschärfen.

Beide, nahm Mary beifällig zur Kenntnis, schienen gesittet und zu bestem Benehmen entschlossen. Das war gut; das bedeutete, dass sie verunsichert waren. Wie sie es auch sein sollten, besonders dieses hinterhältige Wiesel, das sich Lord Whitfield schimpfte.

„Ich erinnere mich noch daran, wie du damals hier warst, um mit meinem Schwiegervater zu sprechen“, bemerkte Nora zu Mary. „Du warst noch so jung, aber tapfer, und er warf dich trotzdem hinaus.“

Sebastian starrte Bramwell an.

Bramwell betrachtete angelegentlich die Spitzen seiner Schuhe und wippte vor und zurück.

Hitze stieg Mary in die Wangen, als ihr klar wurde, dass ihre Gebete nicht erhört worden waren – die Gebete, dass sich niemand mehr an diese Episode erinnern möge.

„Er hat das einmal auch mit mir versucht.“ Nora zerknitterte die Seide ihres Rockes zwischen ihren Fingern und strich sie dann sorgfältig wieder glatt. „Ich hatte Bramwell, um ihn daran zu hindern.“

Mary empfand ungewollt Mitgefühl für ihre angeheiratete Tante. „Dann ist es wohl besser, mit einem Fairchild verheiratet als selber eine zu sein."

„Oh, das würde ich nicht sagen." Nora runzelte die Stirn, die sich jedoch sogleich wieder glättete. „Du musst scherzen, natürlich. Vergib mir, aber alle sagen, ich hätte keinen Sinn für Humor."

Mary hatte keineswegs gescherzt, doch sie wollte Nora nicht desillusionieren.

„Als Lord Smithwick – Bramwells Vater – versuchte, mich vor die Tür zu setzen, hatte er deinen Vater schon verstoßen, so dass ich glaube, er wollte den anderen Sohn nicht auch noch verlieren", erklärte Nora.

Kein besonders schmeichelhaftes Bild von Bramwells Stellenwert, dachte Mary bei sich. „Dann vermachte er *mir* all sein Geld? Warum?"

„Vielleicht fühlte er sich schuldig deswegen, wie er deinen Vater behandelt hatte?" Nora spreizte ihre Hände, um ihre Ratlosigkeit zu unterstreichen. „Oder dich? Ich halte aber Gehässigkeit Bramwell gegenüber für den wahrscheinlicheren Grund."

„Wenn ich eine Vermutung äußern darf?" warf Lady Valéry ein. „Ich habe den Marquess jahrelang gekannt, und ich denke, er hinterließ Mary sein Vermögen allein deswegen, weil er wusste, dass das einen Aufschrei unter den Hinterbliebenen zur Folge haben würde."

Noras Lippen wurden schmal, und ihre Nasenflügel blähten sich, als ob sie verdorbenes Fleisch röche. Mary hatte allerdings den Verdacht, dass sie in Wirklichkeit an ihren Schwiegervater dachte. Ihrer Stimme merkte man nichts an. „Da haben Sie vermutlich Recht, Lady Valéry. Man soll ja nicht schlecht von Verstorbenen sprechen, aber so könnte es sehr gut gewesen sein. Warum sonst sollte er alles einer Enkeltochter vermacht haben, die er zuvor so bedenkenlos zurückgewiesen hatte?“

Erstaunlich, wie rasch das Gespräch über ihren neu erworbenen Reichtum die unangenehmen Nachwirkungen der Reise verschwinden ließ. „Über wie viel Geld reden wir hier eigentlich?“ erkundigte sich Mary.

„Bramwell hat natürlich den Titel geerbt, und die Ländereien gingen auch an ihn als den ältesten männlichen Erben.“ Nora strich sich übers Haar. „Insgesamt hat dein Großvater mehr als hundertzwanzigtausend Pfund angehäuft.“

Ein dünner Schweißfilm bildete sich plötzlich auf Marys Haut, und Sebastian bemerkte leise: „Du siehst erhitzt aus.“

Selbstverständlich war sie erhitzt. In ihrer Gegenwart war ja bisher eine so große Menge Geld noch nicht einmal erwähnt worden.

Bramwell klatschte unvermittelt in die Hände, was alle Anwesenden erschreckt auffahren ließ. „Das ist ein Grund zum Feiern. Lasst uns einen Toast aussprechen auf meine wiedergefundene Nichte und ihr neu erworbenes Vermögen. Es ist schön, wieder im Kreis der Familie zu sein, nicht war, Guinevere?“

Mary schaute ihn einige Augenblicke lang ausdruckslos an, gerade lang genug, dass er sich unbehaglich zu fühlen begann. Meinte er das ernst? Das konnte ja wohl nicht sein.

Aber eine gute Haushälterin sorgt dafür, dass sich alle um sie herum wohl fühlen.

Tief Luft holend, sagte sie sich, dass sie nicht länger für das Wohlbefinden anderer Leute zuständig war. Dennoch ließen sich die Gewohnheiten von fast zehn Jahren Haushälterinnendasein nicht einfach abschütteln, und so bemühte sie sich um einen höflichen Tonfall. „Ich ziehe es vor, wenn man mich Mary nennt, Lord Smithwick.“

„Selbstverständlich." Bramwell schien für Zwischentöne unempfänglich zu sein, denn er strahlte wie ein kleiner Junge, den man ins Vertrauen gezogen hatte. „Nenn mich doch bitte Onkel Bramwell. Letztendlich bin ich ja jetzt dein Vormund."

In diesem Augenblick, bei diesem einen Satz erkannte Mary die Genialität von Sebastians Plan. Unverheiratete Frau hatten keine Verfügungsgewalt über ihr Geld. Wenn sie die falsche Verlobung verschwieg, würde sie sich und ihr Geld Bramwells Machenschaften ausliefern.

Wenn sie aber Sebastian erlaubte, sie als seine Verlobte zu bezeichnen, könnte er ihren Reichtum vor der Gier der Fairchilds beschützen.

Wen sollte sie wählen? Bramwell, anscheinend gutmütig, offensichtlich ein Verschwender und einer von vielen Fairchilds, von denen man nicht erwarten konnte, dass sie sich damit belasteten, ihr zu helfen, als ihr Großvater sie fortjagte? Oder Sebastian, der ... Sie merkte, dass sie Sebastian unverwandt anstarrte.

Sebastian.

Machthungrig. Unhöflich, ungeduldig. Ein Erpresser.

Aber nicht schwach. Auch wenn sie nie gefragt hatte, was nach Beendigung dieser abscheulichen Maskerade aus ihr werden würde, hegte sie doch keinen Moment die Befürchtung, er würde sie ihres Vermögens berauben und dann fallen lassen.

Ins Gefängnis werfen vielleicht, aber nicht fallen lassen.

Bevor sie ihre Meinung ändern konnte, sagte sie: „Onkel, ich habe gute Neuigkeiten für dich. Lord Whitfield und ich haben uns verlobt."

Bramwell wankte nicht und ließ sich auch sonst kein Zeichen von Erschrecken anmerken. Er war schließlich bereits Zeuge geworden, wie Lord Whitfield sie aus der Kutsche gehoben hatte, und hatte sehen können, dass sie beide sich mit der Zwanglosigkeit eines Paares bewegten, das aneinander gewöhnt ist. Wahrscheinlich hatte er auch gehört, wie Lord Whitfield mit den sorgfältig gewählten Worten seine Zuneigung erklärt hatte. Bramwell schien ein einfacher, netter Mann zu sein, aber verbarg er hinter dieser irreführenden Maske vielleicht hinterhältige Pläne mit ihrem Geld? Mary bekam eine leichte Gänsehaut, als ihr Haddens düstere Prophezeiung von Schwierigkeiten einfiel.

Von Mord. Ihrer Ermordung.

Lord Whitfield stellte sich neben sie, legte ihr seine Hand auf die Schulter und drückte sie fest. „Du darfst nicht vergessen, mich Sebastian zu nennen, oder dein Onkel wird nicht glauben, dass unsere Zuneigung echt ist.“

„Ich denke, mein Onkel versteht das Bedürfnis einer Frau, den Anstand zu wahren“, erklärte sie an alle im Zimmer gerichtet.

„Möglicherweise.“ Lord Whitfield setzte sich an ihre Seite, wobei seine Hand in einer müßig-sinnlichen Bewegung ihren Arm entlangstrich.

Ihre Hände ballten sich zu Fäusten, doch ihre jahrelang geübte Selbstbeherrschung als Haushälterin half ihr, dem Drang, ihn zu ohrfeigen, nicht nachzugeben.

Ihr Handgelenk zu sich drehend, begann Lord Whitfield ihre Handschuhe aufzuknöpfen. Dann zog er sie ihr langsam, einen Finger nach dem anderen, aus. Sie beobachtete ebenso gefesselt wie ihr Publikum, was er tat, bis er schließlich ihrer beider Hände miteinander verschränkte.

Dann verstand sie seine Absicht. Die Intimität seiner Berührung zwang sie zu begreifen, was er demonstrieren wollte, und sie versuchte, sich seinem Griff zu entwinden, doch er fing ihr Handgelenk mit seiner anderen Hand und hielt es fest.

Er war mit seinem kleinen Schauspiel noch nicht fertig. Laut genug, dass es alle im Raum hören konnten, sagte er zu ihr: „Dein

Onkel wird zweifellos auch das Bedürfnis eines Liebenden verstehen, die Grenzen des Anstands zu überschreiten." Er schaute ihr innig in die Augen, während er ihre Hand an seinen Mund hob.

Sie wäre beeindruckt gewesen, hätte sie sich nicht noch genau an eine ähnliche Geste seiner Patin gegenüber vor noch nicht einmal vierzehn Tagen in Schottland erinnern können. Und jetzt? Er würde ihr die Hand küssen. Wie einfallslos und langweilig! Dass der Mann auf ein so beschränktes Repertoire angewiesen war.

Dann nahm er die Spitze ihres Zeigefingers in den Mund – und knabberte daran.

Mary zuckte so heftig zusammen, dass es jeder im Zimmer bemerkt haben musste. Sie schnappte nach Luft, als er, um den leisen Schmerz zu besänftigen, seine Lippen um den Finger schloss und sanft daran zu saugen begann.

Gefangen in einer Mischung aus Faszination und Verlegenheit, starrte sie ihn an, auf seinen Mund, den Mund, der ihr schon bei ihrem allerersten Zusammentreffen aufgefallen war. Nicht einmal das Grauen jener blutbesudelten Nacht hatte die Erinnerung an seine Lippen getrübt, und jetzt berührten sie diese Lippen auf eine Art und Weise, die sie nur als intim bezeichnen konnte. Sie verstand nicht, was er sich von dieser Szene versprach, und fühlte doch gleichzeitig, dass es eine Liebesgeste war.

Und er ließ es so echt aussehen. Wie er ihr Gesicht betrachtete, mit glühenden Augen beobachtete, wie sie darum kämpfte, den Eindruck seiner weichen Lippen und seiner harten Zähne zu verarbeiten.

Wenn er vorhatte, die Rolle ihres Verlobten weiter so hingebungsvoll zu spielen, dann würde es ihr schwer fallen, nicht den Verstand zu verlieren.

Verstand. Vernunft. Gewiss musste doch irgendwo in diesem

Irrenhaus die Vernunft wohnen. Sie schaute die anderen Hilfe suchend an, doch keiner in diesem Raum bot sie ihr.

Nicht Lady Valéry, die die Vorgänge gebannt verfolgte.

Nicht Nora, die ihre Lippen missbilligend zusammenpresste.

Ganz bestimmt nicht Bramwell, der sich ohne Zögern auf die Schwachstelle in ihrem Plan stürzte. „Wurden Heiratsverträge abgeschlossen und unterzeichnet?"

Sebastian ließ von Marys Finger nur langsam, widerstrebend ab. „Selbstverständlich."

„Es ist gesetzwidrig, Heiratsverträge ohne die Zustimmung des Vormunds abzuschließen."

Verärgerung verdrängte einen Moment lang Marys Empörung über Sebastians Benehmen. „Ich wusste schließlich gar nicht, dass ich einen Vormund habe. So lange war ich auf mich allein gestellt ..." Sie ließ die Anschuldigung im Raum stehen.

Bramwell ignorierte sie einfach. „Sie aber wussten das, Whitfield."

„Ja, das stimmt."

„Dann hätten Sie es mir sagen müssen, Lord Whitfield", warf Mary ein. Wenn sie an all das dachte, was der Marquess ihr verschwiegen hatte, hätte sie schreien können.

Und das hätte sie auch fast getan, als er seinen Arm um ihre Taille schlang. Es wäre ihm ein Leichtes gewesen, das nach den Regeln der Schicklichkeit zu tun, aber nein. Er musste immer alles wie für die Bühne inszenieren.

Seine Hand glitt kleine Kreise beschreibend über ihren Rücken, und als sie auf ihrer Hüfte zu liegen kam, zog er sie näher an sich. Zu nahe. So nahe, dass sie durch ihr dünnes Kleid das Spiel seiner Beinmuskeln spüren konnte. Oh, was würde sie jetzt für ihre fischbeinverstärkten Unterröcke geben!

Sein Atem strich über ihre Wange. „Sebastian", sagte er.

„Was?“ Sie machte nicht den Fehler, ihren Kopf zu drehen und ihn anzusehen. Er war dafür viel, viel zu nahe.

„Sebastian. Mein Name ist Sebastian.“ Seine Stimme war nur ein Hauch, allein für ihre Ohren bestimmt. „Wenn wir deine Familie täuschen wollen, wirst du mir wenigstens, was diese kleine Vertraulichkeit angeht, nachgeben müssen.“

Sie würde alles tun, damit er sie losließe. „Das werde ich.“

Er sprach erneut, und es hörte sich eher nach einem Seufzen als einem Wort an. „Sebastian.“

„Sebastian“, wiederholte sie gehorsam.

Er strich ihr das Haar aus der Stirn. Seine Lippen näherten sich ihrem Ohr – ihrem Ohr! Was tat er da an ihrem Ohr? Sie wartete, ob sie etwas hören konnte, bevor ihr klar wurde, dass die Bewegung, die sie spürte, ein Lächeln war. Er hatte sich vorgelehnt, seine Lippen an ihr Ohr gelegt und gelächelt. Eine fast natürliche Bewegungsabfolge für ihn. Eine rührendes Zeichen seiner Zuneigung für ihr interessiertes Publikum.

Dennoch schauderte sie, weil ... warum eigentlich? Weil er sie erschreckt hatte? Oder in Erwartung seines nächsten Zuges?

Er berührte sie, und sie reagierte, während sie sich immer wieder sagte, wie sehr sie ihn verabscheute. Er mochte sich als ungewöhnlich liebenswürdig verstellen, er mochte sie behutsam aus der Kutsche gehoben und fürsorglich behandelt haben, ihr Brühe aufgenötigt haben, als es ihr auf der Reise so schlecht ging, aber hinter all seinen Taten verbarg sich ein kaltes, berechnendes Herz. Er hätte sie auf seinen Armen von London hierher getragen, wenn das der einzige Weg gewesen wäre, sie nach Fairchild Manor zu bringen. Er plante, sie zu benutzen. Das durfte sie nicht vergessen.

Dankbar für die Selbstdisziplin, die sie in den vergangenen ereignislosen Jahren erworben hatte, fasste sie sich und lächelte ihren Onkel an. „Wie du dir sicher vorstellen kannst, verfügt Lord Whitfield über einige Überredungskraft, besonders Frauen gegenüber, die so lange als alter Ladenhüter galten."

Sebastian zwickte sie, als sie wieder seinen Titel benutzte, aber er entgegnete süßlich: „Sechsundzwanzig kann man wohl schwerlich alt nennen, mein Liebling."

„Dennoch hat er dir nichts von deinem Vermögen gesagt, obwohl er davon wusste." Nora, vermutlich deutlich weniger von seiner liebevollen Darbietung beeindruckt als Mary, sandte Sebastian einen strafenden Blick. „Ganz gewiss ist es seinem Gedächtnis entfallen, sobald er das erste Mal ..."

„Dein offenes Haar sah." Sebastian drapierte eine Hand voll Strähnen aus der ungebärdigen Masse über ihrer Schulter und bedachte die Anwesenden mit einem Ausdruck größter Aufrichtigkeit. „Ich konnte einfach nicht widerstehen, Bramwell. Sie wissen selbst, wie es mit euch Fairchilds ist, und Sie können mir glauben, ich *habe* versucht, ihr zu widerstehen."

„Natürlich, alter Junge." Bramwell sog jedes von Sebastians Worten in sich auf, als wäre es die goldene Wahrheit und er König Midas.

Das Gold wird dich noch umbringen, wollte Mary sagen. Dass sie überhaupt den Drang verspürte, ihn zu warnen, verwunderte sie.

Nora nahm Marys noch behandschuhte Hand und blickte sie besorgt an. „Hast du schon daran gedacht, dass er dich nur deines Geldes wegen zu heiraten wünschen könnte?"

Mary hätte das sicher in Erwägung gezogen, wenn er sie wirklich heiraten wollte, aber so war sie sich nur einer Sache in dieser Farce sicher – dass Sebastian die Fairchilds verachtete. Er würde keine Fairchild heiraten, selbst wenn er mittellos wäre und sie die Bank von England besäße. Glatt erwiderte sie: „Wenn er mich meines Vermögens wegen zu heiraten wünscht, dann halte ich das nur für recht und billig. Schließlich will ich ihn ja auch aus ganz bestimmten Gründen heiraten."

Nora schnappte nach Luft, und Bramwell lachte nach einer Schrecksekunde laut auf. Lady Valéry nahm einen großen Schluck von ihrem Brandy, und Mary drehte sich verständnislos zu Sebastian um, der sich leicht in den Arm gekniffen hatte. „Was ...?"

Er flüsterte ihr zu: „Du hast gesagt, dass du mich aus ‚bestimmten Gründen' – heiraten willst. Sie denken, du meinst ..."

„Was soll ich meinen?"

Es gelang ihm, eine ernste Miene beizubehalten. „Dass du mich wegen meiner ... Manneskraft heiraten willst."

Jeder Muskel in ihr spannte sich. Erst zwang er ihr seine Berührungen auf, dann brachte er sie dazu, sie zu genießen. Jetzt reizte er sie mit Worten, mit Bildern, wie sie sie sich noch nie vorgestellt hatte. Unschuldige Ausdrücke bargen auf einmal Doppeldeutigkeiten und jede Wendung, jedes Wort wurde zu einem Fallstrick. Wo würde das nur hinführen?

In sein Bett. In sein Bett. Wie der Klöppel einer Glocke pochte diese Gewissheit in ihrem Kopf, und mit einem wütenden Flüstern, das nur für seine Ohren bestimmt war, zischte sie: „Nicht, wenn du in Gold gewickelt daherkämst. Nicht, wenn du mit Empfehlungen von jeder Kurtisane in Venedig kämst. Nicht, wenn ..."

„Nicht, wenn ich verspräche, dich zu der glücklichsten Frau auf der ganzen Welt zu machen." Er drückte ihre Hand und schenkte ihr eines dieser Lächeln. Die, die sie an einen angeketteten Wachhund erinnerten, der nur auf seine Chance wartete. „Ich verstehe."

Mary wandte sich von ihm ab und allen anderen im Zimmer zu. „Ich heirate Lord Whitfield ... Sebastian ... wegen der Macht, die er besitzt“, verkündete sie. „Ich weiß, dass ich als seine Verlobte sicher sein werde.“

„Sicher?“ fragte Nora. „Vor was?“

Bramwell breitete seine Arme aus. „Warum denn? Du bist doch hier im Schoße deiner Familie sicherer als überall sonst.“

Nora meldete sich rasch zu Wort, als wollte sie verhindern, dass Mary darüber genauer nachdächte. „Ist dir schon der Gedanke gekommen, dass Lord Whitfield ein böses Spiel mit dir treiben könnte? Vielleicht weißt du es nicht, aber die Fairchilds und die Whitfields sind alte Feinde.“

Warum überraschte das Mary so wenig? Warum hatte sie schon vermutet, dass unter Sebastians zuvorkommendem Äußeren düstere Geheimnisse lauerten?

Doch es war ihr gleichgültig. Sie verfolgte ihre eigenen Ziele, und die bestanden darin, ihr Vermögen dem Zugriff der Fairchilds zu entziehen. „Dann wird es Zeit, die Feindschaft zu beenden.“

„Du hast Recht.“ Bramwell klang wirklich aufrichtig. „Es ist an der Zeit. Höchste Zeit. Und was für eine Art und Weise, das zu tun, was? Mit einer Heirat. Himmel, ihr beide werdet Romeo und Julia der Whitfields und Fairchilds sein.“

„Eine interessante Vorstellung“, murmelte Sebastian.

Eine Ekel erregende Vorstellung, dachte Mary.

„Natürlich, Mary, bist du eine Fairchild“, sagte Bramwell. „Und unwiderstehlich für Männer. Und dein Sebastian ist ganz Mann. Nicht wahr, Sebastian?“ Bramwell zwinkerte und stieß einen unsichtbaren Gefährten mit dem Ellbogen an.

Sebastian versuchte, ihn zum Schweigen zu bringen. „Ich möchte nicht, dass meine zukünftige Frau von meinen Ausschweifungen erfährt.“

„Zu spät“, bemerkte Mary boshaft.

Zur Strafe, wie es ihr schien, berührte er sie genau unter ihrer Brust. Dort hatte sie noch nie ein Mann berührt; sie fuhr herum und starrte ihn an.

„Eine Geliebte beschwert sich nicht öffentlich über ihren Verlobten."

Er musste ihre regelmäßigen Selbstermahnungen als Haushälterin belauscht haben, wurde ihr klar, und nun verpackte er seine Worte so, dass sie sie wiedererkennen musste.

Die Hitze seiner Hand drang ihr ins Blut, das ihr heißer durch die Adern schoss, aber sie flüsterte mit Nachdruck: „Ich bin nicht deine Geliebte."

„Nein, das bist du nicht", flüsterte er zurück.

Sein Lächeln war unbefriedigend, weckte ihr Misstrauen.

„Ich werde niemals deine Geliebte sein."

„Nein ..."

Aber er klang nicht besonders überzeugt.

Hastig streifte sie sich den anderen Handschuh ab. Sie wollte nicht, dass er ihn ihr noch einmal *so* auszog. Er hatte ihr den Handschuh ausgezogen, um den Fairchilds auf beeindruckende Weise zu zeigen, wie sehr sie ihm gehörte. Unglücklicherweise hatte er nicht nur die Fairchilds beeindruckt.

Sie fürchtete diesen Mann. Nicht, weil er sie als Mörderin verhaften lassen könnte, nicht, weil er rücksichtslos war, wenn es sein Ziel zu erreichen galt, sondern weil, wenn er ihr feurig etwas ins Ohr flüsterte und ihren Körper aus grauen Augen kühl musterte, sie etwas fühlte. Etwas in ihr. Spannung. Schwäche. Aufwallen von Hitze.

„Wurde das Aufgebot schon verlesen?" unterbrach Bramwells laute Stimme ihre Gedanken, der mit seinen Worten Sebastians keimende Saat in ihr zertrat.

Die Reisekrankheit – daran musste es liegen. Mary presste

eine Hand auf ihren Magen. Es mussten die Nachwirkungen ihrer Reisekrankheit sein.

„Ja." Sebastian schien keine Schwierigkeiten beim Sprechen zu haben. Allerdings ließ er Mary keinen Augenblick aus den Augen.

„Wo?" forschte Bramwell weiter, während er zur Tür ging.

Lady Valéry antwortete an Sebastians Stelle. „In Schottland. In der englischen Kapelle auf meinem Landsitz."

Eine ausgezeichnete Antwort. Nicht nur, dass es schwer zu überprüfen war, Lady Valéry um einen Beweis dafür zu bitten, wäre außerdem ausgesprochen unhöflich, würde man damit doch offensichtlich ihre Glaubwürdigkeit anzweifeln. Aber Mary war viel zu sehr damit beschäftigt, sich selbst über die Leidenschaft, die Sebastian in ihr geweckt hatte, zu belügen, um Lady Valérys Erklärung richtig zu würdigen.

Sie hasste Leute, die sich selbst belogen. Sie war selbst einmal eine wahre Meisterin darin gewesen, und nur die Katastrophe hatte sie von dieser Schwäche kurieren können.

Aber brachte sie es über sich, den seltsamen Empfindungen in sich einen Namen zu geben?

Zum ersten Mal in ihrem Leben kam ihr ein Fairchild zu Hilfe. Bramwell – der große, dumme Bramwell – verkündete: „Mary, es wird Zeit, dass du dem Rest deiner Familie vorgestellt wirst." Damit trat er zur Tür und riss sie auf.

Die Männer und Frauen, die am Schlüsselloch gelauscht hatten, purzelten in das Zimmer. Unter Fluchen und Schimpfen kämpften sie sich wieder auf die Füße.

Marys Magen zog sich zusammen.

Die Fairchilds waren eingetroffen.

8. KAPITEL

Mary verfolgte wider Willen fasziniert, wie ihre Verwandten, während sie ihre gepuderten Perücken gerade rückten, darum kämpften, ihre Fassung wiederzufinden.

Neben ihr auf dem Sofa sagte Sebastian in vornehm gelangweiltem Tonfall: „Jeder, der etwas auf sich hält, fällt heutzutage durch die geöffnete Tür ins Zimmer auf seine Nase. Es ist der neueste Weg, auf elegante Art und Weise einen Salon zu betreten."

Ungläubig drehte sie sich um und starrte ihn an. Sollte dieser Mann ohne jeden Sinn für Humor am Ende tatsächlich scherzen?

Mit großem Gelenkeknacken und Korsettgeknirsche erhoben sich die männlichen Fairchilds. Sie zogen ihre karmesinroten, kanariengelben, jadegrünen oder amethystfarbenen Westen gerade, klopften sich ihre Hosen ab und drängten zu dem goldgerahmten Spiegel über dem Kaminsims. Es war unerheblich, dass vier der alten Herren so faltig waren wie Korinthen und genauso wenig Zähne besaßen. Eine tadellose äußere Erscheinung hatte für sie eindeutig Vorrang vor Wiedererlangung ihrer Würde, und so schubsten sie sich und stießen sich gegenseitig im Kampf um den besten Platz.

Die Mädchen brauchten länger, um wieder auf die Füße zu kommen. Erst waren sie zu sehr damit beschäftigt, ihre schlanken Fesseln, sehr vorteilhaft umrahmt von den Rüschen ihrer Unterröcke, zu bewundern, und eine von ihnen besaß sogar die Kühnheit, Sebastian zuzuzwinkern.

Dieses Flittchen!

Dann schoben sie ihre Röcke nach unten und begannen zu wimmern, so dass die männlichen Familienmitglieder sich wieder auf ihre Pflichten besannen und ihnen zu Hilfe kamen. Einer nach der anderen wurde aufgeholfen, und sobald sie standen, warfen sie sich möglichst vorteilhaft in Positur, wobei jede ihren Ehrgeiz darein setzte, die andere zu übertreffen, bis das gesamte Zimmer nur noch aus exotischen Düften, Fächern und so vielen Farben zu bestehen schien, dass Mary den Drang bekämpfen musste, ihre Augen mit der Hand abzuschirmen.

„Ich wollte euch gerade rufen lassen.“ Bramwell, dem offensichtlich nicht bewusst war, dass man seine Familie soeben beim Lauschen ertappt hatte, strahlte über das ganze Gesicht. „Meine Onkel – deine Großonkel, Mary –, Onkel Leslie, Onkel Oswald, Onkel Burgess, Onkel Calvin.“

Die alten Männer nickten gleichzeitig und ließen Mary damit im Unklaren darüber, wer wer war. Dies waren die Brüder ihres Großvaters – diejenigen, die sich damals so geschickt aus dem Staub gemacht hatten, als sie vor so vielen Jahren hierher gekommen war und um Hilfe gebeten hatte.

Diese Schufte!

Bramwell fuhr mit der Vorstellung fort. „Meine Töchter – Lilith, verwitwete Countess of Plaisted, Wilda, Daisy und die Zwillinge Radella und Drusilla.“

Eines nach dem anderen knicksten die Mädchen. Ein smaragdgrüner Rock bewegte sich nach unten und wieder hoch. Ein rosaroter Rock. Ein löwenzahngelber Rock. Und zwei kastanienbraune in vollkommenem Gleichklang. Alles schöne, wohl proportionierte, hoch gewachsene Mädchen in prächtigen Kleidern.

Mary war plötzlich doch dankbar für ihre neue Garderobe. Ihr Geist mochte vor Jahren seine unbekümmerte Keckheit eingebüßt haben, und sie mochte vielleicht auch nicht über dieses überhebliche Lächeln verfügen, aber keine von *denen* war nach der neuesten Londoner Mode gekleidet.

„Du hast viel schlankere Fesseln", flüsterte ihr Sebastian ins Ohr.

Wieder drehte sie sich um und starrte ihn an. War ihr fehlendes Selbstvertrauen so offensichtlich?

Für Bramwell jedenfalls nicht. Er lächelte verzückt und deutete mit einer ausholenden Bewegung seines Armes auf Mary. „Meine Onkel, meine Töchter – dies ist unsere verschollene Verwandte. Endlich haben wir unsere Erbin gefunden!"

„Das sind aber wirklich *nette* Neuigkeiten." Der älteste der alten Männer hätte kaum gelangweilter klingen können.

„Und sie ist mit dem Marquess of Whitfield verlobt", verkündete Bramwell.

„Aber warum denn eine so *überstürzte* Verlobung?" Eines der Mädchen – Lilith mit dem smaragdgrünen Kleid – schloss den Fächer mit einem vernehmlichen Schnappen und ließ ihn als Ausdruck nachlassender Begeisterung vom Handgelenk baumeln.

„Und auch noch mit Jung-Sebastian?" Der jüngste der alten Männer grinste dem verlobten Paar anzüglich zu. „Sollte sie *etwas* erwarten, Whitfield, sollten Sie verlangen, dass das Kind *genau wie Sie* aussieht."

Mary konnte und wollte die Boshaftigkeit ihrer Bemerkungen nicht in vollem Umfang begreifen. Schließlich hatten sie keinen Anlass, an ihr und ihrer Tugend zu zweifeln.

Dann wurde ihr bewusst, dass es belanglos war. Ihnen hatte nie etwas an ihr gelegen; warum sollten sie dann ausgerechnet jetzt damit beginnen? Es sollte ihr nichts ausmachen ... aber als sie Luft holen wollte, versagten ihr die Lungen den Dienst.

„Teufel." Sebastian fing sich, seine Muskeln strafften sich, aber bevor er sich bewegen konnte, ergriff Lady Valéry das Wort.

Mit kühler Stimme erklärte sie mit belustigtem Unterton: „Im Gegensatz zu den meisten anderen Fairchilds ist es Mary gelungen, ihre Tugend über das Alter von zwölf Jahren hinaus zu bewahren."

Alle Augen richteten sich auf die elegante ältere Dame.

Mary spürte, wie die Spannung aus Sebastians Körper wich, und merkte, dass sich das Gewicht von ihrer Brust gehoben hatte und sie wieder atmen konnte, was sie dann auch dankbar tat.

„Sie hat bei mir in Schottland gelebt, und ich habe sie vor" – Lady Valéry musterte die Onkel geringschätzig – „alternden Lebemännern beschützt. Und vor" – sie starrte auf Liliths tiefen Ausschnitt – „anderen schädlichen Einflüssen."

„Ich muss schon sagen", entfuhr es dem jüngsten Großonkel, „also ich muss schon sagen!"

„Garstige alte Frau." Lilith öffnete ihren Fächer wieder und wedelte ihn heftig vor ihrem großzügig zur Schau gestellten Busen.

„Sie ist erstaunlich", murmelte Sebastian. „Sie sind aristokratische Ochsen, bis sie sie sich vornimmt. Und jetzt sind sie angeschlagen." Mit beißendem Sarkasmus fügte er hinzu: „Arme Fairchilds."

Lady Valéry spitzte ihre Lippen. „Junge Dinger wie Sie, Lady Lilith, verspeise ich gewöhnlich zum Frühstück, merken Sie sich das." Sie deutete mit ihrem Stock nacheinander auf jeden der Onkel. „Was ich mit Männern wie Ihnen zu tun pflegte, kann ich nicht mehr sagen, aber ich bin davon überzeugt, wenn ich nur lang genug darüber nachdenke, wird es mir schon wieder einfallen."

Mary musste ein Lachen unterdrücken, als sie die erstaunten Mienen auf den Gesichtern ihrer Verwandten sah. Wenn ich doch nur meinen Gefühlen freien Lauf lassen könnte, dachte sie voller Bedauern.

Eine gute Haushälterin zieht niemals die Aufmerksamkeit auf sich.

Aber schließlich war sie ja keine Haushälterin mehr. Dieser neue Gedanke beunruhigte sie immer noch. Sie war eine reiche Erbin, und eine reiche Erbin durfte so unhöflich und grob sein, wie sie wollte. Aber wollte sie wirklich so ... so „fairchildig" sein?

Nora klopfte mit ihren Fingerknöcheln auf die Schreibtischplatte. „Alle mal herhören, bitte!"

Ihre Töchter drehten sich sofort zu ihr um. Die Onkel jedoch taten so, als hätte sie nichts gesagt.

„Wir haben verehrte Gäste." Gelassen stellte sie ihre Familie Lady Valéry vor, benahm sich so, als ob es für sie etwas ganz Alltägliches wäre, sie an ihre guten Manieren erinnern zu müssen.

Bei der Nennung von Lady Valérys Namen warf der älteste der Onkel Nora einen wütenden Blick zu. Sie starrte ebenso zurück. Er klopfte sich ein paar Schnupftabakkrümel von seiner Weste, schüttelte die Spitze an seinen Handgelenken aus und verwandelte sich vor Marys erstaunten Augen von einem alten Lebemann in einen Gentleman. „Lady Valéry? Ich denke, wir kennen uns. Waren Sie nicht mit dem Earl of Guldene verheiratet?"

„Ja." Der zweitälteste Mann trat vor. „Ich erinnere mich. Nach dem Tod des Earls war jeder Gentleman von London hinter Ihnen her. Sie haben uns ganz schön an der Nase herumgeführt, indem Sie den Comte de Valéry geheiratet haben."

„Das stimmt." Mit schräg gelegtem Kopf musterte Lady Valéry sie.

Der alte Mann, der sich am besten gehalten hatte, sprudelte nur so vor Aufregung. „Und die ganze Zeit über gingen die Gerüchte um, dass Sie ..."

Zwei Ellbogen, von jeder Seite einer, wurden ihm schmerzhaft in die Rippen gestoßen, so dass er sich vor Schmerz krümmte. Seine gewissenlosen Brüder drängten sich an ihm vorbei und stellten sich vor ihn.

„Ich bin ist Leslie Fairchild", sagte der älteste Mann.

„Und ich Oswald", stellte sich der Nächste vor.

„Calvin." Calvin war ruhig, nachdenklich und beobachtete seine Brüder argwöhnisch, als ob er sie insgeheim für wilde Tiere hielt, die nie ganz gezähmt worden waren.

„Burgess", japste der leidgeprüfte Mann von hinten. Der war einmal der attraktivste unter den Brüdern gewesen, bevor als Folge seines ausschweifenden Lebensstiles seine Nase angeschwollen und die Adern in seinen Wangen geplatzt waren.

Lady Valéry gähnte.

Leslie ging zu dem Stuhl, der Lady Valérys am nächsten stand, und fragte sie in herzlichem Tonfall: „Ist unsere liebe Großnichte Ihr kleiner Schützling?"

„Sie steht unter meinem Schutz." Lady Valéry nahm ihren Reisehut ab und strich sich ihr dichtes graues Haar in Form. „Darum freue ich mich auch so sehr, dass sie Sebastian heiraten will." Sie schenkte allen Anwesenden ein selbstgefälliges Lächeln. „Sebastian ist mein Patensohn, müssen Sie wissen."

Alle Köpfe drehten sich zu Sebastian um, der sanft Marys Hand umfing. „Ich war ja selber überrascht, mich von einer Fairchild bezaubert zu finden." Er ließ wieder das inzwischen vertraute rasiermesserscharfe Lächeln aufblitzen.

Mary betrachtete ihn aus den Augenwinkeln. Er hatte sich die windzerzausten dunklen Haare mit den Fingern gekämmt, aber anstatt ihm ein zivilisierteres Aussehen zu verleihen, bewirkte es genau das Gegenteil. Auch wenn er vorgab, sich anzupassen, so würde er es doch niemals wirklich tun. Er setzte sich über die Regeln der Gesellschaft hinweg, sammelte Informationen und benutzte sie dann wie eine Brechstange, ohne einen Gedanken daran zu verschwenden, wen er dabei verletzte. Ohne einen Gedanken daran zu verschwenden, ob sie verhaftet, vor Gericht gestellt und wegen eines lange zurückliegenden und aus gutem Grund begangenen Mordes verurteilt würde.

Sie musste sich vor irgendwelchen großzügigen Anwandlungen hüten, solange sie mit diesem Mann zu tun hatte. Er nutzte jede Schwäche aus.

„Whitfield, ich habe schon viel von Ihnen gehört", bemerkte Oswald. „Hat Ihre Schifffahrtsgesellschaft nicht letztes Jahr ungeheuren Gewinn gemacht?"

„Sie sind ein ..." Burgess machte eine taktvolle Pause, „Kaufmann?"

„Nicht bloß ein Kaufmann, Burgess", verbesserte ihn Calvin ungeduldig. „Ein *höchst erfolgreicher* Kaufmann."

Der Druck von Sebastians Fingern um Marys Hand verstärkte sich, aber sein Tonfall blieb verbindlich. „Ich bin froh, dass Sie den feinen Unterschied erkennen."

Radella presste sich gegen die Lehne des Stuhles, auf dem ihr Vater saß. „Ich habe gleich gemerkt, Sie sind ein Mann mit *Feingefühl.*"

Bei dem Klang ihrer leicht heiseren Stimme verspannte sich Mary unwillkürlich. Und sie begann, abwesend die Narben auf Sebastians Handrücken zu streicheln, was er zum Anlass nahm, sich wieder ihrem Körper zuzuwenden. Er tat das ganz offen, für alle sichtbar, küsste sie zart auf die Wange, rieb mit seinem Daumen über ihre entblößten Fingerknöchel.

Diesmal war sie froh darüber. Vor langer Zeit hatte ihr Vater seine Kinder zu einer Ausstellung mitgenommen, auf der man wilde Tiere bestaunen konnte. Mary hatte dort eine riesige Schlange gesehen. Deren bunt schillernde Haut hatte wunderschön ausgesehen, ihre Augen aber waren wachsam gewesen. Sie hatte ihre Beute umkreist, so wie die Fairchilds jetzt sie umkreisten; stehen bleiben, gehen, vorstoßen, zurückziehen in einem festgelegten Tanz, dazu bestimmt, das Opfer zu hypnotisieren, bevor der Tod es ereilte.

Mary schrak zurück und lehnte sich Schutz suchend an Sebastian. Sie unterschätzte die Gefahr nicht, die von ihm ausging, aber ihre Verwandten jagten ihr weit mehr Furcht ein.

„Ein Vipernnest", murmelte er leise, nur für ihre Ohren bestimmt.

Überrascht von seiner Bemerkung, die so exakt ihre eigenen Gedanken widerspiegelte, schaute sie ihn an. Seine Lippen verzogen sich zu einem nachsichtigen Lächeln, so dass die feinen Falten um seinen Mund deutlicher hervortraten. Seine Haut war braun gebrannt. Er erinnerte sie an die Fischer an Schottlands Küsten – von allerlei Unbilden hart gemacht, unempfänglich für Beleidigungen und bereit, sich ohne mit der Wimper zu zucken der Gefahr zu stellen.

„Ich werde nicht zulassen, dass sie dich kriegen." Er strich mit seiner Wange über ihr Haar. „Vertrau mir, ich werde auf dich aufpassen."

„Das ist ein Versprechen, das du besser halten solltest", antwortete sie.

„Verlass dich darauf; die Ereignisse werden mir Recht geben."

Das Schweigen, das sich über das Arbeitszimmer gesenkt hatte, drang in Marys Bewusstsein, und sie bemerkte, dass sich die Fairchilds aus irgendeinem Grund zur Tür umgedreht hatten und gebannt dorthin blickten. Sie wandte sich von Sebastian ab und tat dasselbe.

Ian. Noch bevor er ins Licht trat, erkannte Mary ihn wieder. Sie erhob sich, ohne Sebastian weiter Beachtung zu schenken.

Ian lächelte, als er mit ausgestreckten Händen auf sie zukam. „Bist du das wirklich, kleine Cousine?"

„Ja." Sehr wortgewandt, wirklich, machte sich Mary über sich selbst lustig. Das war Ian, der Mann, der ihr das Geld zugesteckt hatte, der Eine unter all ihren Verwandten, der freundlich zu ihr gewesen war, ihr gesagt hatte, dass ein unschuldiges junges Mädchen wie sie an jedem anderen Ort besser aufgehoben wäre als bei den Fairchilds. An jedem anderen Ort.

Er war freundlich. Und noch besser, er war auch schön. Es war nicht die Schönheit wie bei den restlichen Fairchilds, sondern eine dunkle Schönheit, wie die von Zobel oder einer sternenklaren Nacht, schön wie Mephistoles selbst. Seine braunen Augen glühten, als er sie an ihren Händen auf Armeslänge von sich hielt und sie von oben bis unten betrachtete. „Wie bist du nur aufgeblüht, kleine Cousine!"

Sie wollte lächeln.

Nein, schlimmer, sie wollte affektiert lächeln. Wie Genuivere. Sie erlebte gerade einen dieser Träume, die sie sich untersagt hatte, den, in dem Ian sie wohlwollend ansah.

Gefahr. Hier drohte Gefahr.

Eine gute Haushälterin, sie holte, um sich zu beruhigen, tief Luft, *eine Erbin benimmt sich niemals würdelos.*

„Du siehst aber auch gut aus", erwiderte sie.

Er lachte so herzlich, dass ihr von dem Klang allein ganz warm wurde. „Man tut, was man kann."

Dann wurde ihr urplötzlich wieder kalt. Sebastian war neben sie getreten. Sie hatte geglaubt, er wäre ihr gegenüber gefühllos gewesen, doch nichts hatte sie auf die eisige Kälte vorbereitet, die er jetzt ausstrahlte. Seinen Blick auf Ian geheftet, fragte er: „Und wer, bitte, sind Sie?"

„Das ist mein Cousin." Sie entzog Ian ihre Hände und musste feststellen, dass sie ihn vorstellte, als würde sie sich für etwas entschuldigen. „Ian."

Ian lächelte.

Sebastian nicht. „Cousin? Ich habe noch nie von einem echten Fairchild mit dunklem Haar gehört."

„Das liegt daran, dass wir Fairchilds uns mit Bedacht fortpflanzen", erklärte Ian. „Gewöhnlich. Gewöhnlich heiraten wir jemanden von unserer eigenen Art, so dass unsere Kinder zu ihren blonden, blauäugigen Cousins und Cousinen passen. Nur manchmal, ganz selten, macht einer einen Fehler."

„Wer machte Ihren Fehler?" erkundigte sich Sebastian.

„Leslie war ein wenig unachtsam, damals in seiner Jugend." Ian deutete in Richtung seines Vaters eine Verbeugung an, wobei sein wunderschöner Ring mit dem Mondstein im Licht aufblitzte. „Ich war das Ergebnis."

„Deine Mutter war eine Selkie", warf Leslie ein. Er saß und beobachtete seinen Sohn voller Widerwillen. „Sie hat mich verzaubert."

„Er ist ein so liebevoller Mann, nicht wahr?" Ian gönnte seinem Vater keinen Blick, während er sprach. „Er hätte mich nicht anerkannt, wenn er gekonnt hätte, aber offensichtlich fürchtete er die Familie meiner Mutter zu sehr."

Die Fairchild-Familienmitglieder begannen, unruhig auf ihren Stühlen herumzurutschen und zu hüsteln, und Mary fragte sich verwundert, wie dieser eine Mann es schaffen konnte, sie von Jägern in Gejagte zu verwandeln. „Mein Vater hat mir nie davon erzählt, dass einer meiner Großonkel geheiratet hätte", sagte sie rasch.

„Oh, das hat auch keiner von ihnen", antwortete Ian.

Natürlich. Ian war unehelich geboren. Unbehagen breitete sich in ihr aus, weil sie ihn und die anderen daran erinnert hatte. Das erklärte auch seine Freundlichkeit einem anderen Außenseiter gegenüber, und darum war er ihr noch lieber. Sogar Sebastian neben ihr entspannte sich ein wenig.

Ian schaute hinter Mary, als ob er etwas suchte, bevor er sich an sie wandte: „War da nicht ein Bruder oder eine Schwester?"

„Von mir, meinst du?" Mary kam sich etwas dümmlich vor, als er bestätigend nickte. „Ein Bruder." Sie fasste sich mit ihrer linken Hand an ihr Ohr und hoffte, er würde ihr ihre Unwahrheit abnehmen. „Er ist nicht mehr unter uns."

Ian verfolgte die Bewegung ihrer Hand, als ob sie ihm etwas verriete, und Mary vermutete, dass sie genau das getan hatte. Als Haushälterin hatte sie gelernt, die Mitglieder der vornehmen Gesellschaft auf unausgesprochene Anzeichen von Missfallen oder Unbehagen hin zu beobachten. Ians Stellung auf Fairchild Manor musste vergleichbar gewesen sein. Er war unerwünscht, nur geduldet worden, und sah zudem auch noch anders aus. Ihr Mitgefühl wuchs, und sie schenkte ihm ein zaghaftes Lächeln.

„Wir Fairchilds neigen wohl einfach dazu, unsere Verwandten zu verlieren." Ian nahm ihre Hand und hob sie an seine Lippen. „Aber jetzt, wo wir dich wiedergefunden haben, lassen wir dich nicht wieder fort, Cousine Guinevere."

„Sie heißt Mary." Sebastian zog sie so entschlossen in seine Arme zurück, dass sie leise quietschte, ein wenig wie eine Maus, die von einer Katze gefangen wird. Sie musste sich an seinem Nacken festhalten, um nicht umzufallen. „Und sie ist erschöpft."

Eine durchdringende und ausgesprochen ungewöhnliche Stille senkte sich über die Fairchilds, als sie gebannt beobachteten, wie der Marquess of Whitfield ihnen ihren Preis entführte.

Nichts davon entging Ian.

Als die alte Dame, wer auch immer sie sein mochte, ihr folgte, schauten die Onkel ihr mit solcher Habgier in den Augen hinterher, dass man meinen könnte, sie sähen einen Geldbeutel an ihrer Stelle.

Vielleicht hätte ich doch früher herkommen sollen, dachte Ian, aber dann hätte ich meine Chance auf einen großen Auftritt verspielt.

Und was für ein Auftritt das gewesen war! Seine kleine Cousine hatte sich an ihn erinnert, genauso, wie er es gehofft hatte. Sie war wie geblendet von ihm gewesen und zu wenig weltgewandt, ihr Interesse zu verbergen. Er bekämpfte erfolgreich den Drang, sich die Hände zu reiben, und zog stattdessen ein Taschentuch aus seinem Rock. Sich damit die Handflächen abtupfend, ging er zu einem Stuhl in der Ecke und ließ sich darauf nieder.

Die übrigen Fairchilds beeilten sich, der Familienrangordnung entsprechend ihre Plätze einzunehmen. Die älteste von Bramwells Töchtern, Lilith, hatte Anspruch auf einen Sessel. Sie hatte durch ihre Heirat Geld in die Familie gebracht, und der Tod ihres jungen Ehemannes hatte ihr die Freiheit geschenkt, sich wieder auf die Jagd zu begeben. Die Familie setzte große Hoffnungen in Lilith.

Alle restlichen Stühle wurden von den Onkeln eingenommen. Ian verabscheute sie alle – ganz besonders jedoch Leslie, seinen Vater.

Bramwell stützte sich mit beiden Händen auf der schimmernden Oberfläche seines Schreibtisches ab und nahm langsam auf dem purpurgepolsterten, überladenen Stuhl des Hausherren Platz. Er ahmte seinen Vater nach, aber irgendwie fehlte es dem guten alten Bramwell an der nötigen Gemeinheit, die Vorstellung glaubhaft erscheinen zu lassen. Der hochlehnige Stuhl ließ ihn schrumpfen. Der reich verzierte Schreibtisch mit seinen Schnitzereien erdrückte ihn. Ein wenig erinnerte er an ein Kind, das seinen Vater zu spielen versucht.

Als zweitältester der Brüder wäre Leslie Marquess geworden, hätte es Bramwell nicht gegeben, und das ließ er seinen Neffen spüren. „Bram, du siehst aus wie ein Welpe, nicht wie der König.“

Bramwells wunderschöne Gesichtszüge entgleisten.

Ihn aufgebracht anstarrend, entfuhr es Leslie: „Ach hör doch auf, so betroffen auszusehen. Dir wird es niemals gelingen, deines Vaters Platz einzunehmen."

„Dafür wollen wir Gott auf Knien danken", bemerkte Nora trocken.

Leslie schenkte ihr keine Beachtung. „Was wollen sie jetzt hier? Was wissen sie?" fragte er, das Thema wechselnd.

Ian richtete sich interessiert auf. Wovon faselte Leslie da?

Nora legte ihre Hand auf Bramwells, als er gerade zu einer Antwort ansetzen wollte. „Darüber reden wir später."

Bramwell nickte. „Später."

Nora hatte zwar hinter dem Schreibtisch, aber seitlich neben ihrem Mann Platz genommen – wie eine gehorsame Ehefrau.

Was sie mitnichten war. Oh, gewiss, sie spielte ihre Rolle nahezu perfekt, aber Ian hätte schwören können, dass Nora in der Ungestörtheit des herrschaftlichen Schlafzimmers höchstpersönlich jeden einzelnen vernünftigen Gedanken in Bramwells aufnahmewilligen, aber leider keineswegs überfüllten Schädel pflanzte. Außerdem vermochte sie einfach nichts aus der Fassung zu bringen, noch nicht einmal die giftigen Blicke, die Leslie ihr zuschoss.

Dann nickte er, eine rasche Auf-und-Ab-Bewegung seines Kopfes, die sein Doppelkinn hüpfen ließ. Hörbar tief Luft holend, sagte Leslie: „Unser Plan war, für uns reiche Heiratskandidaten zu suchen. Jetzt sind uns drei fette Mäuse in die Falle gegangen. Diese Guinevere ..."

„Sie möchte Mary genannt werden", unterbrach ihn Nora. Aus ihr wurde man nicht leicht schlau, aber Ian dachte, dass Leslies beständige Wichtigtuerei sie ärgerte.

„Diese *Guinevere*", Leslie betonte den Namen, „ist die erste

Fairchild, die alles andere als unwiderstehlich ist. Wenn wir sie Whitfields Einfluss entziehen können, wäre es uns möglich, sie und ihr Geld unter unsere Kontrolle zu bringen."

„Darf ich mich freiwillig anbieten?" Drusillas kleine rote Zunge kam zum Vorschein und leckte über ihre Lippen. „Ich würde es gerne übernehmen, Lord Whitfield unserer Cousine Guinevere auszuspannen."

„Ihr Name ist Mary", unterrichtete Bramwell sie.

Sie beachtete seine Äußerung nicht weiter, bis Nora mit dem Finger auf sie zeigte, worauf ihre Tochter unruhig auf dem Stuhl hin und her zu rutschen begann. „Mary", wiederholte sie schließlich mit bockiger Miene.

„Bei dir kann man sich wohl kaum darauf verlassen, dass du Lord Whitfield unserer Cousine abspenstig machen kannst." Daisy war achtzehn, und Ians Meinung nach war sie die Einzige unter den Mädchen, die die Intelligenz ihrer Mutter geerbt hatte. Sich an die Zwillinge wendend, sagte sie: „Keine von euch kann das. Schließlich habt ihr beide noch nie ein so heikles Unternehmen ausgeführt, und es ist in diesem Fall unabdingbar, dass wir erfolgreich sind."

Drusilla und Radella schmollten sichtlich.

Daisy strich ihren löwenzahngelben Rock glatt. „Ich werde es tun."

„Das halte ich für ausgesprochen unwahrscheinlich!" entfuhr es Lilith entrüstet. „Schließlich bist du immer noch Jungfrau. Oder ... wirst wenigstens noch dafür gehalten."

„Lilith!" ermahnte Nora ihre Tochter.

„Ich *bin* eine Jungfrau. Nicht benutzt, so wie sie." Daisy wies mit der Hand auf Wilda. „Oder auch wie du, Lilith. Offensichtlich hast du nichts davon gehört, wie wählerisch er sein soll."

„Man *sagt*, er wäre wählerisch, und da Daisy ein Born der

Weisheit und Klugheit zu sein scheint, wird sie es tun müssen." Lilith traf die Entscheidung kühl.

„Wann komme ich dran?" mischte sich Wilda ein.

„Du warst schon dran." Wenn Lilith kühl war, dann war Daisy erbarmungslos. „Du hast dem Baron alles gestattet – und wozu? Eine armselige Entschädigung von seiner Familie."

„Er hat mich geliebt." Wildas Augen füllten sich mit Tränen. Sie war die weichherzigste der Schwestern, nicht bereit, mit dem Rudel Wölfe zu heulen, die ihre Verwandten waren.

„Sicher hat er das, aber seine Mutter besaß das Geld. Die oberste Regel lautet, zuerst die Einkommensquelle eines möglichen Kandidaten zu erforschen. Sogar ich weiß das." Radella sah selbstzufrieden aus. „Dennoch, *ich* sage, wenn Daisy ihn nicht innerhalb einer Woche zur Strecke bringt, dann ist die Jagdsaison für uns alle eröffnet."

Daisy faltete ihre Hände im Schoß. „Ich kriege ihn schon, keine Sorge."

„Du hast wenigstens eine Sache in deinem Leben richtig gemacht, Bram." Leslie nahm sich eine Prise Schnupftabak aus Calvins geöffneter Dose. „Du hast vernünftige Töchter gezeugt."

„Sie wissen um ihre Verantwortung der Familie Fairchild gegenüber", erwiderte Nora. „Ich habe es sie gelehrt."

Leslie lachte boshaft. „Du würdest alles für die Fairchilds tun, nicht wahr? Himmel, ich wette, du würdest sogar deine Seele dem Teufel verkaufen, um uns zu retten."

Bramwell beugte sich vor, und dieses eine Mal wirkte sein Stuhl nicht zu groß für ihn. „Wir sind dankbar für Noras Hingabe, Onkel Leslie, und wir möchten sie um keinen Deut anders haben, als sie ist."

Leslie lachte wieder, aber er wich Bramwells Blick aus und gab sich ganz der Tätigkeit hin, den Tabak zu schnupfen.

Über sein Schneuzen hinweg erkundigte sich Daisy: „Wenn ich Whitfield unserer Cousine ausgespannt habe, was geschieht dann mit ihr?"

Jetzt war der richtige Zeitpunkt gekommen, und Ian machte kühl seinen Zug. „Es ist nicht unüblich, dass Cousin und Cousine heiraten."

Niemand sprach, aber ihre Augen wurden groß, während die Idee in ihnen Fuß fasste. Sie hatten alle gesehen, wie Mary auf ihn reagiert hatte, und sie glaubten, dass er sich zum Wohl der Familie opfern würde. Zufriedenheit breitete sich auf allen Gesichtern aus.

Allen Gesichtern mit Ausnahme von Leslies. „Warum sollte sie nicht einen Großonkel heiraten?"

„Weil das gegen das Gesetz verstieße, Onkel Leslie", bemerkte Bramwell.

„Wann hätte das Gesetz uns jemals davon abgehalten, etwas zu tun?" entgegnete Leslie.

Ian erhob sich lässig von seinem Stuhl und schlenderte zur Anrichte. „Und auch, Vater, weil du, als Cousine Guinevere um Hilfe bittend hierher kam, in die andere Richtung geflohen bist. Wenn du glaubst, sie hätte das vergessen, dann hast du nicht bemerkt, wie sie dich angesehen hat."

„Er war zu sehr damit beschäftigt, Lady Valéry anzustarren und dabei zu entscheiden, ob die Gerüchte über ihre Liebesaffären wahr sein könnten." Radella kicherte, auch wenn ihre Mutter versuchte, sie mit ihren Blicken zum Schweigen zu bringen, und Drusilla konnte sich genauso wenig beherrschen.

Leslie zögerte einen Moment, bevor er sagte: „Natürlich sind sie wahr. Aber unerheblich. Was ich mir im Augenblick viel dringender ins Gedächtnis zu rufen versuche, ist das Ausmaß ihres Vermögens."

Langsam lockerte sich Ians Griff um das Glas. Er hatte damit gerechnet, dass Leslie seinen Plan ablehnen würde, einfach weil alles, was sein Sohn tat oder sagte, ihn gewöhnlich erzürnte. Die anderen wenigstens waren mühelos seinem Plan gefolgt, und jetzt hatte auch Leslie sich gefügt. Zum ersten Mal in Ians Leben schienen die Götter auf seiner Seite zu stehen.

Natürlich waren da noch Whitfield und seine älteren Rechte auf Mary, aber Ian hatte deswegen keinerlei Gewissensbisse. Er spielte abwesend mit dem Mondsteinring an seinem Finger. Das tägliche Zusammenleben mit den Fairchilds hatte Ian gelehrt, wie man sich anschlich, urplötzlich zuschlug und dann aus dem Staub machte, bevor die Rache des anderen einen einholen konnte. Whitfield täte gut daran, seine Rückendeckung nicht zu vernachlässigen.

„Ich erinnere mich." Oswald, der schon immer ein gutes Zahlengedächtnis hatte, schaute selbstzufrieden in die Runde. „Vierzehntausendvierhundert Pfund pro Jahr von Guldene. Wie viel von Valéry weiß ich nicht genau – er war ja schließlich ein Franzmann –, aber dem Gerede zufolge müsste es ungefähr noch mal das Doppelte davon sein, auch wenn die Einkünfte sicher geschrumpft sind, seit diese verdammten Froschfresser angefangen haben, allen Höhergestellten die Köpfe abzuschlagen."

Der bis dahin schweigsame Calvin meldete sich zu Wort. „Wirklich schade um die französischen Einkünfte, aber soweit ich verstanden habe, sagst du, Lady Valéry sei reich." Er holte hörbar Luft. „Warum sitze ich dann noch hier? Ich muss mich zum Dinner umziehen."

Seine Brüder stießen ihn auf seinen Stuhl zurück.

„Wir werden hier keine Prügelei darum veranstalten, wer von uns sie verführt und dann heiratet", verkündete Leslie. „Wir werden das fair entscheiden."

„Was verleitet euch zu dem Glauben, sie wäre an einem von euch überhaupt interessiert?“ erkundigte sich Lilith erbost.

Drei der Onkel starrten sie in ehrlicher Verwunderung an, während Burgess aufgebracht etwas Unverständliches von sich gab.

Oswald erholte sich als Erster. „Sie ist schließlich eine Frau, oder?“

„Und eine Frau, die in ihrer Jugend freizügig von den verbotenen Früchten gekostet hat.“ Leslie enthüllte bei seinem Krokodilsgrinsen ein falsches, aus ägyptischem Elfenbein gefertigtes Gebiss.

„Jeder weiß doch, dass Frauen, wenn sie erst einmal die Freuden des Fleisches kennen gelernt haben, sich auch dann noch danach sehnen, wenn sie schon längst nicht mehr attraktiv auf einen Mann wirken können.“ Oswald machte ein langes Gesicht. „Lady Valéry kann auf keinen Mann mehr anziehend wirken. Sie ist fett und voller Falten ...“

„Genau wie du“, unterbrach ihn Daisy.

„Bei Männern ist das etwas anderes“, erwiderte Leslie hochtrabend.

Ian brach in lautes Gelächter aus.

Leslie warf ihm einen verächtlichen Blick zu. „Männer behalten ihre Manneskraft und bleiben auch in fortgeschrittenem Alter attraktiv, während Frauen austrocknen und abstoßend werden. Also werde ich mich opfern und an Lady Valéry heranmachen.“

Was erklärte, warum Leslie Mary so kampflos seinem Sohn überlassen hatte. Leslie war auf größere Beute aus.

„Und kriegst all das Geld ganz für dich allein?“ Oswald kicherte boshaft. „Höchst unwahrscheinlich.“

Leslie zeigte sich getroffen. „Ich würde immer mit meinen Brüdern teilen.“

Das hatte allgemeines Gelächter zur Folge.

„Ihr habt kein Vertrauen zu mir", sagte Leslie verstimmt. „Aber wir können uns doch nicht alle gleichzeitig auf sie stürzen! Was haltet ihr davon, wenn wir Strohhalme ziehen, um auszulosen, wer die alte Hexe umwirbt?"

„Nur unter der Bedingung, dass Bram die Strohhalme hält", erklärte Burgess. „Er ist der Einzige, bei dem wir sicher sein können, dass er nicht schummelt."

Bramwell klingelte nach dem Lakaien, verlangte nach Strohhalmen, und als sie eintrafen, rief er die Onkel an seinen Schreibtisch. Aber nur drei alte Männer standen auf.

Oswald starrte jeden seiner Brüder an, dann in jede Ecke des Raumes. „Wie lange ist Calvin schon fort?"

„Er hat sich einen Vorteil erschlichen." Leslie stampfte vor Wut mit seinem elegant beschuhten Fuß auf. „Das werde ich nicht dulden!"

„Ich weiß nicht, wie du ihn jetzt noch aufhalten willst." Burgess war schon auf dem Weg zur Tür. „Oder auch mich."

Oswald rannte Burgess hinterher, stieß ihn zur Seite und stürmte vor ihm den Flur entlang. Leslie folgte schwerfälliger, aber umso entschlossener. Bramwells Töchter kicherten.

Dann erschien der Lakai erneut in der offenen Tür. „Die ersten Hausgäste treffen ein, Mylord."

Wie ein Mann – oder eher eine Frau – erhoben sich die Mädchen und flohen auf ihre Zimmer, schwatzten dabei wie zänkische Elstern, jede entschlossen, den dicksten Fisch unter den Gästen, die es wagten, an der Hausgesellschaft teilzunehmen, an Land zu ziehen.

Bramwell und Nora beachteten Ian nicht weiter, als sie sich erhoben und ihre Kleidung glatt strichen. Sie mussten sich keine Ehekandidaten suchen, aber sie hatten eine Rolle zu spielen. Sie würden ihre Gäste willkommen heißen und jede Ängstlichkeit zerstreuen, die die einzelnen Männer angesichts der Aussicht befallen mochte, den berühmten Fairchild-Frauen gegenüberzutreten.

Arme Kerle. Sie hatten keine Chance.

Ian wusste aus Erfahrung, dass die Fairchilds in Wirklichkeit nichts als Kannibalen waren, die ihre eigene Art verschlangen.

Und er war drauf und dran zu beweisen, dass er ein echter Fairchild war.

9. KAPITEL

Mary mochte es überhaupt nicht, getragen zu werden. Sebastian merkte das daran, wie sie sich versteifte.

Ihn kümmerte es nicht. Ihn kümmerte nicht, was sie mochte, und ihm war es auch gleichgültig, welche Sorte Spielchen diese Fairchild trieb, um sich den Schicksalsschlag, sich in der Hand des Mannes wiederzufinden, den sie besser nicht betrügen sollte, zu versüßen.

Er schaute auf sie hinab. Sie zitterte von der Anstrengung, sich aufrecht zu halten, anstatt sich bequem in seine Arme zu schmiegen; ihre abweisende Haltung wurde allerdings durch ihr tief dekolletiertes Kleid Lügen gestraft, das einen beträchtlichen Teil ihrer zarten Haut entblößt ließ. Sie hatte ihre Arme vor der Brust überkreuzt, ohne zu bemerken, wie sehr dadurch ihre Brüste gegen den Ausschnitt gedrückt wurden und ihm so ein Blick auf den verführerischen Spalt gewährt wurde.

Sie könnte verdammt noch mal eigentlich akzeptieren, dass dieser Anblick ihm von Rechts wegen zustand und dass er das Recht hatte, sie zu tragen, wo immer er wollte und wann immer er wollte. Und bloß weil sie eine reiche Erbin war, und bloß weil sie einen gut aussehenden Cousin hatte, der sie mit Komplimenten überschüttete, hieß das nicht, dass sie ihre Verpflichtungen ihm gegenüber vernachlässigen durfte.

Und seiner Patin gegenüber, natürlich.

Er sah sich nach hinten um. Lady Valéry folgte mit gewissem Abstand auf dem langen Korridor den Ostflügel hinab, in der Mitte einer wahren Prozession von Dienern und Hausmädchen, die unter dem Gewicht ihres Gepäcks stöhnten. Die Haushälterin der Fairchilds, eine Frau mit einem Backpfeifengesicht, schritt allen voran und wies den Weg.

„Da sind wir schon, Miss Fairchild." Mrs. Baggott hielt die Tür weit auf, damit Sebastian samt seiner süßen Last eintreten konnte. „Ich hoffe, diese Räume hier finden Ihre Zustimmung."

„Es ist ganz reizend, Mrs. Baggott", erwiderte Mary ernst.

Mary entspannte sich merklich, nachdem er sie auf dem Bett abgesetzt hatte. Sebastian war sich sicher, sie glaubte, ihn jetzt bald loszuwerden. Wie lustig. Sie würde ihn erst dann loswerden, wenn er es beschloss.

Wenigstens waren die Fairchilds umsichtig genug gewesen, Mary in einem luxuriösen Schlafzimmer unterzubringen. Die vielen Decken sahen einladend aus, so dass man sich des Nachts gemütlich darunter kuscheln konnte. Die dichten Bettvorhänge würden nicht nur jeden störenden Luftzug abhalten, sondern auch verhindern, dass die Dienstboten es bemerkten, wenn er sich zu einem morgendlichen Gerangel im Bett entschlösse. Prüfend drückte er mit seiner Faust die Matratze nieder. Sie war mit Federn gut gestopft, nicht zu weich, aber auch nicht zu fest, so dass Mary und er jeder auf seiner Seite oder aneinander gekuschelt, ganz wie sie es wollten, schlafen könnten.

„Mir gefällt besonders der große Schrank und dieses Nachttischchen hier“, sagte Mary gerade. „Und was für ein großer Spiegel!“

Diesen Möbelstücken hatte er weiter keine Beachtung geschenkt, aber er erwiderte: „Das Zimmer ist annehmbar.“ Es war außerdem, darauf würde er wetten, durch mehrere meilenlange Korridore und Dutzende von Wächtern, getarnt als Dienstboten, von seinem eigenen Zimmer entfernt.

Mrs. Baggott huschte an ihm vorbei zu dem Bett, schüttelte die Kissen auf, so dass Mary sich bequemer dagegenlehnen konnte. „Soweit ich gehört habe, waren Sie krank, Miss Fairchild. Ich werde Ihnen eine Kleinigkeit zu essen hier aufs Zimmer schicken lassen, dann können Sie sich ausruhen und morgen sicher schon an der Gesellschaft teilnehmen.“

Mary legte eine Hand über Mrs. Baggotts rastlose Finger. „Ich möchte Ihnen keine unnötige Arbeit machen.“

Mrs. Baggott hielt inne und schaute erstaunt auf Marys Hand über ihrer. „Das ist keine unnötige Arbeit, Miss. Dazu bin ich ja da.“

„Ich bin sicher, diese Hausgesellschaft ist für Sie mit viel zusätzlichen Verpflichtungen verbunden.“ Mary lächelte ihr verständnisvoll zu. „Wie viele Gäste werden erwartet?“

Mrs. Baggott wusste offensichtlich nicht, wie sie mit der Aufmerksamkeit umgehen sollte, die Mary ihr schenkte. Sie überließ Mary ihre Hand, trat aber unsicher von einem Fuß auf den anderen. „Wir sind auf sechzig Gäste eingerichtet.“

„Mit deren Dienern macht das bestimmt an die zweihundert Leute, die beherbergt und verköstigt werden müssen.“ Mary schüttelte den Kopf. „So viel Arbeit!“

„Ich habe immer ohne zu klagen meine Pflicht getan“, protestierte Mrs. Baggott.

Mary ließ ihre Hand augenblicklich los. „Das würde ich auch

nie zu bezweifeln wagen! Die Fairchilds können sich glücklich schätzen, Sie zu haben."

„Danke, Miss Fairchild." Mrs. Baggott schaute mit solcher Vorsicht, ja, Argwohn in Marys ernstes, freundliches Gesicht, die Sebastian nicht verstand. „Ich halte mich für vom Schicksal bevorzugt, diese Stellung innehaben zu dürfen." Ihre schmalen Lippen verzogen sich zu einem Lächeln, aber die Sorgenfalten um ihre Augen verschwanden dabei nicht. „Lord Whitfield, Ihr Zimmer liegt im Westflügel."

Er *war* also meilenweit entfernt untergebracht.

„Ich kann Ihnen den Weg zeigen, wenn es Ihnen recht ist." Mrs. Baggott wandte sich zur Tür und hätte sie ihm aufgehalten, wenn seine Patin nicht auf der Türschwelle gestanden wäre.

„Wo ist mein Zimmer?" erkundigte sich Lady Valéry höflich.

„Ich habe Sie genau gegenüber untergebracht, Mylady."

„Das ist wunderbar. Würden Sie mir den Raum wohl zeigen?"

„Nun ..." Mrs. Baggott schaute unsicher zu Sebastian, der sich neben dem Bett aufgebaut hatte.

„Ich bin nicht mehr so jung, wie ich es einmal war", erklärte Lady Valéry in leicht jammerndem Tonfall. „Lange Reisen sind nichts für meine alten Knochen."

Sebastian verbarg ein zufriedenes Grinsen. Die Reise von Schottland hatte eine ausgesprochen belebende Wirkung auf seine Patin gehabt; er hatte schon gefürchtet, dass sie ihre Pferde überfordern würde mit ihrem ständigen Wunsch, möglichst schnell und weit voranzukommen.

Doch Mrs. Baggott wusste davon nichts und eilte augenblicklich an Lady Valérys Seite. „Selbstverständlich, Mylady. Hier entlang, bitte."

Während die beiden Frauen, gefolgt von den Dienern, in den Korridor traten, versuchte Sebastian sich vorzustellen, welchen

Plan Lady Valéry jetzt wieder ausgeheckt hatte. In Schottland hatte sie darauf bestanden, ihn zu begleiten, unter dem Vorwand, Mary vor seinen schändlichen Gelüsten beschützen zu wollen. Und nun ermöglichte sie es ihm, mit Mary in deren Schlafzimmer allein zu sein, und schuf damit eine Situation, in der sie beide leicht zu kompromittieren wären. Dieses Verhalten seiner Patin erschien ihm in höchstem Maße verdächtig und riet ihm, vorsichtig zu sein. Sehr, sehr vorsichtig.

Mary unterbrach seine Gedanken, indem sie ihn anfuhr: „Musstest du Mrs. Baggott so einschüchtern?"

Er betrachtete das vor Empörung gerötete Gesicht der Frau auf dem Bett. Er betrachtete ihr gelöstes Haar, ihre zierlichen blauen Satin-Slipper und die in weiße Seidenstrümpfe gehüllten schlanken Fesseln und warf alle Vorsicht über Bord. Was auch immer Lady Valéry vorhatte, er würde dagegenhalten, aber zuerst würde er herausfinden, ob er die steif gestärkte Fassade seiner züchtigen Verlobten ein wenig durcheinander bringen könnte.

„Die arme Haushälterin könnte es ihre Stellung kosten, dass sie uns allein in meinem Zimmer gelassen hat", bemerkte sie vorwurfsvoll.

„Sie macht sich zu viele Sorgen." Er deutete auf die Dienstboten, die nach wie vor mit Gepäck durch die Tür strömten. „Als ob *sie* nicht genug Anstandspersonen für uns wären."

Was sie natürlich nicht waren. Sie waren nur Diener, keine richtigen Anstandspersonen. Noch nicht einmal Marys schottische Kammerzofe, die die Flut von Hutschachteln, Schuhkartons und Truhen dirigierte, war eine ausreichende Anstandsdame. Er könnte alle und jeden fortschicken, wann immer es ihm beliebte, und sie würden gehen müssen. Sie hätten keine Wahl.

Mary wusste das auch. Sie beobachtete ihn mit demselben Argwohn, mit dem sie die Fairchilds anzusehen pflegte. Was ihm nicht annähernd gerecht wurde, schließlich war er mindestens doppelt so gefährlich, aber mit ihrer Wachsamkeit offenbarte sie, dass er sie verunsicherte.

Also machte er sich daran, sie abzulenken. „Das wollte ich ohnehin nicht sagen." Er lehnte sich lässig an den geschnitzten Bettpfosten am Fußende. „Diese Haushälterin scheint mir überängstlich. Sie benimmt sich, als hätte man sie misshandelt."

Marys Augen wurden so kalt wie ein schottischer See im Winter. „Ich versichere dir, eine Haushälterin ist bloß ein Ding, das dafür zuständig ist, dass jeder Adelige es bequem hat und wohl versorgt ist. Im Allgemeinen ist sie unsichtbar, und wenn man sich erst daran gewöhnen muss, gut, auf jeden Fall ist es wesentlich besser, als wenn ...", sie schaute an ihm vorbei, als wäre es ihr unangenehm, davon zu sprechen, „... man als Haushälterin ihre Aufmerksamkeit erregt. Sie sehen einen nur dann, wenn es Beschwerden gibt, oder wenn ihnen langweilig ist, oder wenn ..."

Sie brach ab, doch er beendete den Satz an ihrer Stelle. „Oder wenn sie Lust auf ein kleines Gerangel mit *dir* haben."

„Wir haben von Mrs. Baggott gesprochen."

„Nein, das haben wir nicht." Er kam ein paar Schritte näher. „Sie haben es also oft versucht."

Sie schenkte ihm keine Beachtung und sagte zu ihrer Zofe: „Jill, ist das die letzte Truhe?"

Jill warf einen besorgten Blick zum Bett. „Nein, Miss Fairchild, das ist erst die vorletzte."

„Alle Kleider müssen gebügelt werden. Bitte Mrs. Baggott nicht um Hilfe – die Hausmädchen haben schon genug zu tun. Schau einfach, wie viel du allein schaffst, sobald du Zeit hast."

Niemand ignorierte Sebastian Durant ungestraft. Er trat vor und fasste nach Marys Puffärmel, rieb den Stoff kurz prüfend zwischen Daumen und Zeigefinger und lehnte sich dann vor, bis sein Kopf auf gleicher Höhe mit ihrem war. Sie konnte entweder ihn anschauen oder die Wand.

Sie schaute ihn an.

„Die Adeligen. Sie haben also oft versucht, dich in ihr Bett zu bekommen."

„Nicht oft, und nie mehr als einmal." Mary sprach die Worte besonders deutlich aus, wie eine unverhohlene Warnung. Sie strahlte einen Hochmut aus, wie er ihn selten zuvor bemerkt hatte. Ihre Haushälterinnen-Haltung hatte sich verändert, jedoch nicht, als sie sich als Fairchild zu erkennen gab, sondern erst als Bramwell sie von ihrer Erbschaft in Kenntnis setzte.

Verdammter Bramwell. Sebastian hatte gehofft, seinen Anspruch auf sie öffentlich geltend zu machen, bevor sie von den Neuigkeiten erfuhr. Er hatte darauf gebaut, sie so hoffnungslos in der Falle zu haben, dass sie keine Chance mehr hätte, sich ihren Verpflichtungen zu entziehen. Er war ihr Verlobter. Er durfte keine Zweifel daran in ihr aufkommen lassen. In ihr oder sonst jemandem. Wie zum Beispiel ...

„Wer ist dieser Ian?" Er zeigte mit dem Finger auf sie. „Und sag mir nicht, er wäre dein Cousin. Sag mir, was er dir bedeutet."

„Er ist das einzige Familienmitglied, das während meines damaligen Besuches hier mir gegenüber freundlich und hilfsbereit war." Sie antwortete gelassen, aber sie wurde rot, verdammt. Sie wurde rot.

„Besuch?" Ärger stieg in ihm auf, Ärger, der tief unter den Schichten der Vernunft in seinem Kopf entstand und an die Oberfläche drängte, um dort wie ein giftiges Gebräu zu brodeln. „So nennst du das also?"

„Würdest du bitte deine Stimme senken?" flüsterte sie wütend. „Du magst glauben, Dienstboten wären taub, aber ich kann dir versichern, sie hören jedes Wort, das wir sprechen, und ich lege keinen Wert darauf, meinen Namen mit dem meines Cousins auf eine romantische Art und Weise verknüpft zu sehen."

„Das werde ich, wenn du mir sagst, was Ian dir bedeutet."

„Während meines damaligen Aufenthaltes hier war er sehr freundlich mir gegenüber", antwortete sie leicht verärgert mit einem flüchtigen Blick zu den anwesenden Dienstboten.

Sie lenkten Mary ab, so dass sie sich nicht mehr auf ihn allein konzentrierte. Er schwang zu ihnen herum und befahl: „Hinaus!"

Die beiden Männer, die gerade dabei waren, eine schwere Truhe in das Zimmer zu schleppen, gehorchten augenblicklich und ließen ihre Last einfach fallen. Die Dienstmädchen aber, die Jill beim Auspacken zur Hand gingen, stoben verstört auseinander und sahen ihn unsicher an.

„Heraus! Ihr alle!" Er zeigte zur Tür.

Jill rieb die Hände an ihrem Rock. „Sir ..."

„Ich werfe dich auch hinaus", sagte er warnend.

Ihre Missbilligung nicht verbergend, knickste sie dennoch knapp vor Sebastian, während die letzten der anderen Dienstboten fluchtartig das Zimmer verließen.

„Kluges Kind", bemerkte er, bevor er sich wieder zu Mary umwandte. „Jetzt wegen Ian."

Seinem Wunsch entsprechend, erklärte sie: „Er gab mir Geld. Das hat uns das Leben gerettet. Damit hat *er* uns das Leben gerettet."

„Ach so! Du bist ihm also *dankbar*."

Seinen Sarkasmus schien sie gar nicht wahrzunehmen. „Ja, genau. Dankbar."

„So dankbar wie mir?"

Sie setzte sich gerader hin, so dass ihr Rücken die stützenden Kissen nicht mehr berührte. „Dir?"

„Ich habe dich hierher gebracht. Wenn ich nicht gewesen

wäre, dann wärest du noch immer eine verarmte Haushälterin im entlegensten Winkel von Schottland."

Ihre Stimme wurde noch leiser, büßte dabei aber nichts von ihrer Schärfe ein. „Wenn du mir nicht die Nachricht meiner Erbschaft vorenthalten hättest, hätte ich in London bleiben und mein Geld in Empfang nehmen können, ohne dass ich mich in diese Schlangengrube hier hätte begeben müssen."

„Ach, dann hättest du aber doch auch diesen ... Ian nicht wiedergesehen." Er betonte den Namen spöttisch.

Ehrlicher Ärger blitzte in ihren Augen auf, trotzdem gelang es ihr, weiter höflich zu bleiben. „Warum solltest du dich für Ian interessieren? Er ist nicht bösartiger als meine übrige Verwandtschaft. Wenigstens hat er sich nicht schon beim Betreten des Zimmers auf mich gestürzt."

Er machte eine wegwerfende Handbewegung. „Das war bloß ihr Eröffnungsschlag und galt außerdem mir."

„Galt dir?" Sie sprang auf, ihre Schwäche in ihrem Ärger vergessend. „Und warum fühle *ich* mich dann angegriffen?"

Ihren vollen Mund, ihre rosigen Wangen, ihre vor Wut und verletzter Würde weit aufgerissenen Augen betrachtend, fragte er sich verwundert, wie es dieser Frau immer wieder gelang, so viel Ausstrahlung zu entfalten. Ihre Größe konnte nichts damit zu tun haben. Bei den wenigen Gelegenheiten, bei denen sie auf ihren eigenen Füßen neben ihm gestanden hatte, überragte er sie um Haupteslänge. Ihr Alter, ein Alter, von dem sie überzeugt war, dass es sie zur alten Jungfer abstempelte, war so viel geringer als sein eigenes, dass er über ihre Unwissenheit nur lachen konnte. Doch ihre würdevolle Haltung verlieh ihr eine gewisse Reife, weshalb ihre Empörung umso größer schien. „Sie haben sich wie eine Horde ungehobelter Schweine aufgeführt", pflichtete er ihr bei.

Empörung über ihre Verwandten wandelte sich in Entrüstung gegen ihn. „Du hast nicht allen Ernstes *erwartet*, dass sie mich empfangen, als wäre ich eine Art Verbündete?"

„Ich war mir nicht sicher, wie ihre Reaktion ausfallen würde, aber deine Onkel sind berüchtigt für ihre bösartigen Streiche und grausamen Scherze." Oh, ja, das waren sie, wie er aus bitterer Erfahrung selber bezeugen konnte.

Mary sank in die Kissen zurück, die Erschöpfung und der Hunger über ihre Empörung siegend. „Was für ein Wespennest, in das du mich hier gebracht hast, Mylord Whitfield!"

Das hatte er tatsächlich. Wenn er sie jetzt ansah, wie sie mit geschlossenen Augen dort lag, ihre Mundwinkel nach unten gebogen, ihre Gesicht von der Aufregung ungesund gerötet, verspürte er Gewissensbisse. Wie konnte sie sich der vereinigten Rohheit ihrer Verwandten erwehren? Er musste sie vor ihnen beschützen.

„Entschuldigen Sie, M'lord."

Er fuhr herum.

Jill stand hinter ihm, ein Tablett in den Händen. „Ich habe hier eine Kleinigkeit zu essen für Miss Fairchild." Sie klang geduldig, so als ob sie schon eine Weile dort gestanden und versucht hätte, auf sich aufmerksam zu machen, ohne dass sie bemerkt worden wäre.

„Sehr schön." Das war genau das, worin er beim Beschützen am besten war. Er nahm ihr das Tablett ab. „Ich werde sie füttern."

„Das kann ich selber", widersprach Mary. „Jill bleibt bei mir."

„Ja, genau, M'lord, ich kann ihr helfen", pflichtete Jill ihrer Herrin bei und machte einen tapferen Versuch, ihm das Tablett wieder abzunehmen.

Er lächelte bloß, und es trat das ein, was immer geschah, wenn er lächelte: Die Zofe wurde blass. „Ich werde hier bleiben und meine Verlobte füttern."

„Ich fühle mich schon viel besser, ehrlich", sagte Mary resolut.

„Aber ich werde keine Ruhe haben, wenn ich mich nicht persönlich davon überzeugt habe." Sebastian stellte das Tablett auf ihre Knie und schüttelte die Serviette aus. Als er sich daranmachte, sie in ihren Halsausschnitt zu stecken, riss Mary sie ihm aus der Hand und breitete sie mit abgehackten Bewegungen auf ihrem Schoß aus.

Sie hielt ihren Zorn ebenso rücksichtslos unter Kontrolle wie er seine Geschäfte. Sie hatte viel zu viel gemein mit dieser Haushälterin, Mrs. Baggott. Nicht nur die Erfahrungen mit den Adeligen, sondern auch die Wachsamkeit und das Misstrauen.

Doch ihr Unwohlsein hatte ihm eine andere Seite an ihr enthüllt. Auf der Fahrt von Schottland war sie weich und nachgiebig gewesen, hilfsbedürftig. Ein Kind, um das man sich kümmern musste. Und irgendjemand hatte sich um sie kümmern müssen. Lady Valéry konnte einem Mann mit ihrem Charme vielleicht die Hosen ausziehen oder einen jungen Mann sicher durch den gefahrvollen Irrgarten der guten Gesellschaft geleiten, aber Kinder rannten schreiend vor ihr davon. Sebastian hatte gewusst, wenn er wollte, dass Mary in Fairchild Manor ankam, um wie versprochen ihre Aufgabe zu erfüllen, dann sollte er besser dafür sorgen, dass sie auch lang genug am Leben blieb, um genau das zu tun.

Zu seiner Überraschung hatte es sich erwiesen, dass sich um sie zu kümmern eine Arbeit war, die er gerne tat.

Er runzelte die Stirn.

Vielleicht sollte er sich ein Haustier zulegen. Er hatte ganz offensichtlich das bisher unerkannte Verlangen, jemanden zu haben, der seiner Fürsorge bedurfte.

Mary hob die silberne Haube von dem Tablett. Ordentlich

wie immer stellte sie den reich verzierten Deckel auf das Nachttischchen neben sich und begutachtete ihr Mahl. Frisch gebackener Brotpudding in einer kleinen, tönernen Schüssel stand auf dem Tablett, und der Duft von süßer Sahne mit Eiern, Zimt und Gewürznelken erfüllte die Luft.

Sebastian setzte sich neben sie auf die Matratze und streckte die Hand nach dem Löffel aus.

Aber Mary war schneller, schnappte ihn sich und schlug Sebastian damit leicht auf die Finger. „Ich esse selber."

Mit dem Löffel stieß sie durch die goldbraune, buttrige Kruste, und frischer Dampf stieg von der darunter eingeschlossenen Füllung auf. Weich, aber doch fest umhüllte das Brot den Pudding. Sie kostete den Pudding, und ihre Augen schlossen sich verzückt. Sein Blick folgte dem Bissen, wie sie ihn im Mund zergehen ließ und dann wie sie ihn schluckte. Fasziniert blickte er auf ihren zarten, blassen Hals. Ihre Brüste, ohnehin schon verlockend voll und rund, dehnten sich unter ihrem entzückten Seufzer. Ihre rosige Zunge leckte einen Krümel von ihren Lippen.

Sebastian musste schlucken. Nur eine Frau konnte den Verzehr eines einfachen Brotpuddings in eine leidenschaftliche Erfahrung verwandeln.

Er konnte sich beinahe vorstellen, wie das Essen sie stärkte, ihrer Haut Schimmer und ihrem Haar Glanz verlieh. Er konnte sich vorstellen, wie sie schmecken würde, wenn sie den Pudding aufgegessen hatte, wie sie gesättigt und zufrieden ruhen würde, bis er sie entkleidete und mit neuen, anderen Vergnügen erfüllte. Mit einer Art Vergnügen, das ihre Seele sättigen würde.

Zu seiner eigenen Überraschung wurde ihm schlagartig klar, dass er sie haben musste. Er hatte sie schon vom ersten Moment an gewollt; Lady Valéry hatte das ja bereits erkannt. Aber irgendwann seitdem war ihm die Entscheidungsfreiheit in der Sache abhanden gekommen. Sie gehörte ihm. Vielleicht nicht für immer, doch wenigstens so lange, wie sie auf Fairchild Manor waren.

Nachdem Marys Appetit erst einmal geweckt worden war, genoss sie den Pudding umso mehr. Der köstliche Geschmack ließ sie fast vergessen, dass sie beobachtet wurde.

Er war es, der bedrohlich über ihr aufragte. Das tat er ständig, und sie hatte vor, ihm das abzugewöhnen. Er war schließlich bloß ein Mann. Lady Valéry schwor, dass sie lernfähig waren.

„Das ist ein ausgezeichnetes Essen für einen Rekonvaleszenten“, bemerkte er mit heiserer Stimme.

„Möchtest du einen Löffel probieren?“ hörte sie sich zu ihrem Erstaunen fragen.

Er sah sie überrascht an. „Du bist es doch, die der Stärkung bedarf.“

„Ja.“ Sie wollte eigentlich auch gar nicht teilen. Und doch, für einen kleinen Augenblick war das Gesicht dieses verflixten Mannes weich geworden, hatten seine scharfen Züge ein zartes Gefühl gezeigt. Wohlwollen vielleicht. Oder noch wahrscheinlicher waren es, so wie sie Sebastian inzwischen kannte, bloß Lichtreflexe von den flackernden Kerzenflammen gewesen.

Aber sein Blick hing an dem Löffel, wie er durch die goldgelbe Kruste stieß und sich dann gefüllt ihrem Mund näherte. Er mochte so tun, als stünde er über solch einfachen Genüssen wie einem simplen Brotpudding, doch sie erkannte einen hungrigen Mann, wenn sie ihn sah. Schließlich hatte sie in ihrer Zeit als Haushälterin genug davon mit Essen versorgt. „Du siehst aus wie ein Hund, dem sein Knochen vorenthalten wird“, sagte sie vorwurfsvoll.

Das tat er natürlich nicht wirklich, aber als er ihr ins Gesicht sah, stand sein Mund leicht offen, und sie konnte seine Zungenspitze erkennen, mit der er sich über die Unterlippe fuhr.

„Ich könnte um einen weiteren Löffel schicken“, schlug sie vor.

„Nein, nein. Ich esse von deinem.“

Sie versuchte noch, den Löffel außer Reichweite zu bringen, aber er fing ihr Handgelenk ein und zwang sie, es still zu halten. Er öffnete seinen Mund und schob den Löffel mit dem Brotpudding hinein. Sein Gesicht verlor alle Härte, sobald sich der Geschmack auf seiner Zunge ausbreitete. Seine Nasenflügel blähten sich, und er leckte genüsslich den Löffel ab, drehte ihr Handgelenk, so dass er mit seiner Zunge auch an die Rückseite des Löffels kam. Jedes noch so kleine Krümelchen wurde Opfer seines sinnlichen Genusses.

Mary musste schlucken. Nur ein Mann konnte den Verzehr eines einfachen Brotpuddings in eine leidenschaftliche Erfahrung verwandeln.

In dem Bestreben, ihre Reaktion zu vertuschen, fragte sie rasch: „Woher hast du eigentlich die Narbe auf deiner Hand?“

Er blickte flüchtig darauf. Vier seiner Finger waren in einem Bogen aufgeschlitzt worden, und sein Zeigefinger war leicht gekrümmt. „Als Junge habe ich mit Pferden gearbeitet.“ Ihr Handgelenk immer noch fest in seinem Griff, zwang er sie, mit dem Löffel erneut einen Bissen aus der Schüssel zu nehmen. „Es tut ziemlich weh, wenn ein Pferd einem auf die Finger tritt.“

Sie versuchte, ihm den Löffel zu überlassen, aber er wollte ihn nicht. Er wollte – sie konnte es kaum glauben – ihr Handgelenk festhalten und ihr die Hand führen, so dass sie sich gewissermaßen selber fütterte. Er hielt ihr den Löffel an die Lippen. Sie starrte ihn an.

„Iss“, sagte er leise, eindringlich und massierte mit seinem Daumen die empfindliche Haut über ihrem Puls. „Du musst kräftiger werden; du wirst es brauchen.“

Wahr genug, auch wenn sie sich wunderte, warum er das so seltsam betonte. Sie kam zu dem Schluss, dass Trotz hier nur unnütze Energieverschwendung wäre, und ließ ihn gewähren.

Die Gewalt über den Löffel wieder an sie abtretend, setzte er sich zu ihren Füßen quer auf die Matratze, so dass sein Körper mit ihrem einen rechten Winkel bildete. Er stützte sich auf seinen Ellbogen und schenkte ihr genau die Sorte Lächeln, die sie am meisten hasste. Die Sorte Lächeln, die zu besagen schien, dass er etwas wusste, von dem sie keine Ahnung hatte.

Jill räusperte sich vernehmlich. „So viele Kleider müssten gebügelt werden!“ bemerkte sie sorgenvoll.

Sebastian lächelte weiter, während er darauf wartete, dass Mary ihren Brotpudding aufaß, und Mary fragte sich, was er ihr wohl zu sagen hatte, dass eine so intime Position dafür notwendig war. Wahrscheinlich, dass er vorhatte, ihren Ruf zu ruinieren – als ob sie darauf nicht schon längst von alleine gekommen wäre.

Machte ihr das etwas aus? Sie war sich nicht sicher. Einst hatte sie einen Mord begangen, und die Bürde dieser großen Sünde hatte ihre Prioritäten verschoben. Aber auf der anderen Seite hatten ihre Jahre als Haushälterin sie gelehrt, Respektabilität mit anderen Augen zu sehen. Die strengen Regeln der englischen Gesellschaft erschienen einem lachhaft, betrachtete man sie aus der Sicht einer Frau, einer Bediensteten ... einer Kriminellen.

Andere Sachen waren weitaus wichtiger, und wenn Sebastian sich dazu entschloss, sich auf ihrem Bett zu lümmeln und damit anzudeuten, dass er ihr Liebhaber sei, bestand die einzige Antwort, die sie dafür – wenigstens im Moment – übrig hatte, aus einem müden Schulterzucken.

Jill trat an ihr Bett, sobald Mary den letzten Bissen Brotpudding aufgegessen, den letzten Schluck Tee ausgetrunken und ihre Serviette ordentlich zusammengefaltet auf das Tablett zurückgelegt hatte. „Lassen Sie mich das nehmen, Miss Fairchild." Sie warf Sebastian einen unsicheren Blick zu. „Und Sie, Lord Whitfield, sollten auch gehen, damit sie sich ein wenig ausruhen kann."

Sie war ein tapferes Mädchen, deren Loyalität Mary gehörte, aber gegen Sebastian hatte sie keine Chance.

„Bring es in die Küche", befahl er knapp.

„Aber, Mylord ..."

„In die Küche. Und mach die Tür hinter dir zu."

Mary sah ihn an, als ob in seiner Familie Geisteskrankheiten grassierten. „Das geht aber dann doch zu weit, findest du nicht? Die Tür muss offen ..."

Er schnippte mit den Fingern und schaute Jill bedrohlich ruhig an.

„Mylord, bitte, ich darf Sie nicht mit meiner Herrin alleine lassen."

Er erhob sich. „Sie ist meine Verlobte."

„Es ist nicht schicklich", flehte Jill.

Ohne der Zofe weiter Beachtung zu schenken, wandte er sich an Mary, die versuchte, sich aufzusetzen: „Bleib bloß im Bett, dann ersparst du mir die Mühe, dir nachjagen zu müssen."

Mary wurde ruhig. Zu Beginn ihrer Zeit bei Lady Valéry hatte man ihr nachgestellt. Es war erniedrigend gewesen, und sie hatte dabei gelernt, dass sie sich, indem sie fortzulaufen versuchte, zur Beute erklärte. Besser war es, dem Angreifer gelassen entgegenzutreten.

Sebastian ging auf die langsam zurückweichende Jill zu.

Die Zofe redete immer noch von ihrer Pflicht ihrer Herrin gegenüber, als Sebastian sie zur Tür scheuchte, aber er drängte sie davon unbeeindruckt auf den Flur hinaus. „Ich werde zu Lady Valéry gehen", kündigte sie an.

Er machte ihr einfach die Tür vor der Nase zu und das mit einem so unheilverkündenden Schnappen, dass Mary sich doch Gedanken zu machen begann – würde ihr bewährtes Vorgehen zur Entmutigung ungestümer junger Männer und alternder Lüstlinge auch bei diesem verrückten Edelmann, genannt Sebastian Durant, Marquess of Whitfield, wirken?

10. KAPITEL

In dem Schloss steckte kein Schlüssel. Sebastian fluchte verärgert. „Jetzt versuch bloß nicht, mir zu sagen, das wäre ein Versehen!" Er starrte Mary an, als ob das Fehlen des Schlüssels ihr persönlich anzulasten sei. „Was versprechen die Fairchilds sich wohl davon, jederzeit Zugang zu deinen Räumen zu haben?"

„Mich retten zu können?" schlug sie kühl vor. „Vor einem Lüstling wie dir?"

Er betrachtete sie einen Moment lang aus schmalen Augen, dann holte er einen Stuhl und klemmte ihn mit der Lehne unter die Türklinke.

Mary schaute sich beunruhigt nach einem möglichen Fluchtweg um. Sie bezweifelte, durch den Genuss eines einfachen Brotpuddings so weit gestärkt zu sein, dass sie in der Lage wäre, auf das schmale Sims vor ihrem Fenster zu klettern.

„Mylord, ich kann kaum glauben, dass ein Mann von deinem Reichtum und Einfluss darauf angewiesen ist, auf solch kindische Methoden zurückzugreifen."

„Ich will dich doch nur küssen." Aus seinem Mund klang das so harmlos wie eine Partie Whist.

„Und warum verbarrikadierst du dann die Tür?"

Er entledigte sich seines Rockes und seiner Weste, lockerte

dann sein Krawattentuch. „Du hast etwas erschreckend Unschuldiges an dir. Etwas muss geschehen, um dich davon zu kurieren."

Sein Hemd aus feinem Leinen schmiegte sich an seinen muskulösen Körper. Hastig zog Mary ihn in Gedanken wieder an. „Unschuld ist keine Krankheit, Mylord."

Das Cachenez flatterte zu Boden, dann beugte er sich auch schon über sie, ein Knie auf die Matratze gestützt. „Doch, wenn andere Männer das als Herausforderung sehen. Es gibt kein männliches Lebewesen auf dieser Welt, das dich anschauen könnte, Mary Fairchild, ohne sich zu wünschen, dir die Wunder zu zeigen, die es zwischen Mann und Frau geben kann."

„Du brauchst dir deswegen keine Umstände zu machen." Sie hoffte, dass es ihr gelungen war, abgeklärt zu klingen. Sie wünschte, sie könnte ihren Blick von seinem bloßen Hals losreißen. „Ich bin mit dem vertraut, was zwischen Mann und Frau geschieht."

Er kauerte über ihr wie ein Wolf, und wie ein Wolf knurrte er auch. „Und wie kommst du zu diesem Wissen, Mary?"

„Adelige sind dafür bekannt zu glauben, eine Haushälterin wäre blind und taub für ihre Machenschaften." Sie sprach forsch, bemüht, ihn nicht wissen zu lassen, wie sehr seine Pose sie beunruhigte. „Einige von ihnen, vermute ich, haben es sogar bewusst darauf angelegt, von mir in flagranti ertappt zu werden."

„Darüber werden wir uns ein andermal unterhalten müssen." Er zog zwei Kissen hinter ihren Schultern hervor. „Über die Sachen, die du gesehen hast, und die Probleme, die du hattest. Du wirst mir dann genau erzählen, wer dich beleidigt und wer dir nachgestellt hat, und ich werde dafür sorgen, dass sie es bereuen."

Sie saß immer noch aufrecht, und er fasste sie bei den Armen und drückte sie in die verbleibenden Kissen, die sich sofort um sie herum aufblähten und ihr Sichtfeld einschränkten wie die Flügelhaube einer Nonne. Sie konnte nur noch Sebastian sehen, und der

Anblick eines liebenswürdigen Sebastian schüchterte sie genauso ein, wie er sie faszinierte.

„Entspann dich." Wie immer ragte er drohend über ihr auf. „Küssen macht Spaß. Frauen mögen es normalerweise sehr, und ich bin gut darin."

„Wie überaus bescheiden!"

Er machte es sich neben ihr bequem, so dass sie zwischen ihm und der Wand gefangen war; es fiel ihr nicht leicht, ihr plötzliches Unbehagen zu überwinden. Sie hatte nicht damit gerechnet, dass es schwierig sein würde, sich seiner zu erwehren; ihre überlegten Abfuhren waren lang erprobt und bislang immer erfolgreich gewesen.

Erst jetzt, während er ein Bein über ihre Schenkel legte und seine Hände ihre Arme rieben, erinnerte sie sich wieder, dass ihre Besonnenheit ihn auch zuvor niemals hatte entmutigen können.

Seine gewohnte Grobheit war verschwunden. Ohne dass sie wusste, warum, schienen ihr auf einmal seine Lippen ungewöhnlich voll und weich, während sie die Worte formten: „Ich nehme an, du bist schon geküsst worden."

Sicher war es am besten, die Sache kurz zu halten. „Ja."

Er versteifte sich. „Hast du den Kuss erwidert?"

„Nein." Aber sie hatte bei der Gelegenheit herausgefunden, dass ein Schirmständer, richtig angewendet, einen übereifrigen Hausgast nachdrücklich entmutigen konnte.

Er entspannte sich wieder. Ganz träge Sinnlichkeit, zwinkerte er ihr zu. „Dann lass dir zeigen, wie man das macht." Er strich mit seinen Lippen über ihre.

Sie verspannte sich unter der leichten Berührung, obwohl es eigentlich kein Kuss war. Eher ein sanftes Streicheln, erregend, eine großzügige Einladung, mehr zu entdecken, sollte sie das wollen. Was sie nicht tat, aber sie genoss die Wärme seines Körpers, so nahe bei ihr. Die Erfahrung war beruhigend, mehr tröstlich als bedrohlich.

Dann glitten seine Hände über ihre Arme, ihren Ausschnitt, bis sie auf der nackten Haut ihrer Schultern ruhten.

Sie begann zu zittern, als Panik sie zu überwältigen drohte.

Nackte Haut an nackter Haut.

Das war nicht mehr beruhigend.

Es war quälend intim.

Sie konnte es nicht tun. Sie konnte es nicht ertragen. Er hatte sie hochgehoben, auf seinen Armen getragen, und sie hatte sich eingeredet, dass der angekündigte Kuss auch nicht schlimmer sein würde, aber er hatte sie in die Irre geführt. Jedes Streicheln seiner Fingerspitzen rief in ihr die Erinnerung an jene Augenblicke im Arbeitszimmer ihres Onkels wach, als er ihr den Handschuh so eindrucksvoll ausgezogen hatte, um die Fairchilds zu täuschen.

Die Fairchilds zu täuschen. Er hatte es sich zum Ziel gesetzt, die Fairchilds zu täuschen. Er übte bloß.

„Vielen Dank", sagte die frisch gebackene Erbin. „Jetzt habe ich genug Spaß gehabt."

Seine Handflächen malten kleine Kreise auf ihre Schultern. Er hob seinen Kopf. „Du hast wunderschöne Haut. Wenn ich leicht darauf drücke", er ließ seinen Worten die Tat folgen, „verliert sie alle Farbe, bevor sie plötzlich wieder zartrosa anläuft." Er war in die Betrachtung versunken, so als ob ein solcher Zeitvertreib seinen Verstand wahrhaft zu fesseln vermochte.

Aufrichtig davon überzeugt, sie könnte diese Folter jetzt beenden, mahnte sie: „Du hast doch gesagt, wir würden bloß küssen."

„Danke, dass du mich daran erinnerst."

Er beugte sich vor, aber sie hob abwehrend den Arm. „Das haben wir doch schon getan."

Statt einer Antwort zog er ihre Hand an seine Lippen und

drückte einen zarten Kuss darauf. Sie hatte das Gefühl, jeder Nerv leitete die zu Kopfe steigende Hitze weiter, die von seinem Mund ausging. Während er mit seinen Lippen eine feurige Spur über die Innenseite ihres Unterarms zum Ellbogen zog, hüllte sein Duft sie ein, und sie begann sich unwillkürlich zu entspannen.

Am Ende eines jeden Tages ihrer Reise hatte er sie aus der Kutsche gehoben, und sie hatte ihren Kopf an seine Schulter gelegt und dabei den Geruch nach Pferden, frischer Luft und Seife eingeatmet. Richtig oder falsch, diese besondere Mischung verband sie nun unwillkürlich mit Trost und Mitgefühl, und auch jetzt half es ihr, sich zu fassen.

Sie schloss die Augen, damit ihr der Anblick erspart blieb, wie er ihre empfindliche Haut liebkoste. Sie war eine Fairchild. Eine der verhassten Fairchilds. Sicher würde er das nicht vergessen. Weiß Gott, sie konnte es ja auch nicht.

„Ich beobachte dich genau, immer wieder, aber du lässt dir keine deiner Stimmungen anmerken, gerade so, als hinge dein Leben davon ab."

Ihre Augen flogen auf. Was wollte er damit sagen?

„Manchmal habe ich das Gefühl, ich könnte mir deine Zusammenarbeit bei allem, was ich will, sichern, wenn ich nur deine Geheimnisse kennen würde."

Er kannte sie doch, oder wenigstens das Wichtigste davon. Er wusste von ihrem Mord.

Oder vielleicht doch nicht. Vielleicht hatte sie einem einfachen Satz eine Bedeutung beigemessen, die er gar nicht besaß ... aber sie wagte es nicht, ihn zu fragen, oder doch?

Als sein Mund sich ihrem näherte, zog sie ihren ursprünglich abwehrend erhobenen Arm fort und tat, was er indirekt von ihr verlangte. Sie küsste ihn.

Sie spitzte ihre Lippen und bemühte sich, möglichst erfahren auszusehen, wie sie es vor Jahren gewesen war, als sie nächtlich mit ihrem Kissen geübt hatte.

Offensichtlich war sie nicht besonders erfolgreich, denn er lachte leise, wobei sein Atem über ihre Wange strich. „Nicht so! Komm her, ich zeige es dir."

Sie verspannte sich, in Erwartung eines weiteren Schirmständer-Vorkommnisses, aber nichts in der Art geschah. Was dagegen geschah, war wieder eine dieser federleichten Berührungen, so zart, dass es schon fast rührend war. Keinerlei Rohheit verdarb ihn. Liebkoste er Mörderinnen immer mit so viel Zartgefühl?

Seine Finger wanderten über ihr Schlüsselbein, ertasteten sich ihren Weg zu ihrem Hals und Nacken, streichelten die sanften Höhlungen. Seine Hand fühlte sich kühl auf ihrer erhitzten Haut an. Er fuhr ihr Schlüsselbein entlang, und unter seiner sachten Berührung musste sie sich immer wieder gewaltsam daran erinnern, dass er sie erpresste.

Seine Zunge strich zart über ihre Lippen und sie erkannte, was er vorhatte. Er wollte sie so tief in ihren Mund schieben, bis sie das Gefühl hatte, ersticken zu müssen. Sie versteifte sich.

Ihren Nacken beschwichtigend massierend, flüsterte er: „Es ist doch nur ein Kuss."

Und Wilhelm der Eroberer war bloß ein dummer Junge.

Seinen Lippen näherten sich erneut ihren, berührten sie, dann verstärkte er den Druck, so dass ihre Haut prickelte und es in ihren Ohren summte. Mary kannte die Melodie nicht, aber wenn sie nicht Acht gab, würde sie den Text lernen.

Er fuhr mit seiner Zunge wieder über ihren Mund, drang bis zu ihren Zähnen vor, und sie schmeckte ihn. Schmeckte die Gewürze des Brotpuddings und einen unbeschreiblichen Geschmack, der er selbst sein musste. Zaghaft kam ihm ihre Zunge entgegen, gerade weit genug, um sein Aroma wahrzunehmen.

Wenn er nicht auf ihr gelegen hätte, wäre sie von der Matratze aufgesprungen und vor ihm geflohen. So aber erstickte sein Mund den hilflosen, kleinen Protestlaut, der ihr entschlüpfte, und ihre Hände hoben sich aus eigenem Antrieb, um seine Arme zu umklammern und ihn von sich zu schieben.

Er hob gehorsam den Kopf. „Was ist?"

„Du hast etwas mit mir gemacht. Als unsere ..." Schon der Versuch, darüber mit ihm zu reden, vermittelte ihr das Gefühl, dumm und unbeholfen zu sein. Warum musste sie es ihm eigentlich überhaupt erklären? Er war ja schließlich selber dabei gewesen.

„Als unsere ...?

„Als unsere ... Zungen" – wurde von einem erwartet, mit einem Mann über Zungen zu reden? – „sich berührten, tat es fast weh."

„Wie wenn ich ... dich gebissen hätte?"

„Nein! Wie ..." Sie versuchte, den Gedanken zu unterdrücken, aber er kam unwiderruflich hoch.

Sie hatten gemeinsam einen Funken geschaffen.

Nein, warte. Das war nicht ganz richtig. Der Funke war schon immer da gewesen, doch sie hatten ihm Nahrung gegeben, so dass er ein Feuer werden konnte.

Während sie in seinen dunklen, wissenden Augen versank, wurde ihr klar, dass er die Anziehungskraft, die sie aufeinander ausübten, von Beginn an gespürt hatte.

„Lass uns das hier ausprobieren." Er küsste sie. Der Funke loderte augenblicklich zu einer gleißend hellen Flamme auf.

Er zog sich zurück, seine Hände aber hielten ihr Gesicht weiter umfasst. „Und? Hat das wehgetan? Oder war es schön?"

Was sollte sie sagen? Dass sie nun die Quelle ihres Unbehagens identifiziert hatte? Das würde ihn bestimmt erheitern.

Schlimmer, es würde ihm schmeicheln. So starrte sie also wortlos in seine dicht bewimperten Augen und nickte.

„Einen jungfräulichen Mund hast du also auch noch." Er lächelte, seine Zähne blitzten weiß in seinem gebräunten Gesicht auf, und ihr fiel auf, dass seine Nase einmal gebrochen worden war. Dieser Teil seiner Erscheinung hatte sich seinem Einfluss entzogen. Er konnte sein Aussehen in diesem Bereich nicht so kontrollieren und gezielt einsetzen wie sein Lächeln oder den Ausdruck seiner Augen. Seine Nase legte offen Zeugnis von seiner Vergangenheit ab, von den Kämpfen, die er auszufechten hatte, und sein Kinn besagte, dass er jeden einzelnen davon für sich entschieden hatte. Er war ein Kämpfer, war Sebastian Durant, und sie widersetzte sich ihm auf eigene Gefahr.

Er drückte seinen Mund erneut auf ihren. Seine Hände erforschten ihr Kinn, ihre Wangen, ihre Ohren, glitten in ihr Haar. Dann begann er, mit seinen Fingerspitzen sanft ihre Kopfhaut zu massieren. Zur gleichen Zeit festigte sich der Griff ihrer Hände an seinen Armen, ihre Finger kneteten die Muskeln in sanftem Fordern.

Sie hatte diese Muskeln schon in der Bibliothek seiner Patin fasziniert betrachtet, als er sich seines Rockes entledigt und die Ärmel seines Hemdes hochgekrempelt hatte. Und jetzt spürte sie, wie sie sich unter ihren Handflächen anspannten, und das aufwühlende Gefühl, das diese Bewegungen in ihr auslöste, bestärkte sie in der Erkenntnis, dass dieser Mann für sie geschaffen war, für sie allein.

Dann stöhnte er, als empfände er das schmerzähnliche Gefühl ebenfalls.

Sie erschauerte, als ihr Atem sich vermischte, er sie in diesem Kuss mit sich ausfüllte, diesem primitiven Zeichen seines Besitzanspruches.

Wo war ihre Disziplin geblieben? Sie erkundete mit ihrer Zunge willig – nein, begierig – seinen Mund, gestattete ihm, mit seinen Händen ihre Rippen zu streicheln. Dann wanderten seine Finger weiter, über die hoch angesetzte Taille ihres Kleides und liebkosten die Unterseiten ihrer Brüste.

Sie sollte schockiert sein. Sie *war* schockiert. Sie versuchte, sich ihm zu entwinden, aber nicht besonders energisch, weil sie eigentlich ... mehr wollte.

„Soll ich dich dort berühren?" murmelte er an ihrem Ohr. „Würde dir das gefallen?"

Er wusste es! Wie beschämend, dass er es wusste. Ja, sie wollte, dass er ihren Busen berührte. Überall. Ganz besonders die Spitzen. Sie hatten sich schon zusammengezogen und schmerzten leicht. Der Schmerz wollte gelindert werden, und widersinnigerweise war sie davon überzeugt, nur er könnte das vollbringen.

„So?" sagte er und spreizte seine Finger über ihren Brüsten, umfasste sie sanft.

Tränen verbotenen Verlangens traten ihr in die Augen, als er sie zu reiben begann, den Spitzen dabei besondere Beachtung schenkte. Das durchbrochene Gewebe ihres Hemdes scheuerte an ihrer Haut, aber es machte sie nicht wund, sondern erregte sie – und nicht nur sie, sondern auch ihn.

Seine bezwingenden Zärtlichkeiten erschienen stürmisch, aufwühlend, ja beinahe ungezügelt, und eine schwache Furcht regte sich in ihr.

Hatte *er* sich noch unter Kontrolle? Bestimmt. Er musste. Er war schließlich der mächtige Lord Whitfield.

Aber sein Körper verriet ein Drängen. Er verlagerte sein Gewicht, doch sie achtete nicht weiter darauf. Die Lustgefühle, die seine Hände in ihr weckten, sein Atem auf ihrer Haut, das alles erstickte ihre Angst.

Auf einmal zwängte sich sein Knie zwischen ihre Beine, spreizte sie.

Sie schob seinen Kopf fort. „Halt!"

Er wartete, bis sie wieder nachgiebiger wurde, dann begann er ungeduldig, fordernd an ihrem Hals zu knabbern.

„Du musst aufhören." Sie griff in seine Haare, zog seinen Kopf zurück – und sah seinen Gesichtsausdruck.

Da würde es kein Aufhören geben. Leidenschaft hatte seine Züge verdunkelt. Sein Blick brannte sich in ihren, obwohl er die Lider halb gesenkt hatte. Am schlimmsten war jedoch, dass er lächelte. Nicht sein übliches schneidendes Lächeln. Auch nicht sein wissendes Lächeln. Aber ein Lächeln, das seine wilde Entschlossenheit verriet, Vergnügen zu finden.

Er hatte sich nicht unter Kontrolle. Sein Kuss hatte ihn gefährlich werden lassen, ähnlich einem sprungbereiten Raubtier.

Doch: *Eine Haushälterin handelt niemals kopflos oder zeigt Anzeichen von Furcht.* „Lord Whitfield", sagte sie laut und deutlich.

Er hatte sie gehört, denn er sah sie an, und sie blickte bis auf den Grund seiner aufgewühlten Seele.

„Sebastian." Seine Lippen bewegten sich kaum.

Sie schüttelte ihn. „Wir müssen ... du musst augenblicklich aufhören!"

Eindringlich schaute er sie an, während sie sprach, als wollte er die Worte von ihren Lippen lesen.

„Sebastian", wiederholte er.

„Wenn ich dich Sebastian nenne, wirst du dann aufhören?"

„Ich bin doch kein Narr. Was für ein Geschäftsmann wäre ich, würde ich solchen Verträgen zustimmen?"

Wusste er, dass sie kurz davor war, der Versuchung zu erliegen? Er berührte ihr Ohr ganz zart mit einem Finger, dann ließ er seine Zunge folgen.

Sie bemühte sich, ihm zu entkommen, aber er war zu schwer. Sie hatte keine Chance, es sei denn ein Schirmständer wäre in der Nähe. Oder, es sei denn, die silberne Haube, unter der ihr Essen gewesen war, läge noch auf dem Nachttischchen, wo sie sie abgestellt hatte.

Aber wie konnte sie ihn damit schlagen? Sie könnte ihm dabei wehtun.

Er küsste ihre Brust. Es kitzelte ein wenig. Kitzelte und weckte in ihr den Wunsch, sich an ihn zu pressen. Sie erschauerte und krallte sich an ihn, gab dabei ein leises Wimmern von sich. Schweiß glänzte auf ihrer Haut, als die Glut der Funken, die sie geschlagen hatten, auf sie herab regnete.

Dann hörte er auf, und sie merkte, dass er ihren Hals nur als Ablenkung benutzt hatte, um ungehindert sein wahres Ziel zu erreichen. Er hatte ihre Röcke hochgeschoben, und jetzt glitt seine Hand über ihr Knie zum Rand ihrer Strümpfe. Weiter. Zu der Stelle, die feucht geworden war. Seine rauen Hände blieben immer wieder an der feinen Seide ihrer Strümpfe hängen. Sie versuchte, ihre Beine zusammenzupressen, ihre Verletzlichkeit zu verbergen, aber er war schon da. Er war überall. Wenn sie nicht bald etwas unternahm, würde er wieder ihre bloße Haut berühren, und dieses Mal könnte Mary Rottenson sehr gut die Schlacht verlieren und Guinevere Fairchild ihren Platz einnehmen.

Und wenn Sebastian erst einmal die unvernünftige Guinevere entdeckt hatte, würde er Mary damit aufziehen, bis all ihre Reife und Autorität dahinwelken und schließlich ganz verschwinden würden.

Den Kopf in den Nacken geworfen, die Augen geschlossen, sah er aus wie ein Mann am Rande der Ekstase.

Sie streckte ihren Arm zu der Silberhaube aus.

Jetzt.

Seine Hand fand ihren Strumpfhalter und löste ihn.

Jetzt.

Ihre Finger rutschten von dem glatten Silber ab. Sie versuchte es noch einmal und fand den Griff.

„Jetzt." Seine Augen öffneten sich, glänzten triumphierend. Sein Finger streichelte sie zwischen den Beinen, sicher ihre empfindsamste Stelle findend.

Sie bog sich ihm entgegen, Sterne explodierten in einem Regen aus Feuer und Funken, Leidenschaft und Lust.

Vollkommen außer sich holte sie mit der Haube weit aus und traf ihn mit voller Wucht am Hinterkopf.

„Was zum ...?" Er fuhr zurück und gab ihr damit genug Platz, erneut auszuholen.

Diesmal schlug sie auf seine Wange. Mit einem Schmerzensschrei griff er sich ins Gesicht und rollte sich vom Bett auf den Boden.

Sie beugte sich vor, um noch einmal auszuholen.

Er wich aus.

Wütend, beschämt, aufgewühlt hielt sie die Haube wie einen Schild vor sich. „Raus!" befahl sie tonlos, aus Furcht, dass sie, wenn sie laut spräche, schreien würde. „Raus und komm nicht wieder zurück."

Er nahm seine Hand von der Wange und schaute auf das Blut an seinen Fingern. Dann blickte er zur ihr.

Anstand? Selbstbeherrschung? Was hatte sie bloß zu dem Glauben verleitet, er verstünde auch nur ansatzweise etwas davon? In seinem bezwingenden dunklen Blick erkannte sie die Wildheit eines Tieres, das man seines Rechtes, sich zu paaren, beraubt hatte. Sie erkannte das Versprechen auf zukünftige Begegnungen. Die

Mischung aus Furcht und Erregung bekämpfend, die sie dabei empfand, versuchte sie, sich hinter der strengen Fassade von Mary Rottenson, der untadeligen Haushälterin, zu verbergen – erfolglos.

Er kam zum Bett zurück.

Sie hob die Haube.

„Nimm das runter", befahl er in seinem gewohnt kühlen Tonfall. Er hatte sich wieder gefangen. „Wenn ich wollte, könnte ich mir nehmen, was ich will, dich nehmen. Aber nicht jetzt. Jetzt ist nicht der richtige Zeitpunkt dafür."

Es klopfte an der Tür. Wie lange versuchte schon jemand, ihre Aufmerksamkeit zu erringen? Überflüssigerweise bemerkte sie: „Da ist jemand an der Tür."

Ein ausgesprochen nachdrückliches Klopfen ertönte, und man konnte Lady Valérys laute Stimme hören: „Sebastian!"

Er schenkte der Tür nur einen flüchtigen Blick, vollkommen unbeeindruckt von den Forderungen des Anstands und der Gesellschaft. Ihre Finger schlossen sich fester um den Griff der Haube. Es war ihr gleichgültig, was er sagte. Sie glaubte nicht, dass es ihn kümmern würde, wenn der König höchstpersönlich vor der Tür stünde und Einlass begehrte. Und genau deswegen würde sie diese Haube nicht loslassen.

„Jetzt weißt du, was zwischen uns ist." Die Haut seiner Wange zierte eine Schramme, die langsam anschwoll und sich lila verfärbte; aus einem Schnitt tropfte etwas Blut. „Ich möchte, dass du nicht vergisst, Mary, was auf diesem Bett geschehen ist. Heute Nacht, wenn du zwischen die Laken schlüpfst, denke an mich. Denke daran, was wir beinahe getan haben. Male dir aus, wie gut es gewesen wäre." Er ging zur Tür, zog den Stuhl fort und drehte sich noch einmal zu ihr um. „Es wird wieder so gut sein. So gut und noch besser." Er deutete eine knappe Verbeugung an. „Bis zum nächsten Mal, Mary."

11. KAPITEL

„Miss Rotten... ich meine, Miss Fairchild, Sie sehen ja wunderschön aus“, hauchte Jill überrascht.

Mary verzieh ihrer Zofe ihr wenig schmeichelhaftes Erstaunen. Jill hatte Mary so viele Jahre lang als farblose Haushälterin von Lady Valéry gekannt, dass sie ihre Verwunderung nicht verhehlen konnte, wenn eben diese Haushälterin jetzt auf einmal ... Mary starrte in den Spiegel. Wenn sie auf einmal atemberaubend aussah.

Sie bezwang ihre eigene Ungläubigkeit.

Eitelkeit. Dieses In-den-Spiegel-Starren führte bloß dazu, ihrem Stolz auf ihre verbliebene Schönheit Nahrung zu geben, und dabei wusste sie selbst nur zu gut, als wie vergänglich Jugend sich erwiesen hatte. Sich von dem Spiegelbild des jungen Mädchens in jungfräulich weißer Seide, mit glitzernden Diamanten und schimmerndem Gold an Hals, Ohren und Handgelenken abwendend, sagte sie: „Schön ist, was schön macht. Und vergiss nicht, ohne dein Geschick mit der Haarbürste wäre ich immer noch die gute alte, fade Miss Rottenson.“

Jill wickelte das wieder erkaltete Brenneisen in das gesteppte Stückchen Stoff, das sie benutzte, um ihre Hände vor der Hitze zu schützen. „Nein, Miss Fairchild, das stimmt nicht. Wir Zofen haben oft unter uns darüber gesprochen, wie gern wir Sie in unsere Hände bekämen. Wir wussten genau, dass Sie gut aussehen könnten. Ich kann es kaum erwarten, nach Hause zu kommen, um den anderen zu erzählen, wie sehr wir Recht hatten.“ Sie legte den Deckel über die Kohlepfanne, in der sie den runden Eisenstab erhitzt hatte. „Und dass eine von uns sogar eine *Erbin* ist!“

Schweigend nahm Mary das Spitzentaschentuch von der Frisierkommode, steckte es in das Retikül, das an ihrem Handgelenk hing, und ließ sich dann von Jill dabei helfen, die langen weißen Handschuhe anzuziehen. Sie griff nach ihrem Elfenbeinfächer. Jill tat so, als ob sie mit etwas anderem beschäftigt sei, aber Mary räusperte sich und streckte auffordernd ihre Hand aus. Wortlos gab Jill ihr den Schal, doch ihre Miene verriet deutlich ihr Missfallen.

„Ich werde mich nicht in der Öffentlichkeit mit einem so tiefen Ausschnitt wie diesem hier zeigen", erklärte Mary.

„Wie Sie wünschen, Miss Fairchild."

Mary wünschte es so, und Jill würde wenigstens in dieser Sache nicht ihren Willen bekommen.

Jill hatte sich geweigert, Mary zu erlauben, einen steifen Unterrock anzuziehen und stattdessen auf einem aus Batist bestanden, da die neueste Mode nach glatt nach unten fallenden Röcken verlangte. Und sie hatte sich geweigert, Mary zu erlauben, eine Perücke zu tragen, da nur altmodische Leute sie noch aufsetzten. Leicht hatte sie ihre Herrin mit dem unaufdringlichen Duft von Damaszenerrosen betupft, da die neueste Mode Wert auf Sauberkeit und nur einen Hauch von Parfüm legte.

Auf Marys irritierte Nachfrage, warum sie bisherige Gepflogenheiten ignorieren sollte, hatte Jill nur wissend gelächelt. Mary musste sich schon bei ihrem ersten Auftreten als Vorreiterin der neuesten Mode einführen.

Und wer war Mary schon, um ihr zu widersprechen? Sie hatte der gerade herrschenden Mode in den vergangenen zehn Jahren wenig Beachtung geschenkt und außerdem ... sie mochte das leichtere Parfüm. Ihr Haar glänzte wie poliertes Gold, und sie hasste den Gedanken, es unter einer Perücke zu verstecken. Und wenn sie auch das Fehlen der Reifen in ihrem Unterrock gewöhnungsbedürftig fand, dann konnte sie immer noch ihr Erröten hinter ihrem Fächer verbergen – und ihren blanken Busen in dem tiefen Ausschnitt unter ihrem Spitzenschal.

Sie zog noch einmal den Ausschnitt nach oben, bevor sie den Schal lose vor ihrer Brust verknotete. „Ich bin fertig."

„Sehr wohl." Jill nahm die missachteten Reifen und stellte sie in die hinterste Ecke des Schrankes. „Bitte denken Sie daran – lassen Sie sich nicht von Lord Whitfield in den Garten locken. Grasflecken sind furchtbar schwer zu entfernen."

Mary richtete sich zu ihrer ganzen, zugegebenermaßen nicht besonders beeindruckenden Größe auf. „Solltest du etwa unverschämt sein?"

Jill schaute sie aus großen Augen erstaunt an. „Nein, Miss Fairchild."

Nüchtern betrachtet, dachte Mary, war Jill wohl bloß aufrichtig. Es war schließlich ihr eigener Fehler, dass sie Sebastian so bereitwillig erlaubt hatte, ohne Anstandsdame in ihrem Zimmer zu bleiben. Einfältigerweise hatte sie geglaubt, dass sie mit ihm allein fertig werden könnte, dass er seine Selbstbeherrschung niemals verlöre, dass er die Fairchilds zu sehr verachtete, um mit einer von ihnen schlafen zu wollen.

Jetzt wusste sie es besser. Sie wusste aber auch, dass er ebenfalls auf dem Ball heute Abend sein würde und dass sie ihm würde gegenübertreten müssen, zum ersten Mal nach dieser wunderbaren – nein, dieser *beschämenden* Episode gestern. Sie hätte nie gedacht, dass seine Rache so aussehen würde.

Was würde er sagen? Was würde er tun? Und wie würde sie darauf antworten? Nie hätte sie es für möglich gehalten, einem Mann zu erlauben, sich solche Freiheiten bei ihr herauszunehmen.

Erlauben? spottete sie bei sich. *Ermutigen* wäre wohl das passendere Wort. Sie hatte sich von ihm küssen lassen, liebkosen lassen, und sie hatte ihn im Gegenzug geküsst und liebkost, seinen Geschmack gierig in sich, bis in die Tiefen ihres Selbst, aufgesogen. Genauso, wie er es ihr aufgetragen hatte, war sie vergangene Nacht aufgewacht und hatte an nichts anderes denken können, als was sie beinahe getan hätten. Und sie hatte sich auch wirklich ausgemalt, wie gut es gewesen wäre.

Und dabei kannte sie, vor allen anderen, das Ergebnis solch verhängnisvoll unbekümmerten Träumens. Sie kannte sich aus, mit den Problemen, die aus Fantasien entstehen konnten. Sie hatte das Kissen genommen, das, an dem noch immer sein Geruch haftete, und an die Wand geworfen.

So unbeherrschtes Verhalten hatte zwar auch nichts geändert, aber sie hatte sich danach trotzdem besser gefühlt.

„Miss Fairchild, es ist Zeit, in den Ballsaal zu gehen." Jill hielt ihr die Tür auf. „Sie haben Ihr Zimmer seit Ihrer Ankunft noch nicht verlassen, und ich befürchte, Sie könnten sich verlaufen. Soll ich Sie hinunterbringen?"

Jill ließ damit taktvoll durchblicken, dass sie Marys Angst bemerkt hatte. Sie dachte, es wäre Schüchternheit; Mary wusste, es war die lauernde Furcht vor Entdeckung.

Vor zehn Jahren war sie eine Gouvernante gewesen, umgeben von der Anonymität des Dienstbotendaseins wie von einem schützenden Mantel. Unglücklicherweise war die närrische Guinevere Fairchild jung, schön und impulsiv gewesen und hatte durch ihr Benehmen Aufmerksamkeit erregt. Wenn jemand in ihr die Gouvernante wiedererkannte, die nach dem Mord an dem Earl of Besseborough geflohen war ... Sie gab sich einen Ruck. Solche Gedanken waren fruchtlos. Wenn jemand sie wieder erkannte, dann würde sie einfach alles abstreiten. Oder noch besser, darüber lachen. Oder von dem Ankläger verlangen, es zu beweisen. Oder zusammenbrechen ... Nein.

Eine gute Haushälterin bricht angesichts von Schwierigkeiten nicht zusammen.

Noch tat das eine Erbin. „Ich werde allein gehen. Wenn ich mich verlaufen sollte, erkundige ich mich einfach bei einem Diener oder anderen Gästen nach dem Weg."

„Sehr wohl, Miss Fairchild." Jill lächelte ihr mit glänzenden Augen zu. „Ich werde aufbleiben, bis Sie zurückkommen, und dann können Sie mir erzählen, wie es Ihnen gefallen hat, die Ballkönigin zu sein."

„Ich habe keinen Zweifel daran, dass ich die Ballkönigin sein werde", bemerkte Mary nüchtern. „Schließlich, wie viele andere reiche Erbinnen werden sonst noch dort sein?"

Sie rauschte entschlossen in den Korridor, hörte aber doch Jills protestierende Antwort. „Geld wird nicht der Grund dafür sein, dass sich alle Köpfe nach Ihnen umdrehen, Miss Fairchild, sondern Ihr weißer Busen, wenn Sie sich dazu durchringen könnten, ihn nicht vor den Herren zu verstecken!"

Mary ging langsam in Richtung der Räume, die bei offiziellen Anlässen genutzt wurden, ohne sich darüber klar zu sein, ob sie hoffte, jemandem zu begegnen oder nicht. Als sich jedoch eine Tür zum Korridor öffnete, hätte sie sich am liebsten in eine dunkle Ecke gedrückt.

Onkel Calvin trat auf den Flur. Er hielt seine Perücke in der Hand, und die Haare auf seinem Kopf standen wirr in alle Richtungen. Seine Weste war schief zugeknöpft, seine Schminke verwischt, und Mary vermutete aufgrund seines beträchtlichen Körperumfanges, dass er sein Korsett abgelegt hatte.

Er schien sie nicht zu bemerken. Von seinem benommenen Gesichtsausdruck her zweifelte sie daran, dass er überhaupt irgendetwas von seiner Umgebung wahrnahm. Er starrte in das abgedunkelte Zimmer hinter sich und sagte mit zitternder Stimme: „Meine Liebe, das war eine einzigartige Erfahrung. Kann ich damit rechnen, dass wir sie bald wiederholen werden?"

Mary presste sich an die holzgetäfelte Wand.

Eine weibliche Stimme erklang aus dem Raum. „Du gehst davon aus, dass es für uns beide eine einzigartige Erfahrung war, Calvin."

„A ... aber ...", stammelte Calvin.

„Wenn du artig und zu meinem Patensohn freundlich bist, tanze ich vielleicht heute Abend mit dir."

Mary erkannte die Stimme, doch es fiel ihr schwer, zu glauben, was sie da gehört hatte. Sie wusste nicht, ob sie entsetzt oder amüsiert sein sollte.

„Ist das ein Versprechen?" erkundigte sich Calvin hoffnungsvoll.

Eine dickliche, juwelengeschmückte Hand tauchte aus dem Dunkel auf und versetzte ihm einen leichten Stoß gegen die Schulter. „Ich mache keine *Versprechen*. Das habe ich dir doch schon letzte Nacht gesagt. Jetzt sei ein braver Junge und geh dahin zurück, wo du hergekommen bist. Ich muss mich für den Ball fertig machen."

Die Tür fiel ins Schloss, und es blieb Calvin überlassen, hilflos auf das bemalte Holz zu starren, und Mary, ihn verwundert anzustarren. Mit der Miene eines Mannes, der mit dem Schicksal gerungen und verloren hat, trottete er den Gang hinab.

Mary folgte ihm in diskretem Abstand, in Gedanken damit beschäftigt, welchen hinterhältigen Plan Lady Valéry ausgeheckt haben mochte. Die Nachricht, dass Lady Valéry praktisch die englische Regierung über Jahre hinweg gelenkt hatte, war für sie genauso eine Überraschung wie eine Bestätigung insgeheimer Vermutungen gewesen. Dass sie Calvin in diesem aufgewühlten Zustand gesehen hatte, bekräftigte Mary nur noch in ihrem Verdacht, dass Lady Valéry versuchen würde, das Tagebuch auf eigene Faust wieder an sich zu bringen. Ohne Sebastians Zustimmung oder Wissen hatte sie begonnen, die Verdächtigen zu überprüfen.

Mary wollte ihr helfen; niemand wünschte sich die Rückgabe des Tagebuchs sehnlicher als sie. Jeden Tag, den sie hier auf dem Präsentierteller verbrachte, war ein Tag, der ihre mögliche Entlarvung mit sich bringen konnte. Lady Valérys Verwicklung in dieser Angelegenheit beunruhigte sie etwas. Offensichtlich hatte Lady Valéry keine Hemmungen, mit dem Feind ins Bett zu gehen, und sie hatte Mary und Sebastian immer mit einem billigenden, ja erfreuten Funkeln in den Augen beobachtet. Würde sie also zögern, Mary und Sebastian in eine ähnliche Situation zu manövrieren? Mary glaubte das zwar eigentlich nicht, auf der anderen Seite aber nahm sie sich sicherheitshalber vor, nicht nur auf ihre Feinde ein wachsames Auge zu haben, sondern auch auf ihre Beschützerin.

Mit grimmiger Entschlossenheit ging Mary weiter zum Ballsaal, und je näher sie kam, desto mehr Leute traf sie, bis sie sich wie ein Regentropfen zu fühlen begann, der sich mit dem Strom vereinigt hatte. Und wie ein ziemlich unbedeutender Regentropfen außerdem.

Als sie in den Ballsaal schlüpfte, trat sie beinahe einer Dame auf die Schleppe, die einen Reifrock trug. Hatte sie sich etwa ins gesellschaftliche Verderben gestürzt, indem sie Jills Moderatschlägen gefolgt war?

Dann schaute sie sich um und ließ jeden Gedanken an Mode fallen.

Der Raum war in ein Märchenland verwandelt worden. Der ganze Saal war in mitternachtsblaue Seide gehüllt. Der hauchfeine Stoff wehte sacht in dem Luftstrom aus den offen stehenden Türen, bewegte sich geschmeidig und fing dabei das Licht ein. Goldene Verzierungen hingen wie Sterne am Nachthimmel von den Wänden, und das Licht von Tausenden von Kerzen schuf eine verzauberte Stimmung. Am Rand des frisch gebohnerten Tanzparketts spielte ein Orchester ein romantisches Stück von Thomas Linley.

Lächelnd schaute Mary sich um, gefangen von der Pracht ihrer Umgebung. Sie hatte sich nicht gestattet, von dem hier zu träumen, ihrem inoffiziellen Debüt, aber wenn sie es hätte, dann hätte sie sich nichts annähernd so Großartiges ausmalen können.

Die prunkvoll gekleideten Edelleute sprachen nicht mit ihr. Aber sie schauten sie an. Sie musterten ihr ungepudertes Haar, ihre weich fallenden Röcke, die hoch angesetzte Taille ihres raffiniert schlichten Gewandes, und sie lehnten sich vor, um ihr Parfüm zu riechen. Die Herren lächelten anzüglich, und die Damen mit ihren gepuderten Perücken quittierten ihre Erscheinung in dem neuartigen Kleiderstil mit Bemerkungen, die ihrer Überzeugung Ausdruck verliehen, dass, wenn *sie* sie nicht kannten, sie dann ein Niemand sein musste.

Was sie natürlich nicht war. Sie war bloß eine zur Haushälterin gewordene Gouvernante mit einem kurzen Zwischenspiel als Mörderin.

Aber während sie weiterging, nutzte sie die Gelegenheit, die Gesichter derjenigen zu studieren, die sie ihrerseits studierten. Sie erkannte niemanden wieder, und niemand schien sie wiederzuerkennen.

„Und hier haben wir unsere neue Erbin.“ Bramwells Stimme war über dem Stimmengewirr deutlich zu vernehmen. „Mary! Komm her und stell dich zu uns, während wir unsere Gäste begrüßen. Du bist jetzt offiziell ein Mitglied der angesehenen Familie Fairchild.“

Die Fairchilds standen alle in einer Reihe. Als Viscount Smithwick stand Bramwell mit seiner ins Auge fallenden blonden

Schönheit an der Spitze. Neben ihm schien Nora unbedeutend und nichts sagend, obwohl sie ein schönes Kleid aus schimmernder rosa Seide trug. Als Nächste kamen die Onkel – bis auf den völlig erschöpften Calvin –, gefolgt von den Töchtern. Jeder von ihnen war in die erlesensten Stoffe gekleidet. Nichts in der Umgebung der Fairchilds, weder ihre Dienstboten noch ihr Zuhause, verrieten auch nur das geringste Anzeichen drohender Armut. Mary wunderte sich, ob ihre Verwandten sich wirklich am Rande des Ruins bewegten und noch mehr, ob auch nur einer von ihnen eine Vorstellung davon hatte, was man unter dem Wort *Sparsamkeit* gemeinhin verstand.

„Gütiger Himmel, hat dir denn niemand gesagt, dass du für die Abendveranstaltungen formelle Kleidung anlegen musst?" unterbrach Daisy ihre Überlegungen. „Du siehst unmöglich aus mit deinem *eigenen* Haar – und das auch noch praktisch unfrisiert!"

„Ich finde, sie sieht großartig aus." Drusilla schloss die Augen und zog einen Schmollmund wie ein Kind kurz vor einem Wutanfall. „Das ist so ungerecht."

„Du musst ausspioniert haben, was wir heute anziehen wollten, du hinterhältiges Mädchen." Lilith schenkte ihr ein falsches Lächeln.

Und Mary verstand schließlich, warum Jill darauf bestanden hatte, sie in Weiß und Gold zu kleiden.

Lilith trug Azurblau, Wilda schimmerndes Silber und die Zwillinge, die eigentlich zu jung waren, um hier überhaupt auf einem Ball erscheinen zu dürfen, trugen zueinander passende Kleider in Safrangelb. Daisy sah einfach umwerfend in ihrer goldenen Robe aus. Jedes ihrer Gewänder glitzerte mit den künstlichen Sterne an den Wänden um die Wette, aber keine von ihnen strahlte heller vor dem kobaltblauen Hintergrund als Mary.

„Du solltest wirklich diesen Schal ablegen." Radella zog ihre Röcke beiseite, als Mary an ihr vorüberging. „Sittsamkeit ist nur etwas für Bauern."

Wenn Radella so dachte, dann bestätigte das Mary höchstens darin, sich weiter zu bedecken, weshalb sie den Knoten fester zog.

„Ich denke, du siehst hübsch aus", sagte Wilda verzagt.

Mary sah sie dankbar an.

„Stell dich neben mich." Nora hielt ihr die Hand hin. „Wir werden dich der Gesellschaft vorstellen, so wie es dir als Fairchild-Erbin gebührt."

Mary glitt auf den Platz zwischen Nora und Onkel Leslie, während sie sich bei der Überlegung ertappte, ob Lilith und Daisy und Drusilla und Radella wohl irgendwo in ihren eng geschnürten, spitzenbesetzten Gewändern Dolche verbargen. Sie bemerkte den giftigen Blick, mit dem Leslie sie bedachte, was ihr Unbehagen verstärkte. Vielleicht einmal abgesehen von Bramwell und Nora wollte niemand von den Fairchilds sie hier haben.

Wenn sie nur wüssten, wie wenig sie gewünscht hatte, herzukommen.

Bramwell begann, sie den Gästen vorzustellen und Nora erklärte, wie glücklich sie sich schätzten, ihre liebe Nichte und Erbin endlich gefunden zu haben. Während der Platz jedes Gastes, der nach der Begrüßung weiterging, von einem anderen eingenommen wurde, lächelte Mary, bis ihre Kiefer schmerzten. Ihre Geschichte wanderte von Mund zu Mund, und der Lärm im Ballsaal nahm zu.

Nora hob ihren Fächer und sprach unter seinem Schutz zu Mary. „Schau mal, da am Ende der Reihe, das sind der Earl of Shaw und sein Sohn. Der Sohn ist noch unverheiratet und hofft, eine gute Partie zu machen."

Mary musterte den pickelgesichtigen Jungen. „Ich muss fast zehn Jahre älter als er sein."

„Nicht mehr als acht", erwiderte Nora sachlich. „Aber du bist nicht nur eine Erbin, sondern auch eine Schönheit. Das ist eine Seltenheit, die man nicht unterschätzen darf."

Mit wachsender Erleichterung bemerkte Mary: „Ich bin verlobt."

Bramwell hatte offensichtlich gelauscht, denn er ignorierte den Viscount, dessen Hand er gerade schüttelte, und beugte sich hinter Noras Rücken zu Mary. „Dein Verlobter hat sich bis jetzt noch nicht blicken lassen, Mary. Vielleicht ist es ihm ein wenig unangenehm, sich mit dem blauen Auge zu zeigen, das er dir zu verdanken hat."

Mary stöhnte leise. „Er hat ein blaues Auge?"

„Es ist weniger sein Auge als seine Wange, die ein blauer Fleck ziert." Noras Lächeln war mehr als ein bisschen streng. „Bedeutet er dir am Ende doch weniger, als du uns alle glauben machen wolltest?"

Diese Befragung war genau die Sorte Gespräch, die Mary gefürchtet hatte. Sie hatte in den vergangenen zehn Jahren nicht mehr gelogen. Jetzt war sie nicht schlagfertig genug, wenn sie herausgefordert wurde. Vorhin noch hätte sie ihr Zusammentreffen mit Sebastian am heutigen Abend am liebsten herausgeschoben, aber jetzt konnte sie es kaum noch erwarten, ihn an ihrer Seite zu haben. „Überhaupt nicht. Ich halte es lediglich für unabdingbar, einen Mann von Anfang an Respekt zu lehren." Sie lächelte den Gast, der ihr gerade vorgestellt wurde, besonders herzlich an, gewissermaßen als Wiedergutmachung für die Grobheit ihrer Verwandten.

Der Baron erwiderte das Lächeln erfreut und fragte: „Darf ich so kühn sein und Sie um einen Tanz nachher bitten, Miss Fairchild?"

Nora trat dazwischen, bevor Mary antworten konnte. „Sie vergibt jetzt noch keine Tänze, Lord Thistlethwaite. Bitte gedulden Sie sich."

Leslie legte dem Baron eine Hand auf den Arm und schob ihn weiter zu den Fairchild-Töchtern. Als er außer Hörweite war, fuhr Leslie Mary an: „Lord Thistlethwaite ist vollkommen unpassend und außerdem ein Mitgiftjäger. Versuch dich daran zu erinnern, dass du eine Fairchild bist und spar dir dein Lächeln für geeignetere Bewerber."

Boshafter alter Tyrann. Sie wandte sich Leslie voll zu, blickte hoch in seine atemberaubenden Fairchild-Augen und sagte: „Ich benehme mich jederzeit genauso, wie es sich für meine Stellung geziemt."

„Deine Stellung? Deine Stellung?" Leslie schäumte vor Wut. „Woher willst du denn wissen, wie eine Erbin sich betragen sollte?"

„Lady Valéry hat es mich gelehrt. Vielleicht solltest *du* dich einmal an *sie* um Rat wenden."

„An eine ... an eine ... Frau um Rat wenden?" Wie ein Auerhahn kollerte Leslie und schüttelte dabei seinen Kopf, so dass sein gewaltiges Doppelkinn auf und ab hüpfte. „Darf ich dich davon in Kenntnis setzen, dass ich noch niemals eine Frau um Rat gefragt habe?"

„Ach, dann wird das der Grund dafür sein, dass du so altmodische Kniebundhosen trägst." Mary sprach die Beleidigung kühl aus, es ihrer scharfen Zunge und Haltung überlassend, der Äußerung den richtigen Biss zu geben.

Während Leslie noch unsicher auf seine Kleidung schielte, begrüßte Mary schon den Earl of Shaw und seinen Sohn. Als Letzterer sie um einen Tanz bat, sagte sie: „Dies ist mein Debüt, und Lady Fairchild gestattet es mir nicht, jetzt schon Tänze zu vergeben. Sie sagt, die anderen Herren müssten auch eine Chance bekommen."

Was konnte Nora darauf schon erwidern? Sie lächelte und murmelte etwas Bestätigendes, und Mary spürte ein Gefühl von Triumph in sich aufsteigen. Vielleicht *konnte* sie doch etwas anderes als das Opfer in dieser Höhle der Fairchild-Löwen sein.

Wenn nur Sebastian da wäre, diesen Triumph mit ihr zu teilen.

Sie überflog mit den Augen rasch den Raum, aber sie konnte ihn in der Menge nicht entdecken. Wie konnte er sie gerade jetzt im Stich lassen? Außer ... er hatte vor, während alle hier beschäftigt waren, nach dem Tagebuch zu suchen.

Mary wunderte sich über ihre Wankelmütigkeit. Sie wollte diesen Ort verlassen und doch wünschte sie sich, dass der finstere, grüblerische, herrische Mann, der allein ihr diesen Wunsch erfüllen konnte, danach an ihrer Seite bliebe. Vielleicht hatten die Aufregungen ihrer Reise und ihrer Ankunft hier ihren Verstand verwirrt. Sie zog diese Erklärung der anderen möglichen vor – dass sie sich nach Sebastian und seinen Küssen sehnte.

„Schau, Liebes." Nora klang selbstgefällig. „Hier ist jemand, den du mit einem Tanz beehren musst. Hier ist Ian."

Mary zwang ihre Gedanken zu ihrer vordringlichen Aufgabe zurück. Ian war finster und grüblerisch, aber er war nicht der Mann, den sie suchte.

„Kleine Cousine, jedes Mal, wenn ich dich sehe, bist du noch schöner geworden."

Unter Ians anerkennendem Blick kehrte die überschwängliche Begeisterung über ihr Debüt in voller Stärke zurück. Mary wusste, er bedeutete Sicherheit. Sie wusste, er würde sich nie über ihre Aufregung lustig machen. Sie drehte sich einmal um sich selbst. „Ist das nicht ein wunderschönes Kleid?"

„Ich würde sagen, das ist die Frau in dem Kleid."

„Die Frau in dem Kleid war vorher auch nicht anders als jetzt“, erwiderte Mary spitz. Überschwängliche Begeisterung vermochte nicht die vernünftige Haushälterin in ihr zu zerstören. „Aber da hat das niemand bemerkt.“

„Das lag nur daran, dass ich nicht da war“, versetzte Ian.

Sie sah ihm geradewegs in die Augen. „Du bist immer so nett!“ erklärte sie und meinte das ehrlich. Er verstand ihr Unbehagen in dieser ungewohnten Situation und bemühte sich, es ihr leichter zu machen.

Er starrte sie an, als ob ihr Kompliment ihn befremdete, dann legte sich wieder die übliche zynische Maske über seine Züge. „Männer wollen nicht *nett* sein. Verwegen, gut aussehend, geistreich, attraktiv – doch niemals *nett*!“

„Ich werde versuchen, das nicht zu vergessen“, sagte sie, beugte sich dann vor und flüsterte ihm verschwörerisch zu: „Aber ich glaube immer noch, dass du nett bist.“

„Mary hat inzwischen wohl fast jeden begrüßt“, warf Bramwell ein. „Ian, führ sie doch bitte auf die Tanzfläche.“

Sie hatte keineswegs fast jeden begrüßt, doch sie verstand, was Bramwell gemeint hatte. Sie hatte jeden begrüßt, der wichtig war, und sollte jemand von Bedeutung später kommen, so würden Bramwell und Nora dafür sorgen, dass sie vorgestellt würde.

Als Ian den Arm um ihre Taille schlang und sie durch die Menge auf das Parkett führte, gestand sie: „Es ist ein gutes Gefühl, unseren Verwandten zu entkommen, nicht wahr? Ich halte mich nur selten für besonders freundlich oder tugendhaft, aber verglichen mit den anderen Mitgliedern unserer Familie sind wir beide wahre Heilige!“

Ian schwieg so lange, dass sie verlegen wurde.

„Ich wollte dich nicht beleidigen“, erklärte sie. „Es wäre sicher schwierig für dich, mit ihnen zusammenzuleben, ohne eine gewisse Zuneigung für sie zu entwickeln. Ich werde nicht mehr schlecht von ihnen reden.“

„Zuneigung?“ wiederholte Ian. „Ich kann dir versichern, es ist sehr einfach möglich, mit ihnen zusammenzuleben, ohne Zuneigung für sie zu entwickeln. Ich bin bloß überrascht, dass du mich nicht ... mit ihnen in einen Topf wirfst.“

„Dich?“ Sie lachte. „Du hast mir Geld gegeben, erinnerst du dich nicht? Du hast mir geraten, von Fairchild Manor fortzugehen und mich glücklich zu schätzen, dass ich fortgeschickt worden war. Ich habe versucht, entsprechend diesem Ratschlag zu leben.“

Er schien mit sich zu kämpfen, aber bevor er zu einer Antwort ansetzen konnte, unterbrach ihn eine kräftige, männliche Stimme. „Ian, alter Junge, du hast uns die bildschöne Miss Fairchild gebracht. Sei vielmals bedankt ... und jetzt verschwinde!“

Mary musterte den lachenden Mann. Sie erkannte ihn wieder; er war ihr vorhin bei dem Begrüßungsempfang vorgestellt worden, Viscount Dyne, ein Junggeselle von vielleicht vierzig Jahren, der sein Bestes gegeben hatte, sich bei ihr lieb Kind zu machen.

„Verschwinde, mach schon! Miss Fairchild wünscht, mit mir zu tanzen“, verkündete er im Brustton der Überzeugung.

„Ich denke nicht.“ Ian nahm seinen Arm nicht von ihrer Taille. „Sie ist meine Cousine. Ich habe das Erstrecht.“

„Erstrecht?“ Eine andere männliche Stimme meldete sich von hinten. „Ein Cousin hat überhaupt kein Recht. Noch steht Ihnen eines zu, Dyne – jetzt schaut, dass ihr fortkommt. Miss Fairchild gehört schon *mir*.“

Sie drehte sich um und sah den Earl of Aggass, der jünger als Dyne war. Sein Rock besaß die unglaublichsten Schöße, und seine Weste wies die extravagantesten Stickereien auf, doch sein Gesicht war mit unzähligen Pockennarben übersät, ein Umstand, den er mit einem Übermaß an Schminke und Schönheitspflästerchen zu verbergen suchte. Noch befremdlicher war allerdings sein übertriebenes Selbstvertrauen, das Mary nur Dünkelhaftigkeit nennen konnte.

„Miss Fairchild wünscht, mit keinem von Ihnen allen ihre Zeit zu verschwenden.“ Mr. Mouatt trat vor und strich sich über die Rüschen an seinem Hemd. „Ich bin es, dem ihr Herz gehört.“

„Genau genommen, meine Herren, gehört mein Herz keinem von Ihnen.“ Mary sprach mit der ganzen Autorität einer Haushälterin, die einen aufkommenden Streit ihrer Untergebenen schlichten will. Die Gesichter der Männer zeigten Verblüffung, und sie nutzte sogleich die gewonnene Zeit für ein paar warnende Worte. „Ich schätze Streitereien zwischen Flegeln oder Lackaffen in keiner Weise, so dass Sie sich, wenn Sie mir tatsächlich gefallen wollen, besser anständig benehmen.“

Die Männer wichen zurück und schauten sich verunsichert an, während Ian damit kämpfte, ein Grinsen zu unterdrücken.

Dann ertönte eine weitere Stimme, angenehm und leicht belustigt. „Na, habt ihr euch zum Narren gemacht, Jungs? Mr. Brindley wird euch jetzt zeigen, wie man so etwas richtig macht.“

Ein hoch gewachsener stattlicher Gentleman von vielleicht fünfzig Jahren trat vor und verbeugte sich vor Mary. „Miss Fairchild, ich habe Sie die vergangene Stunde lang aus der Ferne bewundert. Würden Sie mir die Ehre des ersten Tanzes erweisen?“

Sie kannte weder den Mann noch seinen Namen; er war vermutlich einer der vielen Herren, die ihre Tante und ihr Onkel als unpassend ansahen. Das machte ihn für sie umso verlockender.

„Ich würde sehr gern mit Ihnen tanzen, Sir“, antwortete sie. „Aber ich habe seit Jahren nicht mehr getanzt und fürchte, Ihnen auf die Füße zu treten.“

Er fing ihre Hand zwischen seinen großen Händen. „Wenn

ich eine so wunderschöne junge Dame auf dem Tanzparkett in meinen Armen halten darf, nehme ich dafür mit Freuden wunde Zehen in Kauf."

Sie konnte nicht anders und erwiderte sein Lächeln. Seine vom Alter schlaffe Haut legte sich bei jedem Mienenwechsel in neue Falten. Er besaß die kräftige Statur eines Kohlenhändlers, und von der geraden Haltung seiner breiten Schultern konnte man in keiner Weise auf sein Alter schließen. Er kleidete sich in einem Stil, der vielleicht vor zwanzig Jahren in Mode gewesen war, und seine gepuderte Perücke war mutmaßlich aus Pferdehaar gefertigt, aber neben seinem Charme verblassten diese Nachteile zur Bedeutungslosigkeit. Während sie zur Tanzfläche schritten, folgten ihnen die brütenden Blicke der abgewiesenen Verehrer.

„Ich bin Everett Brindley, meine Liebe, und wurde in meiner Jugend für einen passablen Tänzer gehalten. Sie sehen, es gibt keinen, der besser dafür geeignet wäre, Sie durch dieses erste Menuett zu führen." Er geleitete sie zu ihrem Platz in der Reihe zwischen den anderen Damen und nahm, als die Musik einsetzte, seinen Platz unter den Herren ein. „Allerdings bin ich auch ein Kaufmann", fuhr er fort, als die Tanzschritte sie wieder zueinander führten, „und damit kein passender Bewerber für jemanden, der so vornehm und bezaubernd ist wie Sie; deshalb verspreche ich Ihnen auch, Ihnen nicht den Hof zu machen, wenn Sie mir im Gegenzug versprechen, Ihr Herz nicht an mich zu verlieren."

Was für ein Schwerenöter dieser vollkommen unpassende Kaufmann war! „Das könnte sich als schwierig erweisen."

„Ich habe schon von der anderen Seite des Ballsaales gleich erkannt, dass Sie eine wahre Lady sind." Er nickte kurz in Richtung ihrer zurückgelassenen aristokratischen Verehrer. „Diese nichtswürdigen Blutsauger sind es nicht wert, auch nur Ihren Rocksaum zu küssen."

Seine Heftigkeit erschreckte sie. „Sie sind zu streng, Sir."

„Und Sie zu freundlich." Offenkundig erinnerte er sich plötzlich wieder an seine Rolle als Gentleman-Kaufmann, denn er lächelte entrückt. „Aber ehrlich gesagt, haben Sie etwas an sich, das mich an meine teure, verblichene Mrs. Brindley denken lässt." Er legte seine blau geäderte Hand auf sein Herz. „Mir wurde zugetragen, dass Sie mit Lord Whitfield verlobt sind."

Sie nickte bestätigend, während sie konzentriert die langsamen, graziösen Schritte der anderen Tänzer nachzuahmen versuchte.

„Was für ein betrüblicher Umstand für all die Männer, die eben jetzt mit hungrigen Blicken jede Ihrer Bewegungen verfolgen."

„Ich bezweifle keinen Augenblick, dass ihre Geldbeutel am schwersten an dem Verlust zu tragen haben werden." Mary streckte anmutig ihren gereckten Fuß aus und wandte ihren Kopf genau im richtigen Moment. Erfreut stellte sie fest, dass sie die Unterweisungen ihres Vaters in der feinen Kunst des Tanzens doch nicht vergessen hatte.

Urplötzlich überkam sie Wehmut. Wie ihr Vater diesen festlichen Abend genossen hätte! Wie stolz er auf sie gewesen wäre! Gewöhnlich bemühte sie sich, alle Erinnerungen an ihren Vater zu unterdrücken, aber die heutige Nacht rief ihr ungebeten seine beständige Liebenswürdigkeit und seine immer währende Fröhlichkeit ins Gedächtnis.

Und einen Augenblick lang wünschte sie sich, sie hätte Hadden erlaubt, sie zu begleiten. Sie hatte die Gefahr gefürchtet, aber wo konnte denn schon Gefahr in dieser Umgebung lauern?

„Lord Whitfield hat also bereits einen festen Platz in Ihrem Herzen", bemerkte Mr. Brindley, während sie die schwierigen Schritte des Menuetts ausführten. „Und Sie vermutlich in seinem?"

Überrascht von der Vertraulichkeit seiner Frage, verpasste sie einen Schritt und musste sich einen Moment lang konzentrieren, um nicht aus dem Takt zu kommen.

„Ah, ich habe Sie in Verlegenheit gebracht.“ Mit leiser Stimme gab er ihr Anweisungen für die nächsten Schrittfolgen, dann nahm er ihre Unterhaltung wieder auf. „Vergeben Sie mir meine Neugier. Es ist das Alter, wissen Sie.“

Das konnte sie so nicht stehen lassen. Er bewegte sich anmutig wie ein Mann, der seinem Körper keine Untätigkeit gestattete, und er strahlte eine unter der Oberfläche ruhende Stärke aus. „Sie sind nicht alt, Sir.“

„Danke, aber meine Jugend liegt so lange zurück, dass ich glaube, es bleibt mir nur noch wenig Zeit, die Welt in Ordnung zu bringen.“ Er lachte leise, sich über sich selbst lustig machend. „Wenig Zeit zu sehen, wie Whitfield zu seinem Recht kommt. Ich kenne ihn schon seit Jahren, müssen Sie wissen. Wir waren gelegentlich Partner in dem einen oder anderen Geschäft, und ich habe den Burschen schätzen gelernt. Er erinnert mich manchmal ein wenig an mich selbst, als ich noch jünger war.“ Er ballte die Hände zu Fäusten, um seine Worte zu unterstreichen. „Dynamisch. Unaufhaltsam. Entschlossen.“

„Ja.“ Mary wandte den Kopf ab und musterte die anderen Tänzer, damit Mr. Brindley nicht bemerkte, wie ihr die Farbe in die Wangen gestiegen war, und um zu überprüfen, ob jemand ihre ungewöhnliche Unterhaltung belauschte. „Er ist all das“, flüsterte sie beinahe.

„Niemand kann uns hören“, sagte Mr. Brindley freundlich. „Ein Mann mit meinem Hintergrund weiß genau, wie weit seine Stimme trägt, und richtet sich danach.“ Er räusperte sich. „Geschäftsabschlüsse und so, Sie wissen schon.“

Mary schaute sich erneut verstohlen um. Obwohl den anderen Tanzpaaren anzusehen war, dass sie liebend gerne ihr Gespräch belauscht hätten, so zeigten sie doch die empörten Mienen von Menschen, deren Pläne durchkreuzt worden waren.

„Aber wir sprachen ja von dem jungen Whitfield. Nun, ich wünsche ihm jedenfalls eine tiefe und beständige Liebe." Er drückte ihr die Hand, und sein festes Kinn zitterte. „Eine Liebe, wie sie Mrs. Brindley und mich verband."

Marys Kinn zitterte auch. Wie freundlich er war!

„Ich erkenne an Ihrem Erröten, dass Whitfield sich auch hierin glücklich schätzen kann." Mr. Brindley hätte nicht gerührter klingen können. „Unser Tanz ist zu Ende. Sie müssen sich einen Scherz mit mir erlaubt haben."

„Wie meinen Sie das, Sir?"

Seine braunen Augen zwinkerten. „Sie tanzen ausgezeichnet."

„Nur unter richtiger Anleitung." Sie knickste, da Mr. Brindley sie an den Rand der Tanzfläche zurückgebracht hatte.

„Oh, nun hört schon auf, mich so finster anzustarren, ihr jungen Leute", sagte Mr. Brindley zu Marys inzwischen noch weiter angewachsenem Verehrerschwarm. „Sie ist ohnehin nichts für euch. Sie gehört Lord Whitfield, vergesst das lieber nicht."

Sobald er sich abgewandt und ein paar Schritte entfernt hatte, murmelte der Earl of Aggass verächtlich: „Hafenarbeiter."

„Das ist er tatsächlich", bemerkte Mr. Mouatt spöttisch. „Oder war es. Er brüstet sich sogar damit."

„Man sagt, er sei ein Anarchist oder noch Schlimmeres." Aggass' Stimme war fast ein Zischen.

„Was macht er überhaupt hier?" rätselte Mr. Mouatt. „Ich wusste nicht, dass die Fairchilds es Kaufleuten gestatten, sich unter die gute Gesellschaft zu mischen."

„Die gute Gesellschaft hat sich genug Geld von Mr. Brindley geliehen, so dass er jede Einladung bekommen kann, die er haben möchte“, erwiderte Lord Dyne, aber ohne die Diskretion seines jüngeren Rivalen. „Wie die Fairchilds unzweifelhaft entdecken mussten.“

„Ihn zu einer Gesellschaft einzuladen, ist gewiss besser, als sich des Nachts in London dreien seiner gedungenen Mordbuben gegenüberzufinden.“ Aggass war ein bisschen grün um die Nase herum geworden, und er wedelte mit seinem spitzengesäumten Taschentuch in Richtung von Mary. „Das ist eine höchst Angst einflößende Erfahrung.“

Mary glaubte Aggass kein Wort. Der widerliche Earl wollte bloß ihr Mitgefühl erregen, nichts sonst. „Mr. Brindley ist ein vernünftiger Mann“, sagte sie. „Sie sollten dankbar sein, dass er sein Geld verleiht.“

Ian brach in schallendes Gelächter aus, als die anderen Männer unbehaglich mit den Füßen zu scharren begannen. „Du musst doch so tun, als würdest nichts hören, wenn sie über Wucherer reden. Von jungen unverheirateten Frauen wird erwartet, dass sie von solchen Dingen keine Ahnung haben.“

„Ich werde versuchen, mich daran zu erinnern“, versprach Mary, der sich die Erkenntnis aufdrängte, eine Frau in der oberen Gesellschaftsschicht zu sein, hatte mit dem Haushälterinnendasein doch mehr Gemeinsamkeiten als zunächst für möglich gehalten. Man musste sich den Männern zuliebe taub stellen.

„Ich für meinen Teil finde Miss Fairchilds Offenherzigkeit bezaubernd.“ Ein Mann in den Dreißigern, von seinem ausschweifenden Lebensstil bereits gezeichnet, trat vor und verbeugte sich. „Baron Harlow, zu Ihren Diensten.“

„Fast ebenso bezaubernd wie ihre Schönheit.“ Der pickelgesichtige Sohn des Earls of Shaw bemächtigte sich ihrer Hand und drückte einen Kuss darauf.

„Sie ist ganz ehrlich die Liebreizendste im ganzen Land.“

Lord Thistlewaite versuchte, sich mit Hilfe seiner Ellbogen eine günstigere Position direkt vor ihr zu erkämpfen, aber die anderen Männer schlossen ihre Reihen, und er musste sich damit zufrieden geben, ihr seine Komplimente über deren Köpfe zuzurufen.

Mary begann, sich nach ihrer alten Leichtgläubigkeit zurückzusehnen. Wenn die sechzehnjährige Guinevere Fairchild an ihrer Stelle hier stände, umgeben von all dieser Pracht, überschüttet mit Komplimenten, hätte sie sich im siebten Himmel gewähnt. Sie hätte diesen Augenblick genossen, wäre überglücklich gewesen, weil all die Träume ihres jungen Lebens wahr geworden zu sein schienen. Stattdessen schaute sich jetzt Mary Rottenson in dem prächtig geschmückten Saal um und fragte sich, wie viel dies alles wohl gekostet haben mochte und wie lange die Dienstboten damit beschäftigt sein würden, die Pracht wieder zu entfernen. Sie hörte die Schmeicheleien und fragte sich, ob all diese Gentlemen, die zuvor blind für ihre Vorzüge gewesen waren, wirklich annahmen, dass sie ihnen jetzt Glauben schenkte.

Eine Haushälterin gibt sich niemals Selbsttäuschungen hin.

Ian ergriff ihre Hand. „Das Orchester hat wieder angefangen zu spielen. Erweist du mir die Ehre?"

Sie nahmen ihre Plätze auf dem Parkett ein. Ian wartete, bis die Musik einsetzte, bevor er sie fragte: „Wo bist du hingegangen, damals, nachdem du von hier fortgeschickt worden warst?"

Sie schwieg einen Augenblick lang, unfähig, ihren Cousin, der so gut zu ihr gewesen war, anzulügen. Und die Wahrheit konnte sie ihm genauso wenig gestehen. Sogar Ian in seiner Güte und voll des Mitgefühls für sie würde eine Mörderin verurteilen.

„Du musst es mir nicht sagen." Er tätschelte beruhigend ihre Hand. „Du schuldest mir nichts."

„Doch, das tue ich! Wenn es dich nicht gegeben hätte, wären Hadden und ich ... verhungert." Und gehängt worden.

„Warst du ... Du bist so hübsch."

Sie knickste, wie der Tanz es verlangte, und als sie sich wieder erhob, berührte er zart eine Locke ihres Haares, die auf ihrer Brust ruhte.

„War es ein Mann? Bist du ... kompromittiert worden?"

Natürlich war da ein Mann gewesen, aber nicht so, wie Ian fürchtete. „Ich bin nicht kompromittiert worden", antwortete sie fest. „Nach langem Suchen habe ich eine Stelle bei Lady Valéry als Haushälterin gefunden."

„Haushälterin?" Ian sah sie mit offenem Mund an. „Du kannst doch unmöglich ihre Haushälterin gewesen sein."

„Aber ja, das konnte ich sehr wohl – und eine gute noch dazu." Seine verblüffte Miene war zu komisch, sie hätte laut auflachen mögen. „Was hast du gedacht, was aus mir werden würde?"

„Ich dachte, du würdest die Mätresse eines reichen Mannes werden. Ich habe mir vorgestellt, dass du in Sicherheit und Wohlstand leben würdest, und wann immer ich nach London kam, habe ich nach dir Ausschau gehalten." Seine sanften braunen Augen forschten aufgewühlt in ihrem Gesicht. „Es wäre passender gewesen, wenn du kompromittiert worden wärest, denke ich."

„Ist es das, was alle glauben? Dass ich Sebastians Mätresse war und er mich jetzt, wo ich eine reiche Erbin bin, heiraten will?"

„Mehr oder weniger. Er *heiratet* dich schließlich deines Geldes wegen, musst du wissen."

„Das ist Unsinn", sagte sie, ohne weiter darüber nachdenken zu müssen. „Wenn er mich wegen meines Geldes heiraten würde, dann hätte er das schon in Schottland getan. Dann hätte er mein Vermögen an sich bringen können, bevor ich überhaupt wusste, dass ich eine reiche Erbin bin."

Ian drückte ihre Hand ein wenig zu fest, und als sie zusammenzuckte, entschuldigte er sich sofort. „Erzähl niemandem die Wahrheit. Es ist besser, wenn alle weiter denken, du wärest seine Mätresse gewesen.“

„Die gute Gesellschaft ist schon ein merkwürdiger Haufen, findest du nicht auch? Dass man es vorziehen würde, zu glauben, ich hätte irgendeinem Mann das Bett gewärmt, als dass ich einer anständigen Arbeit nachgegangen wäre.“

„Was ich davon halte, tut nichts zur Sache.“ Ian sprach drängend, so als stünde ihm nur eine beschränkte Zeitspanne zur Verfügung, eine wichtige Botschaft zu überbringen. „Lass dich nur nicht von irgendjemandem an einen abgeschiedenen Ort locken.“

Ihr Nacken begann zu prickeln, und sie konnte sich gerade noch davon abhalten, mit der Hand darüber zu fahren. Was war nur mit ihr los?

„Jeder Mann in diesem Raum würde alles dafür geben, wenn es ihm gelänge, unter deine Röcke zu kommen und dich zu kompromittieren, um dein Geld an sich zu bringen.“ Ian starrte gebannt auf etwas hinter ihrem Rücken.

Sie hätte schwören können, dass er beunruhigt war. Lag es an dem lauter gewordenen Geflüster, das den Ballsaal erfüllte? „Ich werde mir deinen Rat zu Herzen nehmen“, versprach sie.

„Deine Verlobung würde niemanden davon abhalten.“

Sebastian. Sebastian hatte den Ballsaal betreten.

„Wenn Whitfield dich nicht wegen deines Geldes heiratet, dann heiratet er dich, weil es ihm so geht wie allen anderen Männern auch: Er kann einer Fairchild nicht widerstehen.“

Sebastian beobachtete sie. Das erklärte die plötzlich in ihr aufsteigende Hitze, ihren Wunsch zu fliehen und ihren noch stärkeren Wunsch zu bleiben.

„Jedermann weiß, dass er dich eher umbringen würde, als eine Frau zu heiraten, die eines anderen Mannes Kind trägt.“

Eben jetzt bahnte sich Sebastian seinen Weg durch die Tanzenden, um auf sie Anspruch zu erheben. Sie wusste es, ohne hinsehen zu müssen. Sie wusste aber auch, wie wenig es ihm gefallen würde, sie derart vertieft in eine Unterhaltung mit Ian vorzufinden.

Ian blickte herausfordernd über ihre Schulter, während er zu Ende sprach. „Er wird sich nicht noch einmal von jemandem, der den Namen Fairchild trägt, zum Narren halten lassen."

Sebastian ließ seine Hand über ihren Arm gleiten und löste sie aus Ians Griff. Sie schrak nicht zusammen. Sie hatte seine Berührung erwartet, ja ersehnt. Als ihr Blick auf sein Gesicht fiel, sah sie, dass seine Wange geschwollen war, die Schramme dunkel angelaufen, aber seine Augen glitzerten dennoch vor Leidenschaft, geschürt von dem Feuer in seiner Seele.

„Wir tanzen gerade", protestierte Ian.

„Nicht mehr", erwiderte Sebastian gelassen und führte Mary fort.

Sie folgte ihm widerspruchslos.

12. KAPITEL

Sebastian führte Mary quer durch den Ballsaal, ohne dass sie sich ihm widersetzte, aber als sie die Terrasse erreichten, begann sie sich zu sträuben. „Ich werde ganz gewiss nicht mit dir in den Garten gehen", erklärte sie.

Er schwang so rasch zu ihr herum, dass sie das Gefühl hatte, er hätte auf ihren Einspruch nur gewartet. „Und warum nicht, wenn ich fragen darf?"

„Jill hat es mir verboten."

Er musterte ihr Gesicht eindringlich. Dann wanderte sein

Blick ihren Körper hinab bis zu den Spitzen ihrer Seidenslipper, die unter ihrem Rock hervorlugten. „Ich kann verstehen, warum", sagte er, das strahlende Weiß und die Zartheit des Gewebes würdigend. Oder wollte er damit andeuten, dass er sich selbst nicht zutraute, die Finger von ihr zu lassen? „Dann lass uns diesen Alkoven dort drüben aufsuchen, um zu reden." Er machte einige Schritte in die angedeutete Richtung.

Als sie zurückblieb, hielt er inne und schaute sich nach ihr um. „Was ist denn?"

„Wir dürfen auch nicht alleine sein. Ian verbietet es."

„Und wann hat *unser* hochverehrter Cousin sich zum Richter über dein Betragen aufgeschwungen?" Sebastian funkelte sie an und hob eine Hand an seine Wange. „Wenn mein Benehmen dir nicht gefällt, kannst du mir ja immer noch mit einer Silberhaube eins überziehen."

Die Schramme reichte von dem Schnitt unterhalb seines Wangenknochens bis unter sein Auge und verlieh ihm das Aussehen eines Straßenkämpfers. Ein passendes Bild, überlegte sie, aber wahrscheinlich eher schmachvoll, bedachte man, wer ihm die Niederlage zugefügt hatte.

Schlimmer noch, sie war froh zu sehen, dass sie ihn gezeichnet hatte. Hinter ihrem Stolz darüber verbarg sich ein Besitzanspruch, der sie erschreckte. Sich wieder auf sicheren Boden begebend, die Haltung annehmend, die ihr während ihrer Jahre als Haushälterin Sicherheit geboten hatte, faltete sie die Hände vor sich. „Es befriedigt mich überaus, eine Lektion als Erste zu erteilen."

Sein Mund wurde zu einer schmalen Linie. Seine Nasenflügel blähten sich. „Du bist so verdammt sittsam." Er machte eine umfassende Handbewegung. „Wäre es dir also lieber, wenn wir uns in aller Öffentlichkeit unterhielten?"

Sie sah sich um. Hunderte Augen verfolgten die Szene gespannt; niemand gab sich auch nur im Geringsten Mühe, seine Neugier verbergen. Sie alle hatten Sebastians Schramme gesehen und zweifellos von ihren Bediensteten die wildesten Spekulationen darüber gehört, was in Marys Schlafzimmer vorgefallen war. Und da keiner die Wahrheit kannte, konnte sie sich leicht vorstellen, welche Geschichten durch die Korridore und über die Treppen schwirrten. Ohne ihm den Rücken zuzukehren, wich sie langsam in den Alkoven zurück. „Ich verspreche, dich nicht noch einmal zu schlagen, wenn du mir versprichst, nicht wieder ..."

Er folgte ihr zu der Stelle zwischen zwei Säulen vor einer halbrunden Wand, an der sie vor den Blicken der anderen geschützt waren, und seine Lippen verzogen sich zu dem ruchlosen Lächeln eines gefallenen Engels. „Versprechen, nicht wieder ... was? Dich nicht wieder zu küssen? Dich nicht wieder zu begehren? Es ist ein wenig spät dafür, *Miss* Fairchild." Er machte sich über sie lustig, indem er sie mit solcher Förmlichkeit behandelte, die durch die Intimität, die sie vor kurzem noch geteilt hatten, Lügen gestraft wurde.

Die säulenumschlossene Abgeschiedenheit hätte ihr Sicherheit vermitteln müssen, stattdessen fühlte sie sich in die Enge getrieben, umzingelt. „Es sind andere Fairchilds hier, die viel schöner sind als ich. Warum gehst du nicht und unterhältst dich mit ihnen?"

„Weil ich mit ihnen nicht verlobt bin."

„Das könntest du vermutlich ohne große Anstrengung ändern." Oh, warum musste ausgerechnet sie ihn auf diese Idee bringen?

Doch auch wenn er sie gehört hatte, zeigte er keine Reaktion. „Ich will sie aber nicht. Du dienst meinem Zweck am besten."

Gut. Das verwies sie auf ihren Platz und heilte sie von jeglicher Neigung zu Dünkelhaftigkeit, die vielleicht in ihr geschlummert haben mochte. „Die anderen sind hübscher."

„Wer?" Er klang leicht irritiert.

„Die Fairchild-Töchter. Schau doch." Mit ihrem Fächer deutete sie auf die Tanzfläche, und er wandte sich gehorsam um. Wie konnte er nicht beeindruckt sein? All die Männer, die sich vor kurzem noch um Mary geschart hatten, verschlangen nun ihre Cousinen praktisch mit ihren Blicken, die sich anmutig zu den Klängen eines Ländlers drehten. Wenn sie diese Frauen ansah, wusste sie, dass sie selbst eine farblose alte Jungfer war. Sebastian würde gewiss selbst das Offensichtliche erkennen und, so sagte sie sich entschlossen, besser früher als später. „Sie tanzen anmutig, sie drücken sich gewählt aus und fordern durch ihren Liebreiz geradezu heraus, dass ihnen alle Augen folgen."

„Ja, ja, sie sind ganz nett, aber dir können sie nicht das Wasser reichen. Was soll das eigentlich? Willst du von mir Komplimente hören?" Er stützte sich mit seinen Händen auf jeder Seite ihres Kopfes an der Wand ab, und beugte sich vor. „Keiner von ihnen ist es gelungen, dass mir die Hosen an einer gewissen Stelle zu eng werden."

Nicht unbedingt ein *hübsches* Kompliment, dachte sie, und schaute unwillkürlich nach unten, in der Erwartung, das zu sehen, was er soeben beschrieben hatte. Natürlich gab es nichts Ungewöhnliches zu sehen. Doch als sie den Blick hob und ihm in die Augen sah, schwelte darin die Glut des Verlangens.

„Du bist die schönste Frau hier." Er hätte nicht ungeduldiger klingen können. „Ich kann meine Augen nicht von dir lassen, genauso wenig übrigens wie meine Hände, und wenn du nicht hier an Ort und Stelle, in Bramwell Fairchilds verdammtem Ballsaal, eine Demonstration des Ausmaßes meines Verlangens haben willst, solltest du besser aufhören, dich so vor mir zur Schau zu stellen."

Während seiner unverblümten Rede wechselte bei Mary Überraschung mit Freude und wurde schließlich von Erstaunen abgelöst. „Zur Schau stellen? Was meinst du damit?"

„Du siehst mich ... so an." Er trat einen Schritt zurück. „Und warum musstest du ausgerechnet dieses Kleid kaufen? Es zeigt ja alles von deinem ... Busen."

„*Du* hast doch auf diesem Kleid bestanden!"

„Ich bin ein Einfaltspinsel."

„Dem will ich nicht widersprechen."

Er entspannte sich ein wenig. „Ja, das würdest du nicht, du hartherziges kleines Luder."

Entrüstet und außer sich vor Wut entfuhr ihr: „Du wagst es ... du ... du hinterhältiger, gemeiner Widerling."

„Aber, aber, meine liebe Miss Fairchild." Er legte sich betroffen die Hand aufs Herz. „Ich bin schockiert! Ich bin entsetzt! Ich bin bestürzt!"

Das war sie ebenfalls. Sebastian musste glauben, sie hätte sich vor seinen Augen in eine andere verwandelt.

Zu ihrer Schande musste sie gestehen, dass genau das geschehen war. Sie war Guinevere Fairchild geworden, die glaubte, dass die Welt ein süßer Pudding wäre und ungeduldig eine Portion davon für sich forderte. In ihrer Fassungslosigkeit wankte sie, und er legte ihr seinen Arm um die Taille und zog sie besorgt an sich.

„Was ist denn?" fragte er.

„Ich kann es einfach nicht glauben, dass ich dich einen ... mit einem Schimpfwort belegt habe."

„Hinterhältiger Widerling." Er rieb mit seiner Hand über ihren Rücken und lächelte dieses schneidende Lächeln. „Du hast mich hinterhältiger Widerling genannt. Das habe ich ohne Zweifel verdient."

„Nein, das stimmt nicht."

„Hast du vergessen, dass ich dich eine hartherziges Luder genannt habe?"

„Das ist noch lange keine Entschuldigung, mich auf dasselbe Niveau herabzulassen!"

„Ach so ist das. Mir ist es erlaubt, wütend zu werden, dir aber nicht." Er machte eine nachdenkliche Miene. „Was für eine faszinierende Frau du doch bist."

Er beobachtete sie genau und sah dabei eindeutig zu viel. Und sie hatte das Gefühl, er verstünde sie.

Warum beunruhigte diese Vorstellung sie nur so sehr?

„Ich bitte dich demütigst um Verzeihung dafür, dass ich dich beschimpft habe", fuhr er fort, „und vergebe dir, dass du mich einen hinterhältigen Widerling genannt hast, was eine verhältnismäßig freundliche Umschreibung für das ist, was ich in Wirklichkeit bin. Denk nicht mehr daran."

Nicht mehr daran denken? Sie konnte an nichts anderes mehr denken. Sie war wieder einmal in den Abgrund gestolpert. Und er hatte das auch bemerkt, denn seine Hände rieben ihren Rücken mit derselben Vertrautheit, mit der er sie am gestrigen Tag berührt hatte. Er musste sie für eine charakterlose Schlampe halten, die noch nicht einmal ihre aufflackernde Wut bezähmen konnte.

Mit etwas, das – wie sie hoffte – Würde war und nicht bloß ihrer Verzweiflung entsprang, sagte sie: „Ich bin mittellos gewesen und habe als Haushälterin gearbeitet, aber ich hatte immer das Recht, mich eine Dame zu nennen. Bitte nimm mir dieses Recht nicht."

Sein Mund öffnete sich leicht. Sie konnte seine weißen Zähne sehen und die fast unmerkliche Bewegung seiner Lippen, wenn er atmete. Die Wärme, die von ihm ausging, drang durch die dünnen Stoffschichten ihres Kleides, und seine Finger, die auf ihrem Rücken lagen, gruben sich in ihr Fleisch, als wollte er sie an seiner Seite halten, gleichgültig ob das auch ihren Wünschen entsprach oder nicht.

Sie war sich seiner viel zu deutlich bewusst, achtete zu sehr darauf, was er tat, und musterte ihn forschend, ob sein Gesichtsausdruck Vergnügen, Ärger, Schmerz oder gar Leidenschaft verriet.

„Du wirst immer eine Dame sein." Er klang aufrichtig, aber eher überrascht. „Nicht wie die anderen Fairchild-Frauen. Nicht wie so viele von den Frauen hier, die zwar den Titel ihr Eigen nennen, das entsprechende Betragen aber vermissen lassen."

Sie hörte das Stimmengewirr dieser hochgeborenen Damen hinter seinem Rücken, doch sie konnte sie nicht sehen, einerseits, weil ihr die Sicht durch seine breiten Schultern versperrt war, hauptsächlich aber, weil sie, wenn er ihr so nahe war, niemand anderen wahrnahm.

„Früher oder später werden wir, du und ich, uns paaren."

Seine Gewissheit war aufreizend. „Ich bin doch kein Tier. Ich *paare* mich nicht."

„Ach, bist du nicht?" Seine vernarbten Hände mit den langen, kräftigen Fingern fassten die Enden des Spitzenschals, der über ihrem Ausschnitt drapiert war, um ihren Busen zu bedecken. Der Knoten gab nach, und er hob das leichte Gewebe behutsam an. Er musterte, was er enthüllt hatte, dann schaute er ihr ins Gesicht. „Tust du nicht?"

Er war verrückt und hatte sie angesteckt; das war die einzig mögliche Erklärung. Nach Jahren selbst auferlegter Zurückhaltung, mit Hadden als einzigem Menschen, um ihre Einsamkeit zu lindern, hatte sie sich über solch körperlichen Reaktionen stehend gewähnt. Sogar als sie an diesem Abend den Ballsaal betreten hatte, war sie innerlich zwar aufgeregt gewesen, äußerlich jedoch ruhig. Aber jetzt verriet sie sich.

Ihre Haut kribbelte, in ihren Lippen pochte es leise. Sie wollte ihm den Schal entreißen, doch ihre Hände zitterten zu sehr. In ihrer Haut steckte eine andere, eine Fremde. Weder Guinevere noch Mary, beide jungfräulich unschuldig, sondern an deren Stelle eine von Verlangen erfüllte Frau – und das alles eines Mannes und seiner verheerenden Blicke wegen.

Dankbar gedachte sie der Abendgesellschaft, die jenseits seiner Schultern ihren Fortgang nahm. Sie waren nicht allein, andernfalls hätte sie für Sebastians Taten genauso wenig die Hand ins Feuer legen können wie für ihre eigenen.

Hier lauerte Gefahr, und hätte sie sich nicht Lady Valéry verpflichtet gefühlt, so hätte sie diesen Mann beiseite gestoßen, wäre nach London gefahren, hätte ihre Erbschaft eingefordert und mit Hadden an ihrer Seite die Welt bereist. Stattdessen musste sie hier bleiben, und sie musste ihm ihre Beweggründe erklären, damit er sie verstand, denn sonst wäre es um sie geschehen. „Ich muss meine Tugend bewahren, und mein Charakter muss so kühl, hart und glänzend wie Platin sein."

„Auch Platin kann schmelzen, wenn man das Feuer nur heiß genug schürt." Seine Finger strichen wie zufällig über ihre Haut, als er den Schal wieder zuknotete. „Du wirst es sehen. Wenn du geschmolzen bist, wirst du noch immer eine Dame sein. Eine überaus ... zufrieden gestellte ... Dame."

Er dehnte die Wörter mit Bedacht, und ein ungehöriger Schauer durchlief sie. Er tat das absichtlich. Er wollte sie willfährig, und sie wollte sein, was er sich wünschte.

Wie entwürdigend feststellen zu müssen, dass man sich dem Willen eines Mannes unterordnen *wollte*.

Konnte er ihre Gedanken lesen? „Du warst eine Haushälterin, aber das war nur eine Rolle, die du spielen musstest. Du bist nicht dazu bestimmt, ein Klumpen Platin zu sein, noch wird es dir gelingen, dieses kostbare Metall deiner Seele aufzuzwingen. Du bist einfach Guinevere Mary."

„Fairchild", ergänzte sie ihren Nachnamen. „Du sagst, ich wäre nicht dazu bestimmt, ein Klumpen Platin zu sein, aber ich bin als eine Fairchild geboren, und eines kann ich dir sagen: Es ist besser, zu versuchen, ein Klumpen Platin zu werden als eine dieser bedauernswerten Kreaturen."

Er runzelte die Stirn und setzte zu einer Erwiderung an.

„Nein, unterbrich mich nicht. Jetzt, wo ich damit angefangen habe, kann ich ebenso gut gleich ganz offen sein. Du hast in Schottland zu mir gesagt, unsere Verlobung würde nur zum Schein bestehen. Und jetzt kommst du und sagst, wir müssten uns ‚paaren', unseren ... niederen Gelüsten nachgeben. Zu welchem Zweck? Wenn es vorbei ist, werde ich immer noch eine Fairchild sein, und du wirst mich und jedes Mitglied meiner Familie immer noch hassen. Und ich wäre ruiniert."

Er stritt es nicht ab. „Du hast also die Geschichte von dem Streit gehört."

Sie war versucht zu lügen, zu sagen, dass sie das hätte, aber ihr Hang zur Aufrichtigkeit hinderte sie wie eine unüberwindliche Mauer daran.

Es fiel ihm viel zu leicht, ihr Mienenspiel zu deuten, denn er sagte: „Du hast noch nicht davon gehört. Ich hätte gedacht, die Fairchilds würden das ohne zu zögern dazu benutzen, uns auseinander zu bringen. Aber vielleicht ist ihnen kein Weg eingefallen, die Geschichte zu erzählen, ohne dass ihr Anteil daran anders als abscheulich klingt."

Aus einem Gefühl heraus, das aufs Erstaunlichste Verzweiflung ähnelte, entgegnete sie: „Siehst du? Du hasst die Fairchilds, und ich weiß noch nicht einmal, warum. Du bist dir doch darüber im Klaren, wenn wir ... miteinander intim werden ... dann wirst du dich mit einem Mitglied der Familie besudeln, die du so verachtest."

„Manchmal ist ein bisschen besudeln ganz gut für einen Mann."

Er scherzte, aber sollte er sich jemals wieder entsinnen, was Guinevere Fairchild getan hatte, würde er wissen, dass sie schlimmer war als jede Fairchild, die bislang das Licht der Welt erblickt hatte.

„Dein Leben so weit weg von deiner verfluchten Familie hat dich stark gemacht."

Sebastian blieb vor ihr stehen, ein unnachgiebiges Hindernis, das zwischen ihr und dem Ballsaal, zwischen ihr und der Freiheit stand ... und zwischen ihr und der sicheren, gefühlsarmen Welt, die Mary Rottenson sich geschaffen hatte. Mit der Arroganz seines Geschlechtes war er davon überzeugt, er könne sie ändern. Er wusste nichts davon, wie sie sich geändert hatte. „Ich bin schon durch die Hölle gegangen, Sebastian. Ich war einmal ein Schwächling – ich werde es nie wieder sein."

Er betrachtete sie, sehnte sich nach ihr in unerklärlichem Irrsinn. Ihre Augen war groß und von demselben Blau wie das Meer während eines Sturmes. Unerhört lange, dichte Wimpern flatterten, als sie sprach, und ihre Lippen formten bei jedem Wort einen verführerischen Kussmund. Ihre Haut war vor Eifer gerötet, während sie auf ihn einsprach, und ihre kunstvoll natürliche Frisur verlieh ihrer formellen Erscheinung einen Hauch von Ungezwungenheit. Sie war sechsundzwanzig, und doch vereinigten sich in ihrem Auftreten die Entschlossenheit einer wesentlich älteren Frau mit der Unschuld eines jungen Mädchens. Sie widersetzte sich ihm so beharrlich, dass er von ihrer Jungfräulichkeit überzeugt war, ebenso wie von ihrer Moral und ihrer Anständigkeit. Unglücklicherweise brauchte man für das, was er von ihr wollte, keinen dieser Charakterzüge.

Sie machte ihn wahnsinnig. Er wollte sie so verzweifelt, dass er es nicht wagen durfte, seinen Rock zu öffnen, wenn er nicht wollte, dass jedermann bemerkte, in welchem Zustand er sich befand. Und doch bewunderte er sie eher widerwillig, und noch widerwilliger hatte er begonnen, darüber nachzudenken, ob seine Patin vielleicht Recht damit hatte, wenn sie behauptete, Guinevere Mary Fairchild könnte seine Rettung sein.

„Es ist dir also gleichgültig, dass ich deinen Ruf schon ruiniert habe, dir geht es nur darum, dass ich dich will und entschlossen bin, dich auch zu bekommen", sagte er. „Es ist nicht der Anschein, der dich so aufbringt. Es ist die Realität."

„Mein Ruf kümmert mich sehr wohl. Es ist sehr schwer für eine Frau, sich nicht darum zu kümmern." Sie spielte mit den Fransen ihres Schals, damit sie ihn nicht anzusehen brauchte. „Doch ich muss nicht Tag und Nacht mit den Folgen, die sich aus meinem ruinierten Ruf ergeben, leben. Ich muss mit mir leben, und wenn ich mir gestatten würde, deine Mätresse zu werden ..."

„Nein. Es ist doch gar nicht der ‚Mätresse'-Aspekt, der dich so ängstigt." Er nahm ihre Hand und legte sie sich flach auf die Brust, genau über seinem Herz. Er verstärkte den Druck sanft, bis sie seinen Herzschlag spüren konnte, dann fuhr er fort: „Sondern, dass du in meinen Armen liegen würdest und ich herausfinden könnte, wie ich dich dazu bringen kann, dich mir ganz zu schenken. Du weißt doch selbst genau, was für eine Frau du sein könntest, Guinevere Mary, und ich weiß es auch. Und ich würde mich nicht zufrieden geben, bis du es nicht auch wärest."

Ihre Finger zuckten, und sie bemühte sich, ihre Hand wegzuziehen. „Ich verstehe dich nicht im Mindesten. Wer soll ich denn jetzt sein?"

Er hielt sie weiter fest. „Mary Rottenson und Guinevere Fairchild zusammen."

Sie zuckte so heftig zurück, dass er sie losließ. „Warum solltest du die denn wollen? Sie ist ein dummes, eitles Ding."

„Du sprichst von *Guinevere*", bemerkte er nachdenklich. Er verstand nicht ganz, warum sie ihre Person so aufgespalten hatte, aber er kam dem Grund dafür langsam näher. „Du sprichst von ihr, als ob sie jemand anderer wäre, dabei ist sie ..."

„Und warum willst *du* eigentlich überhaupt etwas mit einer Fairchild anfangen? Brauchst du mich als Werkzeug deiner Rache?"

Das sollte er, aber wenn er mit ihr zusammen war, dann neigte er dazu, alles andere zu vergessen, auch sein Verlangen, die Fairchilds für das Unrecht, das sie ihm angetan hatten, bezahlen zu lassen. „Das hier ist süßer als jede Rache."

„Sag nicht so etwas zu mir!" Sie war so aufgewühlt, dass sie ihre Stimme erhob, ohne an ihr interessiertes Publikum hinter seinem Rücken zu denken.

Nicht, dass er sich auch nur im Geringsten um die vornehmen Gäste kümmerte, die im Vorbeischlendern die Ohren spitzten, in der Hoffnung, etwas zu hören, das dem Klatsch neue Nahrung geben würde. Es war ihm aber keineswegs gleichgültig, wenn sie etwas tat, das ihr später unangenehm wäre. Leise sagte er: „Die meisten Frauen wären beleidigt, wenn ein Mann sie *nicht* begehrte."

Sie wandte den Kopf ab, als wollte sie ihn daran hindern, in ihrer Miene zu lesen. „Ich bin nicht wie andere Frauen. Ich habe Dinge getan, wofür mich andere Frauen verachten würden."

„Ja, du hast gearbeitet. Vielleicht ist es aber auch nur, dass ich mich nicht so sehr von anderen Männern unterscheide." Er griff nach oben zu einer der goldenen Kordeln, die die mitternachtsblauen Seidenbahnen an den Säulen zusammenrafften, und löste sie. Der schimmernde Stoff fiel in lockeren Falten um sie und schirmte sie von der Außenwelt ab. Vielleicht nicht so gut wie ein Vorhang, denn das dünne Gewebe bewegte sich im Luftzug sachte hin und her, aber es gewährte ihnen doch eine gewisse Ungestörtheit, und er hoffte, die Musik würde ihre Stimmen überlagern. „Womöglich kann ich den Fairchild-Frauen auch nicht widerstehen." Ein Besorgnis erregender Gedanke, falls es tatsächlich so war. „Glücklicherweise habe ich die eine Fairchild mit einem Ehrgefühl aus Platin gefunden. Ein seltenes Juwel in einer schimmernden Fassung."

Er streichelte ihre sanft gerundete, weiche Wange, aber sie riss ihren Kopf zurück. „Ich will bloß unsere Aufgabe hier erledigen und wieder gehen." Sie klang verzweifelt, beinahe flehentlich. Dann senkte sie ihre Stimme und sah sich vorsichtig um. „Hast du schon nach dem Tagebuch gesucht? Hast du schon irgendwelche Anhaltspunkte entdeckt?"

„Ich habe mich umgesehen, aber ohne Erfolg." Er streichelte ihre Wange wieder, darauf bestehend, dass Mary den Trost, den er ihr bot, annahm, während er das Gefühl von lebendigem Samt unter seinen Fingerspitzen genoss. „Wir sind ja erst zwei Tage lang hier. Du hast doch sicherlich gewusst, dass es länger dauern würde, bis wir das Tagebuch finden."

„Ja, schon, aber ich wusste nicht, wie sehr ich diese Farce hassen würde."

Ihn hassen? Ah, das nicht. Er hatte nie von sich behauptet, den Verstand einer Frau zu begreifen, doch er kannte den Körper dieser Frau, und der verriet ihm, dass sie sich nach ihm sehnte. Sie wollte es nicht, tat es aber dennoch.

„Ich könnte Bramwells Töchter ablenken, während du ihre Zimmer durchsuchst“, schlug sie vor. „Ich kann mich mit den Dienstboten anfreunden und sie aushorchen. Lass mich dir helfen.“

‚Sie gestattet mir zwar, ihr Gesicht zärtlich zu umfassen, aber eher aus Resignation als weil sie sich nach Zärtlichkeit sehnt‘, dachte er.

„Du hast mir schon geholfen. Ich habe unsere Gastgeber heute unter Berufung darauf gemieden, dass meine Schrammen mich in Verlegenheit bringen.“ Er lächelte so gewinnend, wie er nur konnte, um ihr ein kleines Lächeln zu entlocken. „Siehst du? Du hast schon für eine wunderbare Ablenkung gesorgt.“

Sie blickte zu Boden, schmollte wie ein Kind, das zu jung für das Spiel seiner Geschwister war, aber dennoch unbedingt daran beteiligt sein wollte. Eigentlich, wenn er es recht bedachte, lächelte diese Frau nie. Wenigstens ... nicht bei ihm. „Ich habe die Flure erforscht, um mich mit der Anlage des Schlosses wieder vertraut zu machen.“

Sie schaute auf, allen Groll vergessend. „Du bist schon einmal hier gewesen?“

Verdammt! Das hatte er ihr doch noch gar nicht sagen wollen. „Vor Jahren.“ Sie setzte zu einer weiteren Frage an, aber er sagte schnell: „Heute Abend, bevor ich in den Ballsaal kam, habe ich Bramwells Arbeitszimmer durchsucht.“

Wie er gehofft hatte, ließ sie sich durch ihre Neugier erfolgreich ablenken. „Was hast du gefunden?“

„Jede Menge. Das Testament deines Großvaters, einen Stapel unbezahlter Rechnungen, noch einen Stapel unbezahlter Rechnungen, einen Safe ...“

Ihre Mundwinkel bogen sich nach unten. „Verschlossen, natürlich.“

Er grinste. „Ja, und keiner der Schlüssel, die ich vorsorglich mitgebracht hatte, passte."

„Du hast Schlüssel mitgenommen?"

„Ich habe alles mitgenommen, von dem ich glaubte, dass es mir von Nutzen sein könnte, wenn ich dieses Haus vom Dachboden bis zum Keller durchsuche." Er zog eine Grimasse. „Aber offensichtlich habe ich nicht den richtigen Schlüssel dabei."

„Ich könnte ihn öffnen." Sie rieb sich nachdenklich die Hände.

„Und wie solltest du an Wissen über solche Sachen gekommen sein?" erkundigte er sich finster.

„Mein Vater bestand darauf, dass ich das lerne." Sie schaute ihn direkt an. „Er sagte, diese Fähigkeit könnte sich durchaus als nützlich erweisen."

Ihr Vater, Charles Fairchild.

Manchmal erkannte Sebastian Charlie in ihren Zügen wieder. „Ich habe Fairchild Manor besucht, als Charlie noch der Lieblingssohn war", bekannte er.

„Du erinnerst dich daran, wie es war, als mein Vater noch zu Hause lebte?"

„Selbstverständlich." Er merkte, dass er ihr gefallen wollte, weswegen er ihr mehr verriet, als er eigentlich vorgehabt hatte. „Charlie war älter als ich, und er kam mir damals unglaublich schneidig vor ... und ich wollte genauso sein wie er."

Ein sanftes Glühen erhellte ihre Züge. „Jeder mochte meinen Vater."

„Außer *seinem* Vater."

Das Glühen erlosch. „Papa sagte, er wäre enterbt worden, weil er nicht verderbt genug war."

„Das glaube ich gerne." Charlie war etwa zur selben Zeit verschwunden, als Sebastian alles verloren hatte, und es waren Jahre verstrichen, bevor sie sich wiedergesehen hatten. Zu diesem Zeitpunkt hatte Charlie geheiratet und war bereits wieder verwitwet. Er lebte da schon in sehr beschränkten Verhältnissen. Sebastian war verwaist und bitter gewesen und lebte in ebenso beschränkten Verhältnissen.

Charlie hatte seiner Reue über den infamen Streich, den die Fairchilds Sebastian gespielt hatten, und dessen tödliche Folgen Ausdruck verliehen. Sebastian hatte die Entschuldigung angenommen, weil er genau wusste, dass Charlie an den Geschehnissen keine Schuld trug.

Charlies Leben hatte aus Kartenspiel, Abenteuer und Aufregung bestanden. Bei ihrem letzten Zusammentreffen hatte er sich Geld von Sebastian geliehen ... Geld, das er Charlie gegeben hatte, obwohl er damals schon gewusst hatte, dass er es nie wiedersehen würde, weil selbst der beste Fairchild mindestens eine kleine diebische Veranlagung hatte. Sebastian sagte nachdenklich: „Ich kann ihn mir gar nicht in der Rolle eines Vaters vorstellen, der zwei Kinder aufzieht – und besonders nicht ein Mädchen."

„Er hat sein Bestes gegeben, nachdem meine Mutter gestorben war", erwiderte Mary.

„Ich mochte Charlie wirklich", beeilte er sich, ihr zu versichern.

Eine Mischung aus Zuneigung und Schmerz legte sich über ihre Züge. Dann jedoch verschwand das ungekünstelte Gefühl von ihrem Gesicht, und er sah wieder die Frau vor sich, die er in Schottland angetroffen hatte – eine kühle, beherrschte Haushälterin. „Jeder, der meinen Vater traf, mochte ihn."

Himmel, er hatte gedacht, sie wären über das Stadium des sich Verstellens und hinter einer Maske Verbergens hinaus, des Verleugnens ihrer Gefühle für ihn. Man konnte doch wohl auch von

Frauen erwarten, etwas so Offensichtliches zu verstehen; warum verstand sie es dann nicht?

Er hätte sie am liebsten geschüttelt, bis sie vergaß, sich in Guinevere und Mary zu spalten. Aber das würde ihm auch nicht weiterhelfen. Deshalb zollte er weiter dem einzig anständigen Fairchild, den er je gekannt hatte – wenigstens bis vor kurzem – Tribut. „Wenn dein Vater dich gelehrt hat, einen verschlossenen Safe zu öffnen, dann war er ein kluger Mann."

Mary entspannte sich. Ihre Augen begannen zu glänzen, ihre Lippen verzogen sich, ein Grübchen zitterte auf ihrer samtigen Wange, und er erkannte, dass es ihm gelungen war. Er hatte sie zum Lächeln gebracht.

Ein ganz reizendes Lächeln, mit allem, was dazugehörte, Zähnen und Lippen ... diese vollen, zum Küssen einladenden Lippen ...

Er küsste sie, bevor ihm überhaupt klar wurde, was er tat. Sie wehrte sich nicht einmal, auch wenn ein weniger erfahrener Mann das vielleicht ihrer Überraschung zugeschrieben hätte. Er zog es vor, zu glauben, dass sie gestern eine Vorliebe für seine Küsse entwickelt hatte.

Sebastian bemerkte ihr Zögern, als die Erinnerung sie überkam, und er lockerte seinen Griff um ihre Taille, rieb sanft über ihren Rücken, um die Gier zu kaschieren, die ihn dazu trieb, seinem Verlangen nachzugeben, ohne einen Gedanken an die möglichen Folgen zu verschwenden.

„Sebastian."

Sie flüsterte seinen Namen, und er hörte ihre Verunsicherung heraus. Gleichgültig, wie sehr er sich beherrschte, er überwältigte sie immer noch mit seiner Leidenschaft. Zu viel Leidenschaft für diese kleine Jungfrau.

Hölle, er war sich selbst nicht sicher, wie lange er sich noch zurückhalten konnte, und dabei befanden sie sich mitten in einem Ballsaal, nur durch eine hauchdünne Stoffbahn vor neugierigen Augen geschützt.

Aber er konnte einfach nicht aufhören, nicht jetzt. Nicht bevor sie seinen Kuss erwiderte.

Er senkte seinen Mund sacht auf ihren, verstärkte dann langsam den Druck und wärmte sie mit seinem Atem, sich ganz auf ihre Neugier verlassend, dass sie ihren Mund öffnen und ihn einlassen würde. Sie brauchte länger, als ihm lieb gewesen wäre, aber als sie sich gegen die Wand lehnte und ihre versteiften Muskeln sich entspannten, wusste er, dass er gewonnen hatte.

Sein Triumphgefühl stand in keinem Verhältnis zu dem Erreichten.

Ihre Lippen teilten sich; ihr sanfter Atem vermischte sich mit seinem. Seine Zunge berührte zärtlich ihre. Ihre Hände glitten zu seinen Schultern, legten sich um seinen Nacken.

Er wollte mehr. Er wollte wissen, wie es sich anfühlte, wenn ihre Finger durch sein Haar fuhren. Er wollte herausfinden, welche Laute sie von sich geben würde, wenn er ihre nackten Brüste zum ersten Mal berührte.

Blut pochte in seinem Kopf. Er konnte beinahe schon spüren, wie er ihr sanft gerundetes Gesäß mit seinen Händen umfasste, sie anhob und gegen die Wand lehnte, dann zwischen ihre gespreizten Beine trat, und ...

„Himmel!" Er ließ sie los und starrte sie an, sah, wie verträumt und nachgiebig sie ihn ansah.

Wenn Guinevere Mary Fairchild steif und beherrscht war, begehrte er sie. Wenn sie aber auch nur ein winziges bisschen nachgab ... dann würde er alles darum geben, sie zu besitzen.

Atemlos fragte die Miniatur-Sirene: „Wann und wo sollen wir uns treffen?"

Sein Herz schlug so laut und schnell, dass er dachte, er würde jeden Augenblick zusammenbrechen. Er hatte gewonnen! Er würde in ihr Schlafzimmer kommen, in dieses riesige Bett. Sie würde ihn in ihrem Nachthemd erwarten, in ihren Augen ein wachsamer Ausdruck. Er würde sehr sanft mit ihr umgehen, sie langsam entkleiden und dann ihren Körper mit Küssen bedecken.

„Du brauchst mich, damit ich dir helfe, den Safe zu öffnen." Sie straffte sich. „Wann sollen wir uns treffen?"

Er könnte sie aufs Bett legen, sie im Stehen nehmen oder hinter ihr knien, aber, für welche Stellung er sich auch entschied, er würde es genießen.

Und er würde sicher gehen, dass sie es auch tat.

„Nein", keuchte er. „Nicht du." Er war verrückt gewesen, auch nur daran zu denken, sie irgendeiner Gefahr auszusetzen. „Niemals. Verstehst du nicht? Das Tagebuch birgt Gefahr."

„Das verstehe ich sehr wohl." Sie hob ihr Kinn, ihre Augen sprühten Funken. „Aber es gibt wichtigere Sachen, vor denen man sich in Acht nehmen muss."

Sie wusste gar nicht, wovon sie sprach. Ihre Arme mit seinen Händen umspannend, begann er, die Muskeln unter der Seide sacht zu kneten. Sie war stark, kräftig von der jahrelangen körperlichen Arbeit, und doch war sie schlank, zierlich und schutzbedürftig. „*Ich* bin hier, um das Tagebuch zu *stehlen*."

„Das weiß ich, und ich bin hier, um dich dabei zu unterstützen", erwiderte sie ernst.

„Irgendjemand muss hier sein, um das Tagebuch zu *kaufen*, und ich kann dir versichern, dieser Jemand ist verzweifelt darauf aus, es in seine Hände zu bringen. Außerdem brauchen die Fairchilds das Geld von dem Verkauf dringend, und nur ein Narr würde daran zweifeln, dass die Fairchilds für einen Schilling über Leichen gehen würden." Verdammt sei diese Frau, musste sie ausgerechnet jetzt eine so störrische Miene aufsetzen? Er war bereit zu versuchen, sie mit logischen Argumenten zu überzeugen, aber wenn sie keine Vernunft annahm, dann würde er auch nicht davor zurückschrecken, sie zu ihrer eigenen Sicherheit ans Bett zu fesseln. Er würde sie *liebend* gerne an ihr Bett fesseln.

„Du ziehst alle Aufmerksamkeit auf dich, wegen des Geheimnisses, das dich umgibt, deinem Hintergrund und, am allermeisten wegen deiner Erbschaft. Sei ein gutes Mädchen und lenke alle weiter von mir ab." Er legte seine Finger unter ihr Kinn und hob es sacht an. Ihr tief in die Augen schauend, sagte er: „Dann verspreche ich dir eine Belohnung, die du nie vergessen wirst."

13. KAPITEL

Sebastian entfernte sich lässig schlendernd von dem Alkoven, wo er Mary zurückgelassen hatte, und er zeigte dabei ein so umwerfendes Lächeln, dass mindestens drei Fairchild-Töchter beinahe ohnmächtig wurden.

Das beeindruckte Lady Valéry nicht sonderlich. Ihrer Meinung nach würden die Fairchild-Töchter für jedes Lächeln, das hunderttausend Pfund wert war, ohnmächtig werden. Als er aber an ihnen vorbeiging, ohne ihnen mehr Beachtung als einem lästigen Mückenschwarm zu schenken, musste sie dem Jungen doch Geschmack zubilligen. Selbst wenn sie es gewesen war, die ihm dazu verholfen hatte.

Lady Valéry beobachtete, wie er stehen blieb und mit diesem Kaufmann sprach, diesem Mr. Brindley, eine nette Geste, bedachte man, wie sehr sich dieser einfache Mann in einer so erlauchten Gesellschaft fehl am Platze fühlen musste.

Eine erlauchte Gesellschaft, die gebannt auf den blauen Seidenvorhang starrte, die Aufmerksamkeit aller durch Sebastians Besitzanspruch gefesselt und in Erwartung von Marys Erscheinen. Neugier war eine niedere, aber allzu menschliche Regung, und wenn Lady Valéry nicht einschritt, würde Mary am Ende in einem unpassenden Moment bloßgestellt werden.

Sich ihren Stock unter den Arm klemmend, rauschte sie in wahrhaft königlicher Haltung zu dem Alkoven, wo sich Mary immer noch verbarg. Während sie schon die Hand hob, um den Vorhang zurückzuschlagen, hörte sie Mary murmeln: „Eine gute Haushälterin stößt niemals dem Mann, mit dem sie verlobt zu sein vorgibt, ein Messer ins Herz."

Lady Valéry hielt inne.

Dann folgte in resigniertem Tonfall: „Insofern ist es vielleicht ganz gut, dass ich gerade keinen Dolch zur Hand habe."

Lady Valéry lachte leise und trat ein. „Du hast den Jungen doch schon gezeichnet – denk doch nur daran, wie dein Ruhm wachsen würde, sollte es dir gelingen, ihn zu ermorden."

Mary erblasste. „Ich würde ihn nie wirklich umbringen", sagte sie schnell. „Ich könnte nicht leichtfertig einen Mord begehen."

„Selbstverständlich nicht. Das habe ich auch nie angenommen", beeilte sich Lady Valéry, ihr zu versichern, wobei sie ihre Verwunderung darüber, warum Mary auf einen so einfachen Scherz so heftig reagierte, bezwang.

Mary presste ihre Lippen aufeinander und blickte zu Boden, krampfhaft darum bemüht, alles, was man als Anzeichen von Schuld, ungezügeltem Zorn oder Leidenschaft deuten konnte, zu unterdrücken – Gefühle, die Mary in all den Jahren, die sie und Lady Valéry sich kannten, noch nie gezeigt hatte.

Mary in ein zwangloses Gespräch verwickelnd, um ihr Gelegenheit zu geben, sich zu fassen, sagte Lady Valéry: „Jeder in diesem Raum vergeht fast vor Neugier zu erfahren, was hier vorgeht, aber wenn du willst, bleibe ich und passe auf."

„J ... ja", erwiderte Mary leicht stotternd. „Danke." Sie ging zu einer der Säulen, stützte sich mit der Hand daran ab und verkündete: „Ihr Patensohn ist ein Flegel!" Sie sprach mit der Gewissheit einer Frau, die auf zehnjährige Erfahrung mit flegelhaftem Benehmen zurückblicken konnte.

Lady Valéry lachte herzlich. „Ich wäre die letzte Frau, dir da zu widersprechen. Was hat er jetzt schon wieder angestellt?"

„Er will mich vor Gefahren beschützen." Aus ihrem Munde klang das wie ein schwer wiegendes Verbrechen.

„Wie unhöflich!"

„Er hat zu mir gesagt, ich solle ein gutes Mädchen sein und schön alle Aufmerksamkeit von ihm ablenken."

„Ja, ich kann gut verstehen, wie sehr dich das aufbringen muss ..." Lady Valéry klopfte sich mit ihrem Fächer leicht auf das Handgelenk, um ihre Belustigung zu verbergen. „Ist das nicht, was er in Schottland schon sagte, wozu er dich braucht?"

Mary schenkte diesem – berechtigten – Einwand keinerlei Beachtung. „Er hat mir sogar eine Belohnung versprochen, wenn ich meine Sache gut mache."

„Wie viel versprechend." Lady Valéry versuchte jetzt ganz offen, Mary zu ködern. „Glaubst du, er meint Juwelen?"

Mary fuhr zu ihr herum und starrte sie an. „Ich denke, Ihr Patensohn plant, sich selber als Belohnung anzubieten."

„Wenn das nicht wieder typisch Mann ist!" Lady Valéry hängte sich bei Mary ein und zog sie hinter den Stoffbahnen hervor. „Obwohl du es natürlich schlechter treffen könntest, als Sebastian zu nehmen." Sie nickte in Richtung der Horde, die auf sie zusteuerte wie ein Schwarm hungriger Haie. „Zum Beispiel könntest du einen von denen heiraten."

„Ganz bestimmt“, erwiderte Mary hitzig, „aber ich glaube nicht, dass Sebastian von Heirat sprach.“

Die Kleine war klüger, als einem lieb sein konnte, aber sie wusste nichts von Lady Valérys Plänen. Und um sie unwissend zu halten, musste Lady Valéry anderen Männern ihre Chance lassen. Oh, wie es ihr gegen den Strich ging, mit ansehen zu müssen, wie der Earl of Aggass, dieser verderbte kleine Schleimer, sich an Mary heranmachte.

Er verbeugte sich, so dass seine Rockschöße flatterten. „Lady Valéry, ich möchte mit der schätzenswerten Miss Fairchild tanzen. Muss ich dazu Ihre Erlaubnis einholen?“

Durch seinen Tonfall machte er deutlich, dass er das für überflüssig hielt und lediglich der alten Dame zuliebe fragte.

Dabei juckte es eben diese alte Dame, ihm mit ihrem Stock den nötigen Respekt beizubringen. Aber sie verzichtete darauf. Stattdessen sagte sie: „Das müssen Sie in der Tat, und Sie werden sie, sobald der Tanz zu Ende ist, unverzüglich zu mir zurückbringen. Mit Miss Fairchild wird nicht herumgetändelt, Aggass, und ich bin hier, um sicherzustellen, dass Sie sich benehmen.“

„Ich schlottere“, antwortete Aggass und nahm Marys Hand.

„Das sollten Sie auch“, schoss Lady Valéry zurück, als er Mary auf die Tanzfläche führte.

Er runzelte die Stirn, während er sich Mary gegenüber aufstellte, und Lady Valéry schmunzelte. Er würde rüde und unfreundlich von ihr sprechen, woran Mary Anstoß nehmen würde, so dass er sich in den Augen genau der reichen Erbin unmöglich gemacht haben würde, die er eigentlich für sich gewinnen wollte.

Männer waren so einfach zu manipulieren.

Lady Valéry wandte sich Marys anderen Verehrern zu, die sich um sie scharten. „Wer von Ihnen wünscht als Nächstes mit Miss Fairchild zu tanzen?“

Sie legte die Reihenfolge von Marys Tanzpartnern fest, und es gelang ihr, diejenigen in Misskredit zu bringen, die Mary attraktiv erscheinen mochten. Sie versagte lediglich bei einem – diesem Fairchild-Cousin, Ian. Er stand etwas abseits, beobachtete alles und erweckte den Eindruck, dass er sich dabei aufs Beste unterhielte. Mehr als einmal kam Lady Valéry der Gedanke, dass der Dienst, den sie Sebastian erwies, den anderen Männern absichtlich Steine in den Weg zu legen, leicht auch für Ian von Vorteil sein konnte.

Diesen jungen Mann würde sie im Auge behalten müssen. Er war nicht nur auf seine dunkle Art gut aussehend, er war auch so intelligent wie ehrgeizig, und deshalb eine Herausforderung für sie.

Lady Valéry genoss Herausforderungen.

Tatsächlich bereitete ihr der gesamte Abend Vergnügen, und sie hätte Mary bis in die frühen Morgenstunden tanzen lassen, aber gerade, als das Mitternachtssouper serviert wurde, betrat Calvin den Ballsaal.

Sie dachte, sie hätte den albernen Mann erschöpft, aber da stand er, gekleidet in das leuchtendste Purpur, das sie je gesehen hatte, und suchte die Menge mit den Augen ab, nach ihr Ausschau haltend. Weil er sie jetzt ehrlich verehrte. Wie hatte sie auch wissen sollen, dass er niemals auf diese besondere Art und Weise unterhalten worden war? Offensichtlich hatte er nie Frankreich bereist.

Marys Arm tätschelnd, sagte Lady Valéry: „Liebes, leider stelle ich fest, dass ich schneller ermüde, als ich dachte. Würde es dir etwas ausmachen, mich zu meinen Räumen zu begleiten?"

Gewohnt pflichtbewusst, zögerte Mary keinen Augenblick. Sie wandte den überschwänglichen Komplimenten und den lächelnden Gesichtern ohne mit der Wimper zu zucken den Rücken. Lauter Protest folgte ihnen, aber sie hakte sich nur noch fester bei Lady Valéry unter.

Als sie die langen Korridore entlangschritten, die nur hie und da von einem vereinzelten Wandleuchter erhellt wurden, fragte Lady Valéry: „Unterhältst du dich eigentlich gut?"

„Es ist irgendwie schon seltsam, so sehr im Mittelpunkt der Aufmerksamkeit zu stehen." Mary nickte in Richtung der Dienstboten, die vor den Schlafzimmern warteten. „Die Männer überhäufen mich derart mit Schmeicheleien, dass ich schon Schwierigkeiten habe, ihnen zu glauben, wenn sie mir bloß ihre Namen sagen."

Lady Valéry lachte. „Kluges Mädchen. Sie würden alles tun, dich in ihre Hände zu bekommen ... und deine Erbschaft."

„Das hat Ian auch schon gesagt."

„Ach ja?" Lady Valéry lächelte immer noch, auch wenn ihre Heiterkeit verschwunden war. „Das war aber wirklich sehr freundlich von ihm, dich zu warnen."

„Er ist sehr nett."

„Ein Wort, das dir nicht einfallen würde, solltest du Sebastian beschreiben."

Mary warf ihr einen Blick von der Seite zu. Sie hatte gemerkt, dass Lady Valéry irgendetwas von ihr hören wollte, auch wenn ihre Worte bewiesen, dass sie selbst nicht genau wusste, was. Mit gesenkter Stimme erwiderte sie: „Nein, aber seine rücksichtslose Zielstrebigkeit macht ihn zu dem fähigsten Kandidaten, Ihr Tagebuch zu finden."

„Ich habe keinen Zweifel daran, dass es ihm gelingen wird, und ich hoffe" – wie sollte man das am geschicktesten ausdrücken? – „dass du dabei nicht verletzt wirst."

Ein kurzer Schauer lief Mary den Rücken hinab, aber sie fasste sich sofort wieder. „Ich werde mich darum bemühen, dass ich alles heil überstehe."

„Als ich ihn zu Hilfe rief, hatte ich keine Ahnung, dass er sich so zu dir hingezogen fühlen würde." Das entspricht sogar so weit der Wahrheit, beruhigte Lady Valéry sich selbst.

„Ich spreche Sie von jeder Verantwortung dafür frei", versicherte Mary, die Unschuldige. „Niemand hätte das vorhersehen können."

„Und ich hatte auch keine Ahnung, dass du dich ebenso zu ihm hingezogen fühlen würdest."

Mary wurde augenblicklich über und über rot. „Ich habe keinerlei Absichten in Bezug auf Ihren Patensohn, Mylady."

„Natürlich nicht. Warum solltest du ihn auch wollen? Er ist ein Wilder, besessen von seinem Verlangen nach Rache an der ganzen Familie Fairchild. Und aus gutem Grund. Kennst du schon die Geschichte, wie die Fairchilds Sebastians Familie zerstört haben?"

„Nein."

Marys beherrschte, leise Stimme konnte Lady Valéry nicht täuschen. Ihre Schutzbefohlene wollte gerne erfahren, was ihre Familie getan hatte, aber sie war darin geübt – zu sehr darin geübt, wenn man Lady Valéry fragte –, ihre Gefühle zu verbergen.

Kein Wunder, dass sie sich zur gleichen Zeit zu Sebastian hingezogen und von ihm abgestoßen fühlte. Er hatte den Schleier ihrer Selbstbeherrschung zerrissen, und jetzt sie war ihm schutzlos ausgeliefert.

„Sebastians Familie ist eines der ältesten und vornehmsten Geschlechter in England. Sie behaupten, es hätte schon einen Durant auf dem Schlachtfeld von Hastings gegeben, aber welche vornehme Familie tut das nicht?"

„Die Fairchilds zum Beispiel", sagte Mary sarkastisch.

„Nein, die Fairchilds nicht. Sie sind ja noch nicht lange geadelt. Aber als Sebastian ein Junge war, hatten sie etwas, das den Durants fehlte. Sie besaßen Geld."

„Mein Vater hat immer behauptet, dass Geld seinen Vater zerstört hätte."

„Da mag etwas Wahres dran sein", pflichtete ihr Lady Valéry bei. „Er hatte genug Geld verdient, um sich einen Titel zu kaufen, und danach dachte er, er könnte alle dazu bringen, nach seiner Pfeife zu tanzen."

Mary blieb stehen und musterte besorgt ihre Umgebung. Der Gang vor ihnen war nur spärlich beleuchtet und wie immer, wenn Dunkelheit drohte, wuchs ihr Unbehagen. „Sind wir hier noch richtig, oder sind wir in den falschen Flur abgebogen?"

„Ich fürchte, du hast Recht. Ich glaube nicht, dass ich hier vorhin vorbeigekommen bin."

Sie gingen zu dem nächsten Lichtfleck, wo Kerzen und das Kaminfeuer eines Gästezimmers durch die offene Tür den Flur erleuchteten. Lady Valéry schnipste dem herumlungernden Kammerdiener auffordernd mit den Fingern zu. „Du da! Junger Mann! Sag uns, wo wir hier sind."

Der Kammerdiener richtete sich auf. „Mylady, Sie sind im Westflügel."

Lady Valéry bemerkte, wie Mary sich verstohlen umsah. Sebastians Räume lagen im Westflügel.

„Können Sie uns sagen, wie wir von hier aus zum Ostflügel gelangen?" Mary klang gewohnt liebenswürdig, als der Kammerdiener aber vortrat und Licht auf seine Züge fiel, erschrak sie so heftig, dass sie Lady Valérys Arm losließ.

Ein älterer, verbindlich aussehender Mann starrte Lady Valérys Schützling unverschämt an. „Haben Sie sich verlaufen, meine Damen?"

„Nein!" Mary versuchte, in die Schatten zurückzuweichen.

„Diese Ansicht teile ich nicht." Er drückte sich gewählt aus, ein Diener auf dem Zenith seiner beruflichen Laufbahn. „Ich denke, Sie sind gänzlich verloren."

Er sprach mit einer Art bösartiger Genugtuung.

„Nein, das sind wir nicht", entgegnete Mary fest.

Lady Valéry hatte genug von diesem Unsinn. „Ich wünsche, in den Ostflügel zu gehen. Jetzt. Sagen Sie mir den Weg."

Der Kammerdiener erkannte die Stimme der Autorität und antwortete, sich respektvoll verbeugend: „Gehen Sie hier weiter, dann nach links. Diesem Flur folgen Sie so lange, bis links ein Gang abzweigt, den nehmen Sie. Dann befinden Sie sich am äußersten Ende des Ostflügels."

Sie gingen schweigend ein Stück, wobei Mary sich dicht an Lady Valérys Seite hielt.

„Kennst du diesen Mann?" erkundigte sich Lady Valéry schließlich.

„Was?" fragte Mary, jäh aus ihren Gedanken gerissen.

„War er bei uns in Schottland? Erkennt er dich als meine Haushälterin wieder?" Lady Valéry gab sich Mühe, Marys offenkundiges Entsetzen zu lindern. „Ich wusste, dass es passieren könnte, aber ich hoffte, dein verändertes Aussehen würde ausreichen, um zu verhindern, dass jemand dich wiedererkennt."

„Er weiß, wer ich bin", flüsterte Mary.

Lady Valéry tätschelte ihren Arm. „Mach dir keine Sorgen, Liebes. Ich werde Sebastian herschicken, dass er sich um ihn kümmert und ihm Geld gibt. Wenn er weiß, was gut für ihn ist, wird er es annehmen und sich aus dem Staub machen. Sebastians Feinde haben diese Angewohnheit, von der Bildfläche zu verschwinden. Es sind die Schiffe, weißt du? Sie befahren die ganze Welt, und die Kapitäne nehmen es nicht immer so genau damit, ob ihre Passagiere wirklich an Bord kommen *wollen*."

Mary wandte den Kopf und schaute Lady Valéry an. Langsam schien sie Lady Valérys Worte zu begreifen. Sie wurde noch blasser. „Nein! Schicken Sie nicht Sebastian her!"

„Warum nicht, Liebes? Sebastian würde ihn nicht wirklich verletzen."

„Nein, ich möchte nicht, dass Lord Whitfield in diese Angelegenheit hineingezogen wird." Sogar Marys Zähne begannen zu klappern. „Ich dachte zuerst, ich würde diesen Mann kennen. Inzwischen ist mir aber klar geworden, dass ich mich getäuscht haben muss. Ich kenne ihn nicht." Sie hörte sich an, als wollte sie sich selber überzeugen,

Lady Valéry schaute über ihre Schulter hinter sich. Der Kammerdiener beobachtete sie genau, wobei sich sein Mund zu einem in höchstem Maße unverschämten Grinsen verzogen hatte.

Oh, sie glaubte Mary. Das tat sie gewiss.

Marys Vergangenheit lag vielleicht im Dunkel, aber ihre Zukunft hatte Lady Valéry schon genau geplant, und sie würde es niemandem erlauben, ihre Pläne zu durchkreuzen – und ganz bestimmt keinem impertinenten Kammerdiener.

Mit schmeichelnder Stimme sagte Mary: „Mylady, Sie waren gerade dabei, mir die Geschichte der Fehde zwischen Sebastian und den Fairchilds zu erzählen."

Das junge Ding dachte also, man könnte eine alte Frau so einfach ablenken? Gut, sie würde Mary gestatten, das zu glauben, aber nur dieses eine Mal. „Ja, sicher. Wo waren wir? Ach ja. Die Fairchilds hatten Geld und die Durants nicht. Und die Durants versuchten, den verlorenen Reichtum wiederzugewinnen, indem sie alles, was sie besaßen, in die Pferdezucht steckten. Es ist ein gerade noch halbwegs angesehener Weg, Geld zu verdienen, und Sebastians Vater war schon immer außergewöhnlich geschickt im Umgang mit Pferden gewesen."

Sie gingen um eine Ecke, und Mary atmete auf, als ob schon allein die Tatsache, dem Blick des Kammerdieners entkommen zu sein, für sie eine Erleichterung wäre. „Waren sie erfolgreich?“

„Sehr.“ Lady Valéry rieb Marys kalte Hand. „So erfolgreich, dass die Fairchilds auf die Idee kamen, sich auch in der Pferdezucht zu versuchen. Du kannst dir sicher vorstellen, was für ein Durcheinander das gab! Nachbarn, deren Weiden praktisch aneinander stießen, die beide versuchten, die besten Pferde in ganz England zu züchten. Der alte Whitfield war außer sich vor Wut, und mit Lord Smithwick sind die Pferde durchgegangen, sozusagen.“ Sie kicherte. „Die Pferde sind mit ihm durchgegangen. Verstehst du?“

Mary lächelte pflichtschuldigst, aber sie konnte Lady Valéry nicht täuschen. Sie war immer noch zutiefst erschüttert, und die Geschichte, die sie vorhin noch brennend interessiert hatte, besaß für sie nun keinen Reiz mehr. „Schauen Sie“, sagte sie, „da sind unsere Zofen. Unsere Räume müssen in diesem Flur liegen.“

„Das tun sie auch.“ Lady Valéry erlaubte Mary, sie zu ihrer Tür zu führen, dann hauchte sie einen Kuss auf Marys Wange. „Schlaf gut, Liebes. Ich werde nicht zulassen, dass dir irgendjemand oder irgendetwas wehtut.“

Mary berührte die Stelle, wo Lady Valéry sie geküsst hatte, und starrte dann auf ihre Fingerspitzen, als ob sie dort einen sichtbaren Beweis für die liebevolle Geste erwartete. Lady Valéry sah, dass Tränen in ihren Augen glitzerten. „Danke, Mylady, aber es gibt keinen Anlass, sich mit Sorgen um mich zu belasten.“

„Das ist doch keine Belastung“, erwiderte Lady Valéry. ‚Aber ungeachtet dessen, was du sagst, werde ich herausfinden, was dieser Kammerdiener mit dir zu schaffen hat.‘

Dankbar für die mondlose Nacht, schlich Sebastian um die Mauern von Fairchild Manor auf dem Weg zu den Fenstern des herrschaftlichen Schlafzimmers. Er hatte bereits versucht, die Räume vom Flur aus einfach zu betreten, aber eine Zofe wartete vor der Tür, und als er versuchte, trotzdem hineinzugehen, hatte sie ihm höflich erklärt, dass dies die Gemächer des Schlossherrn und seiner Gattin seien. Sie hatte ihm sehr hilfsbereit angeboten, einen Lakaien zu rufen, der ihn, wohin immer er wollte, bringen würde. Sie hielt ihn vermutlich für betrunken und glaubte, er habe sich verlaufen; er beließ sie in diesem Glauben und war weitergegangen.

Aber er musste hineinkommen. Irgendwie. Er musterte die steinerne Wand vor sich und die Fenster im Stockwerk über sich, dann nahm er das zusammengerollte Seil von seiner Schulter. Er schleuderte den Greifhaken über seinem Kopf, dann warf er ihn nach oben. Das Seil entrollte sich, der Haken verfing sich am vorspringenden Fenstersims mit einem beruhigenden Geräusch, und Sebastian dankte Gott für seine früheren Erfahrungen auf den Docks. Er hatte zwar damals nicht so gedacht, aber die körperliche Arbeit, die er für das große Ziel verrichtet hatte, sich sein eigenes Handelsimperium aufzubauen, hatte sich mehr als einmal bezahlt gemacht.

Das Seil war gerade lang genug, es hing vier Fuß über dem Boden an der Mauer. Er zog kurz daran, um zu prüfen, ob der Haken sicher Halt gefunden hatte, und als er mit dem Ergebnis zufrieden war, zog er sich hoch. Die Hände an dem Seil, die Füße gegen die Steinwand gestemmt, kletterte er nach oben, bis er an dem Fenster ankam und es gerade so weit aufstieß, dass er sich hindurchzwängen konnte.

Draußen vor der Tür unterhielten sich zwei Frauen – wahrscheinlich Zofen, die auf ihre Herrin warteten. Im Zimmer beleuchteten das Feuer im Kamin und eine Vielzahl brennender Kerzen das Schlafgemach und enthüllten Sebastian die verschiedenen viel versprechenden Verstecke. Er bewegte sich lautlos durch den Raum, alle Schubladen und Regale nach einem kleinen, in schwarzes Leder gebundenen Buch absuchend.

Er entdeckte einige, und ihm stockte jedes Mal der Atem. War es dies? Würde er es endlich an sich bringen können und in der Lage sein, mit Mary endgültig von hier zu verschwinden ... und sie nie wiederzusehen?

Komisch, wie wenig ihn diese Aussicht mit Genugtuung erfüllte. Tatsächlich freute er sich fast, wenn er, sobald er ein verdächtiges Buch aufschlug, bedruckte Seiten und den Namen eines Londoner Verlegers entdeckte.

Dann, als er gerade dabei war, das Nachttischchen zu durchstöbern, fand er ein weiteres, diesmal mit handbeschriebenen Seiten, und einen Augenblick lang schlossen sich seine Finger erwartungsvoll darum.

Aber dies war nicht die Handschrift seiner Patin, und als er die erste Seite umblätterte, sah er Noras Namen mit blauer Tinte geschrieben. Enttäuscht warf er es zurück und brachte seine Suche zu Ende.

Nichts. Genau wie das Arbeitszimmer, bloß dass das Arbeitszimmer wenigstens den Safe enthielt, den wahrscheinlichsten Aufbewahrungsort für das Tagebuch. Unglücklicherweise hatte er ohne Marys Fingerfertigkeit keine Aussicht, dessen Inhalt zu erforschen. Das verwirrte ihn; plötzlich hatte er Skrupel, Guinevere Mary Fairchilds Fähigkeiten bis aufs Letzte für seine Zwecke zu nutzen. Wann war er so zimperlich geworden?

Nachdem er jede Spur seines Aufenthaltes in diesem Zimmer beseitigt hatte, kletterte er aus dem Fenster und zog es hinter sich zu. Mit dem Seil in der Hand begann er sich vorsichtig herabzulassen. Seine Füße liefen an der Wand hinab, wobei sie einen Teil seines Gewichtes trugen und ihm halfen, sein Gleichgewicht zu bewahren, aber seine Arme schmerzten doch von der ungewohnten Anstrengung. Ein Mann in seinen späten Dreißigern hatte nichts an einem Seil an der Mauer eines ländlichen Herrensitzes hängend verloren. Er sollte zu Hause vor einem behaglichen Feuer sitzen und den Anblick seiner Frau ...

Mary? Warum kam ihm immer nur Mary in den Sinn? Warum wollte er sie nicht diesen verflixten Safe öffnen lassen? Seine Gewissensbisse konnten doch nicht einer unpassenden Zuneigung entsprungen sein. Verdammt sei sie.

Er knurrte unwillig, während er hinunterkletterte.

Jahrelang hatte sie als das Abziehbild einer Frau gelebt, hatte ihre Weiblichkeit geleugnet und ihr Leben der Respektabilität gewidmet. Nun, das konnte er sogar verstehen. Mary hatte zweifellos das Gefühl, dass sie genug zu verbergen hatte, und keiner wusste besser als er, wie weit jemand gehen konnte, um vergangenes Unrecht wieder gutzumachen.

Da. Das war das Problem. Er verspürte Mitleid mit ihr. Er spürte, dass er sie verstand – so gut ein Mann überhaupt jemals eine Frau zu verstehen vermochte. Ganz gewiss begehrte er sie, aber ihr Schlag in sein Gesicht hatte ihn dazu gezwungen, eine neue Rechnung aufzustellen. Wenn er seinem Verlangen folgte, würde er ihr die Unschuld rauben, ihren Ruf zerstören – noch mehr, als er es schon getan hatte – und unter Umständen sogar ein Kind mit ihr zeugen, und das alles, ohne irgendwelche Absichten, das einzig Ehrenhafte zu tun und sie zu heiraten.

Und doch, als er sie heute Abend im Ballsaal gesehen hatte, wie sie mit ihrem verflucht noch mal eindeutig zu gut aussehenden Cousin ins Gespräch vertieft gewesen war, da hatte er nur daran denken können, sie gegen alle Widersacher zu verteidigen, als wäre sie ein Handelsschiff und er ein junger Mann, verzweifelt dazu entschlossen, sein Glück zu machen. Sah man sie als eine

Fairchild, verdiente sie diese Aufmerksamkeit gewiss nicht, aber sah man nur Guinevere Mary, dann verdiente sie ... alles.

Sein Griff festigte sich, und dann hielt er das ausgefranste Ende des Seiles in den Händen. Überrascht wurde ihm klar, dass er am Boden angekommen sein musste. Er hätte nicht gedacht, dass er schon so weit hinabgestiegen war, und dafür konnte er sich auch bei ihr bedanken. Er war unaufmerksam, und das nur, weil sie ihn durcheinander gebracht hatte. Mit den Füßen tastete er nach dem festen Boden.

Aber da war kein fester Boden.

Kaum hatte er entdeckt, dass er viel zu hoch über der Erde hing, griffen schon von unten zwei Hände nach ihm. Das Seil entglitt ihm, und er landete flach auf seinem Rücken. Bevor er auch nur nach Luft schnappen konnte, packte ihn eine kräftige Faust am Hemd und zerrte ihn auf die Füße. Er holte unwillkürlich aus und spürte ein lautes Knacken, als seine Faust auf Knochen traf.

Sein Angreifer grunzte, lockerte seinen Griff, und während Sebastian noch halb in der Luft hing, schlug sein Gegner ihn auf die Nase.

Das hier war nicht wie der Schlag von Mary. Dieser Mann war ein Kämpfer; er wusste genau, was er tat. Während Sebastian sich noch abmühte, nicht zu Boden zu gehen, erhielt er einen Schlag aufs Kinn. Sein Kopf flog nach hinten, und Sebastian prallte mit der Wucht seines ganzen Gewichtes gegen die Mauer. Ein muskulöser Arm legte sich über seine Kehle und drückte ihm die Luft ab, und ein in der Dunkelheit und dank eines Schals kaum auszumachendes Gesicht erschien dicht vor seinem.

Langsam und mit heiserer Stimme sagte der Mann: „Wenn du ihr noch einmal wehtust, werde ich dich töten."

Sebastian konnte wegen des Blutes, das aus seiner Nase rann, kaum sprechen. „Was ...?"

Der Angreifer holte aus und rammte Sebastian seine Faust in den Magen.

„Stell dich nicht dumm. Jedermann in Sussex hat gehört, wie du sie behandelt hast."

Der Druck des über seinen Hals gelegten Armes verstärkte sich, bis Sebastian nach Luft rang.

„Mary Fairchild ist nichts für dich. Lass sie in Ruhe!"

14. KAPITEL

Eine gute Haushälterin geht stillschweigend ihren Pflichten nach.

Mary strich sich über ihr dunkles Kleid, rückte die Dienstmädchenhaube, die ihre unbändigen Locken bedeckte, zurecht und stieß dann die Küchentür auf. Die meisten Dienstboten der Fairchilds saßen eng zusammengedrängt um das Feuer oder aßen am gescheuerten Küchentisch ein hastiges Frühstück. Sehnsucht nach alten Zeiten überwältigte sie beinahe, während sie das leise Stimmengemurmel hörte; genauso hatten sich ihre Untergebenen in Schottland angehört. Der Geruch von Toast und gebratenen Speckscheiben stieg ihr in die Nase, als sie zu dem leeren Stuhl ging. Wie sie gehofft hatte, schenkte ihr niemand Beachtung.

Niemand außer Mrs. Baggott.

Mary hatte damit gerechnet. Das Essen war ausgezeichnet, die Gesellschaft gestern Abend war ohne irgendwelche Zwischenfälle abgelaufen und das Haus glänzte bereits wieder vor Sauberkeit. Mrs. Baggott war eine erstklassige Haushälterin, und eine erstklassige Haushälterin kannte jeden, der in ihrem Herrschaftsbereich ein und aus ging. Sie stand dicht neben dem Herd, wo Töpfe mit Porridge vor sich hin köchelten, und beobachtete Mary aus schmalen Augen. Offenbar konnte sie die fremde Dienerin nicht recht einordnen, aber Mary wusste, dieser Zustand gesegneter Anonymität würde ihr nicht lange gewährt, also lächelte sie.

Mrs. Baggott wankte leicht, als ihr die Erkenntnis kam, wer da in ihr Reich eingedrungen war, bevor sie sich fasste und zu Mary eilte. „Miss Fairchild! War etwas nicht in Ordnung, dass Sie schon so früh auf sind?“

„Nein, nichts.“ Mary legte ihre Hand beschwichtigend auf Mrs. Baggotts Arm. „Ich bin nur hungrig, deshalb bin ich hinuntergegangen, um zu frühstücken.“

Nur kurz sah Mary den Argwohn, bevor die Haushälterin der Fairchilds ihn hinter einer höflichen Maske verbarg. Mrs. Baggott glaubte ihr nicht, aber sie würde sie nicht beleidigen, indem sie ihre Worte in Frage stellte. Stattdessen lächelte sie zuvorkommend, ihr hageres Gesicht in dünne Falten legend, und sagte: „Bitte nehmen Sie doch im Frühstückssalon Platz, Miss Fairchild, dann werde ich mich persönlich darum kümmern, dass Ihre Wünsche zu Ihrer vollen Zufriedenheit erfüllt werden.“

„Nein, nein.“ Mary ging zu dem Tisch, zog einen Stuhl hervor. „Ich möchte Ihnen keine Umstände machen. Ich setze mich einfach hierher.“

Die anderen Diener wichen vor ihr zurück, als wäre sie ein Vampir auf der Suche nach Blut, aber Mary war das gleichgültig. Sie war gestern in ihr Schlafzimmer entkommen, immer noch zutiefst erschüttert davon, diesem Kammerdiener auf dem Flur begegnet zu sein. Sie hatte versucht, sich einzureden, dass er in Wirklichkeit gar nicht der war, für den sie ihn hielt, und als ihr das nicht gelang, hatte sie sich auf ihrem Bett zusammengerollt, das Kissen, das immer noch schwach nach Sebastian roch, an sich gepresst und gebetet.

Aber alte Gewohnheiten ließen sich nicht so einfach ablegen, und so war sie beim ersten Morgengrauen aufgewacht. Sie stand auf, bevor die Strahlen der aufgehenden Sonne den Himmel rosa färbten, und wusste, was sie zu tun hatte. Sie musste die Fertigkeiten, die sie als Haushälterin erworben hatte, einsetzen, um das Tagebuch zu finden und zurückzustehlen. Es war die einzige Möglichkeit, diesem Vorhof zur Hölle zu entkommen, bevor Fairchild Manor zu ihrem Gefängnis wurde.

Mary lächelte ihrem unwilligen Publikum kurz zu, bevor Mrs. Baggott die Dienstboten mit einer knappen Handbewegung entließ. „Im Frühstückssalon würden Sie sich aber wesentlich wohler fühlen, Miss Fairchild. Wenn Sie jedoch darauf bestehen, dann sind Sie natürlich auch hier willkommen."

„Vielen Dank, Mrs. Baggott. Ich habe in Lady Valérys Haus in Schottland immer in der Küche gefrühstückt."

Die Diener warfen sich Blicke zu, die zu besagen schienen, dass sie sie für leicht verrückt hielten.

Aufgeräumt fuhr Mary fort: „Es ist dort alles ein wenig rückständig, verstehen Sie? Auf der anderen Seite jedoch ist es zu einer lieben Gewohnheit geworden, die ich nur ungern aufgeben würde."

Schweigend stellte Mrs. Baggott verschiedene Teller, reich beladen mit goldbraunen Rühreiern, scharf angebratenen Nierchen und kleinen marmeladengefüllten Küchlein, vor sie. Mary nahm einen Bissen von dem verlockend duftenden Rührei. „Die Haushälterin in Schottland pflegte mir allerdings immer Gesellschaft zu leisten."

„Gut." Mrs. Baggott trug zwei Tassen mit Tee zu dem Tisch, und setzte sich. „Ich bin erfreut, wenn ich Ihnen dabei behilflich sein kann, sich wie zu Hause zu fühlen."

Mary verließ die Küche an diesem Morgen erfüllt mit einem

Gefühl des Triumphes. Mrs. Baggott war während des gesamten Frühstücks bei ihr sitzen geblieben. Sie hatten viel gemeinsam. Nicht, dass Mary ihr erzählt hatte, dass sie selber eine Haushälterin gewesen war. Oh, nein. In diesem Punkt nahm sie sich Ians Rat zu Herzen und behielt die Tatsache für sich. Mrs. Baggott ging davon aus, dass Mary die Herrin eines großen Haushaltes gewesen war, und sie ließ sie in diesem Glauben.

Nachdem sie nur ein einziges Mal einen Lakaien nach dem Weg hatte fragen müssen, schlüpfte sie in ihr Schlafzimmer zurück. Mit besorgter Miene fuhr Jill herum, als Mary die Tür hinter sich ins Schloss zog.

„Miss Fairchild! Was tun Sie zu dieser Stunde da draußen?“ Jill nahm erstaunt Marys Aufmachung zur Kenntnis. „Und auch noch in solche Lumpen gekleidet!“

„Ich bin nur ein wenig spazieren gegangen“, beruhigte Mary sie.

„Ohne mich? Ohne Begleitung?“ Eilig trat Jill zu Mary. „Miss Fairchild, Sie sollten es doch eigentlich besser wissen. Was werden die Leute sagen?“

„Nichts, wenn du es ihnen nicht verrätst.“ Mary blickte auf die Hand voll Blätter, die Jill in den Händen hielt. „Was ist das?“

„Vermutlich Liebesbriefe von Ihren Verehrern, die deren Diener wohl unter der Tür ins Zimmer geschoben haben. Davon bin ich aufgewacht.“ Jill überreichte ihr den Stapel zusammengefalteter und versiegelter Briefbögen. „Und nur allein deswegen habe ich überhaupt gemerkt, dass Sie fort waren.“

„Ja, ich hatte gehofft, du würdest weiterschlafen. Gestern Nacht musstest du lange genug aufbleiben und auf mich warten.“ Mary sank in einen bequemen Sessel und sah sich die Briefe an. Alle zierte ein in das Siegelwachs gedrücktes Wappen. Alle bis auf einen. Den legte sie für später zur Seite.

„Schlafen, solange Sie fort sind? Warum sollte ich das wollen?

Miss Fairchild, ist Ihnen denn nicht klar, welche Stellung Sie hier einnehmen? Sie sind die reiche Erbin. Einer dieser Männer könnte kommen, Sie auf den Kopf schlagen und fortschaffen, bevor irgendjemand etwas bemerkt."

Aggass, dachte Mary, als sie das Symbol in dem Wachs des ersten Briefes musterte. „Ich denke wir können all diese Herren davon freisprechen, Frühaufsteher zu sein", erklärte sie Jill.

„Um an ein Vermögen zu kommen, würde jeder von ihnen in aller Herrgottsfrühe aufstehen. Sie würden Sie entführen, und was würde dann aus mir, frage ich Sie? Was würde aus mir?"

„Eine Kammerzofe mit einer neuen Herrin?" schlug Mary vor.

„Nicht sehr wahrscheinlich", schnaubte Jill. „Nachdem Lady Valéry mir den Kopf abgerissen hätte, wäre Ihr Marquess of Whitfield als Nächster dran. Da würde nicht genug von mir übrig bleiben, um jemand anderem zu Diensten sein zu können."

Teure Miss Fairchild,

ich werfe mich unruhig auf meinem Lager hin und her, unfähig zu schlafen aus Verlangen nach einem Lächeln von Ihren süßen Lippen ...

Eindeutig ein Fall von Magenverstimmung, diagnostizierte Mary, öffnete die Nachricht von Mr. Mouatt und beruhigte Jill: „Lady Valéry wäre sicher alles andere als erfreut, aber ich bezweifle, dass sie dich umbringen würde."

„Sie haben Lord Whitfield vergessen", bemerkte Jill beißend. „Und, Ma'am, verstehen Sie nicht? Alles, was einer dieser Männer tun muss, wäre, Sie zu schnappen, fortzuzerren, um Ihnen seinen Willen aufzuzwingen, und schon bleibt Ihnen nichts anderes übrig, als ihn zu heiraten."

Die Ihnen eigene Hochherzigkeit muss Ihnen sagen, wie sehr ich mich nach Ihrer Liebe verzehre ...

„Meine Liebe, das ist nicht sehr wahrscheinlich." Diese Briefe waren allesamt Unsinn, und in Mary wuchs der Verdacht, dass sie gar nicht von ihren Verehrern geschrieben worden waren, sondern von deren Sekretären. „Wem würde es schon auffallen, dass ich nicht in meinem Schlafzimmer bin?"

„Versprechen Sie mir bitte, dass Sie nicht wieder irgendwohin gehen."

„Das kann ich nicht."

„Dann werde ich Sie begleiten."

„Nein! Jill, ich war Haushälterin und bin über Jahre hinweg unbegleitet einsame Flure entlanggegangen. Mehr als einmal hat ein Gentleman angenommen, einen amüsanten Zeitvertreib gefunden zu haben, und glaub mir, ich weiß, wie man am lautesten schreit und wie man alles, was greifbar ist, als Waffe benutzen kann." Sie entfaltete die letzte Nachricht, die ohne Wappen im Wachs. Aufblickend lächelte sie Jill zu, sah, dass die Zofe besorgt ihre Hände rang, und empfand Zerknirschung. Ihr Mädchen machte sich wirklich Sorgen. „Ehrlich, Jill, alles wird gut gehen. Das weiß ich."

Sie hob das Blatt, las die Mitteilung und erkannte, dass sie niemals so falsch gelegen hatte.

Es stand nur ein Wort da.

Mörderin.

Da ging sie wieder.

In grobe, dunkle Kleider gehüllt war Mary an den vergangenen drei Tagen frühmorgens nach unten geschlichen. Sie hatte sich gelegentlich umgesehen, als ob sie dabei wäre, etwas Verbotenes zu tun, oder sich vor etwas fürchtete, bevor sie schließlich in der Küche verschwand. Ian hätte nichts davon erfahren, würden seine Versuche, sie zu verführen, nicht so im Nichts verlaufen.

Er hasste das. Ein Gefühl des Versagens nagte an ihm, und es machte die Sache überhaupt nicht einfacher, dass er sie wirklich gerne mochte. Er hatte gedacht, er wäre unempfänglich für Fairchild-Ladies, unabhängig davon, wie bezaubernd oder schön sie waren.

Mary war anders. Sie bewunderte ihn. Sie schien die Dunkelheit, die seine Seele quälte, gar nicht wahrzunehmen und sich an dem Getuschel, das seine uneheliche Geburt verursachte, nicht im Geringsten zu stören. Sie war genau das, wessen sie ihn bezichtigt hatte – nett –, und er hasste sich beinahe selbst dafür, ihren Untergang zu planen.

Dieses Schuldgefühl hatte ihn in der Nacht des Balles dazu getrieben, sich sinnlos zu betrinken, so dass er schließlich auf einem Sofa in der Großen Halle eingeschlafen war. Er wusste nicht genau, warum er aufgewacht war, als sie auf Zehenspitzen an ihm vorüberschlich; am liebsten stellte er sich vor, dass es an einer geheimen Verbindung ihrer Seelen lag.

Er hatte so lange an diese geheime Seelenverwandtschaft geglaubt, bis er sie zusammen mit dem Schuft Whitfield gesehen hatte.

Sie liebte Whitfield. Ian glaubte nicht, dass sie sich dessen bewusst war, aber ihre Gefühle, unerkannt und unbewusst, ließen seinen Plan, sie zu heiraten, nur umso verwerflicher erscheinen. Dennoch musste er ihn weiterverfolgen.

So ging er Mary jeden Morgen nach, sah sie in der Küche verschwinden und schmiedete seine Pläne. Sollte er sie entführen?

Sollte er sie verführen? Sollte er „aus Versehen“ ihren Ruf ruinieren?

Ah, aber das hatte Whitfield schon getan, und das ärgerte ihn. Ian unterschied sich nicht von anderen Männern. Er hätte gerne eine Frau, die ihn bewunderte, aber Mary bewunderte Whitfield. Er hätte gerne eine unberührte Frau, aber Mary war von einem Mann berührt worden, und noch schlimmer, dieser Mann war Whitfield. Er hätte gerne eine Frau mit Geld ... ah, Geld.

Sich ein paar Schritte von der Küchentür entfernend, wartete Ian, dass dieses entzückende kleine Dienstmädchen herauskam. Sally war einfach dazu zu bewegen gewesen, sich seinen Wünschen zu fügen, und an diesem Morgen würde sie ihm zum ersten Mal berichten, was Mary mit der Haushälterin besprach.

Whitfield mochte ihre Zuneigung gewonnen haben, aber er würde das Geld nicht auch noch kriegen. Nicht, wenn Ian dabei irgendetwas zu sagen hatte.

Daisys Schlafzimmer.

Sebastian legte seine Hand auf die Türklinke und seufzte. Ein weiteres Zimmer. Eine weitere Durchsuchung. Und, so fürchtete er, ein weiterer Fehlschlag auf der Suche nach Lady Valérys Tagebuch.

Hölle noch mal, er wusste doch ohnehin, wo es war. Es musste in diesem Safe in Bramwells Arbeitszimmer sein. Deswegen hatte er noch einmal versucht, den Safe zu öffnen. Schließlich hatte Mary geglaubt, dass sie dazu in der Lage wäre, und sicherlich war er ebenso geschickt wie jede Frau. Doch das Schloss hatte seinen Bemühungen widerstanden, und aus diesem Grund fand er sich hier wieder, kurz davor, ein weiteres der Schlafzimmer im Westflügel zu durchsuchen.

Er drückte die Türklinke nach unten und trat ein, als ob er alles Recht der Welt dazu hätte. Seiner Erfahrung nach – und davon besaß er seit kurzem eine Menge – hatte es sich gezeigt, dass dreist irgendwo hineinzugehen wesentlich erfolgversprechender war als hineinzuschleichen. Ganz gewiss befreite einen hochmütiges Auftreten von der Notwendigkeit, seine Anwesenheit vor irgendwelchen Zimmermädchen rechtfertigen zu müssen.

Glücklicherweise konnte er im Licht der letzten Strahlen der untergehenden Sonne erkennen, dass sich in diesem Raum niemand aufzuhalten schien. Um sich zu vergewissern, rief er: „Entschuldigung. Sind Sie hier?" in gewollt ungeduldigem Tonfall, aber nichts rührte sich. Die hellrosa Vorhänge des Bettes waren zugezogen, und Unterröcke lagen verstreut auf dem Boden herum. Es sah so aus, als ob Daisys Mädchen sich davongemacht hatte, anstatt aufzuräumen.

Zur Abwechslung hatte er wohl einmal Glück, und das wurde auch Zeit.

Gewöhnlicherweise überprüfte er die Bücherschränke zuerst, aber hier gab es keine. Also wandte er sich dem Nachttischchen zu und rüttelte an der halb geöffneten Schublade. Bürsten und Kämme mit langen blonden Haaren lagen kreuz und quer darin. Angeekelt schob er sie beiseite, während er nach dem Tagebuch kramte.

Nichts.

Sein schmerzendes Kinn reibend, blickte er zum Frisiertisch. Fransenverzierte Schals und Spitzentaschentücher quollen in wilder Unordnung aus den Schubladen.

Gott, wie war er es leid, in anderer Leute Sachen herumzuwühlen. Nicht, dass einige seiner Entdeckungen nicht interessant gewesen wären. Onkel Burgess verbarg ganz hinten in seinem Schrank eine umfangreiche Sammlung von Laudanum-Fläschchen. Bramwells Zwillinge stahlen ganz ungehemmt von den Gästen und lagerten ihre unrechtmäßig erworbene Beute in einer Kammer auf dem Dachboden. Die älteste Tochter rauchte Opium. Wilda bewahrte zwischen den Seiten einer Zeitschrift die Locke eines jungen Mannes auf. Ian ... Er hatte nichts über Ian herausfinden können. Ian lebte in einem so karg möblierten Raum, dass Sebastian erst gedacht hatte, er wäre im falschen Zimmer gelandet. Aber nein, dem Mann wurden entweder der Luxus, den der Rest der Familie so schätzte, verweigert, oder er lebte absichtlich wie ein unehelicher Sohn, um sich an seine Stellung zu erinnern.

Wenn Sebastian bloß glauben könnte, dass Ersteres der Fall war. Aber Ian mit seiner Selbstbeherrschung und dem hungrigen Ausdruck in seinen Augen, wenn er die anderen ansah, war gefährlich, das wusste Sebastian genau.

Und er fragte sich, ob Ian dieser Besessene gewesen war, der ihn überfallen hatte. Eigentlich glaubte er nicht daran. Er hatte den Angreifer auch getroffen, da war er sich sicher, doch Ian hatte keine sichtbaren Anzeichen von Verletzungen.

Keiner der Gäste besaß irgendwelche Anzeichen von Verletzungen – außer ihm.

Normalerweise verheilten seine Wunden schnell, aber die Schwellung von Marys Schlägen war gerade erst dabei gewesen zu verschwinden, als er von dem Seil gerissen und erneut verprügelt worden war. In der Zeitspanne von nur drei Tagen war der gewiefte Straßenkämpfer Sebastian Durant von einer Frau geschlagen worden und einem ... einem Fremden.

Ein Fremder, der ihm nahe gelegt hatte, sich von Mary fern zu halten. Und mit Ausnahme von ein paar kurzen, höflichen Zusammentreffen hatte Sebastian diesem Ansinnen Folge geleistet.

Aber es wurmte ihn. Himmel, es wurmte ihn gewaltig.

Mit einem Seufzen wandte er sich von dem Bett ab, als er plötzlich spürte, wie etwas seinen Arm hinaufkroch. Er griff danach, was auch immer es war, und entdeckte, dass er zappelnde Finger in seiner Hand hielt.

Entsetzt starrte er darauf. Er umklammerte die Hand einer Frau.

Während er die Linke fest in seinem Griff hielt, glitt die Rechte liebkosend über seinen Nacken. „Lord Whitfield, Sie erstaunen mich. Ich fürchte, ich bin nicht ... angekleidet."

Entgeistert fuhr er herum. Daisy lugte zwischen den rosa Bettvorhängen hervor; sie hatte Recht. Sie war nicht angekleidet. Das durchsichtige, seidene Ding, in das sie sich gehüllt hatte, konnte man schwerlich als Kleidung bezeichnen.

„Entschuldigen Sie mich!" Er versuchte, sich von ihr zu lösen, aber irgendwie hatten sich ihre Arme um ihn geschlungen. „Mir war nicht bewusst ..."

„Dass ich hier war? Aber was haben Sie dann hier getrieben?" Sie riss ihre Augen weit auf, und ihre Lippen teilten sich. Sie roch schwach nach Tabak.

Er hasste Tabak.

„Haben Sie etwa nach einem Erinnerungsstück an mich gesucht?" gurrte sie.

Selbstverständlich nicht, du dumme Kuh, wollte er sie anfahren.

Aber er verkniff es sich. Er steckte in ernsthaften Schwierigkeiten, noch viel mehr als vor ein paar Tagen, als er an dem Seil gehangen hatte. Er musste sich schnellstmöglich daraus befreien. „Sie haben meine Aufmerksamkeit erregt." Das war nur zum Teil gelogen. Sie hatte *versucht*, seine Aufmerksamkeit zu erregen.

Sie senkte die Augenlider. „Ich wusste nicht, dass Sie es bemerkt haben."

„Bemerkt? Ich habe es bemerkt." Er verstärkte seine Bemühungen, sich aus ihrem Griff zu lösen, doch ihre Fingernägel gruben sich in seinen Nacken. „Es würde jedem Mann schwer fallen, Sie nicht zu bemerken." *Und nicht davonzurennen, als ob alle Hunde der Hölle hinter ihm herwären.*

„Oh, Lord Whitfield." Ihr roter Mund zitterte, ihre Augen schlossen sich, und sie sah aus wie eine Frau am Rande der Ekstase. „Sie haben mich so glücklich gemacht."

„Gut. Nun, dann gehe ich jetzt lieber." Er riss sich los, auch wenn er sicher war, dass sie ihn dabei mit ihren Krallen gezeichnet hatte. Nicht, dass er noch mehr Wunden gebrauchen konnte.

„Soll ich mit meinem Vater reden?"

„Worüber?"

„Dass Sie an mir ... Interesse bekundet haben." Anscheinend ganz von allein rutschte eine ihrer Brüste aus ihrer beengenden Hülle.

„Ich bin mit Ihrer Cousine verlobt." Er hastete zur rettenden Tür. „Ich kann sie nicht betrügen."

„Aber, Liebling ..."

Daisys vorwurfsvolle Stimme hallte in seinem Kopf, als er den Korridor entlangeilte. Er wusste verdammt gut, was diese Frau von ihm wollte, und es war nicht sein männlicher Körper oder sein Verstand. Es war sein Vermögen. Eine Fairchild konnte sich ohne weiteres in eine verführte Unschuld verwandeln, um so viel Geld in die Hände zu bekommen.

Er brauchte ein Alibi. Und er brauchte es jetzt.

Er könnte in den Boxsalon gehen, wo junge Männer sich darin übten, einander bewusstlos zu schlagen. Unglücklicherweise wäre er dort gezwungen, endlose Spötteleien wegen der Verletzungen, die Mary ihm zugefügt hatte, zu erdulden.

Natürlich waren es nicht *ihre* Fäuste gewesen, die ihm die

letzten Schläge verabreicht hatten, aber die Gäste dachten anders. Sie hatten lauthals die Vermutung geäußert, dass er erneut mit Mary getändelt und dabei den Kürzeren gezogen hatte.

Er stritt es nicht ab, hauptsächlich, weil ihm ohnehin niemand geglaubt hätte, aber auch, weil so der Schwarm raubvogelgleicher Verehrer respektvoll Abstand zu Marys Fäusten wahrte. Kein anderer Mann wollte damit aufgezogen werden, dass eine Frau ihn geschlagen hatte.

Hölle, auch Sebastian wollte nicht damit aufgezogen werden. Er wollte sich nichts daraus machen, aber das tat er. Diese Leute, die so große Stücke auf sich hielten, sollten ihm gleichgültig sein. Aber in den Jahren, bevor er sein Vermögen gemacht hatte, war er oft verspottet worden, und deshalb ließen ihre Spötteleien ihn nicht kalt.

Er konnte also nicht in den Boxsalon gehen, und er weigerte sich, den Spießrutenlauf aus Gelächter im Speisesalon über sich ergehen zu lassen, wo das Essen aufgetragen wurde.

Dann blieb nur noch das Spielzimmer übrig. Die Spieler waren immer so in ihre Karten vertieft – und so betrunken –, dass sie sich an den genauen Zeitpunkt seines Eintreffens schwerlich erinnern würden und ihm so ein Alibi verschaffen für den Fall ... nun, eben für den Fall, dass Daisy versuchen sollte, ihn heute zur Strecke zu bringen.

Zufrieden mit seiner Entscheidung, schritt er den Flur hinab. Alle unverheirateten Frauen, hatte er herausgefunden, waren im Westflügel untergebracht. Doch Marys Schlafzimmer war das Einzige, das er betreten wollte. Er wollte das so verzweifelt, dass er es bewusst gemieden hatte – zum Teil aus Furcht vor einem neuen Hinterhalt, aber hauptsächlich, weil sie ihn um den Verstand brachte.

Er zappelte hilflos an ihrem kleinen Finger, doch sie benahm sich, als ob sie das nicht wüsste. Schlimmer noch, sie benahm sich, als wäre es ihr egal.

Er ging zu ihrer Tür und legte seine Hand dagegen. Er spürte die Vibrationen ihrer Anwesenheit, und er wusste, sie war da. Er hatte gesehen, wie sie ein Schauer durchlief, bevor sie zu einer Menschenansammlung trat. Er hatte gesehen, wie sie ängstlich über ihre Schulter blickte, als erwartete sie, von hinten angegriffen zu werden. Er hatte gesehen, wie sie während der vergangenen Tage immer unruhiger und beklommener geworden war.

Sie *wusste* nicht, wie sehr er es hasste, mit anzusehen, wie sie mit anderen Männern flirtete, und wie sehr es ihn mit Genugtuung erfüllte, dass sie sich dabei so ungeschickt anstellte. Und doch schien keiner gegen ihren Charme gefeit. Sogar der Kaufmann, Mr. Everett Brindley, schien von ihr gefesselt, und dabei hätte Sebastian aufgrund ihrer früheren gemeinsamen Geschäfte schwören können, dass der ein kalter Fisch war, nur an Geld und Politik interessiert.

Mary mit nach Fairchild Manor zu nehmen, hätte seine Aufgabe hier eigentlich erleichtern sollen. Er hatte gedacht, sie als Ablenkungsmanöver zu nutzen würde ihm die Zeit verschaffen, die er brauchte, um das Tagebuch seiner Patin zu finden, es sicherzustellen und damit das Land – und seine Geschäfte – vor einer Revolution zu bewahren.

Stattdessen hatte ihre Anwesenheit jeden Aspekt seines Lebens komplizierter gemacht, und jetzt zwang ihn der Zwischenfall mit Daisy zu einem widerwilligen Entschluss. Er würde Mary den Safe öffnen lassen müssen.

Nun gut, warum auch nicht? Jeden Tag, den sie hier verbrachten, wuchs sein Vertrauen in sie. Jeden Tag mochte er sie lieber. Jeden Tag bewunderte er ihre Klugheit, ihre Schönheit ... verfiel ihrem Zauber.

Und sie könnte ihn nicht bezaubern, wenn er ihr nicht vertraute.

Sein Atem beschleunigte sich, und sein Herz schlug schneller.

Ihm war fast schwindelig von dieser Erkenntnis. Dann traf ihn die Wahrheit wie ein Schlag. Er musste über sich selbst lachen. Er war ein Schifffahrtsbaron. Er hatte sein Vermögen mit einer Mischung aus Wagemut und scharfer Intelligenz erworben und wusste besser als jeder andere Mann, dass es keinen Zusammenhang zwischen Bezauberung und Vertrauen gab. Es war sein bestes Stück, das von Mary so bezaubert war. Aber sein Verstand und sein Herz fanden sie vertrauenswürdig.

Er strich versonnen über das Holz ihrer Tür.

Wenn sie diesem Sumpf schwärender Verderbnis erst einmal entkommen waren, dann würde er sie vielleicht wirklich besuchen, und dann könnten sie ...

Doch er wollte Mary nicht nur ab und zu sehen. Er wollte immer mit ihr zusammen sein, und er wollte mit ihr ins Bett. Bloß ins Bett. Sie war eine Fairchild und er ein Durant, und er würde seine Eltern ohnehin schon mit jeder zärtlichen Liebkosung verraten.

Komisch, dass er mit ihr unschwer hätte schlafen können, solange er dachte, sie wäre genauso gewissenlos wie alle Fairchilds, er aber nun, da sich herausstellte, dass sie so viel mehr war, in einer moralischen Klemme steckte. Er wünschte sich beinahe, sie würde den Fairchild-Charakter offenbaren, damit er mit ihr so verfahren könnte, wie er es sich ersehnte.

Das Einzige, was er mit ihr tun würde, war, sie mit in Bramwells Arbeitszimmer zu nehmen, gleich morgen in aller Herrgottsfrühe, damit sie für ihn diesen verdammten Safe aufbrach. Und nachdem sie dann das Tagebuch Lady Valéry übergeben hätten, würde er Mary auf ihr Zimmer bringen und ihr sagen ... ihr sagen ...

Die Tür gegenüber auf dem Flur wurde aufgestoßen, und Onkel Leslie stolperte, von dem Tritt eines seidenbeschuhten Fußes befördert, aus dem Zimmer.

„Sie sind ein Ekel erregendes Geschöpf", erklang Lady Valérys Stimme aus dem Inneren des Raumes. „Sie haben weder den zweifelhaften Charme noch die körperlichen Vorzüge Ihrer Brüder, und ich weiß wirklich nicht, wie Sie auf die Idee gekommen sind, ich wäre verzweifelt genug, Sie in meinem Bett willkommen zu heißen. Unterstehen Sie sich, wiederzukommen!"

Die Tür fiel krachend in Schloss, und Leslie sah sich im Korridor um. Als sein Blick auf Sebastian fiel, nahmen seine rot geschminkten Wangen ein noch tieferes Rot an, und er erklärte laut: „Deine Patin ist eine leidenschaftliche Frau."

Sebastian verzog seine Lippen zu einem spöttischen Lächeln. „Es scheint, als hege sie eine überaus heftige Leidenschaft für Sie."

Leslie rückte sein künstliches Gebiss aus Elfenbein in seinem Mund gerade. Zweifellos hasste er Sebastian, und er hasste es noch mehr, dass ausgerechnet er Zeuge seiner Demütigung geworden war. Aber er war kein kluger Mann, und in Ermangelung einer geistreichen Erwiderung brachte er den alten Skandal zur Sprache. „Meine Nichte besitzt ebenfalls eine leidenschaftliche Natur. Du tätest gut daran, deinen Stall sorgsam im Auge zu behalten, sonst könnte es sein, dass die neueste Whitfield-Stute ein Bastard-Fohlen wirft."

Mary würde ihn niemals betrügen. Sebastian vertraute ihr.

Trotzdem nahm er seine Hand von der Tür. „Danke für den Rat, alter Mann. Mir fällt es mittlerweile bemerkenswert leicht, Verrat zu entdecken. Die Fairchilds haben mich das gelehrt."

Sebastian folgte Leslie, der dank des gut gezielten Trittes von Lady Valéry den Flur hinabhumpelte. „Was meine Brüder und ich dich gelehrt haben, war nichts verglichen mit der Falschheit, zu der eine Fairchild fähig ist. Himmel, unsere Mutter war das kaltblütigste Scheusal, das je geboren wurde. Meine Brüder und ich haben die Verderbtheit quasi mit der Muttermilch eingesogen, und in jeder folgenden Generation haben die Fairchild-Frauen all ihr Trachten dahin gesetzt, diesen Ruf zu mehren." Er warf Sebastian ein hinterhältiges Grinsen zu. „Es hat keinen Sinn, sich vorzumachen, deine kleine Guinevere wäre anders. Es steckt ihr in den Knochen, Mann. Wenn sie dich im Bett meines Sohnes betrügt, lacht sie über dich."

Sebastians Magen verkrampfte sich. Er wusste, was Leslie da tat. Lady Valéry hatte ihn zum Gespött gemacht, und wie ein kleiner Junge verhöhnte er jetzt Sebastian, damit er selber sich besser fühlte. Sebastian *war* noch ein kleiner Junge gewesen, als die Fairchilds seine Familie vernichtet hatten.

Leslie grinste. „Na? Fehlen dir die Worte? Wo du doch sonst nie um eine schlagfertige Antwort verlegen bist? Armer Junge. Armer kleiner Sebastian."

Ein Bild hatte sich in Sebastians Gedächtnis eingebrannt. Der verstörte kleine Junge, der nicht verstanden hatte, was geschah, als die Gläubiger seine Familie aus ihrem Heim warfen. Seine Mutter, die sich die vom Weinen geröteten Augen betupfte und nur mühsam ein erneutes Schluchzen unterdrückte. Sein Vater, der ein Stück abseits stand, beherrscht und unnahbar, wie er es noch nie zuvor gewesen war, und wie er es bis zu seinem Tod bleiben sollte.

Dieser Mann, dieser Fairchild, saß währenddessen auf einem erstklassigen Pferd und lächelte hämisch angesichts der Demütigung der Durants.

Kühl nutzte Sebastian die Information, auf die er bei seiner fruchtlosen Durchsuchung von Leslies Schlafzimmer gestoßen war. „Niemand wird jemals über mich so lachen wie über einen alten Mann, der davon träumt, den Körper einer Frau zu besitzen."

„Das?" Leslie machte eine wegwerfende Handbewegung zu Lady Valérys Tür. „Niemand würde glauben, dass ich sie überhaupt haben wollte."

„Ich habe nicht von Ihrem vergeblichen Versuch, meine Patin zu verführen, gesprochen." Sebastian ließ sich ein wenig zurückfallen, während Leslie weiterhumpelte. „Worauf ich anspielte, war, dass Sie sich tatsächlich wünschen, eine Frau zu *sein*. Die Gäste Ihrer Gesellschaft hier fänden es sicher höchst unterhaltsam, wenn sie von Ihrer Gewohnheit erführen, in der Ungestörtheit Ihres Schlafzimmers falsche Brüste zu tragen."

Leslie blieb abrupt stehen.

„Und stellen Sie sich nur das Gelächter der guten Gesellschaft vor, wenn man sie über Ihre lieb gewordene Gewohnheit, sich in Röcke zu kleiden und die Dienstmädchen zu nötigen, mit Ihnen zu tanzen, informierte."

„Still!" Leslie zitterte, aber er drehte sich nicht um. „Das ist nicht wahr. Eine infame Lüge. Ich vermute, du planst, mich so lange zu verleumden, bis ich ... bis ich mich bereit erkläre, deinen Preis zu zahlen."

„Ich habe keinen Preis", gab Sebastian zurück. „Ich bin zu reich, um einen Preis zu haben. Und da sitzen Sie jetzt in der Klemme, Leslie."

Ohne das Ergebnis seiner Drohung abzuwarten, wandte Sebastian sich ab und ging in der entgegengesetzten Richtung davon.

„Sie weiß von dem Tagebuch", rief Leslie leise.

Sebastians Füße verweigerten ihm plötzlich den Dienst, und er blieb jäh stehen.

„Sie weiß schon die ganze Zeit, wo es ist."

Sebastian fuhr herum und begann, mit großen Schritten drohend auf den alten Mann zuzugehen, doch nach einem Blick auf sein Gesicht schien Leslie urplötzlich zur Kraft seiner längst verlorenen Jugend zurückgefunden zu haben, denn er drehte sich um und ergriff eilends die Flucht. Sebastian kam schlitternd zum Stehen und bemühte sich, seinen rasenden Puls zu beruhigen.

Das Tagebuch. Endlich hatte jemand zugegeben, etwas davon zu wissen. Er hatte sich schon besorgt gefragt, ob er einen fatalen Fehler begangen hatte, ob das Tagebuch überhaupt hier war. Aber Leslie wusste davon, und Leslie behauptete, dass Mary ...

Sich wieder umdrehend, ging Sebastian an Marys Tür vorüber, ohne sie eines Blickes zu würdigen. Leslie behauptete, Mary wüsste davon. Er sagte, sie und Ian wären ein Liebespaar, würden sich über Sebastian lustig machen, während er vergeblich das gesamte Schloss durchsuchte, Leib und Leben riskierte, sich von unbekannten Angreifern zusammenschlagen ließ. Und alles wegen eines Tagebuches, das Mary ... gestohlen hatte? Das war sein erster Verdacht damals in Schottland gewesen, aber ihre Unschuldsmiene und ihre scheinbare Aufrichtigkeit, verbunden mit Lady Valérys Versicherungen hatten ihn vom Gegenteil überzeugt. Jetzt aber sagte Leslie ... Doch Sebastian wusste es besser, als einem Fairchild auch nur ein Wort zu glauben.

Wenn allerdings zwei Fairchilds zwei Geschichten erzählten, welchem Fairchild sollte man dann glauben?

Er schalt sich selbst. Das war dumm. Natürlich vertraute er Mary. Nichts, *nichts*, was Leslie sagen mochte, konnte das ändern.

Sebastian bemerkte, dass er die Zähne zusammenbiss, und zwang sich dazu, sich zu entspannen.

Er *vertraute* Mary. Er *würde* sie zu Hilfe holen, um den Safe zu öffnen.

Und möge Gott ihr beistehen, sollte sie ihn wirklich betrügen.

15. KAPITEL

„Ah, du bist aber eine Schönheit, zu gut für einen Platz wie diesen“, sagte Ian mit schmeichelnder Stimme und beugte sich mit ernster Miene vor.

Das junge Füllen, zu dem er sprach, senkte flirtend den Blick.

„Lass mich dich von hier fortbringen. Wir laufen zusammen im Mondlicht und kommen niemals wieder.“ Die Flasche Brandy, die er in einer Hand hielt, hob er an seine Lippen und trank, bis sein Magen brannte. Als er die Flasche absetzte, sah er, dass die junge Stute ihn vorwurfsvoll musterte. „Ja, ja, ich weiß. Wir würden zurückkommen müssen. Ich, um den Ruf einer anständigen Frau zu zerstören, und du“ – er lachte verächtlich, ein wahrhaft großartig verächtliches Lachen, das ihm ein angenehmes Gefühl von Überlegenheit vermittelte – „zu deinem Futter. Ihr Frauen seid doch alle gleich. Immer bloß an dem interessiert, was man mit Geld kaufen kann. Ein schöner Sattel, ein bequemer Stall.“ Er machte eine ausladende Handbewegung in den Pferdestall der Fairchilds, dann starrte er wieder die Stute vor sich an. „Und eine Hand voll Hafer, wenn dir der Sinn danach steht. Das ist alles, worum ihr euch kümmert.“

Die Stute legte ihren Kopf schief, als wollte sie fragen, was daran so verkehrt wäre.

„Liederliches Weibsbild! Na gut, dann eben zur Hölle mit dir!“ Er nahm die Laterne von einem Pfahl und torkelte davon. Dann drehte er sich aber doch noch einmal um und lehnte sich über das Gatter, um abschließend zu verkünden: „Zur Hölle mit allen Frauen. Sie bereiten einem mehr Probleme, als sie wert sind.“

Die Stute verlieh ihrer Meinung darüber mit einem feuchten Schnauben Ausdruck. Er sprang zurück und wischte sich mit dem

Ärmel über das Gesicht, wobei sich Brandy über seine elegante Samtweste ergoss; sprachlos starrte er auf den dunklen Fleck.

„Nun sieh dir an, was du getan hast", sagte er anklagend. „Deinetwegen habe ich jetzt meinen Fusel verschüttet. Aber ich habe ja noch mehr." Er beugte sich vor und suchte den gestampften Lehmboden ab, bis er die zweite, immer noch mit einem Korken verschlossene Flasche dort fand, wo er sie abgestellt hatte. „Ich wette, du fragst dich, wie ich die aufheben will, mit der Laterne in der einen und der Flasche in der anderen Hand, was? Aber, weißt du, das ist das Wunderbare daran, wenn man Finger hat." Mit der übergroßen Vorsicht eines Betrunkenen nahm er die Flasche am Hals und zeigte sie dann triumphierend dem gelangweilten Pferd. „Wünschst du dir nicht manchmal auch, welche zu haben?"

Die Stute antwortete nicht, und er nickte befriedigt. „Ha! Jetzt habe ich dich!"

Die zwei Flaschen schlugen klirrend gegeneinander, während er den Gang zwischen den Pferdeboxen hinabging, und die Laterne warf ihr flackerndes Licht an die Stallwände. Er schritt durch ein Tor in den Bereich, in dem die Hengste untergebracht waren, und die großen, kräftigen Tiere flüsterten mit ihm, während er an ihnen vorüberging, seine Überlegenheit stillschweigend anerkennend, wie es nur gut geschulte Tiere zu tun pflegen. Der Hengst, der die Vorrangstellung unter all den anderen männlichen Pferden einnahm, senkte seinen Kopf, und Ian erwiderte die Begrüßung. „Heute Nacht ist Vollmond", bemerkte er zu Quick. „Spürst du seinen Sog auch? Verspürst du nicht auch den Drang, zu rennen und immer weiter zu rennen bis ans Ende der Welt?"

Quick nickte mit einer kraftvoll anmutigen Bewegung seines Kopfes.

„Ich auch." Ian hob die Flasche. „Aber ich denke, ich trinke lieber stattdessen. Schade, dass dir ein solcher Trost versagt ist."

„Und dabei sollte es besser auch bleiben", meldete sich eine forsche Stimme aus dem Innern der Box zu Wort.

Ian starrte den Hengst eindringlich an, entspannte sich aber, als ein blonder Kopf langsam in dem dämmrigen Licht auftauchte. „Ich dachte schon, Quick hätte das gesagt", gestand er lachend. Dann erstarb sein Gelächter, als er die Laterne hochhielt und der blonde Mann in deren Schein trat. „Bei Gott, es ist noch ein Fairchild-Bastard!"

Der junge Mann machte einen hastigen Schritt nach vorne, als wollte er Ian an den Kragen gehen, aber Quick trat schnell dazwischen und schubste ihn gegen die Stallwand. Nicht aus Bosheit, das wusste Ian, denn die Tiere mochten den jungen Mann, es war nur einfach eine unwillkürliche Reaktion, um Ian zu beschützen.

„Das habe ich nicht böse gemeint", protestierte Ian, während der junge Mann das Pferd zur Seite zu drängen versuchte. „Ich bin doch selber ein Fairchild-Bastard. Ich dachte nur, wir wüssten von allen."

„Komm schon, alter Junge, lass mich vorbei. Ich werde ihn nicht schlagen." Der junge Mann sprach mit dem Hengst wie mit einem Menschen, und Quick trat beiseite. Sich mit gekreuzten Armen über den Rand der Boxentür lehnend, erkundigte er sich: „Warum glauben Sie, ich wäre ein Fairchild?"

Ian lachte wieder. „Dein Gesicht. Dein Haar. Deine Größe. Dein Charme ... wenigstens nehme ich an, dass du Charme besitzt. Ich habe noch keinen Fairchild getroffen, der keinen besäße."

Der junge Mann betrachtete ihn feierlich, dann breitete sich langsam ein Lächeln auf seinem Gesicht aus. „Aye, ich bin mindestens so charmant wie Sie."

Ein Anflug Schottisch, dachte Ian. Aber gut gesprochen und

offensichtlich gebildet. Interessant. Wo hatte der liebe Leslie sich da wohl herumgetrieben? Oder war es Burgess? Oder ... „Weißt du, wer dein Vater ist?"

Der junge Mann sah überrascht aus. „Selbstverständlich."

„So wie ich." Ian hob die Flaschen. „Lass uns darauf noch einen trinken!"

Der junge Mann öffnete die Tür und zog sie dann hinter sich wieder zu. „Ich habe doch noch gar nichts getrunken."

Ian gab ihm die volle Flasche und wartete, bis sein Gegenüber sie entkorkt und einen langen Zug genommen hatte. Er hustete zwar nicht, aber seine Augen wurden leicht wässrig. „Feines Zeug", erklärte er.

„Das Beste. Fairchilds trinken nur das Beste."

„Warum geben Sie mir die nicht einfach?" Der Junge streckte seine Hand nach der Laterne aus und entwand sie Ians widerstandslosem Griff. „Ein Feuer in den Ställen ist eine hässliche Sache."

„Und wo sollen wir unseren feinen Fusel jetzt trinken?" wollte Ian wissen.

Der junge Mann betrachtete ihn nachdenklich, abwägend. Er schien sich nicht sicher, was er seinem neuen Verwandten antworten sollte, aber schließlich sagte er: „Ich kenne einen Platz, wo wir ungestört sind und wo wir ... reden können."

Ian folgte ihm zur Rückseite des Stalles. „Ich bin Ian. Und du bist ...?"

„Hadd ... Haley."

„Schön, dich kennen zu lernen, ... Hadd Haley." Ian grinste ihn an, doch Hadd erwiderte seinen Blick ausdruckslos. „Willst dich bedeckt halten, ja? Das ist alles ganz gut und schön, aber dein Aussehen wird dich nur zu bald verraten. Sieht so aus, als hätte es dich schon verraten. Die anderen Stalljungen?"

„Wie meinen Sie das?"

„Du hast da die eine oder andere Schramme." Ian deutete auf die Veilchen, die der Junge hatte. „Hast dich geprügelt, um ihnen den Mund zu stopfen, nicht wahr? Das ist zwecklos. Es klappt nie." Er zeigte mit seinem Daumen auf seine Brust. „*Ich* weiß das."

„Ich werde es mir merken", erwiderte Hadd.

„Ich habe also einen neuen Bruder. Oder einen Cousin?"

„Cousin, würde ich sagen. Wir können nach oben auf den Boden gehen, aber ich weiß nicht, ob Sie die Stufen bewältigen können."

Ian schüttelte in einem reuevollen Eingeständnis seines Unvermögens verneinend den Kopf.

„Also bleiben wir einfach hier." Hadd machte eine Handbewegung zu einer Stelle, wo frische Strohballen aufgestapelt waren und darauf warteten, am nächsten Morgen nach dem Ausmisten in den Ställen verteilt zu werden.

„Ausgezeichnet." Ian warf sich auf einen besonders dicken Ballen, verzog aber gleich das Gesicht, als das Stroh ihn durch seine Hosen stach. „Wie können Pferde nur auf dem Zeug schlafen?"

„Normalerweise legen sie sich nicht darauf." Hadd hängte die Laterne an einen Haken und ließ sich weniger schwungvoll nieder. Er musterte Ian aus seinen blauen Fairchild-Augen, bis der den Drang verspürte, sich unter seinem forschenden Blick zu winden.

Er verzichtete aber darauf und sagte stattdessen: „Trink. Das wird mir helfen, den Schock zu verkraften, einen Cousin in den Ställen zu entdecken."

„Ach ja, helfen, den Schock zu verkraften?" Hadds ernstes Gesicht verzog sich zu einem schwachen Lächeln, dann hob er, wie ihm aufgetragen worden war, die Flasche an die Lippen.

„Sehe ich das richtig, dass du nicht hoch zum Schloss gegangen bist und deine Anwesenheit verkündet hast?“

„Nein, und ich wäre Ihnen dankbar, wenn Sie das auch nicht täten.“

Hadd nahm die Angelegenheit zu wichtig, wesentlich wichtiger, als jeder der Onkel sie ansehen würde. Aber das würde er schon früh genug selber herausfinden, und deswegen hob Ian bloß beschwichtigend seine Hände. „Ich habe selber genügend Schwierigkeiten mit der Nachkommenschaft meiner Onkel, die bereits im Schloss lebt. Es bleibt ganz dir überlassen, wie du vorgehen willst.“

Hadds Blick blieb unbeirrbar auf Ian gerichtet. „Was tun Sie hier im Stall?“

„Es ist ein guter Ort, sich zu betrinken.“ Ian verspürte das Bedürfnis, das weiterzuerklären. „Sich hemmungslos zu betrinken, sich wirklich und vollkommen aufs Erbärmlichste zu betrinken. Die Gesellschaft ist vom Feinsten.“ Er deutete auf die Boxenreihe und zeigte dann mit seiner Flasche auf Hadd. „Ich habe Verwandte hier. Und ich muss nicht das liebreizende Objekt meiner Begierde dauernd vor Augen haben. Ich muss nicht ihre liebliche kleine Stimme hören, mit der sie mir erzählt, wie sehr sie mich bewundert, und ich muss ganz gewiss nicht vorgeben, nur ihr Bestes zu wollen.“

„Wollen Sie das denn nicht?“

Ian lachte ein bisschen zu lang und zu laut. „Sei nicht dumm. Nicht *ihr* Bestes. Ich liebe sie nicht. Hat nichts zu tun mit *Liebe*.“ Er gab dem Wort eine höchst schlüpfrige Note. „Ich will bloß ihr Geld.“ Er starrte Hadd herausfordernd an. „Und was ist daran schon falsch?“

„Nichts, vermutlich.“ Hadd klang beschwichtigend. „Ich denke, dass es in der Gesellschaft üblich ist, nach diesen Gesichtspunkten Ehen zu schließen.“

„Das stimmt. Ich bin eben einfach genauso gemein wie der Rest der Fairchilds, verdammt noch mal!“ Ian versuchte, seine streitlustige Miene beizubehalten, aber er verriet sich, indem er murmelte: „Ich habe daran nur keinen solchen Spaß wie die anderen.“

„Meiner Ansicht nach ist das ein eher bewundernswerter Zug.“

„Oh, *bitte*. Als ob die Tatsache, dass ich bei dem Gedanken daran, eine Frau zu verführen, Kopfschmerzen bekomme, mich auch nur einen Deut besser macht als den Rest dieser ganzen von Aussatz zerfressenen Familie.“ Zu spät drang der trockene Ton, in dem Hadd gesprochen hatte, in Ians Bewusstsein. „Du machst dich über mich lustig.“

„Vielleicht.“ Hadd streckte seine langen Beine von sich und überkreuzte sie an den Fußgelenken.

„Du hast nicht so mit ihnen zusammengelebt wie ich. Glücklicherweise, glücklicherweise ...“ Ian verlor den Faden, als er Stroh auf seiner Weste entdeckte, besonders an einer Stelle. Er wischte darüber, stellte fest, dass es nass war, und fragte sich, wer ihn da durchweicht hatte. Ungelenk knöpfte er seine Weste auf und zog die nasse Stelle von seiner Brust. „Was habe ich gerade gesagt?“

„Dass Sie einer jungen Dame wegen ihres Geldes den Hof machen.“

Die Sache mit Mary fiel ihm augenblicklich wieder ein, und Ian fragte sich, wie sie ihm jemals hatte entfallen können. „Jedes Mal, wenn sie mir zulächelt, jedes Mal, wenn sie mit mir tanzt, jedes Mal, wenn sie mit mir lacht, möchte ich ihr am liebsten alles beichten und sie um Verzeihung bitten.“

Hadd nahm einen neuen Zug. „Das könnten Sie tun.“

„Jetzt mach dich nicht lächerlich. Ich kann doch nicht einfach alles über den Haufen werfen! Es war schließlich meine Idee.

Zum ersten Mal in meinem Leben hat meine Familie zu mir aufgeschaut." *Wo war denn dieser Gedanke plötzlich hergekommen?* „Wenn ich jetzt einen Rückzieher mache, dann bin ich geächtet. Nicht, dass es mir etwas ausmachen würde, was die Fairchilds denken – berücksichtigt man Beschaffenheit und Größe ihrer Gehirne, bin ich mir noch nicht einmal sicher, ob man überhaupt von denken sprechen kann –, aber ich habe schon zu lange mit ihnen zusammengelebt. Sie haben mich mit ihrer Verderbtheit angesteckt." Das hatten sie. Es hatte zwar Jahre intensiver Suche gebraucht, bis er in sich Spuren der Skrupellosigkeit entdeckt hatte, die die Fairchilds so selbstverständlich zur Schau stellten, doch jetzt kannte er den Reiz solcher Bosheit. „Eine anständige Frau, die an mich glaubt, reicht nicht aus, um mich wieder zurückzuverwandeln."

„Wenn es Ihnen so schwer fällt, diese Frau zu umwerben, sollten Sie sich dann nicht besser eine andere reiche Erbin suchen?" erkundigte sich Hadd neugierig.

„Es wurden überhaupt nur vier Erbinnen eingeladen", teilte ihm Ian mit. „Und an die anderen komme ich nicht heran, die sind zu gut bewacht – der Ruf der Fairchilds, weißt du, verbunden mit dieser lästigen Unehelichkeit. Nein, es gibt nur diese eine Erbin für mich."

„Zu schade." Hadd schien eher belustigt als bekümmert zu sein.

Ian wartete, bis seine Hand zu zittern aufhörte, hob die Flasche und machte dann eine Grimasse, als das Glas vernehmlich gegen seine Zähne stieß. Sie wieder absetzend, fuhr er sich mit seinem rüschenverzierten Ärmel über den Mund und verkündete: „Ich weiß jetzt, dass ich mir nehmen muss, was ich haben will, wenn ich es haben will, oder eben die Konsequenzen zu tragen habe. Warum siehst du mich so an?"

„Wie?“

„So, als ob du etwas wüsstest, was ich nicht weiß. Ich verspreche dir, ich werde das hier durchziehen.“ Während er über seine Situation auf Fairchild Manor nachdachte, wuchs seine Entschlossenheit. „Ich will diese Gefühlskälte nicht mehr. Ich bin die Demütigungen leid. Und ich will nie, nie wieder von den Fairchilds abhängig sein.“

„Diese junge Frau, die Sie umwerben.“ Hadd fuhr mit seinem Finger den Rand der Flaschen, die er in der Hand hielt, entlang. „Werden Sie sie vernachlässigen?“

„Nein.“

„Schlagen?“

„Nein!“

„Ihre Mätresse im selben Haus einquartieren?“

„Ganz bestimmt nicht.“

„Schön. Und wo liegt dann das Problem? Diese jungen Mädchen der Gesellschaft werden doch, soweit ich weiß, dazu erzogen, wegen ihres Geldes geheiratet zu werden. Sie sagen, Sie wären genauso korrupt wie der Rest der Fairchilds, aber auch wenn ich die Frauen nicht besser verstehe als jeder andere Mann, kann ich mir gut vorstellen, dass Sie diese Frau ohne große Mühe sehr glücklich machen könnten.“

„Natürlich. Ich bin ein teuflisch guter Liebhaber. Sie wird mich anhimmeln.“

„Dann noch einmal. Wo liegt das Problem?“

Ian kannte den wahren Sachverhalt und war zu betrunken, ihn nicht einzugestehen. „Sie liebt einen anderen.“

Hadd lächelte bei diesem Geständnis, das Ian so offensichtlich quälte. „Woher wissen Sie das?“

Ian schaute ihn an. Hadd hielt ihre Liebe nicht für wichtig. Oder er glaubte nicht, dass Ian wusste, wovon er sprach. Also teilte er ihm die Wahrheit mit. „Weißt du es nicht? Ich bin der Sohn einer Selkie.“

„Eine Selkie.“ Hadd beugte sich vor. „Ihre Mutter ist eine Seerobben-Jungfer?“

Überrascht sah Ian diesen neuesten Fairchild an. Er war jünger, anständiger, ehrenwerter als Ian, auf jede Art und Weise besser ... und jetzt auch noch umfassender gebildet. „Woher weißt du das?“ fragte Ian.

„Ich habe mich mit den alten schottischen Legenden beschäftigt.“ Hadds schottischer Akzent war jetzt auffälliger. „Aber ich habe noch nie jemanden getroffen, der von sich behauptet, von einer Selkie abzustammen.“

„Ich behaupte gar nichts“, sagte Ian einfach. „Ich weiß es.“

Hadd nahm einen langen Zug aus seiner Flasche, und diesmal sah es zum ersten Mal so aus, als täte er das, weil er es nötig hatte. Umständlich zog er einen kleinen Lederbeutel aus seiner Hemdtasche und warf ihn Ian zu.

Ian fing ihn, wog ihn in seiner Hand und schaute hinein. „Steine?“

„Werfen Sie's zurück.“ Geschickt fing Hadd den Beutel in der Luft. „Wo ist Ihre Mutter jetzt?“

„Sie ist zurück ins Meer gegangen.“ Und hatte ihren Sohn bei seinem Vater zurückgelassen. „Sie gehen immer ins Meer zurück.“

„Wieder in eine Seerobbe zurückverwandelt.“ Hadd scharrte eine Stelle auf dem Fußboden sauber und schüttete die Steine darauf aus. Er betrachtete sie, sah zu Ian und dann wieder auf die Steine. „Faszinierend. Und was bedeutete das für Sie?“

„Ich vermisse sie.“ Ian sprach leise, auch wenn der Schmerz in all den Jahren langsam so weit nachgelassen hatte, dass er ihn kaum noch wahrnahm.

Hadd merkte davon nichts. Er sammelte seine Steine wieder ein, tat sie in den Beutel zurück und verstaute ihn in seiner Hemdtasche. „Ich meinte, was die Tatsache, der Sohn einer Selkie zu sein, damit zu tun hat, woher Sie wissen, dass dieses Mädchen einen anderen liebt."

„Ach, das." Ian zuckte die Achseln, so als wäre es eigentlich nichts Besonderes. „Ich kann Gefühle ... sehen."

„Gefühle sehen? Wie denn?"

Da der junge Mann eher gespannt erschien als ungläubig, antwortete Ian: „Ich sehe Auren. Farben und Licht um die Menschen." Er rieb sich plötzlich müde über sein Gesicht. „Es ist schwer, mich anzulügen."

„Und diese junge Frau – was für ein Licht sehen Sie um sie?"

„Ein goldener Schein umgibt sie, der sich ausdehnt und zu pulsieren beginnt, wenn der Mann, den sie liebt, bei ihr ist." Ian wusste, er klang mürrisch, aber es war ihm egal. Er starrte auf die glatte Oberfläche des Steines an seinem Ring und fragte sich, ob Hadd sehen konnte, wie der Mondstein von innen zu leuchten begann, wenn er ihn rieb. „Ich sehe *das* nicht oft. Gewöhnlich nur bei Ehepaaren, die schon lange miteinander verheiratet sind. Lange *glücklich* verheiratet." Ian beobachtete Hadd genau, auf ein erstes Anzeichen von Ungläubigkeit oder Belustigung wartend. „Dieses Gold bei ihr ist ein bisschen heller – das wird an der unerfüllten Leidenschaft liegen, vermute ich."

„Ich verstehe." Hadd schien zu glauben, dass er das tat. Aber immerhin zog er Ian nicht auf oder lachte ihn aus. „Aber warum gibt sie sich mit Ihnen ab, wenn sie doch einen anderen Mann liebt?"

„Sie hat noch nicht gemerkt, dass ich sie umwerbe." Wie demütigend, das zugeben zu müssen. „Und sie weiß noch gar nicht, dass sie ihn liebt."

16. KAPITEL

Mary fuhr aus dem Schlaf hoch. Sie schlug die Augen auf und starrte, wie sie es an jedem Morgen der vergangenen vier Tage getan hatte, blicklos in das graue Licht der Morgendämmerung und versuchte, ihr wild schlagendes Herz zu beruhigen.

Mörderin.

Sie hörte das Echo des Wortes. Es verfolgte sie noch über ihren Albtraum hinaus, einen Albtraum voller Kammerdiener, die mit dem Finger auf sie zeigten und sie beschuldigten, mit Leichnamen, die sich erhoben und herumstolzierten, von dem langen Gang zum Galgen, an dem eine Schlinge im Wind hin und her schaukelte.

Mörderin.

Sie stand auf, zog sich ohne Hilfe ihre dunklen Kleider an und ging auf Zehenspitzen zu dem Berg von Briefen, die während der Nacht unter ihrer Tür ins Zimmer geschoben worden waren. Sie nahm sie mit zum Fenster und ging sie durch, bis sie den einen, den sie gesucht hatte, fand. Den einen, der mit einem einfachen Klecks Siegelwachs verschlossen war. Sie wusste bereits, was darin stand.

Mörderin.

Das hatte auch in den anderen gestanden. Das eine Wort allein beunruhigte sie weit mehr, als es wortreiche Anschuldigungen getan hätten.

Oh, sie wusste, wer diese Briefe geschrieben hatte. Sie hatte ihn zwar noch nicht wiedergesehen, aber das brauchte sie auch nicht.

Alle Kammerdiener in ihren Albträumen zeigten dasselbe hinterhältige Grinsen und strahlten dieselbe Bedrohung aus wie der Mann, den sie in jener Nacht auf dem Flur gesehen hatte. Er verfolgte sie – bis in ihre Träume.

Mit einem Blick auf das Feldbett, auf dem Jills reglose Gestalt lag, schloss sie die Tür auf. Sie hatte Mrs. Baggott um den Schlüssel gebeten, nachdem sie den ersten Brief erhalten hatte; sie hatte gehofft, sie würde dann ruhiger schlafen – vergeblich.

Gerade als sie hinausschlüpfen wollte, flüsterte Jill laut genug, dass sie es hören sollte: „Seien Sie vorsichtig, Miss Fairchild."

„Das werde ich."

Jill zeigte einen bedauerlichen Mangel an Vertrauen in Marys Vernunft. Sie beharrte immer weiter darauf, dass ihre Herrin so töricht wie leichtsinnig wäre, wenn sie allein durch die Flure wanderte, und seit sie den ersten Brief erhalten hatte, fragte sich Mary, ob ihre Zofe vielleicht gar nicht so Unrecht hatte.

Sie ging mit schnellen, leisen Schritten zu einem Alkoven vor einem Fenster, brach das Siegel und entfaltete das Blatt.

Mörderin.

Besseboroughs Familie hat immer noch eine Belohnung ausgesetzt.

Einhundert Pfund kostet mein Schweigen. Ich werde Sie wissen lassen, wann und wo.

Das Papier raschelte in Marys zitternder Hand. Einhundert Pfund?

Er hätte genauso gut tausend fordern können. Sie mochte zwar eine Erbin sein, aber sie besaß kein Geld und konnte auch keines besorgen.

Sie musste von hier fort – *jetzt.*

Sie sprang auf und begann, in kopflosem Schrecken zu ihrem Zimmer zurückzulaufen, aber der bloße Akt des Laufens brachte sie wieder zu sich. Sie handelte übereilt, und das würde zu nichts Gutem führen. Versuchte sie, Fairchild Manor zu verlassen, würde Jill geradewegs zu Lady Valéry gehen und ihr alles erzählen. Lady Valéry würde nach Sebastian schicken. Sebastian würde sie aufhalten und eine Erklärung verlangen.

Mary lehnte sich erschöpft gegen die Wand und schloss die Augen. Sie war gefangen. Sie wusste es. Aber die Bedrohung durch die Nachricht machte es dringlicher als je zuvor, das Tagebuch zu finden. Sie musste es aufspüren. Sie musste fort von hier.

In ihrem Entschluss bestärkt, beruhigte sie sich. Sie steckte die Nachricht in ihre Rocktasche und ging zur Küche.

Die Dienstboten schauten auf, als sie eintrat, aber in den letzten vier Tagen hatte sie die Bewährungsprobe bestanden. Jeden Morgen, während sie ihr eigenes Frühstück beendeten und die Vorbereitungen für den kommenden Tag trafen, hatte sie sich freundlich, höflich und anspruchslos gezeigt. Sie waren zwar immer noch auf der Hut vor ihr, aber sie benahmen sich wenigstens nicht mehr, als wäre sie eine Kanonenkugel, die in ihrer Mitte gelandet war.

Nun war es an der Zeit weiterzugehen. Es war an der Zeit herauszufinden, wer von ihren Verwandten das Tagebuch hatte.

Mrs. Baggott goss kochendes Wasser in die Teekanne und trat an den Tisch. Sie setzten sich beide, und während Mary zwei Tassen einschenkte, sagte sie beiläufig: „Ich suche jemanden, der mir mehr über meine Familie erzählt, und hoffe, dass Sie mir weiterhelfen können. Wie lange arbeiten Sie jetzt schon für die Fairchilds?“

Natürlich war Mary nicht ganz ehrlich, und Mrs. Baggott war zu scharfsinnig, das nicht zu vermuten. Aber sie konnte auch unmöglich die wahren Gründe für Marys Interesse kennen, also nahm sie Tasse und Untertasse entgegen und sagte: „Ich habe hier mit acht Jahren als Spülmädchen angefangen, Miss Fairchild.“

„Oh, Himmel.“ Mary konnte ihr Glück kaum fassen. Mrs.

Baggott musste jedes Familiengeheimnis kennen. „Es ist sehr ungewöhnlich, eine Frau zu treffen, die so weit aufgestiegen ist."

„Besser der Kopf eines Esels sein als der Schwanz eines Pferdes", gab Mrs. Baggott Mary eine bekannte Dienstbotenweisheit wider. „Ich kann Ihnen sagen, es war ein Stück harte Arbeit, aber einer Frau mit einem Gesicht wie dem meinen, was bleibt ihr denn anderes übrig, als zu arbeiten?"

Mary schnaubte ungläubig, besann sich aber eines Besseren. Mrs. Baggott wollte kein ungläubiges Schnauben hören. Sie wollte als die angesehen werden, die sie war – eine kluge, selbstständige Frau, die nicht bereit war, ihre sichere Stellung für Mary aufs Spiel zu setzen; das hatte sie klar gemacht, aber sie entspannte sich genug, um sich auf ein bisschen Klatsch einzulassen.

„Ich vermute, niemand kennt meine Familie so gut wie Sie."

„Miss Fairchild, ich übertreibe sicher nicht, wenn ich sage, dass das stimmt."

„Dann könnten Sie mir vielleicht helfen."

Mrs. Baggott maß übertrieben sorgfältig den Zucker für ihren Tee ab. „Vielleicht."

„Warum sind meine Großonkel so grausam zu mir? Dieser Leslie versäumt es niemals, über mich zu spotten, oder mich zu verbessern, oder ..."

„Mr. Leslie behandelt Sie nicht anders, als er jeden behandelt." Der Löffel stieß immer wieder klirrend an das Porzellan, während Mrs. Baggott ihren Tee heftig umrührte. Dann nahm sie den Löffel aus der Tasse und zeigte damit auf ein Dienstmädchen, das in der Nähe herumlungerte. „Brauchst du etwas, Sally?"

Das hoch gewachsene Mädchen murmelte verlegen: „Nichts, Ma'am."

„Dann such dir etwas zu tun, oder ich übernehme das für dich." Mrs. Baggott beobachtete, wie Sally fortschlurfte, und wischte dann einen Teetropfen vom Tisch. Sich Mary wieder zuwendend, sagte sie: „Ihr Onkel Leslie ist ein bösartiger alter Mann, jawohl, und nie besser aufgelegt, als wenn es ihm gelungen ist, andere unglücklich zu machen."

„Er hat Sie über Jahre hinweg unglücklich gemacht?" riet Mary.

Klirr. Klirr. „Ja. Er und seine Brüder." Mrs. Baggott presste ihre Lippen zusammen, als ob sie ihr Eingeständnis bereute.

„Ich dachte, es ging bloß mir so! Ich wollte nicht empfindlich sein, aber alle Onkel scheinen ..."

„Grausam? Bösartig? Gefühllos? Mit einem Hang dazu, denen, die sich nicht wehren können, böse Streiche zu spielen?" *Klirr. Klirr.* Das Klirren des Löffels an dem Porzellan war lauter geworden, aber Mrs. Baggott senkte ihre Stimme. „Sehen Sie zu Emma, dort drüben am Herd."

Mary tat es und bewunderte die Geschicklichkeit der jungen Frau. Sie rührte um, schnitt und hackte, und alles mit nur einer Hand. Die andere war am Handgelenk entfernt worden. „Sie stellt sich sehr geschickt an."

„Sie konnte das noch besser, als sie noch beide Hände besaß." *Klirr. Klirr.* Die Pause dehnte sich bedrohlich aus. „Mr. Leslie kam es in den Sinn, wie lustig es doch wäre, eine Fuchsfalle in seinem Schrank aufzustellen und dann eines der Zimmermädchen zu rufen, um etwas für ihn aufzuräumen."

Mary schaute zu Emma, wandte dann ihren entsetzten Blick Mrs. Baggott zu. „Sie wollen doch nicht etwa sagen ..."

„Er hatte seinen Spaß, der Mr. Leslie, und das war das Ergebnis." Mrs. Baggott hörte schließlich auf, ihren Tee umzurühren und deutete mit ihrem Löffel in Emmas Richtung. „Er hätte sie am liebsten auf die Straße gesetzt – sagte, sie hätte länger gejammert als lustig war –, aber ich habe das nicht zugelassen. Ich kenne seine Geheimnisse, jawohl, und ich musste ihn nur daran erinnern, um ihn auf seinen Platz zu verweisen. Doch er ist gefährlich, wenn man seine Pläne durchkreuzt, also habe ich Emma seitdem in der Küche behalten und damit außer Reichweite für ihn."

„Sind alle meine Großonkel so ... böse?" Eine Mischung aus Scham und Verachtung veranlasste Mary zu der Frage. War dies der Grund, warum sie vor so vielen Jahren den Mord begehen konnte? Wegen ihrer Verwandtschaft mit den abscheulichen Fairchilds?

„Keiner ist so schlimm wie Mr. Leslie, aber über *den* könnte ich Ihnen Geschichten erzählen ... weshalb mich Lord Whitfields Anwesenheit hier umso mehr erstaunt." Mrs. Baggott nippte letztendlich doch noch an ihrem gründlich umgerührten Tee. „Er muss Sie ehrlich anbeten, Miss Fairchild, sich mit Ihnen zu verloben, nach dem, was diese Schurken ihm angetan haben. Aber das wissen Sie ja schon alles." Mrs. Baggott lächelte und ihr leichter Damenbart war kaum noch zu sehen.

„Ist Onkel Bramwell auch so?" fragte Mary.

„Master Bramwell?" Mrs. Baggott entfuhr ein scharfes, abgehacktes Lachen. Wäre Mary weniger wohlwollend gewesen, hätte sie es Gackern genannt. „Ich bitte um Verzeihung, Miss, er ist ja jetzt Lord Smithwick, aber ich vergesse das immer, wo er doch so albern ist. Auch wenn er der bestaussehende Mann ist, den man je gesehen hat, nicht wahr?"

„Alle Fairchilds sind gut aussehend", bemerkte Mary trocken.

„Nun, natürlich sind sie das, Miss. *Sie* sind es." Mrs. Baggott schien erstaunt, so als hätte sie beinahe Marys Abstammung vergessen. „Aber ich musste Dienstmädchen entlassen, die sich so in ihn verguckt hatten, dass sie richtig lästig wurden."

„Ermutigt er sie denn?"

„Er hält sich an Lady Smithwick, ja, das tut er. Und er hat ein liebenswertes Gemüt, ist immer freundlich zu den Dienstboten, auch wenn er die Hälfte der Zeit ihre Löhne nicht zahlen kann."

„Dann ist die Familie wohl in Geldnöten?"

„Immer, seit der alte Lord Smithwick Ihnen das ganze Geld hinterlassen hat." Mrs. Baggott genoss den Gedanken daran ganz offensichtlich. „Doch der neue Lord Smithwick prahlt überall herum, er hätte einen Plan, die Familie wieder schuldenfrei zu bekommen."

„Jetzt?" Mary legte ihre Hände um die Tasse und ließ die Wärme in ihre kalten Finger steigen. „Ich meine, haben Sie ihn kürzlich etwas sagen gehört?"

„Nichts von Bedeutung. Vor nicht ganz vierzehn Tagen hat er zu Lady Smithwick gesagt, er würde die Familie retten, aber er ist nichts als ein Schwätzer. Lady Smithwick weiß das, sie hat sich nicht bei ihrer Handarbeit stören lassen und nur genickt."

Seit dem Beginn der Hausgesellschaft hatte Mary Nora als Gastgeberin gesehen, die ihre Töchter den begehrenswertesten Partnern zuführte, während sie die ganze Zeit anmutig Mary, die neu gefundene Fairchild, um die Klippen des guten Benehmens lotste. „Lady Smithwick ist keine Närrin."

„Nein, gewiss nicht. Sie war einmal eine von uns, wissen Sie." Mrs. Baggott machte eine ausladende Handbewegung zu den Dienstboten in der Küche und entdeckte die Dienstmagd, die etwas abseits stand, den Kopf leicht vorgeneigt, als ob sie sie belauschte. „Sally! Was soll das heißen?"

Hellrote Flecken brannten auf Sallys Wangen. „Ma'am?"

„Geh und rühr den Porridge um", sagte Mrs. Baggott scharf. „Wenn ich hier fertig bin, dann lasse ich dich Zwiebeln schälen. Vielleicht hilft dir das, dich wieder daran zu erinnern, wie gearbeitet wird."

Sally knickste und eilte zum Herd.

„Ich verstehe nicht, was heute mit dem Mädchen los ist“, vertraute Mrs. Baggott Mary an. „Für gewöhnlich ist Sally so zuverlässig. Da muss ein Mann dahinterstecken.“

„Das ist meistens der Fall“, pflichtete Mary ihr bei.

„Schauen Sie nur, die Sonne.“ Mrs. Baggott machte Anstalten aufzustehen. „Ich habe noch so viel zu tun!“

„Aber Sie wollten mir doch gerade von Lady Smithwick erzählen“, protestierte Mary.

„Ach ja.“ Mrs. Baggott schaute noch einmal zum Fenster, setzte sich wieder und beugte sich vor. Mit gesenkter Stimme sagte sie: „Lady Smithwick war einmal eine von *uns*.“

„Faszinierend.“ Mrs. Baggott ahnte gar nicht, wie faszinierend.

„Sie war eine Gouvernante auf Bramber Court, nicht weit von hier, und Master Bramwell – entschuldigen Sie – Lord Smithwick war ein überaus charmanter junger Mann. Nun, Sie können sich das Ende der Geschichte bestimmt vorstellen.“

„Nein.“ Mary war gefesselt. „Erzählen Sie.“

Mrs. Baggott warf einen kurzen Blick über ihre Schulter. „Es ist doch nur die übliche alte Geschichte, Miss Fairchild. Sie wissen schon.“

„Nein“, widersprach Mary mit Nachdruck. „Wirklich nicht.“

Mrs. Baggott begann, unbehaglich auf ihrem Stuhl hin und her zu rutschen. „Ich kann nicht über Lady Smithwick klatschen. Es geht einfach nicht.“ Diese Zurückhaltung fiel ihr ganz offensichtlich nicht leicht. „Aber ich kann Ihnen dies sagen: Seit sie geheiratet haben, ist sie Lord Smithwick gegenüber auf eine fast schon fanatische Art und Weise loyal.“ Sie nickte weise. „Ich glaube jedenfalls – nicht dass jemals einer nach meiner Meinung fragte –, wenn es jemanden gibt, der die Fairchilds vor sich selbst retten kann, dann ist das Lady Smithwick.“

„Und weiter ...“, versuchte Mary mehr zu erfahren.

Mrs. Baggott schaute erneut zu dem Fenster, wo die Morgensonne inzwischen hell erstrahlte. „Sehen Sie nur, wie spät es schon ist! Ich habe hier herumgetrödelt, mit Ihnen geredet, und dabei wartet so viel Arbeit auf mich. Drüben im Gartenhaus muss das Essen vorbereitet werden.“ Sie stand auf und knickste.

„Aber ... aber ...“, protestierte Mary. Sie war doch noch gar nicht fertig! Sie hatte noch nicht alles herausgefunden. Nach Mrs. Baggotts Hand greifend, bat sie: „Nur noch eine Sache. Erzählen Sie mir etwas über meine Cousinen.“

Mrs. Baggott schaute auf Marys Hand, hob sie dann an, drehte sie um und betrachtete die Handfläche. „Es gibt nicht viele vornehme Leute, die solche Schwielen haben wie die hier, Miss Fairchild. Das bringt mich auf die Frage, wie Sie die wohl bekommen haben.“

Mary hätte der anderen am liebsten ihre verräterische Hand entrissen. Niemand sonst hatte die Spuren bemerkt, die zehn Jahre harter Arbeit im Haushalt auf ihrer Haut hinterlassen hatten, aber Mrs. Baggot besaß scharfe Augen.

„Machen Sie sich keine Sorgen, Miss Fairchild.“ Mrs. Baggott tätschelte die abgearbeitete Hand. „Ich habe mich schon gewundert, dass Sie so früh aufstehen und sich hier so gut einfügen. Wenn das jetzt meine Frage beantwortet, nun, ich kann gut ein Geheimnis für mich behalten.“

Konnte sie das wirklich? Auf nur ein paar Schmeicheleien und wenige Fragen hin hatte Mrs. Baggott ihr einiges über Lady Smithwick erzählt und genüsslich den Klatsch über Onkel Leslie wiedergegeben. Ja, Mrs. Baggotts mangelnde Verschwiegenheit gab Mary einen weiteren Anlass zur Sorge.

„Ihre Cousinen?“ Mrs. Baggott nahm die beiden Tassen vom Tisch und hielt sie in der Hand, während sie fortfuhr: „Sie würden ihre eigene Großmutter verkaufen, wenn der Preis stimmt. Beantwortet das Ihre Frage?"

„Ja." Auch Mary erhob sich. „Leider tut es das." Sie wusste jetzt, dass sie ihre Zeit verschwendet hatte. Jeder aus ihrer Familie konnte der Dieb des Tagebuchs sein.

Als sie die Küche verließ, hörte sie, wie Mrs. Baggott erneut die säumige Sally schalt. Ein Gähnen unterdrückend, ging Mary zu ihrem Schlafzimmer zurück. Sie hatte jeden Abend ihre Pflicht getan, so wie Sebastian es für nötig hielt, und jeden Morgen, so wie sie es für nötig hielt. Diese Drohbriefe machten sie ganz krank; sie konnte sich nicht im Entferntesten vorstellen, wie sie an die hundert Pfund kommen sollte. Und dann schaute sie sich um und stellte fest, dass sie sich verlaufen hatte. Wieder.

Eigentlich komisch, dass sie sich hier als so begabt im Betrügen und Manipulieren erwiesen hatte, aber ein totaler Versager war, wenn es darum ging, den richtigen Weg zu finden. Sie hatte Mrs. Baggott benutzt, wie alle Fairchilds Leute benutzten, und es war ihr leicht gefallen. Sie fühlte sich unweigerlich an eine Zeit erinnert, als sie gedacht hatte, Intrigen wären aufregend und Lügen gerechtfertigt, um ihr Ziel zu erreichen.

Das Gespenst von Guinevere Fairchild rückte in immer bedrohlichere Nähe. Wenn Mary an die unbeherrschte Lust dachte, die sie in Sebastians Armen erfahren hatte – und sie dachte viel zu oft daran –, wollte sie am liebsten so viel Abstand wie möglich zwischen ihn und sich legen. Zur selben Zeit flüsterte Guinevere ihr ein: „Was kann denn schon an ein bisschen Spaß nach all den Jahren voller Disziplin so schlimm sein?"

Mary konnte gar nicht weit und schnell genug rennen, um dieser Stimme zu entkommen. Sie meldete sich zu Wort, wann immer Sebastian vor ihr eine höfliche Verbeugung machte. Seit der Nacht des ersten Balles hatte er kein besonderes Interesse mehr an ihr gezeigt, aber Guinevere wisperte ihr zu: „Ich könnte ihn dazu bringen, sich nach mir zu verzehren. Ich könnte ihn einfangen und für immer glücklich machen."

Guinevere, möge sie auf ewig verrotten, war ganz offensichtlich nicht zu vernichten.

Vielleicht noch verhängnisvoller war der schier übermächtige Wunsch Marys, Sebastian die Umstände des Mordes zu erklären, sich vor ihm für ihre Tat zu rechtfertigen. Er war ein einsichtiger Mann. Er würde es verstehen. Dann könnte sie ihm von der Erpressung erzählen, die ihr solche Sorgen machte, und er würde sich um alles kümmern.

Die Augen schließend, schüttelte sie den Kopf. Wie selbstsüchtig von ihr, nicht nur nach Sebastians Mitgefühl, sondern auch nach seinem Schutz zu verlangen.

„Mary." Eine männliche Stimme erklang hinter ihr. „Du bist gekommen, mich zu sehen."

Sie schrak zusammen und fuhr herum. In einer geöffneten Tür stand die im Gegenlicht bedrohlich wirkende Silhouette eines Mannes. Furcht ergriff sie, und sie begann zu zittern. War es einer der männlichen Hausgäste, der diese Gelegenheit nutzen würden, sie zu ruinieren? Oder schlimmer, war es gar der heimtückische Kammerdiener?

Dann kam der Mann näher, und sie erkannte ihn. Erleichterung überschwemmte sie. Einen Schritt auf ihn zu machend, streckte sie ihm ihre Hände entgegen. „Ian! Wieder einmal kommt mein Cousin wie vom Himmel geschickt. Willst du mich bitte in den Westflügel zurückbringen? Zu meiner Schande muss ich gestehen, dass ich mich verlaufen habe."

Sie lächelte ihn an, ihren netten Cousin, aber dieses Mal lächelte er nicht zurück. Er stand bloß da, den Kopf leicht vorgebeugt, und musterte sie seltsam bezwingend.

„Ian?"

„Ich dachte, ich hätte dir gesagt, es wäre besser, du würdest niemandem deine Vergangenheit als Haushälterin enthüllen?"

„Ich habe niemandem davon erzählt", protestierte sie.

Er entzog ihr seine Hand, nahm ihr die Dienstmädchenhaube vom Kopf und hielt sie ihr vorwurfsvoll vors Gesicht. „Das hier ist so gut wie ein Geständnis. Und dein Haar!" Er begann, Haarnadeln aus dem Knoten in ihrem Nacken zu ziehen. „Was für eine schauderhafte Frisur für eine von den verheerend schönen Fairchilds."

Einen Augenblick lang verstand sie nicht, warum er sie so grob behandelte. Dann wurde ihr klar, dass er sie neckte. Genauso hatte Hadden sich benommen, als er noch jünger und sorgloser gewesen war. Mit einem leisen Lachen umfasste sie seine Handgelenke. „Hör auf! Du wirst nur erreichen, dass ich aussehe wie ein Dienstmädchen, das gerade von einem Rendezvous in den Ställen zurückkommt."

„Ja." Er starrte sie aus seinen dunklen Augen an und ließ die Nadeln auf den Boden fallen. „Besser. Aber da ist immer noch das hier."

Seine Hände um ihre Taille legend, zog er sie an sich. Sie wehrte sich zunächst nicht, weil sie nicht gleich begriff. Als er seine Lippen auf ihre drückte, riss sie ihren Kopf zurück. „Ian, was glaubst du, tust du da?" In ihrem Ton konnte man die Autorität der Haushälterin, die sie gewesen war, hören.

„Schsch!" Er schlang einen Arm um sie. „Ich bin dabei, dich zu verführen."

Er küsste sie wieder. Es hätte ein netter Kuss von einem netten Mann sein können, vermutete sie, aber er wusste nicht, was er tat. Er fummelte ungeschickt an den Knöpfen vorne an ihrem Kleid herum, und sie hörte Fäden reißen. Unsinnige kleine Laute drangen aus seiner Kehle – die sie an einen winselnden Welpen erinnerten –, und er presste seine Lippen grob auf ihre.

Sie biss ihm in die Zunge, um seine Aufmerksamkeit zu erregen.

Er fuhr zurück, die Hand vor seinem Mund, und sah sie mit einem so entsetzten Gesichtsausdruck an, dass sie einfach lachen musste. „Also wirklich, Ian, was hast du erwartet? Ich bin deine Cousine!"

Er nahm die Hand vom seinem Mund und starrte ungläubig darauf. „Blut. Ich blute. Du hast mich so fest gebissen, dass ich blute."

„Und ich tue es gewiss wieder, wenn du mich nicht sofort loslässt."

Dieses Mal sprach sie nicht in ihrem Haushälterinnenton. Dieses Mal sprach sie in ihrem schärfsten Große-Schwester-Ton, und er ließ sie so hastig los, als ob sie erklärt hätte, sie habe eine ansteckende Krankheit.

Entrüstet stemmte sie ihre Hände in die Hüften. „Was ist denn mit dir los?"

„Nichts." Sein Gesicht wurde dunkelrot, und er nuschelte genau wie Hadden, wenn er etwas vor ihr verheimlichen wollte.

„Gestern schien mit deinem Verstand doch noch alles in Ordnung zu sein, deshalb kann ich mir kaum vorstellen, dass du über Nacht verrückt geworden bist. Oder geht es dir nicht gut? Bist du krank?"

„Nein."

Er versuchte, von ihr fortzukommen, aber sie beachtete das gar nicht und legte ihm ihre flache Hand auf die Stirn. „Du *fühlst* dich warm an."

„Mir geht es gut." Er nuschelte immer noch und vermied es, ihr in die Augen zu sehen.

„Du gehst jetzt sofort ins Bett. Jill wird in die Küche gehen und dir ein Glas heiße Honigmilch heraufschicken lassen. Das trinkst du schön aus und schläfst dann. Wenn du aufwachst, wird es dir sicher viel besser gehen." Sie schüttelte den Kopf. „Dass ihr jungen Männer aber auch immer versucht, eure Ausdauer bis an die Grenze zu erproben."

Ian straffte sich. „Ich bin älter als du!"

„Dann benimm dich auch so!" Sie nahm ihre Haube vom Boden. „So, und wie komme ich nun zum Westflügel?"

Er konnte es ihr gar nicht schnell genug erklären, und sie konnte ihn gar nicht schnell genug verlassen. Auf dem Weg zu ihrem Zimmer war sie zwischen dem Wunsch hin- und hergerissen, Ian einfach zu ohrfeigen oder von ihm eine Erklärung für sein Verhalten zu fordern.

Jeder Mann, der in letzter Zeit seine Nase in ihre Angelegenheiten gesteckt hatte – und bis auf diesen kurzen Zwischenfall gerade eben war es immer Sebastian gewesen –, hatte etwas von ihr gewollt. Treue. Ehre. Aufrichtigkeit.

Oder hatte versucht, sie etwas zu lehren. Verlangen. Leidenschaft. Gefühle. Ganz verschiedene Gefühle.

Nun, Mary hatte sich in den vergangenen zehn Jahren selbst Treue, Ehre und Aufrichtigkeit gelehrt, und niemand musste ihr beibringen zu fühlen.

Sie war auch Guinevere Fairchild, und Guinevere verstand es zu fühlen, aber auf eine Art und Weise, die Sebastian niemals begreifen konnte.

Und jetzt *fühlte* sie. Enttäuschung darüber, den Dieb des Tagebuchs nicht aufspüren zu können. Verachtung für Ian, dass er es gewagt hatte, zu glauben, er könnte sie als Ersatz für irgendein fehlgeschlagenes romantisches Abenteuer benutzen. Und Wut auf Sebastian, weil ... weil er Sebastian war.

„Miss Fairchild." Jill winkte ihr aufgeregt von der offenen Tür aus zu.

Mary ging auf sie zu.

„Kommen Sie schnell. Ich muss Ihnen dringend etwas sagen ..." Jill deutete ins Innere des Zimmers, aber als sie einen Blick auf Marys Erscheinung warf, drohten ihr die Augen aus dem Kopf zu treten. „Miss Fairchild, was ist Ihnen denn zugestoßen?"

„Was meinst du?"

„Ihr Haar hat sich gelöst. Ihr Kleid ist ganz zerknittert." Jill schnipste gegen einen Knopf, der daraufhin zu Boden fiel und davonkullerte. Jetzt klang *sie* wie eine große Schwester. „Ihre Lippen ... die sind ja geschwollen!" Sie stemmte ihre Hände in die Hüften. „Ein Mann hat versucht, Ihnen seine Aufmerksamkeiten aufzuzwingen, ja? Ich *habe* Sie doch davor gewarnt, nicht allein durch die Gänge zu streifen. Das ist einfach nicht sicher für eine schöne, reiche Erbin."

Ärger stieg in Mary auf. Sie sollte auf Jill nicht böse sein, denn die Zofe meinte es nur gut, aber im Augenblick war sie nicht in der Stimmung dafür, all ihre Fehler aufgezählt zu bekommen. „Es war bloß eine Verwechslung. Jetzt hör mir zu, Jill, ich will, dass du nach unten in die Küche gehst und veranlasst, dass warme Milch mit Honig zu Mr. Ian geschickt wird."

Jills Stimme schwoll vor Entrüstung zu einem hohen Kreischen an. „Mr. Ian hat das getan?"

„Psst." Mary schaute sich nach allen Seiten um. Niemand war zu sehen, aber sie zog es dennoch vor, wenn dieser Vorfall nicht bekannt würde. Es wäre nicht gut, falls Sebas... Mary brach ab.

Warum sollte sie sich etwas daraus machen, was Sebastian dachte. Sie tat es auch nicht, aber trotzdem ... es wäre sicher nicht gut, wenn über Ians Tat geredet würde. Manche Männer, besonders Männer, die aus ihrer Verachtung für alle Fairchilds keinen Hehl machten, könnten diesen Vorfall zum Anlass für weitere Verdächtigungen nehmen.

„Mr. Ian ist krank", sagte Mary ruhig. „Es wird ihm sicher bald besser gehen, und wir werden wieder gute Freunde sein, aber nicht, bis er ... solange er ..." Sie holte erschöpft tief Luft. „Mr. Ian ist ein netter Mann, bloß zurzeit etwas durcheinander. Und krank. Ich bin sicher, dass er krank ist. Er braucht die heiße Milch."

Jill rührte sich nicht vom Fleck. Stattdessen stand sie mit offenem Mund da und versuchte vergeblich, etwas zu sagen, bis Mary die Geduld verlor und sie mit den Händen fortscheuchte. „Nun geh schon. Tu, was ich dir gesagt habe."

Damit drehte sie sich um und stieß die Tür zu ihrem Schlafzimmer auf. Sie hörte, wie Jills Zähne aufeinander schlugen, als es ihr endlich gelang, ihren Mund zu schließen.

„Aber Miss Fairchild, bitte warten Sie. Ich muss Ihnen dringend erst noch sagen ..."

Mary trat in das Zimmer, und die Tür fiel hinter ihr zu. Sie fuhr herum, aber sie brauchte gar nicht die tiefe Stimme zu hören oder seine reglose Gestalt zu sehen, um zu wissen, dass Sebastian mit gekreuzten Armen dort stand.

„Sie wollte dir noch sagen, dass ich hier auf dich warte. Und ich will dir sagen" – er machte einen Schritt auf sie zu und nahm eine Locke aus ihrer aufgelösten Frisur zwischen Daumen und Zeigefinger – „dass du ganz ohne Zweifel die heimtückischste Fairchild bist, die es je gegeben hat"

17. KAPITEL

Mary hatte einen ausgesprochen schwierigen Morgen hinter sich. Sie war eine Mörderin genannt worden, und man erpresste sie. Sie hatte einsehen müssen, dass ihr Plan, den Dieb des Tagebuchs zu entlarven, wegen zu vieler Verdächtiger gescheitert war. Sie war von dem einen Cousin, den sie schätzte, grob behandelt worden. Und jetzt lehnte ein vor Wut schäumender Sebastian anklagend an ihrer Schlafzimmertür und schaute sie mit so angewiderter Miene an, als wäre sie irgendein Ekel erregendes Ungeziefer.

Aber sie, die sich weder von unverschämten Dienstboten noch von dreisten Edelmännern aus der Ruhe hatte bringen lassen, würde ihre Selbstbeherrschung nicht verlieren.

„Was tust du hier in meinem Schlafzimmer?" Ihre Stimme war lauter, als sie es eigentlich gewollt hatte, und sie nahm einige tiefe Atemzüge, um sich zu beruhigen.

„Ich *kam*, um dir zu sagen, dass ich dir genug vertraue, um dich den Safe öffnen zu lassen." Sebastian stieß ein knappes, bitteres Lachen aus. „Stattdessen muss ich entdecken, dass dein Onkel Leslie die Wahrheit gesprochen hat."

Sie fragte nicht, was Sebastian damit meinte. Das war nicht nötig. Was immer Onkel Leslie gesagt hatte, konnte nichts anderes als eine Verleumdung sein. „Du *Dummkopf*."

Er wankte, als ob er von einer Kugel getroffen worden wäre, aber er fasste sich augenblicklich. „Ich *bin* ein Dummkopf. Ich habe zugesehen, wie die Männer dich umschwärmen, und mich damit getröstet, dass du sie nicht ermutigst. Ich habe über deine Zuneigung zu deinem Cousin nachgegrübelt und entschieden, dass sie unschuldig und rein wäre." Sie hatte den Schlüssel an diesem Morgen stecken lassen, und er drehte ihn so feierlich im

Schloss wie ein Zauberer, der die Welt um sich herum hatte verschwinden lassen. „Aber sogar ein Dummkopf weiß, wie man sich rächt.“

Er kam auf sie zu, und sie bemerkte, dass sie die Hände an ihrer Taille zu Fäusten geballt hatte.

Sie versuchte, sie zu entspannen.

Es gelang ihr nicht.

Wie lange verfolgte dieser Mann sie schon? Von dem Moment an, als er sie mit dem Blut an ihren Händen gesehen hatte, hatte er sie in ihren Träumen heimgesucht. Und an jenem schicksalhaften Abend in Lady Valérys Arbeitszimmer hatte sie entdeckt, dass ihre eingebildeten Ängste nicht halb so schrecklich wie die Realität waren.

Und jetzt hatte er die Frechheit zu behaupten, sie wäre für all die Aufmerksamkeiten der Männer ihr gegenüber verantwortlich, sie wäre schuld an Ians Angriff. Dabei war sie, die schon so viel Schuld auf sich genommen hatte, sie *war* diesmal unschuldig.

Er griff nach ihr, aber sie schlug seine Hände fort. „Rühr mich nicht an!“

Mit der Schnelligkeit einer angreifenden Schlange umklammerte er ihre Handgelenke. „Ich fasse dich so an, wie es mir gefällt.“

Sie sah nur noch gebräunte Haut, weiß schimmernde Zähne und flammende Augen. Mit den hässlichen Schrammen in seinem Gesicht sah er aus wie der Teufel persönlich, aber sie hatte diesen Teufel zu lange gefürchtet. Und so musste sie jetzt feststellen, dass sie seine Wut mit einem eigenen Zornausbruch beantwortete. „Du hast gar kein Recht, mich zu verurteilen.“

„Es gibt keinen, der besser dazu geeignet wäre, dich zu verurteilen.“ Er zog sie an sich. „Und ich befinde dich für schuldig und vollstrecke das Urteil.“

Bezog er sich auf Besseboroughs Ermordung?

Kümmerte sie das überhaupt in diesem Augenblick?

Ihre Selbstbeherrschung zersprang in tausend Scherben. Sie spürte, wie sie wie eine zu eng gewordene Haut von ihr abfiel; es fühlte sich fast befreiend an. „Ein weiteres Unrecht, das einer Frau, die sich ihr Geld verdienen muss, angetan wird.“

„Du bist keine Frau, die sich ihr Geld verdient.“ Ihr die Arme auf den Rücken drehend, trat er dicht vor sie.

Zu nah. Sie war sich seiner körperlichen Nähe zu sehr bewusst.

„Oder wenigstens ... nicht auf anständige Art und Weise.“

Aber wenn sie sehr still stand, konnte sie vielleicht ihre Würde wahren. Sie wusste, was er dachte. Sie wusste aber auch, was in Wirklichkeit geschehen war. Wenn sie verärgert genug wäre, alle Vorsicht in den Wind zu schlagen, dann würde sie ihm seine Anschuldigungen ins Gesicht schleudern. Sie würde ihm aus schierer Sturheit trotzen, auch wenn er eine unheilvolle Hitze ausstrahlte. Gefahr signalisierte sein gerecktes Kinn und die Kraft seiner angespannten Muskeln. Sie musste ihm sagen, was sie getan hatte, und sie musste dafür sorgen, dass er ihr zuhörte, denn wenn ihr das misslang, wäre er so starrsinnig wie gewöhnlich und würde versuchen, sie ... sie ...

„Ich habe getan, was du mir befohlen hast zu tun.“ Sie klang nicht gerade versöhnlich, aber so fühlte sie sich auch nicht.

„Ich habe dich *gebeten*, die Aufmerksamkeit von mir abzulenken, während ich das Tagebuch suchte.“

„Du hast mir *befohlen*, dir zu helfen, das Tagebuch zu finden.“

Er lachte bitter. „Ich habe gehört, du wüsstest schon, wo es ist.“

„Wovon sprichst du da? In Schottland hast du noch verlangt,

dass ich dir helfe, das Tagebuch zu finden." Sie wand sich in seinem Griff, ohne den Schmerzen, die sie sich dadurch selbst zufügte, Beachtung zu schenken. „Und das habe ich getan. Ich bin in der Küche gewesen und habe die Dienerschaft ausgehorcht."

„Warum? Du weißt doch schon längst, wo sich das Tagebuch befindet."

„Du bist ja nicht ganz richtig im Kopf." Sie war sich dessen nunmehr sicher. „Jeden Morgen bin ich vor Morgengrauen aufgestanden und ..."

„Hast dich mit deinem Cousin Ian für ein kurzes Gerangel im Bett getroffen."

Das brachte sie zur Weißglut. „Du Widerling!"

„Oh, nein. Du hast mich schon einmal so genannt", verspottete er sie. „Willst du diesmal keinen Anfall von Schuldgefühl vortäuschen?"

Als sie ihn auf dem Ball als Widerling bezeichnet hatte, war ihr Schuldgefühl nicht *vorgetäuscht*, sondern *ehrlich empfunden* gewesen. Aber jetzt begrüßte sie ihre neue Freiheit.

Das Ereignis, das sie so viele Jahre lang gefürchtet hatte, war endlich eingetreten. Guinevere Fairchild und Mary Rottenson waren eins geworden.

Und ihr, Mary oder Guinevere oder wer auch immer sie jetzt war, machte es nichts aus. „Es gibt in diesem Zimmer zwei unumstößliche Wahrheiten – die Wahrheit, die ich spreche, und die Wahrheit darüber, was du bist."

Er lachte.

Der Widerling lachte. Er benahm sich nicht, als hätte sie ihn gerade beleidigt. Er hatte sogar die Frechheit, sich zu entspannen, als ob sie ihm mit ihrer groben Bemerkung eine Freude gemacht hätte.

„Du bist alles, was ich mir erhofft hatte." Übermütig zwang er sie mit seinem Körper zurückzugehen, dorthin, wo er hinwollte. „Mit Ausnahme von aufrichtig, natürlich, aber gerade jetzt erlaubt mir deine Falschheit, das zu tun, was ich mir schon lange wünsche."

„Und wenn sich herausstellt, dass du im Unrecht bist?"

„Ich bin nie im Unrecht." Er klang, als glaubte er wirklich, was er da sagte. „Das hast du gerade erst wieder durch dein liederliches Verhalten bewiesen."

Ihre Haut fühlte sich heiß an, so als wäre sie gedankenlos zu lange in der Sonne geblieben, und sie konnte sich gut vorstellen, wie rot sie geworden sein musste. „Lass meine Hände los."

„Damit du mich wieder mit einem Silberdeckel schlagen kannst? Wenn ich du wäre, würde ich nicht zu sehr darauf hoffen."

Sie waren an der Wand angekommen, und er presste sie dagegen, sich so schwer gegen sie lehnend, als bräuchte er sie als Stütze. Seine Nähe entfachte in ihrem Leib ein leichtes Brennen, und sie dachte, es wäre Wut. Sie griff zu einer List: „Meine Arme tun mir weh." Als er sie losließ, versetzte sie ihm eine kräftige Ohrfeige.

Er taumelte zurück, sich an den Kopf fassend.

Sie verschenkte kostbare Zeit, indem sie ihn verhöhnte. „Ich brauche keinen Silberdeckel." Dann rannte sie um ihn herum.

Er bekam sie am Rock zu fassen, zog sie daran zu sich und versuchte, sie in die Ecke zu drängen. Der Schwung half ihm, und sie fing sich mit den Händen an der Holztäfelung ab, bevor sie dagegenprallen konnte. Er trat dicht hinter sie und presste sich an sie. Sie war in der Ecke gefangen. Ihre Wange und ihre Hände lagen an der kühlen Wand. Ihre Brüste und ihr Bauch wurden durch den Druck seines kraftvollen Körpers an ihrem Rücken flach gepresst. Sie versuchte, sich ihm zu entwinden. Er verstärkte lediglich den Druck. Sie versuchte, sich zu Boden fallen zu lassen. Er schob bloß sein Knie zwischen ihre Beine. Sie versuchte, ihren Kopf zu drehen. Es gelang ihr ein Stück weit.

Aus dem Augenwinkel konnte sie ihn sehen.

Er lächelte nicht. Sie hatte erwartet, er würde das tun. Eines seiner grausamen kleinen Lächeln vielleicht. Oder ein siegesbewusstes. Sicher wenigstens ein verächtliches. Stattdessen sah er sie ernst, eindringlich an, so als hätte man ihm eine Aufgabe übertragen und er sich gerade entschlossen, ihrer Erfüllung all seine Aufmerksamkeit zu widmen.

Ihr wäre eines seiner Lächeln lieber gewesen. *Jedes* seiner Lächeln.

„Du kannst das nicht tun." *Das war albern*, schalt sie sich selbst. *Hoffnungslos unzulänglich.*

Er beugte sich weiter vor. „Ich kann und ich werde. Es wird gut werden." Sein Atem wärmte ihre Wange. Die holzgetäfelte Wand kühlte die andere. Sie konnte die lange, glatte Oberfläche, die sich vor ihrem Auge erstreckte, sehen und die Maserung des dunklen Holzes erkennen. Sie konnte eine weitere Ecke sehen, eine weitere Wand und irgendwo in dieser Wand, das wusste sie, war die Tür.

Dieser Ausgang hätte genauso gut auf einem anderen Kontinent sein können, so viel nutzte er ihr.

„Lass mich gehen!" Sie versuchte, ihre Ellbogen gegen ihn einzusetzen, aber sie konnte ihn nicht erreichen. All ihr Gewicht zu Hilfe nehmend, ließ sie sich fallen, dabei bestrebt, so heftig auf seinem Bein zu landen, dass er es fortzog, aber ihre Unterröcke bewahrten sie und ihn davor, zu Schaden zu kommen.

Stattdessen flüsterte er atemlos: „Tu das noch einmal. Es könnte dir gefallen."

„Oh!" Sie schlug ihre Hände frustriert gegen die Wand.

„Ehrlich." Er zog an ihrem Rock. „Ich bestehe darauf."

Ihre Unterröcke glitten an ihrem Bein nach oben, bis sie das Strumpfband an ihrem Knie erreichten. Die Rüschen kitzelten sie, während die Röcke weiter ihre Schenkel hinaufrutschten. Sie hoffte, betete, dass er aufhören würde, bevor er ihre Nacktheit im hellen Tageslicht entdeckte, denn sie trug nichts darunter, um ihre Blöße zu bedecken. Sie hatte von einigen schamlosen Frauenzimmern des *haut ton* gehört, die, um die Männer zu verführen, ihr Geschlecht unter neumodischen Pantalettes verbargen, aber Mary war eine anständige Frau –, und in wenigen Augenblicken würde sie höchst unanständig entblößt werden.

Als sie einen Luftzug auf ihrer Haut spürte, erkannte sie, dass ihre Hoffnungen sich nicht erfüllt hatten. Sie war nackt wie ein Säugling. Er seufzte, während er ihr Gesäß streichelte. „Wunderschön", flüsterte er ihr ins Ohr.

Sie warf ihren Kopf zurück, mit der Absicht, ihn im Gesicht zu treffen, aber er wich ihr rechtzeitig aus. Sie versuchte, ihm zu entkommen, solange er sein Gleichgewicht noch nicht wiedergefunden hatte, aber er vereitelte ihr Vorhaben, bevor sie überhaupt begonnen hatte, es in die Tat umzusetzen.

„Du hast mich gelehrt, deine Kämpfernatur nicht zu unterschätzen." Er zog an ihrem Kleid, als wollte er den Stoff zerreißen, um an ihr Fleisch zu kommen. „Ich bin kein Mann, der seine Lektion schnell wieder vergisst."

Sie wunderte sich kurz, ob er vielleicht wirklich geisteskrank geworden wäre, aber sie hätte wissen müssen, dass er niemals so unvernünftig wäre. Stattdessen glitten ihre Unterröcke zu Boden, und ihr wurde klar, dass er die Bänder aufgebunden hatte.

Sie brannte vor Scham darüber, dass er sie so sehen konnte. Ihr Wollrock bauschte sich von hinten um ihre Taille, und Mary versuchte, ihn nach unten rutschen zu lassen, um diese außer Kontrolle geratene Situation wieder in den Griff zu bekommen. Er ignorierte sie einfach, ließ seine Hände über sie gleiten.

Außer sich vor Wut begann Guinevere zu fluchen, benutzte dabei Wörter, von denen Mary sicher war, dass sie sie gar nicht kannte.

„Ts, ts. Was für eine Sprache." Warmer Atem strich über ihren Nacken. „Ich bin entsetzt, Guinevere Mary."

Er hatte also bemerkt, dass das närrische Mädchen wieder da war. Mary fürchtete, er würde das ebenso rücksichtslos zu seinem Vorteil nutzen, wie er seine überlegene Stärke und Stellung gegen sie eingesetzt hatte.

Er schob sein Knie nach oben, spreizte ihre Beine, bis sie auf seinem Schenkel ritt. „Lehn dich vor." Er überredete sie mit schmeichelnder Stimme und sanften Händen. „Beweg dich mit mir."

Er schien die Gefühle, die er in ihr erzeugte, genau zu kennen, denn er beugte sie so weit vor, bis der Druck seines Beines sie ließ. *Sie*, Lady Valérys vormals untadelige und unerschütterliche Haushälterin. Sie biss die Zähne zusammen. Er wiegte sie, behutsam, sachte, behandelte sie, als bedeutete sie ihm viel. Nun, sie würde ihn nicht anflehen aufzuhören, gleichgültig, wie sehr er ihr auch zusetzte.

Und sie würde auch nicht die leisen Laute, die in ihr aufstiegen, ihrer Kehle entweichen lassen. Sie stellte sich auf Zehenspitzen, um den unvermeidlichen Antworten ihres Körpers auf seine Liebkosungen zu entkommen, aber dennoch baute sich eine seltsame Spannung in ihrem Leib auf.

„Das fühlt sich gut für dich an." Der Mann erkühnte sich, ihr ihre eigenen Gefühle zu berichten! Seine Finger wanderten unter ihren Rock, bis sie zwischen ihren Schenkeln angekommen waren. „Magst du es auch, wenn ich das hier tue?"

Er übte sanft Druck aus.

Sie schnappte hörbar nach Luft.

„Zu fest?“ Er nahm etwas von dem Druck.

Das half nicht. Sie lehnte ihre Stirn gegen die Wand, um die aufsteigenden Tränen vor ihm zu verbergen. Er zwang sie, sich zu bewegen, bis ihr die Knie zitterten; sie saß auf seinem Bein. Er nötigte sie, zu viel zu fühlen. Er erlaubte ihr nicht, sich zurückzuziehen und jetzt, jetzt ... Ihre Hände an der Wand öffneten und schlossen sich, als versuchten sie, nach etwas zu greifen, wo doch nichts zu greifen war. Sie erbebte unter den Wellen der Leidenschaft, die über ihr zusammenbrachen.

Er lachte leise, triumphierend, weil er ihr eine so hemmungslose Erwiderung entlockt hatte, und zog sein Bein fort. Dann presste er sich an sie, an ihren entblößten Leib, als wäre sie eine läufige Kätzin und er der Kater, der sie aufgespürt hatte. Er hielt sie auch fast so wie ein Kater; seine Zähne gruben sich zärtlich nagend in ihren Nacken, als sie sich ihm entwinden wollte, und er lehnte sich heftig gegen sie, sie fest an die Wand drückend. Unter dem Stoff seiner Hosen war er hart geworden, und wie jeder Mann würde er dieses Harte dazu benutzen, ihr wehzutun, wenn sie ihn ließe.

Sie holte tief Luft und versuchte, sich einzureden, dass diese ganzen zügellosen Gefühle, die in ihr tobten, bloß Ärger und Zorn waren. „*Würdest* du mich jetzt bitte gehen lassen?“ Es war eigentlich gar keine Frage, es war eine Forderung, aber er entschied sich, so zu tun, als wäre es Ersteres.

„Ich lasse dich erst gehen, wenn ich mit dir fertig bin.“ Seine Hände glitten über ihre Hüften zu ihren Schenkeln. „Und jetzt bin ich noch nicht annähernd fertig.“

Was sollte das heißen? Wollte er sie noch mehr beschämen? Oder wollte er versuchen, ihr Gewalt anzutun?

Sie *war* gefangen. Sie konnte spüren, wie er sich gegen ihr Gesäß presste. Er schmiegte sich an sie, als hätte er eine Stelle an ihr entdeckt, wo es ihm gut gefiel.

Und kein Mann, der etwas entdeckt hatte, was ihm gut gefiel, war der Ansicht, dass das genug war. Eine Gänsehaut überlief sie, und sie holte tief Luft, um die aufsteigende Furcht zu besiegen.

Dann lehnte er sich zurück, nahm den Druck seines Körpers von ihr, und sie hob den Kopf von der kühlen Wand.

Er zog sich weit genug zurück, um ihr das Gefühl, eingeklemmt zu sein, zu nehmen. Sie hätte das freudig begrüßt, wenn sie nicht sofort wieder die frische Luft wie einen Peitschenschlag auf ihrer nackten Haut gespürt hätte. Sie versuchte, sich umzudrehen, über ihre Schulter zu blicken, zu *sehen*, was er da tat, doch er schien verschwunden zu sein. Bis auf seine Hände. Bis auf seine ... Zähne.

Sie schrie. Es gab kein anderes Wort dafür, wie sie ihrer Empörung Luft machte, und dieser Schrei war Ausdruck eines weiteren Verlustes ihrer Selbstbeherrschung.

„Schsch. Leise." Seine Stimme kam von irgendwo unterhalb ihrer Taille. „Ich habe dir doch gar nicht richtig wehgetan."

Das hatte er natürlich nicht. Unfähig einen klaren Gedanken zu fassen, stammelte sie: „Du ... du kannst mich sehen."

„Und was für ein liebreizender Anblick es ist." Diesmal benutzte er seine Lippen, um den leichten Schmerz seines Bisses zu lindern.

Sie erbebte unter widersprüchlichsten Gefühlen. Schmerz und Lust. Demütigung und Verlangen. Wut und Nachgiebigkeit. Gott, wie konnte er nur so gegensätzliche Empfindungen in ihr wecken? Wo blieben ihre Vernunft und ihre Selbstachtung? Wie sie ihn hasste! In der Hoffnung, ihn so hart zu treffen, dass er nach hinten umfiel, trat sie mit aller Kraft nach dem knienden Mann.

Aber ihre Stellung war ungünstig, und ihr Fuß streifte nur seine Hüfte. Er fing den Fuß am Knöchel und umschloss ihn mit festem Griff. „Das ist aber gar nicht höflich."

„*Du* wagst es, das Wort Höflichkeit in den Mund zu nehmen?" brach es aus ihr hervor. Das Feuer ihrer Wut loderte höher, während seine Finger sich in ihre Fußsohle gruben. Es kitzelte, und mehr noch, es wirkte zusammen mit all den anderen Empfindungen, die er ihr aufzwang, auf unwillkommene Art stimulierend.

Sie wollte keine Stimulierung.

Sie entriss ihm ihren Fuß und stampfte damit auf, um jede Spur seiner Berührung zu beseitigen.

Seine Finger wanderten über ihr Gesäß hinauf, bis sie an den Ansatz ihres Rückgrates stießen, eine so intime Geste, dass sie augenblicklich ihren Fuß vergaß. Sie versuchte, ihn ins Gesicht zu schlagen, traf aber nur ihre hochgeschlagenen Röcke, die sich um ihre Taille bauschten, und ihr fiel auf, wie leicht er den Stoff über seinen Kopf ziehen und sich darunter wie ein kleiner Junge unter einem Zelt verbergen könnte. Die Hilflosigkeit ihrer Position zerrüttete ihre verbliebene Selbstbeherrschung vollends. „Es macht dir Spaß, mich zu demütigen, nicht wahr?" fragte sie mit zitternder Stimme.

„Ist das, was du fühlst, Demütigung?" Seine geöffneten Lippen hinterließen eine feuchte Spur auf ihrer Haut, während er die Stellen erforschte, die seit ihrer frühesten Kindheit niemand mehr gesehen hatte. „Es schmeckt jedenfalls nicht wie Demütigung." Sie spürte seine Zunge an einer äußerst delikaten Stelle. „Es schmeckt eher wie Erregung. Errege ich dich, Guinevere Mary?"

„Ich hasse dich", sagte sie und meinte es auch.

„Aber errege ich dich?“ hakte er nach. „Ich knie hinter dir und flehe dich an um ein winzig kleines Zugeständnis. Du kannst mich spüren. Möchtest du mich spüren?“

Bis er es laut ausgesprochen hatte, hatte sie sich geweigert, darüber nachzudenken. Er *kniete* hinter ihr wie ein Bittsteller. Und warum? Warum würde sich ein Mann wie er so seltsam aufführen? Was versprach er sich von dem Spiel, das er da mit ihr trieb?

Was konnte sie schon verlieren?

Nichts, außer ihrer Unschuld. Und, was noch schlimmer wäre, den letzten Rest ihrer Distanz.

„Guinevere Mary“, raunte er verführerisch. „Antworte mir. Erzähl mir, wie sehr du dich nach meiner Berührung verzehrst.“

„Ich lüge nicht.“

„Du lügst.“

Natürlich log sie. Wie konnte sie davon unberührt bleiben, wenn seine Hände nicht aufhörten, sie zu streicheln. Und wenn sie nicht bald etwas unternahm, würde er die Frucht seiner zärtlichen Bemühungen bemerken. Sie wusste, sie könnte das nicht ertragen. Es war für sie demütigend genug, entdecken zu müssen, dass ihr Körper ihrem Verstand nicht gehorchte. Und auch wenn sie noch nie etwas von einer solchen Reaktion gehört hatte, vermutete sie doch, dass er sie begrüßen würde, wahrscheinlich sogar geradezu erfreut wäre festzustellen, dass sie mehr als bereit für ihn war, und außerdem war er, verdammt sollte er sein, heute Morgen ohnehin schon oft genug siegreich gewesen.

Er berührte sie abwechselnd mit Händen und Lippen, versuchte, sie von der Tatsache abzulenken, dass er dabei war, ihre Schenkel zu spreizen. Sie besaß aber doch ausreichend Erfahrung, sich dem sanften Druck seiner kundigen Finger zu widersetzen. Ihre Beine zitterten von der Anstrengung, sie zusammenzupressen, und sie schloss die Augen, um sich besser auf ihre Aufgabe konzentrieren zu können.

Dann schlug sie sie aber sogleich wieder auf, denn wenn sie nichts mehr sah, spürte sie die sich in ihr ausbreitende Hitze umso stärker.

Seine Finger strichen leicht über das weiche blonde Haar zwischen ihren Beinen. Er kam näher, zu nah, viel zu nah. Er spielte mit den Locken, und das Gefühl breitete sich über ihre Haut auf ihr Innerstes aus. Gleich würde er sie berühren, *dort* berühren, und sie empfand eine verrückte Mischung aus Furcht und Verlangen, so heftig, dass sie darunter erbebte.

Berührung. Seine Berührung. Ein Festmahl aus Berührungen für eine darbende Frau. Und wenn er sie dann endlich wirklich berührte, würde sie zu Asche verbrennen.

Mary musste die Herrschaft über sich selbst zurückgewinnen; ihr Leben hing davon ab.

Und während sie das dachte, verspottete Guinevere sie: *Es ist zu spät. Du wirst niemals wieder die Herrschaft über dich besitzen.*

„Bitte." Ihr Stolz brach in sich zusammen, Marys Stimme brach. Die Wand verschwamm vor ihren Augen. „Nicht. Tu es nicht. Du tust mir mehr weh, als ich es dir sagen kann."

Sein Daumen verharrte. „Dir wehtun?" Er hörte sich entsetzt an. Seine Finger spannten und entspannten sich auf ihrer Haut, kneteten ihren Oberschenkel.

Sie hielt die Luft an. Hatte sie sich mit ihrer Bitte gerettet?

„Nein, ich tue dir nicht weh." Jetzt klang er schon wieder sicher und sogar leicht verärgert. „Versuch mir keine Schuldgefühle einzureden, Guinevere Mary."

Ihr Verstand war noch so weit intakt, dass sie Angst bekam – unmittelbar bevor sein Finger in sie tauchte.

Diesmal steckte sie sich die Faust in den Mund, um ihren Schrei zu dämpfen, denn diesmal war es kein Aufschrei der Empörung, sondern der Lust. Sie wollte nicht, dass er das hörte; es würde ihn in seiner Annahme bestärken, sie wäre lüstern. Oder, was sie noch weniger wollte, seiner Eitelkeit weitere Nahrung geben. Er würde darüber lachen, wie leicht er sie hatte gefügig machen können ...

Sein Finger glitt hinaus, dann wieder hinein. Er entdeckte die Feuchtigkeit, und er setzte sie dazu ein, den Schock seiner Liebkosung zu lindern. Oder anders, er setzte sie rücksichtslos ein, um ihre Empfindungen zu vervielfachen. Sie wusste nicht, was er eigentlich tat. Sie wusste gar nichts mehr.

Sie wimmerte. Die Augen geschlossen, ließ sie ihren Kopf nach vorne sinken, lehnte ihre Wange wieder an die kühle Wand. Sie wünschte sich, sie würde liegen. Es wäre sicher besser, als versuchen zu stehen, während er in ihr einen solchen Aufruhr erzeugte, dass ihre Knie nachgeben wollten.

Dann tat er etwas mit dem Daumen seiner Hand.

Jetzt konnte er sie überall dort berühren, wo er wollte. Und das würde er auch. „Bitte." Ihr Atem ging so flach, dass sie kaum sprechen konnte. „Nicht."

„*Nicht* ist eine Herausforderung."

Sie konnte ihn nicht sehen. Sie hatte ihn während dieser ganzen Prüfung nicht sehen können, aber sie musste gar nicht hinsehen, um zu wissen, wie er aussah. Dies war Sebastian. Sebastian mit den hart geschnittenen Zügen und dunklen Schrammen. Mit seinen breiten Schultern, unter denen sich solche Stärke verbarg. Sebastian, der sie plagte, Sebastian, der ihr Lust schenkte, Sebastian, der es *wagte* ...

Aber als er aufstand und sie herumdrehte, erschreckte sie sein Gesichtsausdruck doch. Sie stieß mit ihrem Kopf gegen die Wand, als sie zurückzuweichen versuchte, fort von den überwältigenden Gefühlen, die sein Gesicht verzerrten. Seine mitternachtsblauen Augen glitzerten, und er ging mit ihr schonungslos um, drängte sie tiefer in die Ecke. Als ob er ein Recht dazu hätte, spreizte er ihre Schenkel und schob seine Hände darunter. Die Muskeln in seinem Nacken spannten sich, dann hob er sie hoch und trat zwischen ihre Beine.

Hatte sie sich vorhin offen gefühlt? Nein, jetzt *war* sie offen.

Sie griff in sein Haar und riss daran; er knurrte. Knurrte und nutzte die Gelegenheit, sie zu küssen. Er setzte seine Zunge ein, ihr eine Botschaft zu übermitteln, und sie hörte sie so deutlich, als hätte er sie laut ausgesprochen. Sie konnte ihn so viel schlagen, wie sie wollte; er würde sie dennoch besitzen.

Sie schlug auf seine Arme, bis etwas sie dort unten berührte. Dort berührte, wo sein Finger hineingeglitten war. Entsetzt starrte sie ihn an.

Ernst starrte er zurück – und stieß vor.

Wann hatte er seine Hosen geöffnet?

Dann – wie konnte er glauben, dass er mit diesem ... diesem Körperteil in sie eindringen konnte? Er hatte erst begonnen, und doch verspürte sie einen brennenden Schmerz.

„Nicht!“ Sie begann sich zu winden, und er ließ sie gewähren. Er ließ sie gewähren, weil er sich, wenn sie sich wand und er gleichzeitig seinen Griff um ihre Beine lockerte, dann unausweichlich in sie schob. Der Schmerz wurde heftiger. Der Druck verstärkte sich, als eine unnachgiebige Kraft auf ein unbewegliches Hindernis traf.

Dann gab das unbewegliche Hindernis nach.

Plötzlich war er in ihr, ganz in ihr.

„Nicht“, rief sie wieder. Tränen machten ihre Stimme rau, und sie wischte sich mit ihrem Ärmel über das Gesicht. Sie wollte nicht, dass er sie weinen sah, aber sie konnte ihm nicht entkommen, konnte sich nicht vor ihm verstecken. Das hier war die größte Zudringlichkeit, der sie jemals ausgesetzt gewesen war.

Und das war wenigstens zum Teil der Grund dafür, warum er sie dazu gezwungen hatte. Sie erkannte das an der Art und Weise, wie er sie ansah, als ob jedes Zusammenzucken von ihr ihm Macht über sie verlieh. Verdammt. Verdammt möge er sein. Wie konnte er wissen, dass der Verlust ihrer Privatsphäre ihr beinahe ebenso verhasst war wie der Gefühlsaufruhr?

Sich vorbeugend leckte er sanft die Feuchtigkeit von ihren Wangen. „Sie sind mehr wert als deine Jungfräulichkeit", erklärte er heiser. „Deine Tränen sind mir mehr wert als alles Gold der Welt."

„Wie kannst du nur so grausam sein?" verlangte sie zu wissen. „Warum bereitet es dir Vergnügen, wenn ich leide?"

„Freude. Leiden. Leidenschaft. Es ist mir gleich, welche Gefühle du zeigst, solange du sie nur *mir* zeigst." Er spannte seine Beinmuskeln an. „Hast du noch Schmerzen?"

Natürlich hatte sie noch Schmerzen. Wenn er sich bewegt, werde ich sterben, dachte sie. Ihre Gedanken wirbelten durcheinander, suchten einen Ausweg, und dabei wusste sie genau, es gab kein Entkommen. „Und ich *war* Jungfrau", platzte sie heraus.

„Ich hatte nicht ... Recht", gab er zu.

„Das ist nicht dasselbe, wie wenn du sagst, dass du mir Unrecht getan hast."

„Nein."

Er stand zwischen ihren Beinen, seine Brust hob und senkte sich, er umklammerte ihr Gesäß, und war so tief in ihr, wie es nur möglich war. Er sah nicht so aus, als bedauerte er etwas, und ganz gewiss entschuldigte er sich auch nicht, und widersinnigerweise war sie darüber froh.

Seine Augen glitzerten, als stünde er unter großer Anspannung.

„Du kannst mich *jetzt* schlagen, wenn du willst."

Er öffnete die Lippen, als wollte er etwas sagen, seinen Fehler zugeben. Dann beugte er sich vor und küsste sie, und ihr wurde klar, dass er nie vorgehabt hatte, irgendeinen Fehler zuzugeben. Das war zu schwierig. Er wollte, dass sie ihn schlug, bis seinem Schuldgefühl und ihrem Ärger Genüge getan war. Dann würden sie weitermachen und zu Ende bringen, was sie begonnen hatten.

Das Unbehagen ließ nach. Das Gefühl von Ausgefülltsein vermittelte ihr eine seltsame Zufriedenheit. Und, Gott möge ihr helfen, sie wollte es auch zu Ende bringen.

Wollust. Sie war wollüstig.

„Mach schon", drängte er, „schlag mich."

Sie hob ihre Hand. Er zuckte zurück, aber sie legte sie bloß flach auf seine Wange. „Später."

18. KAPITEL

Es brannte. Und die Gefühle, die sie überschwemmten, waren zu überwältigend.

Das Brennen wurde stärker. Sollte das so sein?

Und doch rührte das leise Stöhnen, das sich ihr entrang, nicht von Schmerz oder Demütigung her, sondern von der Empfindung, die sie durchrann, als er ihre Stellung veränderte. Er hob sein Knie und stemmte es gegen die Wand, dann öffnete er sie mit seiner freien Hand, so wie er es zuvor schon getan hatte. Sie wimmerte, noch bevor er sie überhaupt berührte, in Erwartung des schier unerträglichen Sinnesreizes.

„Schließ ja nicht die Augen", warnte er sie. „Wage es nicht, auch nur zu versuchen, dich vor mir zu verstecken."

Sein angespannter Gesichtsausdruck verriet seine wahren Gefühle. Er mochte dies alles aus Wut begonnen haben, aber jetzt war er ebenso gefangen wie sie selbst. Er hatte sie gebrandmarkt, und sie hatte sich revanchiert. Jetzt waren sie so miteinander verstrickt, dass sie nicht wusste, wie sie ihm jemals entkommen sollte.

„Ich hoffe, du weißt, was du tust", flüsterte sie.

„Keine Sorge." Sein Mund verzog sich zu dem allerschönsten Lächeln, das sie je gesehen hatte. „Ich hoffe nur, dass ich auch das Durchhaltevermögen habe, es richtig zu machen."

Seine Finger zupften sanft an ihr, und sie bog sich zurück, als wäre sie vom Blitz getroffen worden.

„Gott im Himmel." Er klang beinahe andächtig.

„Was?" Sich an seinen Schultern festklammernd, presste sie die Finger in den Stoff seines Rockes.

„Ich kann fühlen, wie du mich umschließt, wenn ich ..." Er berührte sie wieder.

Sie spürte es auch. Es war nicht der gewaltige Ansturm auf ihre Sinne, den sie sich vorgestellt hatte, sondern ein feiner Reiz, den sie überall in ihrem Körper zugleich spürte.

„Ein bisschen mehr noch, Guinevere Mary." Seine heisere Stimme verriet zu gleichen Teilen Befriedigung und Frustration. „Lass uns das hier noch ein bisschen besser machen."

Er spürte förmlich, wie eine Welle der Lust sie durchströmte.

Er bog sich zurück.

Sie erschauerte.

Er hob sie ein Stück an.

Sie zuckte zusammen.

„Nicht", sagte sie drängend.

Er lachte atemlos. „Zu spät. Das hättest du früher sagen müssen."

„Das habe ich doch!"

„Lass mich mal überlegen." Er tat so, als ob er angestrengt nachdächte. „Du hast mich geohrfeigt. Du hast versucht, wegzulaufen. Du hast protestiert. Hm. Das bedeutet, dass mich nichts hat aufhalten können, und nichts wird mich jetzt noch aufhalten können."

Wut erfasste sie erneut. „Du bist widerwärtig", fuhr sie ihn an.

Er blickte hinab, dorthin, wo sie noch immer vereint waren. Sein Haar fiel ihm ins Gesicht. Dann schaute er auf, direkt in ihre Augen. „Ja", gab er zu. „Aber nur mit dir."

Er verlagerte sein Gewicht, spreizte seine Beine leicht, legte Mary seine Hände auf die Hüften und hielt sie fest, dann hob er sie erneut an. In Ekstase kniff er seine Augen zu schmalen Schlitzen zusammen.

„Du siehst aus wie neulich, als du den Brotpudding gegessen hast." Sie lachte glucksend und merkte, dass sie sich am Rande eines hysterischen Anfalles bewegte.

Er öffnete seine Augen wieder, musterte sie. „Du bist ein echter Leckerbissen", flüsterte er. Er drängte sich noch dichter an sie, so dass er sie dort mit seinem Körper berührte, wo eben noch sein Finger gewesen war. „Und ich bin besser als all die Träume, die du dir bisher immer verboten hast."

Dann küsste er sie, ein voll erblühter, leidenschaftlicher Kuss. Die Berührung seiner Lippen und sein in ihren Mund geblasener Atem erstickten ihr Gelächter. Ihr Blut begann zu singen, und eine Woge der Wollust erfasste sie. Er *war* besser.

Scin Kuss hatte die Regeln verletzt, aber warum sollte sie das überraschen? Sebastian brach Regeln. Sebastian tat, was immer nötig war, damit er seinen Willen bekam.

Leidenschaftlich sog er an ihrem Mund, und ihre Muskeln gaben nach, sie klammerte sich an ihn, als wollte sie ihn niemals wieder loslassen.

Er unterdrückte ein Stöhnen, dann begann er sich zu bewegen. Mit jedem Stoß erregte er ihre Sinne weiter, breitete sich mehr von der Hitze in ihr aus. In einem gleichmäßigen Rhythmus drang er ein, zog sich zurück, drang dann wieder ein. Jetzt war sie für die Feuchtigkeit dankbar, die sie zuvor in Verlegenheit gebracht hatte. Es machte es ihm einfacher, machte die Erfahrung beinahe angenehm ...

Ein weiteres Wimmern entwich ihr. Angenehm? Ihre Lungen, ihr Herz, jedes Organ in ihrem Körper war in Aufruhr. Ihr Rücken wurde gegen die Wand gepresst. Das Zimmer verschwamm vor ihren Augen. Alles, was er tat, brachte ihn ein wenig tiefer, auch wenn sie jedes Mal dachte, dass es nicht tiefer ginge.

„So gut. Besser noch, als ich es mir erträumt hatte."

Er murmelte etwas, und sie gewann den etwas vagen Eindruck, dass er sie trösten wollte, sie davon abhalten, ihn jetzt anzugreifen, wo er so verletzlich war. Aber ihr Körper hatte über ihren Verstand gesiegt und forderte nun sein Recht. Die einzige Anwandlung von Gewalt, die sie verspürte, war der Wunsch, ihn festzuhalten, ja, ihn zwischen ihren Beinen einzuklemmen. Sie zog die Knie an, passte sich seinen Bewegungen an, versuchte, ihn in sich zu halten, auch wenn er doch gar nicht vorhatte, sie zu verlassen.

Es schien ihm nichts auszumachen, ja, er schien es noch nicht einmal zu bemerken. Er sprach einfach weiter. „Ja, das ist es, mein Herz. Ein bisschen mehr. Etwas enger." Ein atemloses Lachen. „Könnte nicht enger sein."

Sie zitterte am ganzen Körper. Sie hatte eine Gänsehaut, aber ihr war nicht kalt.

Darin stimmte er mit ihr überein. „Aber heiß. Du bist heiß. Kannst du es fühlen? Fühl es, Süße. Kannst du ...“

„Ja!“ Ihn an der Hemdbrust fassend, schüttelte sie ihn. „Ich kann es fühlen. Sag jetzt nichts mehr. Lass es uns einfach tun.“

Das brauchte man ihm nicht zweimal zu sagen.

Die Muskelstränge in seinem Nacken spannten sich an, als er sie anhob. Ihre Arme und Beine bebten, während sie versuchte, ihm zu helfen, das hier *richtig* hinzubekommen.

„Ich kann dich halten.“ Seine Stimme schwankte, während ihre Körper nach einem primitiven Rhythmus tanzten. „Fühl es! Entspann dich und fühl es!“

Sie konnte sich nicht entspannen. Sie konnte nicht still halten. Sie hörte Schreie; es waren ihre eigenen. Sie sah ihrem Liebhaber ins Gesicht; er musterte sie eindringlich, frohlockend. In ihr wurde das Bedürfnis überwältigend. Sie fühlte die Spannung steigen, dort, wo sie vereint waren. Wieder und wieder. Plötzlich hörte sie nichts mehr, sah nichts mehr, *alle* Sinneswahrnehmungen versagten, allein der Gefühlsaufruhr blieb. Entzücken überwältigte sie. Sie wand und drehte sich hin und her, versuchte, sich ihm zu entziehen, ihm näher zu kommen, mehr zu bekommen.

„Ja, mein Herz, das ist es, ja. Ja.“ Er nahm sie ganz, sprach zu ihr, keuchte, gab ihr alles. „Heiß, so verdammt heiß. Mein Gott!“

Sie hörte Sebastian, aber sie verstand nichts von dem, was er sagte. Sie wollte das auch gar nicht; sie wollte nur das Feuer, die Erfüllung. Sie schrie auf.

Alle Hemmungen, alle Selbstbeherrschung, alles ging in der gewaltigen Aufwallung reiner Lust unter. Sie schlug ihn mit ihren Fäusten, rang mit ihm darum, den Höhepunkt zu erreichen, und er grinste nur in wilder Befriedigung.

Doch dann verging ihm das Grinsen, er versteifte sich jäh, bewegte sich noch heftiger in ihr und stieß einen Schrei aus, der ihrem in Inbrunst um nichts nachstand.

Sein Kopf pochte unter den Nachwirkungen der Anstrengung. Anstrengung und die unglaublichste Sinnlichkeit, die er je erlebt hatte. Mit ihr. Guinevere Mary Fairchild aus dem Hause seiner größten Widersacher.

Und zu seinem Erstaunen änderte das für ihn nichts an der einen unumstößlichen Tatsache: Sie war jetzt sein. Er würde niemandem gestatten, sich zwischen sie zu drängen.

Das Pochen in seinem Kopf wurde lauter. Er blickte zur Tür. Es war gar nicht in seinem Kopf. Jemand wollte herein. Verdammte Zofe, sie musste sich Unterstützung geholt haben.

Sachte zog er sich aus Marys Körper zurück, unwillig, sie zu verlassen, aber der Notwendigkeit gehorchend. Er traute diesen Idioten durchaus zu, dass sie auf die Idee verfallen würden, die Tür aufzubrechen.

„Pass auf. Ich stelle dich jetzt auf deine Beine, mein Herz."

Mary zwinkerte noch nicht einmal, und er hätte am liebsten gelacht. Nicht verärgert, aber aus Freude. *Er* hatte das getan. Er hatte die züchtige Haushälterin in ein Geschöpf aus Feuer und Licht verwandelt. Was für ein Triumph, sie so weit zu bringen ... und das schon bei ihrem ersten Mal.

„Kannst du stehen?" fragte er sanft.

Sie nickte, und er ließ sie langsam hinab und lehnte sie in die Ecke. Dabei hielt er sie stützend mit den Händen um die Taille, während sie ihr Gleichgewicht wiederfand.

Er hatte von dem Moment an, als er sie mit seinem Finger erforscht hatte, gewusst, dass sie noch Jungfrau war, aber aus ihrem Gespräch mit ihrer Zofe hatte er erfahren, dass Ian versucht hatte, das zu ändern. Sebastian war außer sich vor Wut gewesen.

Ja, er hatte augenblicklich erkannt, dass Mary viel zu eng

war, um schon einmal mit einem Mann gelegen zu haben, aber Bastard, der er war, hatte er mit seinem Angriff nicht aufhören können. Diese ungezügelten Reaktionen trotz ihres Widerstandes in ihr hervorzurufen, hatte ihm ein Gefühl der Macht verschafft.

Keine schöne Vorgehensweise, und auch nicht besonders edel, aber wenigstens belog er sich nicht selbst wegen seiner weniger angenehmen Charakterzüge. Diese Charakterzüge hatten ihm einst geholfen zu überleben, als alles andere in seinem Leben gestorben war. Er bekam, was er wollte, wie auch immer, und er hatte Mary Fairchild gewollt.

„Komm, Mary." Er legte seinen Arm um sie. „Lass dir zum Bett helfen."

„Ganz gewiss nicht."

Überrascht musterte er sie. Der Funke in ihr war wieder da, schwach noch, aber immerhin. Während er sie beobachtete, konnte er sehen, wie sie die Mattigkeit sexueller Erfüllung von sich warf und zu ihrem steifen Selbst zurückfand.

Jetzt wusste er es also. Guinevere Mary war niemals gefügig, außer für ungefähr fünf Minuten nach dem Liebesakt. Wenn er ihr Versprechen entlocken oder Gehorsam fordern wollte, so musste er es dann tun, wenn sie leidenschaftlich entrückt in seinen Armen lag.

„Du solltest dich hinlegen", sagte er.

„Das glaubst auch nur du."

Ja, sie erholte sich beinahe zu rasch. Sie versuchte, sich aus seinem Arm zu befreien, aber er gestattete ihr das nicht. Sie bemühte sich darum, ihre Unabhängigkeit zurückzuerlangen, wieder Mary sein, und das musste er auf jeden Fall verhindern. Er hielt sie mit der Unnachgiebigkeit, mit der man einer trotzigen Zweijährigen begegnet, fest.

„Warum glaubst du eigentlich, ich wäre so schwach, dass ich mich danach hinlegen müsste?“

Er steuerte sie weiter zum Bett und erlaubte sich, einen Hauch von Erschöpfung in seiner Stimme einfließen zu lassen. „Sogar ich musste mich nach meinem ersten Mal hinlegen. Tatsache ist, dass ich mein erstes Mal im Liegen erlebt habe.“

Trotzig schob sie ihr Kinn vor. „Frauen sind eben zäher als Männer.“

Offenbar. „Ich hatte gehofft, wir könnten diese Diskussion in einer etwas entspannteren Atmosphäre führen.“

„Entspannter?“ Sie nickte in Richtung der Tür, die mittlerweile unter dem immer ungeduldiger werdenden Klopfen erbebte. „Was wollen die eigentlich?“

Er hatte es fertig gebracht, sie zum Bett zu manövrieren, doch sie bemerkte es noch nicht einmal. Sie schenkte ihm keinerlei Beachtung, ignorierte ihn vollkommen. Seine Berührung, seinen Blick. Tat so, als wäre sie in Gedanken weit fort. Verärgert riss er sie in seine Arme, schubste sie aufs Bett und stützte seine Arme rechts und links von ihr ab, hielt sie gefangen – genauso, wie er es schon zuvor getan hatte. „Ich kann mir vorstellen, sie wollen sich vergewissern, dass genau das, was eben geschehen ist, nicht geschehen ist.“

Sie wurde rot. Richtig tiefrot, von dem Rand ihres Kragens bis zu ihrer Stirn. Und er war froh darüber. Er mochte es gar nicht, glauben zu müssen, dass das, was für ihn eine weltbewegende Erfahrung gewesen war, Mary nur kurz außer Gefecht gesetzt hatte.

„Und da ihnen das nicht gelingen wird, werden sie wissen wollen, wann die Hochzeit stattfinden soll.“

Jetzt wurde ihr Gesicht ganz bleich.

„Hast du daran gar nicht gedacht?“

Sie schaute an die Decke.

Er umfasste ihr Kinn und drehte ihr Gesicht zu sich. „Hast du nicht?"

„Ich habe überhaupt nicht gedacht", fuhr sie ihn an.

Gut.

„Du aber nicht minder, könnte ich mir vorstellen, oder wir befänden uns gar nicht in diesem Schlamassel." Sie versuchte, sich aufzusetzen. „Wenn du mich aus dem Bett lässt, werden wir tun, was wir nur können, um die Katastrophe abzuwenden."

„Da bin ich aber auf deine Vorschläge gespannt."

„Ich richte meine Kleider, du kämmst dir die Haare, und dann lassen wir sie herein und streiten einfach ab, irgendetwas Verwerfliches getan zu haben ..."

„Was wollen wir ihnen über das Blut da an deinen Schenkeln sagen?"

Sie zuckte zusammen, aber er war ganz offensichtlich schon wieder so wütend, wie er es vorhin gewesen war.

„Sie passen zu dem auf meinem ..."

„Nein!" Sie hielt ihm den Mund zu. „Sag es nicht."

Er umfasste ihr Handgelenk und zog ihre Hand von seinem Mund. „Sag es nicht? Es nicht zu sagen, ändert auch nichts an den Tatsachen. Was geschehen ist, ist geschehen, und ich bin *kein* Fairchild. Ich zahle meine Gläubiger aus. Lügen ist mir nicht in Fleisch und Blut übergegangen. Ich ruiniere auch nicht meine Nachbarn."

„Was haben meine Verwandten eigentlich getan, dich so zu erbittern?" verlangte sie zu erfahren. „Ich sollte das wissen, schließlich *bin* ich eine Fairchild."

Er verfluchte sich dafür, den Streit zwischen ihren Familien erwähnt zu haben, aber die Erbitterung brannte schon so lange in ihm, dass sie ein Teil seiner Seele geworden war. „Das ist jetzt ohne Bedeutung. Ich bin ein Durant, und deswegen tue ich das einzig Ehrenwerte. Ich werde dich heiraten."

„Nein."

Sie bemühte sich darum, ihre übliche Gefasstheit wiederzugewinnen, aber er sah, wie ihr Kinn zitterte.

„Wir werden die Fehde mit unserer Verbindung beilegen."

„Nein."

Die Klopfer an der Tür waren dazu übergegangen zu rufen. Sie machten genug Krach, eine ganze Kompanie aufzuwecken – oder Sebastians Anwesenheit in Mary Schlafzimmer dem ganzen Haus mitzuteilen.

„Wohin willst du dich denn wenden, mit deinem zerstörten Ruf?"

Sie schob sich das Haar aus dem Gesicht und schlang es im Nacken zusammen. „Wohin willst du dich denn wenden, wenn du erst einmal mit einer Fairchild verheiratet bist?" erkundigte sie sich, eine der seinen gleichkommende Unbarmherzigkeit beweisend.

„Ins nächste Bett."

Sie ließ ihr Haar los, so dass es wieder nach vorne fiel. „Das würde doch aber gar nichts daran ändern, wer ich bin."

„Ich werde dich zu einer Durant machen – indem ich dir unter die Haut gehe."

Sie starrte ihn verständnislos an, zu gleichen Teilen unsicher, was er damit meinte, und an seiner Fähigkeit zu scherzen zweifelnd.

Aber es *sollte* ein Witz sein, auch wenn er ihr ihre Unsicherheit nicht verübeln konnte. Er war nicht wie die Männer, die sie mit ihrer Aufmerksamkeit überschütteten. Er kümmerte sich nicht um die gesellschaftlichen Umgangsformen und hatte wenig in seinem Leben gefunden, das ihn zu belustigen vermochte. Aber er wäre ihr ein viel besserer Ehemann als all die anderen. Er kannte die Wahrheit über sie.

„Warum willst du mich nicht heiraten?“ fragte er sanfter. „Ich bin kein einfacher Mann, ich weiß, aber ich bin reich ...“

„Das bin ich auch“, warf sie rasch ein.

„Nicht annähernd so reich wie ich.“ Eine Tatsache, für die er mehr als dankbar war.

Dennoch war er kein solcher Dummkopf zu denken, damit wäre ihre Auseinandersetzung beendet. Er war sich selbst darüber im Klaren, dass Wollust ein armseliger Grund für eine Ehe war. Aber er hatte gar keine Wahl; er musste Mary einfach haben.

„Ich kann dich nicht heiraten. Zwischen uns würde es niemals Achtung geben oder Liebe ...“, ihre Lippen verzogen sich so verächtlich, wie er es noch nie zuvor gesehen hatte, „oder auch Aufrichtigkeit.“ Sie stolperte über das letzte Wort.

Sie wollte ihm also nicht die Wahrheit sagen? Ihr Misstrauen traf ihn, und er zog sich von ihr zurück. Mit schicksalsergebener Miene sagte er: „Wie du wünschst.“ Er ging zur Tür. „Dann wollen wir uns mal unserem Publikum stellen.“

„Eigentlich ist sie gar nicht richtig kompromittiert.“ Bramwell, ein Glas mit unverdünntem Rum in den bebenden Fingern, blickte die in seinem Arbeitszimmer Versammelten der Reihe nach Beifall heischend an. „Sie hatten ja beide ihre Kleider noch an.“

„Sebastian war in Marys Zimmer – allein.“ Lady Valéry hatte ein ebenso großes Glas wie Bramwell, allerdings mit Brandy gefüllt, doch ihre Hand zitterte kein bisschen. „Sie wissen selbst, wie unschicklich das ist.“

Mary saß auf einem Stuhl, starrte wie gebannt auf die schrecklichen Fratzen, die in das Holz des Schreibtisches geschnitzt waren, und wünschte sich so sehnlich wie vergeblich, irgendwo anders zu sein, irgendwo, wo der Geist ihres Großvaters weniger präsent wäre.

„Offensichtlich war mein Onkel Oswald in Ihrem Schlafzimmer allein mit Ihnen und kann seitdem kaum stehen." Bramwell schien unsicher, ob das eher ein Grund zum Lachen oder zum Schelten war.

„Darum geht es hier doch gar nicht. Ich bin auch keine Jungfrau mehr, und das schon seit ... ist ja auch egal, wie viele Jahre lang", erwiderte Lady Valéry. „Mein Ruf kann nicht mehr befleckt werden."

„Nein, nein." Bramwell machte eine beschwichtigende Handbewegung. „Natürlich nicht. Verzeihen Sie. Es liegt nur daran ... ich habe noch nie erlebt, dass meine Onkel sich so benehmen, so ..."

„Vernarrt?" Lady Valéry entspannte sich und lächelte. „Ganz reizende Gentlemen, alle beide. Aber sie sind wohl nicht sehr weit in der Welt herumgekommen, denke ich."

„Was soll das heißen?" entfuhr es Bramwell, dann legte er sich rasch eine Hand über die Augen. „Nein, ich will es gar nicht wissen. In diesem Gespräch geht es um meine liebe, liebe Nichte Mary, und wenn sie sagt, dass das, was zwischen ihr und diesem niederträchtigen Herrn hier vorgefallen ist, vollkommen unschuldig war, wer bin ich dann, an ihren Worten zu zweifeln? Ich wäre der Letzte, meine Nichte gegen ihren Willen zu einer Ehe zu zwingen, ganz besonders nach ihren bisherigen beklagenswerten Erfahrungen mit den Fairchilds." Bramwell bemühte sich darum, demütig zu klingen.

„Sie wurden doch auch zur Heirat gezwungen", bemerkte Lady Valéry. „Sind Sie denn unglücklich?"

„Ähm, äh ..." Bramwell erkannte das Dilemma, in dem er sich jetzt befand, wusste jedoch nicht, wie er da wieder unbeschadet herauskommen sollte. „Natürlich bin ich glücklich. Aber ebenso wie Ihre Jungfräulichkeit steht meine Ehe hier nicht zur Debatte."

Lady Valéry lachte anerkennend. „Ausgezeichnet, Lord Smithwick."

Bramwell wischte sich die schweißfeuchten Hände an seiner Hose ab und lächelte bescheiden.

„Aber Sebastians Kleidung war nicht zugeknöpft", fuhr Lady Valéry unnachgiebig fort. „Guter Gott, was für einen Beweis brauchen Sie denn noch?"

Die Diskussion dauerte jetzt schon, wie es schien, Stunden; Lady Valéry argumentierte für eine Heirat, und Bramwell blickte hilflos in die Runde. Allein hatte er keine Chance gegen Lady Valérys eiserne Entschlossenheit.

Wenn Nora da gewesen wäre, hätte er sich vielleicht durchsetzen können, aber sie war nur kurz in das Arbeitszimmer gekommen und hatte schweigend den Eröffnungssalven der gegnerischen Parteien gelauscht. Sie hatte erst Mary und dann Sebastian prüfend von Kopf bis Fuß gemustert. Sie hatte gelächelt, ein wenig traurig und leicht verzweifelt, war dann aus dem Zimmer gegangen und bislang nicht zurückgekehrt. Während ihrer Abwesenheit hatte Bramwell mehr und mehr Boden an Lady Valéry verloren.

Und doch kämpfte er verbissen weiter. „Es gibt noch eine andere Lösung, die dieser übereilten und peinlichen Verbindung vorzuziehen ist. Unser Cousin Ian hat seine Bereitwilligkeit zum Ausdruck gebracht, selber ..."

Mary warf Bramwell einen warnenden Blick zu. „Ich will das noch nicht einmal hören, geschweige denn in Erwägung ziehen", verkündete sie kühl.

Bramwell stritt nicht um ihr Wohl. Nein, es ging ihm einzig und allein darum, eine Hand, wie schwach sie auch sein mochte, auf ihr Geld legen zu können. Sein Vorgehen und seine Worte erklärten den Vorfall mit Ian auf dem Flur viel deutlicher, als es Mary lieb sein konnte. Es schmerzte sie, glauben zu müssen, dass der gut aussehende, freundliche Bramwell geplant hatte, sie mit ihrem eigenen Cousin zu ruinieren. Und es schmerzte noch mehr, entdecken zu müssen, dass Ian falsch war.

Oh, ja, der Geist ihres Großvaters hing noch immer in seinem alten Arbeitszimmer und verhöhnte sie. Es gelang ihr nur mit Mühe, ruhig weiterzuatmen, wenn sie daran dachte, was er damals zu ihr gesagt hatte: „Ich habe dir doch schon gesagt, du bist wie dein Vater – du lässt dich von unnützen Gefühlen beherrschen und unterliegst deshalb einem skrupellosen Gegner."

Mary blickte zu Sebastian. Da war er, ihr skrupelloser Gegner. Er lehnte gegen ein Bücherregal, in entspannter Haltung und auf empörende Art und Weise zufrieden mit sich selbst und der Welt aussehend. Und warum sollte er das auch nicht? Von ihr hatte er bekommen, was er wollte, und jetzt war er auf dem besten Wege, seinen Willen auch in dieser Angelegenheit durchzusetzen. In der Angelegenheit ihrer Heirat.

„Sebastian", rief Lady Valéry. „Du möchtest doch das Richtige tun, oder?"

Mary hatte sich die erste Stunde, nachdem sich die Tür geöffnet hatte und Sebastian hereingetreten war, verteidigt. Nun, da sie aufgegeben hatte, sprachen sie in ihrem Beisein über sie, als wäre sie nicht in der Lage zu verstehen, um was es ging, und wenn man Lady Valéry so reden hörte, hätte man meinen können, Mary wäre in derselben verzweifelten Lage wie ein schwangeres Dienstmädchen.

Noch schlimmer aber war, dass jeder die Situation so einschätzte.

Jeder außer Sebastian, dieser hinterhältige Teufel, der mit einem schmierigen Grinsen im Gesicht dort stand und großmütig anbot, ihren befleckten Ruf zu retten.

„Selbstverständlich werde ich das Richtige tun und erkläre zum wiederholten Male meine ausdrückliche Bereitschaft, Miss Fairchild zu heiraten."

Als er ihre Schlafzimmertür geöffnet hatte, war die Hölle über sie hereingebrochen. Es schien ihr, als ob jeder Dienstbote und jeder Gast hereingekommen war, angeführt von Lady Valéry und dieser verräterischen Zofe Jill. Die alte Dame ging beschwingten Schrittes und hatte ein triumphierendes Funkeln in den Augen; sie hätte bei ihrer „Entdeckung" nicht indiskreter sein können.

Sebastian selbst hatte auch noch Öl in das Feuer gegossen, das Marys guten Ruf in Schutt und Asche legte. Er hatte noch nicht einmal den Takt besessen, zu behaupten, er habe bloß vergessen, seine Hose zuzuknöpfen.

Aber sie war kein Dienstmädchen. Sie war eine Fairchild, und eine Fairchild, die nicht nur getötet hatte, als sie es musste, sondern auch ihre Jugend geopfert hatte, um sich und ihren kleinen Bruder durchzubringen. Sie mochte ihre Jungfräulichkeit verloren haben, aber sie würde nicht leichtfertig die hart erkämpfte Kontrolle über ihr Leben aufgeben.

Sie musste es noch einmal versuchen. „Ich will nicht ..."

Lady Valéry zeigte mit einem gichtgekrümmten Finger auf sie. „Du bist jetzt ruhig, Mädchen. Wir planen hier deine Zukunft."

„Mylady, ich brauche niemanden, der meine Zukunft für mich plant." Marys Ton war höflich, ihr Auftreten besonnen. „Es ist mir außergewöhnlich gut in den vergangenen Jahren gelungen, mich um mich selbst zu kümmern."

„Unsinn, Kind", erwiderte Bramwell. „Von einer Frau kann man wohl kaum erwarten, dass sie weiß, was gut für sie ist. Sieh dir doch nur deine mangelnde Diskretion in dieser Sache an."

Lady Valéry kicherte über Bramwells ungewolltes Eingeständnis.

Hastig fügte er hinzu: „Auch wenn alles ganz unschuldig war. Sitz einfach da, sei still, wie es sich für ein gutes Mädchen gehört, und überlass es uns Älteren, deine Zukunft zu regeln."

„Du kannst sagen, was du willst, ich werde ihn nicht heiraten."

Sie hörten einfach nicht zu. Bramwell und Lady Valéry hatten sich schon wieder ihrem Streit über Marys Zukunft zugewandt.

Mary starrte Sebastian an. Das hier war alles *seine* Schuld. Jeder Gast dieser Gesellschaft hielt sie nun für leichtfertig und flatterhaft, wo sie doch in Wirklichkeit ruhig und vernünftig war. Wenigstens war sie das gewesen, bis sie ihn das erste Mal nach zehn Jahren wiedergesehen hatte.

Neben sie tretend, sagte er leise: „Jetzt schau doch nicht so böse." Er legte ihr eine Hand auf die Schulter und begann die Stelle, wo sich die Muskeln vor Anspannung verhärtet hatten, sanft zu reiben. „Dich aufzulehnen, wird dir nicht helfen, weißt du? Du wirst mich heiraten. Du bist einfach zu vernünftig, um das nicht zu tun."

Vernünftig. Ja, sie war vernünftig – bis er sie berührte, so wie er es jetzt eben gerade tat. Bis er mit seiner Hand behutsam ihre Muskeln knetete und ihr treuloser Körper den Schmerz vergaß, den er verursacht hatte. Sie vergaß, dass jemand die Flure von Fairchild Manor unsicher machte, der über ihre Vergangenheit Bescheid wusste und Geld für sein Schweigen verlangte. Wenn Sebastians Finger über ihre Haut strichen, verschwamm dieses verhasste Zimmer vor ihren Augen, die Stimmen der anderen verloren sich, und in ihrem Unterleib breitete sich wieder diese feuchte Hitze aus. Dann verlor Mary, und Guinevere, diese der Gefühlsduselei ergebene, leichtfertige Person, erhob triumphierend ihr Haupt.

Sebastian gelang es immer, Guinevere hervorzulocken. *Das* war der eigentliche Grund dafür, warum Mary ihn nicht heiraten konnte.

„Denk doch nur", drängte er. „Du wärest in Sicherheit."

„Ich bin jetzt in Sicherheit", stieß sie hervor und wünschte sich gleichzeitig, er würde sich mit seiner Hand ihrer anderen Schulter zuwenden.

Was er sogleich tat. „Bitte, versuche einmal logisch zu denken, Mary. Du bist eine Erbin. Obwohl du bereits sechsundzwanzig bist, werden Männer dich um jeden Preis zur Frau haben wollen, und jetzt, da du ruiniert bist, werden diese Männer sich nicht mit solchen Kinkerlitzchen aufhalten, wie um dich zu werben. Wenn du mich heiratest, wärest du davor sicher."

Er hat Recht, dachte Mary.

Ich will nicht, jammerte Guinevere.

Mary war verblüfft. Guinevere wollte ihn nicht heiraten? Noch nicht einmal, um ein weiteres Mal diese erschütternden Höhenflüge von Leidenschaft und Befriedigung zu erleben?

Beide Hände umschlossen ihren Nacken, und er bog ihren Kopf nach vorne, um besser an die verspannten Muskelstränge heranzukommen. „Ich könnte auch viel für Hadden tun. Ich könnte ihn nach Oxford bringen, wenn er das wünscht, oder ihn auf eine *Grand tour* nach Griechenland und Italien schicken."

„Ich habe selber Geld – Geld, über das ich nicht mehr frei verfügen könnte, wenn ich dich heiraten würde."

„Über dein Geld will ich keine Verfügungsgewalt. Es ist das Geld deines Großvaters, und ich will weder mit ihm noch mit seinem Reichtum etwas zu schaffen haben."

Geld ist nie wichtig, dachte sie, solange man nur genug davon hat.

„Wenn wir heiraten“, fuhr er fort, „wird es ganz allein dir gehören; du kannst damit tun, was dir beliebt.“

Sie schnaubte. „Das sagst du so leichthin.“ Sie hatte die Augen halb geschlossen, während er mit seinen Daumen ihr Rückgrat knetete.

„Von diesem Augenblick an schwöre ich, alle Rechte an deinem Vermögen an dich abzutreten. Du kannst mit dem Geld tun, was du magst.“ Er schien dieses Versprechen für ausreichend zu halten, denn er wandte sich jetzt einem anderen Gesichtspunkt zu. „Du jedoch hast keine Beziehungen, die Hadden von Nutzen sein könnten, und es ist unwahrscheinlich, dass du sie allein bekommen könntest.“

Sie versteifte sich und versuchte, den Kopf von ihrer Brust zu heben. „Wegen meines Rufes, willst du sagen?“

„Das ist auch ein Nachteil für dich, ohne Frage.“ Seine Finger schlüpften unter die Haube, die sie sich hastig aufgesetzt hatte, und rieben ihre Kopfhaut direkt hinter ihren Ohrmuscheln. „Aber ich meinte die Tatsache, dass du eine Frau bist. Die Dekane an den Fakultäten scheren sich nicht um die Ansichten einer Frau. Sollte ich allerdings meinen Einfluss geltend machen und Hadden eine Empfehlung von ... sagen wir ... William Pitt beschaffen, dann bin ich überzeugt davon, dass sie mir Gehör schenken würden.“

„Du bestichst mich mit dem Wohlergehen meines Bruders!“ Ursprünglich war das spöttisch gedacht gewesen, doch es klang jetzt eher nachdenklich, fürchtete sie.

Und das musste es wirklich, denn er massierte nicht weiter, sondern sank ihr zu Füßen auf ein Knie nieder. Eigentlich wollte sie ihn gar nicht anschauen; er war die Fleisch gewordene Versuchung.

Er sprach leise, forderte weder, noch befahl er einfach, so wie er es gewöhnlich tat, sondern überredete sie sanft wie ein liebevoller Verehrer. „*Warum* willst du mich nicht heiraten? Ich kann mich nicht dafür entschuldigen, was ich getan habe, wenigstens nicht mit einem Mindestmaß an Aufrichtigkeit. Dazu war es einfach eine viel zu wundervolle Erfahrung."

Seine Stimme mochte zerknirscht klingen, aber das, was er sagte, bewies, dass er noch ganz der Alte war.

„Was bist du doch bloß für ein Widerling!"

„Das hast du mir schon so oft gesagt, dass ich fast selber glaube, es könnte stimmen. Es war nicht richtig zu tun, was ich getan habe. Ich habe mich in dir und deinem Charakter getäuscht."

Er stand auf, fuhr mit seinem Handballen leicht über ihre Wange und hob ihr Kinn, so dass sie ihn schließlich anschauen musste. Seine scharfen Züge. Das Haar, das sie mit ihren Händen zerwühlt hatte. Die breiten Schultern und den kräftigen Körper. Gott, sie war von seiner Kraft und seiner Stärke noch ganz wund. Dennoch hatte sie hier gesessen, über die Szene in ihrem Schlafzimmer nachgedacht und fragte jetzt: „Dachtest du, ich wüsste, wo das Tagebuch ist?"

Er zuckte zusammen. Sichtlich. „Ich bin ein Widerling, ein schuldiger, selbstgerechter Widerling."

Er sah schuldbewusst aus, aber das vermochte ihren Schmerz nicht zu lindern. „Hast du das die ganze Zeit lang, seit wir Schottland verlassen haben, gedacht?"

„Nein." Er schüttelte heftig den Kopf. „Nein, das war nur eine vorübergehende geistige Verirrung, hervorgerufen von der Erinnerung an die alte Fehde."

Und auch das Wissen, dass sie einen Mann getötet hatte? Sicher nicht. Sicher würde er es von sich weisen, eine Mörderin zu heiraten. Sie erschauerte kurz, als sie wieder an den Erpresserbrief dachte und an ihre aussichtslose Lage erinnert wurde.

„Ist dir kalt?“ Er rieb ihr die Arme.

„Nein, ich habe mich nur gerade gefragt ... wenn wir heiraten sollten und du etwas über mich hören würdest, das so abscheulich wäre ...“

„Ich würde es nicht glauben!“ Er rieb ihr immer noch die Arme, als wollte er sie wärmen. „Du bist eine Fairchild, aber vor allem bist du Guinevere Mary, und ich habe viel über dich erfahren. Du könntest jedes Verbrechens angeklagt werden, und ich wüsste dennoch, dass deine Tat gerechtfertigt wäre.“ Er musterte sie eindringlich. „Gibt es sonst noch etwas, das ich über dich wissen müsste?“

Fast hätte sie es ihm gesagt. Sie öffnete schon den Mund. Die Worte lagen ihr auf der Zunge. *Ich habe einen Mann ermordet.*

Aber sie konnte es nicht. Sie sollte, aber sie konnte einfach nicht. Und sie zögerte nicht etwa, weil sie sich um Haddens Zukunft sorgte oder Lady Valérys Entsetzen fürchtete. Sie zögerte, weil sie es nicht ertragen könnte, wie die Zuneigung in seinem Gesicht durch Abscheu und Verachtung ersetzt würde. Sie könnte es nicht ertragen, wenn Sebastian sie gering schätzen würde.

Sie schloss ihren Mund. Sie schüttelte den Kopf.

„Nein?“

Sie schüttelte erneut den Kopf, diesmal nachdrücklicher, und überlegte, dass sie sich den flüchtigen Ausdruck von Enttäuschung in seinem Gesicht eingebildet haben musste.

„Macht nichts. Auch wenn du gegen jedes der zehn Gebote verstoßen hättest, würde ich dich immer noch unbedingt heiraten wollen.“

„Du weißt nicht, was du da sagst. Nein.“

„Warum nicht?“

Sie schloss erschöpft die Augen. „Du bist ein Durant.“

Er lachte leise. „Du kümmerst dich doch gar nicht um diesen alten Streit. Du weißt ja noch nicht einmal, worum es dabei ging."

Sie schlug die Augen auf. „Dann sag es mir."

„Es hat nichts mit uns zu tun. Du nimmst das nur als Vorwand, hinter dem du dich verstecken kannst. Und das sieht der Mary, die ich kenne, überhaupt nicht ähnlich." Er spähte zu ihr. „Ist es diese Guinevere, vor der du dich fürchtest? Denn ich weiß, dass *sie* unlogisch ist."

Mary schaute auf und sah, wie Bramwell und Lady Valéry das Schauspiel vor ihren Augen mit unverhüllter Faszination verfolgten. Sie sah sich im Arbeitszimmer um und bemerkte, wie sehr die Gegenwart ihres Großvaters in diesem Raum verwurzelt war. Aber weder Bramwell noch Lady Valéry oder gar ihr Großvater hatten sie jemals verstanden oder sie genug gemocht, sich auch nur darum zu bemühen.

Sebastian dagegen hatte sie genug gemocht, und es war beschämend, wie erfolgreich er gewesen war.

Mary *saß* wieder fest im Sattel, sie dachte wieder klar und tat, was getan werden musste, und das, so vermutete sie, schloss die Heirat mit Sebastian ein. Er musste nichts von dem Mord wissen. Sie würde an das Geld kommen und diesen Kammerdiener irgendwie auszahlen. Und sie wäre nicht ruiniert. Und sie würde Sebastian eine gute Frau sein.

Dennoch jammerte ein Teil von ihr, diese *Guinevere, ich will nicht, ich will nicht. Guinevere* hielt verzweifelt nach Rettung Ausschau – warum? Warum? Mary wusste genau, warum, auch wenn sie es nicht ertragen konnte, sich die Wahrheit einzugestehen.

Guinevere Mary Fairchild hatte den Traum noch immer nicht aufgegeben, mit einem Mann die Ehe einzugehen, der sie liebte und achtete.

Und hatte sie nicht schon oft genug gesehen, dass Träume nur etwas für Schwachköpfe waren?

Als ihr klar wurde, dass sie sich wie ein Schwachkopf aufgeführt hatte, war ihre Entscheidung gefallen. Sie nickte, gefasst, bestätigend. „Lord Whitfield, ich werde Sie heiraten."

19. KAPITEL

Ian durchstreifte suchend die Ställe. „Hadd, alter Freund, wo bist du?" Feiner Staub verunzierte seine blank polierten Stiefel. Es war ihm egal. Alles war ihm egal. „Hadd ... ach, da bist du ja." Er lehnte sich über die Tür einer Box und sprach den jungen, breitschultrigen blonden Mann an, der gerade einen der Wallache striegelte. „Hast du nicht gehört, dass ich dich gerufen habe?"

Der Stalljunge richtete sich auf, und das Licht der Nachmittagssonne fiel auf sein Gesicht.

„Du bist ja gar nicht Hadd", sagte Ian anklagend. „Hör auf, dich für ihn auszugeben und sag mir sofort, wo ich ihn finden kann."

Der Stalljunge zupfte an seiner Stirnlocke, ohne auf Ians Ungerechtigkeit näher einzugehen, so wie es sich für einen guten englischen Diener gehörte. „Er is' draußen, hinten auf der Koppel. Arbeitet mit'm Hengst."

Ian stöhnte. Er war nicht erpicht darauf, sich dem Sonnenlicht auszusetzen, doch er wollte unbedingt mit Hadd reden. Er verspürte eine seltsame Verbundenheit mit dem anderen Fairchild-Bastard. Sie hatten sich angefreundet und als Ausdruck ihrer neuen Freundschaft mehr als einmal in der vergangenen Woche miteinander getrunken. Hadd hatte sich jeglicher abfälliger Bemerkungen über Ians Herkunft enthalten, und Ian hatte nach ein paar vorsichtigen Vorstößen aufgehört, etwas über Hadds herauszufinden.

Sie unterhielten sich über Pferde, die sie beide liebten. Sie unterhielten sich über die englische Gesellschaft, wobei sie sich einig waren, dass sie sie nie verstehen würden. Ab und zu beantwortete Ian Hadds Fragen darüber, was es bedeutete, ein Halb-Selkie zu sein, und wiederholte die Geschichten, die seine Mutter ihm erzählt hatte, soweit er sich noch daran erinnerte. Hadds Interesse am Althergebrachten war ungebrochen. Ian wusste, es war keine Neugier oder Sensationslust; für Hadd war er einfach ein Freund.

Der blaue Schimmer um Hadd verriet Ian dessen Achtung. Es war wirklich schwierig, ihn anzulügen.

Wie befürchtet, blendete ihn das grelle Sonnenlicht, als Ian auf dem Weg zu der Koppel aus dem Stall trat, aber er musste trotz seines Unbehagens grinsen, als er sah, dass es Hadd gelungen war, Quick zu einem Ritt zu überreden. Ian dachte, Hadd wäre zu sehr mit seinem Triumph beschäftigt, allerdings nur, bis der ihn fragte: „Ist er nicht eine Schönheit?"

„Das ist er tatsächlich", pflichtete Ian ihm bei.

Eines der besten Tiere der Fairchilds, ein Überbleibsel aus der Zeit, als seine Onkel noch geglaubt hatten, mit der Pferdezucht Geld zu verdienen. Das hätten sie auch gekonnt. Sie besaßen den Grundstock dazu. Aber Pferdezucht bedurfte geduldiger Aufmerksamkeit über eine lange Zeitspanne, und keiner seiner Onkel besaß die nötige Ausdauer dazu. Diese Chance, das Fairchild-Vermögen zu erneuern, war wie viele zuvor dahingeschwunden.

Und nun war Ians Chance, das Fairchild-Vermögen an sich zu bringen, ebenso dahingeschwunden, und es war seine eigene Schuld. Seine eigene verdammte Schuld.

Hadd ritt zum Zaun und machte Anstalten abzusteigen. „Hilfst du mir?“ bat er.

Ian zögerte nicht einen Moment. Er war betrunken, richtig, aber bei Tieren konnte er gar nichts falsch machen. Er kletterte also über die Balken und ging zum Kopf des Pferdes. Sachte hielt er Quick seine Hand hin und gestattete ihm, daran zu schnuppern. Er nahm das Zaumzeug, während Hadd sich aus dem Sattel schwang.

Hadd tätschelte den Hengst und lobte ihn, dann sagte er zu Ian: „Es ist reichlich früh am Tag, um voll wie eine Haubitze zu sein, oder?“

Ian blinzelte in die im Westen stehende Sonne. „Nein, ist es nicht. Es ist sogar eine ausgezeichnete Zeit, betrunken zu sein. Komm mit und leiste mir Gesellschaft. Ich will zu der Dorfkneipe gehen. Dort können wir die ganze Nacht bleiben.“

Hadd musterte ihn. „Ich habe zu arbeiten.“

Leichtfertig, nur von dem Wunsch beseelt, Gesellschaft zu bekommen, erklärte Ian: „Davon kann ich dich befreien.“ Und erkannte augenblicklich, dass er einen Fehler begangen hatte.

Hadd versteifte sich und presste seine Lippen zusammen. „Nein, vielen Dank, Sir. Die meisten Menschen müssen gelegentlich arbeiten. Die meisten Menschen tun es sogar gerne.“

Vielleicht lag es an der gewaltigen Menge Brandy, die Ian getrunken hatte. Vielleicht lag es an seiner Selbstverachtung. Aber ihm kam genau das Falsche über die Lippen, ohne dass er auch nur darüber nachdachte. „Bei Gott, du bist ein Fairchild. Du brauchst doch gar nicht zu arbeiten.“

Hadd schwang zu Ian herum, die Fäuste erhoben, und Ian erkannte, dass ihn nur Quicks Unruhe davor bewahrte, verprügelt zu werden. Hadd warf einen flüchtigen Blick auf den Hengst, dann wandte er sich wieder zu Ian um. „Du hast wohl nicht gehört, was ich gesagt habe. Mir gefällt es zu arbeiten, anstatt jungen Frauen wegen ihres Vermögens nachzustellen."

Ian schnaubte abfällig. „Das ist ja auch nicht mein liebster Zeitvertreib." Er streckte die Arme aus, so dass der Hengst ebenfalls schnaubend zurückwich. „Dieser Teil meines Lebens ist ohnehin abgeschlossen."

„Du bist verlobt?" Hadd betonte das Wort höhnisch.

Ein Hohn, der neben dem, was Ian schon von Leslie zu hören bekommen hatte, zur Bedeutungslosigkeit verblasste. „Schlimmer noch. Ich habe versagt! Ich bin ein Versager, glaub's mir."

„Die junge Dame hat sich also entschieden, den Mann zu heiraten, den sie liebt."

„Ja. Verdammt noch mal, ja. Und das ist meine Schuld."

Hadd schien inzwischen etwas weniger verstimmt über Ians Verhalten. „Ich kann mir dich nur schwer als Ehestifter vorstellen."

„Ein unbeabsichtigter, das kann ich dir versichern." Ian ging neben Hadd, als der den Hengst zum Stall zurückführte. Er verstand nicht, warum er das Bedürfnis hatte, diese Dinge dem jungen Mann anzuvertrauen. Jedenfalls fühlte er sich davon nicht besser. Aber genauso wenig begegnete ihm Mitleid auf dem Boden einer leeren Brandyflasche, und auf keinen Fall durfte er erwarten, es im Haus zu finden. „Ich habe versucht, sie zu kompromittieren, aber sie ist böse geworden."

„Böse?"

„Sie mochte meine Küsse nicht." Das hatte er noch nicht verwunden. „Sie hat mich behandelt, als ob ich ihr kleiner Bruder sei, der eine saftige Ohrfeige verdient."

„Autsch!" Jetzt zeigte Hadd etwas mehr Mitgefühl. „Das Gefühl kenne ich nur zu gut."

„Dann ist sie in ihr Schlafzimmer zurückgerauscht, und wer

hat da wohl auf sie gewartet? Na? Kein anderer als Sebastian Durant, Marquess of Whitfield."

Hadd blieb so plötzlich stehen, dass Ian ihn weiterschieben musste, damit ihm Quick nicht auf die Füße trat.

„Vorsichtig, Cousin." Ian taumelte und stolperte dann beinahe selbst Quick in den Weg. „Tut ganz schön weh, weißt du, wenn einem ein Pferd den Fuß zerquetscht."

„Lord Whitfield?" erkundigte sich Hadd gefährlich ruhig.

Ian hielt sich an einer Zaunlatte fest, bis er wieder sicher auf seinen Füßen stand. Nur noch ein kleines Stückchen, und dann wäre er endlich aus dieser verfluchten Sonne heraus. Er begann, sich ziemlich schlecht zu fühlen, so als ob all die Flaschen, die er in der letzten Woche geleert hatte, sich entschlossen hätten, ausgerechnet jetzt auf sich aufmerksam zu machen.

„Antworte mir, verdammt noch mal!"

„Was? ... Oh, ja. Lord Whitfield." Ians Gefühl, schlecht behandelt worden zu sein, gewann wieder die Oberhand. „Ja, dieser Kretin, dieser Hurensohn, dieser *Unmensch* hatte sich ebenfalls entschlossen, sie zu kompromittieren. Und er hat es getan, im Gegensatz zu mir. Er hat die Übeltat tatsächlich begangen." Er sagte das noch einmal, in der Hoffnung, die ständige Wiederholung würde ihm helfen, diese Tatsache endlich zu begreifen. Unglücklicherweise trat das Ersehnte ein, und dabei entging ihm, wie unheilvoll die Ruhe seines Gefährten war. „Sie werden heiraten, bevor die Sonne untergeht, wenn Lady Valéry irgendetwas dabei zu sagen hat." Er wischte sich einen Schweißtropfen von der Stirn. „Was sie natürlich hat. Sie kennt den Erzbischof von Canterbury."

„Bevor die Sonne untergeht?" Hadd schaute zu den Wolken, die sich in den Strahlen der untergehenden Sonne orange und rot verfärbten.

„Oder noch früher. Bei Gott, sie sind jetzt wahrscheinlich schon verheiratet. Gestern hat Lady Valéry einen Boten mit der Bitte um eine Sondererlaubnis zu ihrem Freund, dem Erzbischof, geschickt, und heute Morgen hat sie die Lizenz erhalten." Er konnte sich bei der Vorstellung, über so viel Einfluss zu verfügen, ein höhnisches Grinsen nicht verkneifen – eine kleine Geste des Trotzes angesichts des Neides, den er empfand. „Was für ein glücklicher Umstand, dass Canterbury so nah liegt."

Hadd nahm Quicks Zügel und schlang sie um einen Zaunpfosten. Dann drehte er sich zu Ian um, griff ihn am Kragen und zerrte ihn zu sich. „Sag mir jetzt sofort den Namen der Frau, die Lord Whitfield heiraten wird."

„He, alter Junge, sachte, sachte." Ian versuchte, Hadd beiseite zu schieben. „Du zerknitterst ja mein ..."

„Sag's mir!"

Hadd äußerte seine Frage wie jemand, der sein gutes Recht verlangte, und zum ersten Mal dämmerte Ian die Wahrheit. Langsam sagte er: „Meine Cousine Mary Fairchild." Er beobachtete das Mienenspiel seines Gegenübers und bemerkte die auflodernde Wut in den Augen des jungen Mannes.

Hadds Griff um das Halstuch festigte sich, bis Ian kaum noch Luft bekam. „Und sie war es auch, die du versucht hast zu kompromittieren?"

„Du hast gesagt, du wüsstest, wer dein Vater ist", flüsterte Ian. „Wer war es?"

Hadd fletschte seine kräftigen weißen Zähne. „Rate doch mal."

„Könnte es Charles Fairchild sein?" Ian schluckte, als Hadd nickte. „Und Mary ist ...?"

„Meine Schwester." Hadd holte mit seiner Faust aus. „Du bist nicht der erste Mann, den ich für den Versuch, meine Schwester zu verführen, verprügelt habe – und du wirst auch nicht der Letzte sein."

Ihren Stock in der Hand, ging Lady Valéry durch den prachtvoll geschmückten Ballsaal und belauschte dabei die Gespräche der Hochzeitsgäste mit so viel Schadenfreude, dass sie glaubte, wenn sie jetzt stürbe, würde sie geradewegs zur Hölle fahren.

Hinter einer Säule stehen bleibend, hörte sie eine von Bramwells Töchtern sich beklagen: „Aber Papa, er war doch in *meinem* Schlafzimmer."

„Das mag schon sein, aber deine Cousine hatte ihn in ihrem Schlafzimmer, als *seine Hose nicht zugeknöpft war*", bemerkte Bramwell knapp. „Jetzt sind sie verheiratet, und wir sind alle glücklich. Glücklich, habe ich gesagt, also lächle gefälligst auch."

Lady Valéry schlenderte weiter, um zu sehen, welches der Mädchen versucht hatte, Sebastian in eine Falle zu locken. Daisy, dieses liederliche Weibsbild, betupfte sich mit einem Taschentuch die Augenwinkel, während sie – wie befohlen – lächelte, bis ihr Blick auf Lady Valéry fiel. Sie warf ihren Kopf zurück und ging weg.

Alle lächelten, fiel Lady Valéry auf, auch wenn das Lächeln einiger aufrichtiger war als das anderer. Bramwells Töchter lächelten pflichtschuldigst. Marys Verehrer lächelten mit zusammengebissenen Zähnen, besonders Mr. Mouatt, der, so hieß es, schnellstmöglich eine Geldspritze brauchte, sonst würde er schon bald arm wie eine Kirchenmaus dastehen.

Sogar Mr. Everett Brindley lächelte den Jungvermählten mit funkelnden Augen zu. Man hätte meinen können, er wäre der Stifter dieser Ehe und nicht Lady Valéry, so stolz schien er auf die Verbindung, und Lady Valéry begann sich zu fragen, ob er vielleicht schon nicht mehr ganz richtig im Kopf war.

Auf der anderen Seite durfte man nicht vergessen, dass es einige alte, lächelnde Männer hier gab, die nicht ganz richtig im Kopf waren.

Leslie lächelte verzerrt, so als ob ihn sein verlängerter Rücken schmerzte, was eigentlich der Fall sein sollte. Schließlich hatte sie Schuhe mit besonders spitzen Absätzen getragen, als sie ihm den Tritt versetzt hatte. Calvin lächelte ihr zu, wobei er sich bemühte, galant und verführerisch zu erscheinen – leider erfolglos. Oswald lächelte in rührender Vernarrtheit – nun, wie hätte sie auch wissen sollen, dass er noch nie im Orient gewesen war? Und Burgess ... ah, Burgess hatte sie noch nicht ausprobiert. Burgess besaß Potenzial. Burgess lächelte hoffnungsvoll, und Lady Valéry dachte bei sich, dass sie seine Träume vielleicht heute Nacht wahr werden lassen würde.

Ob er wohl jemals in Italien gewesen war?

Bramwell lächelte pflichtbewusst, und Nora ... war gar nicht da.

Sie war nicht da gewesen, seit man Sebastian in Marys Schlafzimmer entdeckt hatte, und Lady Valéry hätte brennend gern gewusst, warum. Das Fairchild-Vermögen war ihrem Einfluss vom heutigen Tage an auf immer entzogen, und die Frau, die jede Bewegung der Fairchilds gelenkt hatte, war wie vom Erdboden verschluckt. Fragen nach ihrem Befinden wurden von Bramwell mit einem Schulterzucken beantwortet, und wenn er sich unbeobachtet glaubte, dann sah er selbst ratlos aus.

Er war ohne seine Frau verloren und hatte nur Unverständliches gestammelt, als Mary sich erhoben und ihre Absicht verkündet hatte, Sebastian zu heiraten. Nora hätte wenigstens darauf etwas Intelligentes zu sagen gewusst, aber noch nicht einmal die Hochzeit selbst hatte sie aus ihrem Versteck locken können. Wo konnte die Herrin des Hauses während einer so wichtigen Gesellschaft sein?

Natürlich hatte Lady Valéry mit großer Erleichterung zur Kenntnis genommen, dass Nora nicht erschienen war und der in die Enge getriebenen Mary Unterstützung gewährt hatte. Besser als jede andere kannte sie Marys Willensstärke, und im Stillen konnte sie Sebastian nur zu dem beglückwünschen, was er gesagt – oder getan – hatte, um sie umzustimmen und dazu zu bringen, seinen Antrag anzunehmen.

Jetzt standen die Jungvermählten nebeneinander, unter einem Bogen postiert, um die Glückwünsche der versammelten Gesellschaft entgegenzunehmen. Keine Braut hatte jemals schöner ausgesehen als Mary in ihrem hellgrünen Kleid mit dem Kranz aus Ginsterblüten im Haar, und kein Bräutigam hatte jemals besser ausgesehen als Sebastian, der wie gewöhnlich in düsteres Schwarz gekleidet war, aber ein so triumphierendes Lächeln zeigte, dass es in Mary den dringenden Wunsch erwecken musste, ihm eine Ohrfeige zu geben.

Ganz bestimmt juckte es Lady Valéry in den Fingern. Wusste er denn nicht, dass *sie* das hier alles geplant hatte? Dass *sie* ihm eine Falle gestellt hatte?

Er hatte doch gar keinen Grund, so selbstzufrieden zu sein, und sie entschloss sich, ihm das bei der nächsten sich bietenden Gelegenheit mitzuteilen.

Bramwell stellte sich neben die Musiker, bat um allgemeine Aufmerksamkeit, und die lachenden Gäste verstummten. „Wieder einmal“, begann er mit lauter Stimme, „ist es den Fairchilds gelungen, einen Hauptgewinn unter den Junggesellen als Bräutigam meiner Nichte der Familie hinzuzufügen. Lord Whitfield bringt nicht nur einen Titel und ein Vermögen ...“

Lady Valéry zuckte zusammen.

„... nein, seine Ehe hat auch unter eine lang währende, hässliche Fehde einen Schlussstrich gezogen. Als Oberhaupt der Familie Fairchild möchte ich Lord Whitfield von Herzen willkommen heißen."

Höflicher Applaus für diese Ansprache brandete auf, auch wenn, wie Lady Valéry genau wusste, die meisten Anwesenden eine offene Auseinandersetzung dieser aufgesetzten Harmonie vorgezogen hätten. Sebastian deutete in Bramwells Richtung eine Verbeugung an. Als Bramwell die Geste erwiderte, sah Mary zum ersten Mal an diesem Abend wirklich glücklich aus.

Dann meldete sich Leslie zu Wort. „Schön gesagt, Neffe. Aus einem ewig zurückliegenden Dummejungenstreich ist meiner Ansicht nach ohnehin viel zu viel gemacht worden."

Sebastians Lächeln erstarb.

„Aber meine Brüder und ich wollen beweisen, dass wir gegen die Whitfields keinen Groll mehr hegen ..."

„Groll hegen!" rief Sebastian empört.

„... und zum Zeichen dafür möchten wir dem jungen Paar unser Hochzeitsgeschenk übergeben." Leslie schenkte Sebastian ein süßliches Lächeln und machte jemandem an der Tür des Ballsaals ein Zeichen.

Lady Valéry fühlte sich an eine gewisse böse Fee erinnert, die ihr Geschenk präsentierte, um dadurch das Fest zu verderben.

Vier Männer trugen einen großen schweren, mit einem Tuch verhüllten Gegenstand herein. Sie stellten ihn auf dem Boden ab und traten zurück; Leslie wartete einen Moment und zog dann mit einem Ruck das Tuch fort.

Die edle Bronzefigur eines aufsteigenden Hengstes war fast hüfthoch und ausgezeichnet gearbeitet. Lady Valéry konnte jede Sehne und jede Ader an dem Pferdekörper genau erkennen. Die erhobenen Hufe waren glänzend poliert, und an dem Unterleib der Statue erhob sich stolz sein beeindruckendes Geschlechtsorgan.

Ein Augenblick lang herrschte in dem Ballsaal erstauntes Schweigen.

Dann kicherte jemand.

Und Lady Valéry, deren Gehör nicht unter ihrem Alter gelitten hatte, hörte Bramwell flüstern: „Gott steh uns bei."

Sebastian hätte ebenso aus Bronze gegossen sein können, so reglos stand er da, sein Gesicht bar jeder Gefühle. Mary, das arme Mädchen, verstand ganz offensichtlich nichts von dem, was vor sich ging – und sie schien auch gar nicht darauf zu achten. Stattdessen hing ihr entsetzter Blick gebannt an einem der Diener.

Lady Valéry besah ihn sich genauer.

Es war dieser verfluchte schmierige Lakai, der Mary im Flur angesprochen hatte. Ohne seinen Namen zu kennen oder den seines Arbeitgebers, war es Lady Valéry unmöglich gewesen, ihn ausfindig zu machen. Und jetzt, wo sie den Schurken erwischt hatte, wandte sich Leslie mit einem bösen Lächeln, das seine falschen Zähne enthüllte, an Mary.

Er wies mit großer Geste auf das Standbild. „Möge die Statue dich immer daran erinnern, was einen echten Hengst ausmacht."

Mary schenkte ihm keinerlei Beachtung, aber Sebastian starrte ihn an, als plane er einen Mord, und Leslie bewies genug Vernunft, Schutz suchend hinter die Bronzefigur zu treten.

Dann entstand am Eingang Unruhe, und alle Aufmerksamkeit verlagerte sich dorthin. Verärgerte Stimmen wurden laut, deutlich zu hören in der unnatürlichen Stille einer gestörten Feier. Eine Gruppe ineinander verkeilter Lakaien taumelte in den Saal. Sie sahen aus wie Bienen, die ihre Königin umschwärmten, und die Königin – oder war es ein König? – zog sie unaufhaltsam mit sich.

Jemand kämpfte sich frei, und Lady Valéry erkannte ihn augenblicklich. *Verhängnis*, rief ihr Verstand warnend. *Gefahr.* Sie musste etwas unternehmen, und das sofort, oder Sebastian würde sich auf dem Boden ausgestreckt mit neuen Schrammen versehen wiederfinden. Sie ging auf den jungen Mann zu, der sich den Jungvermählten näherte. Sie bekam ihn am Arm zu fassen, doch er versuchte, ihre Hand einfach abzuschütteln. Dann aber bemerkte er, wer ihn da festhielt, und blieb abrupt stehen – und starrte sie an. Er kannte sie gut genug, um zu wissen, wer für diese Hochzeit verantwortlich zu machen war.

„Hadden!" Marys erfreuter Ausruf machte seinem stummen Vorwurf ein Ende, und sie warf sich ihrem Bruder entgegen.

Er schloss sie in die Arme. „Mary." Sie ein Stück von sich fortschiebend, blickte er ihr forschend ins Gesicht. Er schien dort etwas zu entdecken, denn er sagte: „Dann stimmt es also, du bist verheiratet."

„Es ist noch keine Stunde her. Bist du von Schottland hierher gekommen?" Sie klammerte sich an ihn. „Du hättest rechtzeitig hier sein können!"

„Er ist schon die ganze Zeit über hier gewesen." Sebastian raste innerlich noch vor Wut über den Fehdehandschuh, den Leslie ihm hingeworfen hatte, nur um sich jetzt mit einer neuen Herausforderung konfrontiert zu sehen. Ihm fielen die Veilchen um Haddens Augen auf und er wusste plötzlich wenigstens ein Rätsel gelöst. „Ich könnte mir vorstellen, dass er für meinen zweiten Satz Schrammen verantwortlich zeichnet."

„Und deinen dritten." Mit geballten Fäusten umrundete Hadden seine Schwester und trat Sebastian entgegen, aber Mary hielt ihn am Ärmel fest.

„Nicht hier", bat sie ihn. „Bitte mach hier keine Szene. Es hat hier heute schon genug Szenen gegeben, um mir mein Leben lang zu reichen."

Hadden warf einen flüchtigen Blick auf die stetig anwachsende Menge, die sich um sie versammelte. Geflüsterte „Fairchild" und „Stallbursche“ und „Bastard“ flogen durch den Ballsaal. Sebastian hörte sie und wusste, Hadden musste sie ebenfalls vernommen haben, denn er nahm seine Schwester beim Arm und führte sie zur Tür. Sie schaute sich verzagt um, nicht nach Sebastian, wie er es erwartete hatte, sondern zu einem der Männer, die die Bronzestatue hereingetragen hatten.

Der Mann bedachte sie mit einem hässlichen Grinsen, und Sebastian blieb stehen. Wer wagte es da, seine Braut schief anzusehen? Er begann, auf den Diener zuzugehen.

Lady Valéry hielt ihn zurück. „Vergiss den Hengst. Vor uns liegt ein größeres Problem.“

Sebastian schaute sich noch einmal nach dem unverschämten Mann um, aber der war bereits in der Menge untergetaucht. Und so musste er ihn gehen lassen. Wie seine Patin schon gesagt hatte, mussten sie jetzt erst mit Hadden fertig werden. Er führte sie durch das Gedränge und bemerkte Bramwell, der unentschlossen am Rand stand.

Lady Valéry schüttelte entschieden den Kopf und sagte, als er mit erleichterter Miene zurücktrat: „Bramwell vermisst Lady Smithwick schmerzlich. Ohne sie weiß er nicht, was er tun soll.“

„Seinen Onkel erschießen böte sich doch an“, bemerkte Sebastian.

Leslie stand missmutig da, sein rot geschminkter Mund schmollend verzogen, da Haddens Auftritt seine Grausamkeit überschattet hatte.

Sebastian wandte sich an die drei verbliebenen Lakaien: „Schafft mir diese verdammte Statue hier raus. Ich will niemanden zu weiteren Witzen auf meine Kosten ermutigen.“

Die Lakaien gehorchten mit einem gleichmütigen Schulterzucken und schleppten die schwere Figur ächzend in den Korridor.

„Hier.“ Sebastian deutete auf einen geeigneten Raum, und der Butler eilte ihnen mit einem Kerzenleuchter voraus.

Mary zögerte kurz, trat dann aber mit einem kleinen Schauder ein.

Die Lakaien brachten die abscheuliche Statue und stellten sie in der Mitte von Bramwells Arbeitszimmer ab. Sebastian konnte sich nur gerade so weit beherrschen zu warten, bis sie wieder aus dem Zimmer gescheucht worden waren, bevor er mit dem Finger auf den aufsteigenden Hengst zeigte. „Ich werde das Ding da einschmelzen und Pennies daraus machen lassen. Eine Menge Pennies.“

Lady Valéry besah sich die beleidigende Skulptur von allen Seiten. „Es ist wirklich gut gearbeitet. Du könntest es behalten und in den Eingang bei den ...“

Er starrte sie ausdruckslos an.

„Aber Pennies *wären* sicher besser“, pflichtete sie ihm bei. Sie ging zu der Anrichte mit den Karaffen und goss für jeden ein Glas ein.

Mary schenkte ihr keine Beachtung. Sie hatte nur Augen für Hadden.

„Warum bist du gekommen? Ich habe dir doch gesagt, dass ich keine Hilfe brauche.“

„Nein. Du hast dich nur so mal gerade eben von dem Patensohn Ihrer Ladyschaft kompromittieren lassen.“ Wie ein blonder Gott hatte Hadden sich vor Mary aufgebaut.

Aber seine Schwestergöttin weigerte sich, seine Überlegenheit anzuerkennen. „Ich wüsste nicht, wie deine Gegenwart das hätte verhindern können.“

Hadden blickte zu Sebastian. „Ich hätte ihn verprügelt, diesen ...“

„Eine Schlägerei!“ Mary schlug die Hände vor ihrem Busen

zusammen. „Und mit Lord Whitfield. Hadden, du hättest verletzt werden können."

Hadden schloss einen Moment lang gequält die Augen, als Sebastian ihm unerwartet zur Seite sprang. „Du bist seine Schwester. Was meinst du sollte er denn sonst tun, wenn er feststellen müsste, dass ein Mann in deinem Schlafzimmer war?"

„Er ist noch viel zu jung für eine Schlägerei", beschied Mary spitz.

Sebastian gelang es zwar, sein Lachen zu unterdrücken, aber er konnte seine Belustigung nicht ganz verbergen. „Es gibt sicher ein paar Leute" – *alle* – „die sagen würden, dass er guten Grund für seine Feindseligkeit mir gegenüber hat, und ich möchte doch auf die Tatsache hinweisen, dass er mir bereits schon einmal deutlich überlegen war."

„Unterbrich mich jetzt nicht, Sebastian. Das hier geht nur meinen Bruder und mich etwas an."

Sebastian hob eine Augenbraue und schaute Lady Valéry fragend an, als sie ihm sein Glas reichte. „Das kann unterhaltsam werden", murmelte sie.

Hadden sah sowohl frustriert als auch duldsam aus. „Mary, du bist verheiratet und ich habe das Recht zu fragen, wie es dazu gekommen ist."

„Du hörst dich an wie Onkel Bramwell." Mary winkte das für sie bestimmte Glas und Lady Valéry fort.

„Ich weiß bereits, dass dieser Mann sich deine Hand erzwungen hat." Hadden leerte seinen Brandy in einem Zug. „Es wird *das* Gespräch in ganz England in den kommenden Jahren sein." Er warf Lady Valéry einen finsteren Blick zu.

Sie lächelte ihn offen an.

„Ich habe ein Recht darauf, auch alles andere zu erfahren", beharrte Hadden.

„Ganz gewiss nicht!" Mary sah entrüstet aus, wie eine Pfauhenne mit gesträubten Federn.

„Ich glaube, *das* hat er nicht gemeint." Lady Valéry ließ sich in einen Stuhl sinken.

Hadden ging zu der Statue und schlug mit der flachen Hand dagegen. „Ich würde zu gerne wissen, warum ein Whitfield eine Fairchild heiraten will, wo doch *dies* zwischen den Familien steht."

„Eine Statue? Was soll das?" Mary drehte sich zu Sebastian um. „Was hat es mit diesem Pferd eigentlich auf sich?"

Über das Arbeitszimmer senkte sich Schweigen, alle Augen richteten sich auf Sebastian. Sollte er es erklären? Jetzt, heute, wo seine Hochzeitsnacht unmittelbar bevorstand? „Es ist nicht wichtig", erwiderte er.

Hadden betrachtete erneut die Statue. Mit zusammengekniffenen Augen beugte er sich vor und zog ein Blatt Papier unter den tänzelnden Hufen hervor. Er musterte es eindringlich.

„Leslies Karte?" erkundigte sich Sebastian verbittert. Dann hob er abwehrend die Hände. „Ehrlich, die Skulptur und das, wofür sie steht, ist unwichtig. Wichtig ist, dass ich weiß, nicht alle Fairchilds sind aus demselben Stoff gemacht."

„Ich wünschte, jemand würde sagen ...", setzte Mary an.

„Was ist mit den Verträgen?" Hadden steckte sich das Stück Papier in die Tasche. „Ich vermute mal, du, Mary, hast einen Ehevertrag unterzeichnet."

Sebastian entspannte sich ein wenig. Hadden wollte also auch nicht, dass der alte Streit noch einmal breitgetreten wurde. „Wir haben Verträge unterzeichnet", bestätigte Sebastian.

„Ich habe die Verhandlungen für Mary geführt." Lady Valéry nippte von ihrem Ratafia. „Sie hat ein großzügig bemessenes Nadelgeld zur Verfügung und darf frei über ihr Vermögen bestimmen. Sollte Sebastian irgendetwas zustoßen, wird sie seine Geschäfte führen, solange sie möchte."

„Ausgesprochen großzügig." Hadden klang verblüfft.

„Deine Schwester zu heiraten, war mein innigster Wunsch", unterrichtete ihn sein neuer Schwager.

„Siehst du, Hadden?" Mary legte ihm ihre Hand auf den Arm. „Nichts Schreckliches ist geschehen, das deine Einmischung rechtfertigen würde."

„Ich glaube nicht, dass man die Besorgnis eines jungen Mannes um das Wohlergehen seiner Schwester als Einmischung bezeichnen sollte."

Sebastian trat neben sie und schob ihr eine Locke über die Schulter auf den Rücken. „Ich würde es brüderliches Verantwortungsbewusstsein nennen."

„Das verstehst du nicht." Mary wandte sich Beifall heischend an Lady Valéry. „Sollte ich mir nicht um die Sicherheit meines Bruders Sorgen machen dürfen?"

„Selbstverständlich darfst du das." Lady Valéry bedachte sie mit einem sonnigen Lächeln. „So wie er sich um deine."

„Er ist doch kaum mehr als ein Junge!"

Lady Valéry lachte gackernd, und Sebastian umfasste Marys Gesicht mit beiden Händen. Behutsam drehte er es, so dass sie Hadden anschauen musste. „Sieh ihn dir an. Er ist kein Junge mehr, er ist ein Mann. Er kann auf sich selbst aufpassen."

„Und er kann auf dich aufpassen", bemerkte Hadden.

„*Ich* werde auf meine Frau selbst aufpassen", stellte Sebastian sanft richtig. „Sie ist jetzt mein, und ich verspreche dir, dass du niemals einen Grund haben wirst, dich mir mit erhobenen Fäusten zu nähern."

Hadden schaute Sebastian in die Augen, prüfte ihn, fand ihn seines Vertrauens würdig und streckte ihm die Hand hin. „Solange du nur weißt, solltest du ihr wehtun, werde ich dafür sorgen, dass es dir Leid tut."

„Ihr sprecht über mich, als wäre ich gar nicht da", sagte Mary aufgebracht und ungläubig zugleich, als die beiden Männer sich die Hände schüttelten.

Sebastian trat näher, bis er ganz dicht neben ihr stand, und legte ihr den Arm um die Hüfte, ließ sie seine Stärke und Wärme spüren. „Lass uns in unser Schlafzimmer gehen, und ich werde auf eine Art und Weise mit dir reden, von der ich dir versprechen kann, dass sie dir gefallen wird."

Sie versteifte sich, als er versuchte, sie fortzuführen, wandte sich aber geschwind zu Hadden um, als der sprach.

„Ich würde meiner Schwester gerne eine Frage stellen, wenn ich darf."

„Natürlich darfst du." Mary löste sich von Sebastian. „Was denn?"

„Ist eigentlich irgendwie jemals die Sprache auf das ... Problem gekommen, das uns vor einiger Zeit in England begegnet ist?"

Hadden formulierte seine Frage vorsichtig. Sehr vorsichtig.

Sebastian warf Lady Valéry einen fragenden Blick zu, die aber bloß mit den Schultern zuckte. Sie schauten beide wieder zu Mary.

Sie stand mit vor ihrem Schoß gefalteten Händen da, die Augen zu Boden geschlagen, die Wangen leicht gerötet. „Ich habe kaum einmal daran gedacht", erklärte sie.

Hadden rieb sich das Kinn und betrachtete sie nachdenklich. „Wirklich?" Man konnte deutlich hören, dass er ihre Antwort in Zweifel zog. „Es hat überhaupt keinen Ärger deswegen gegeben?"

Mary entwickelte urplötzlich eine ihr sehr gelegen kommende

Taubheit. Ihre Fingerspitzen auf Sebastians Ärmel legend, sagte sie zu ihm: „Du wünschtest zu gehen, Sebastian. Ich harre des Vergnügens, das du mir versprochen hast."

Dieser Ausdruck! *Ich harre des Vergnügens, das du mir versprochen hast.* Es stimmte natürlich nicht. Sie wollte bloß Haddens unangenehmen Fragen entkommen, aber Sebastian würde sein Glück ganz bestimmt nicht gefährden.

Und es war auch nicht wahrscheinlich, dass das Zucken von Marys Augenlid oder das Zittern ihrer Lippen seiner Aufmerksamkeit entginge. Sie war irgendwie in Schwierigkeiten geraten, und er würde baldmöglichst herausfinden, worin sie bestanden.

Vielleicht morgen früh. Nach ihrer Hochzeitsnacht.

Erst nachdem Hadden zugesehen hatte, wie seine Schwester und ihr frisch angetrauter Ehemann gegangen waren, und auch Lady Valéry das Zimmer verlassen hatte, um ihm eine angemessene Unterkunft auf Fairchild Manor zu besorgen, holte er das Blatt Papier aus seiner Hosentasche. *Lady Whitfield* stand darauf. Es war mit einem Wachsklecks verschlossen, trug aber keinen Siegelabdruck.

Er brach es. Er las die Nachricht. Er fluchte. Dann eilte er aus dem Zimmer und zurück zu den Ställen.

20. KAPITEL

„Ist dieses Schlafzimmer nach deinem Geschmack?" Sebastian lächelte, während er mit einer umfassenden Handbewegung auf das Zimmer im Flügel für verheiratete Paare wies. ‚Er gibt sich Mühe', dachte sie, ‚charmant zu sein.' „Die Diener haben unsere Sachen heute Nachmittag hergebracht ... während wir geheiratet haben."

„Dieses Schlafzimmer ist sehr schön.“ *Du bist es, den ich nicht mag.* Aber das sagte sie nicht, weil er das als Herausforderung auffassen würde, und weil es nicht ganz zutraf. Er war ausgesprochen liebenswürdig gewesen, seit sie zugestimmt hatte, seine Frau zu werden ... gestern erst.

Und warum nicht? Er hatte ja seinen Willen bekommen.

Sie betrachtete ihn, wie er da an die Tür gelehnt dastand, ihr dadurch jeden Fluchtweg abschnitt. Und er würde wieder seinen Willen bekommen, wenn man von dem Ausdruck in seinen Augen schließen konnte. Er sah sie mit so viel Besitzerstolz wie der Eigentümer eines neuen Pferdes an.

„Du siehst ganz schön verängstigt aus.“ Seine Stimme klang sanft; ihr neuer Herr, der sich ihr vorsichtig mit Zaumzeug und Sattel näherte.

„Verängstigt?“ Seinen Augen ausweichend, ging sie zur Frisierkommode und ordnete die Bürsten und Kämme anders an. „Ich bin nicht verängstigt.“

„Wirklich?“

Sie hörte, wie er hinter sie trat, das leise Geräusch seiner Ledersohlen auf dem Holzfußboden. Sie spürte, dass seine Augen auf ihr ruhten, und als er eine Locke ihres Haares berührte, zuckte sie zusammen.

Hastig sagte sie: „Alles ist in Ordnung, ehrlich.“ Eine höchst einfältige Bemerkung, wenn doch so offensichtlich alles *mitnichten* in Ordnung war.

„Jedenfalls ist das Gefühl in deinen Augen, wenn du mich ansiehst, ganz bestimmt keine Vorfreude – falls du mich überhaupt ansiehst.“ Er strich ihr wieder übers Haar, und dieses Mal wirbelte sie fort und drehte sich dann zu ihm um, blickte ihm ins Gesicht. „Ich würde es Vorsicht oder sogar vielleicht Furcht nennen.“

„Ich bin nicht ...“ Aber sie war. Sie war hin- und hergerissen zwischen dem Wunsch, ihn nicht aus den Augen zu lassen, um jedem seiner Vorstöße begegnen zu können, und dem Verlangen, einfach die Augen zu schließen und sich innerlich gegen seine Berührung zu stählen.

„Jungfrauen sollten zärtlich in die Liebe eingeführt werden, nicht einfach gegen die nächste Wand gedrängt und zu einer Erwiderung gezwungen werden. Ich habe dir wehgetan.“ Er stemmte die Hände in die Hüften. Er sah zwar ungeduldig aus, klang aber nachsichtig. „Die Gäste werden bis in die frühen Morgenstunden weiterfeiern. Die Fairchilds sind ausreichend damit beschäftigt, sich um ihre Gäste zu kümmern.“ Er klopfte mit seinem Fuß lässig auf den Boden. „Würdest du jetzt gerne den Safe öffnen?“

Sie schien den Grund unter ihren Füßen verloren zu haben. „Wie bitte?“

„Ich war gestern Morgen in deinem Zimmer, um dich zu fragen, ob du mit mir kommen wolltest, den Safe zu öffnen. Aber dann hast du mich von meinem eigentlichen Anliegen abgelenkt.“ Er entledigte sich seines Krawattentuches und seines schlichten, aber ausgezeichnet gearbeiteten Rockes. „Doch es gibt keinen Grund, warum wir es nicht jetzt tun sollten.“

„Was jetzt tun?“ wiederholte sie benommen.

„Den Safe öffnen.“ Offensichtlich war es ihm gelungen, sein Verlangen zu zügeln. „Ich hatte unsere Mission fast vergessen, aber der liebe Onkel Leslie und diese verfluchte Statue haben mich wieder daran erinnert – wenn wir das Tagebuch finden können, können wir von hier verschwinden.“

Verzweifelt bemühte sie sich um einen klaren Gedanken. Was sollte sie darauf nur antworten?

Er fuhr fort, so als hätte sie seinem Vorschlag zugestimmt.

„Du solltest wieder dieses alte Kleid, das du anhattest, als du aus der Küche kamst, anziehen."

Ihr Kopf fuhr herum, und sie schaute an sich und dem grünen Seidenkleid, das sie trug, herab. „Ich soll mein Kleid ausziehen?"

„Hinter dem Wandschirm." Trocken fügte er hinzu: „Ich verspreche auch, dir nicht zu helfen." Seine eigene Weste und sein schneeweißes Hemd ablegend, schritt er zu dem Schrank und begann darin zu wühlen. Mary blieb nur ein flüchtiger Augenblick, seine sehnigen Schultern und seinen muskulösen Rücken zu bewundern, bevor er sich umdrehte, ein einfaches schwarzes Hemd und einen passenden Rock in den Händen. Als er sie dastehen sah, die Hände reglos an den Seiten, blitzte in seinen Augen kurz Leidenschaft auf. „Beeil dich, ehe ich es mir anders überlege."

Nach dieser Drohung, bemerkte Sebastian leicht belustigt bei sich, setzte sie sich hastig in Bewegung. Das grüne Kleid wurde über den Wandschirm geworfen, gefolgt von dem durchsichtigen Seidenunterrock. Er musste daran denken, wie sie jetzt dort stand, nur in ihr Hemd gehüllt, und wenn er jetzt um den Schirm herumginge ... Aber er hatte sich ja entschlossen, ihr Zeit zu geben. Er wollte ihr zeigen, dass er seine Begierden im Zaum halten konnte, und deshalb untersagte er sich strikt jeden weiteren Gedanken in dieser Richtung.

Auf und ab gehend tat er sein Möglichstes, sich nicht auszumalen, was da hinter dem Schirm vor sich ging. Als sie endlich hervorkam, nahm er sie bei der Hand und betrachtete ihre dunkel gekleidete Gestalt. „Eine Haushälterin nur für die Unaufmerksamen." Mit seinem Finger schnipste er leicht gegen die Haube, die das verräterische Blond ihrer Haare verbarg. „Aber es macht sich gut als Verkleidung für eine Fairchild."

„Das habe ich mir auch immer gesagt."

Sie klang sogar wie eine Haushälterin, wenn sie die Lumpen

trug. Wie gerne würde er ihr helfen, ein für alle Mal darüber hinwegzukommen!

Das aufgedeckte Bett schien immer größer zu werden, verschlang immer mehr von dem verfügbaren Platz im Schlafzimmer und untergrub seine Willensstärke. Schweiß brach auf seiner Stirn aus und seine Hose wurde ihm zu eng.

„Lass uns gehen."

In den Korridoren trafen sie nur ab und zu auf einen Diener. Sie machten um den Ballsaal einen großen Bogen und erreichten das Arbeitszimmer ohne Zwischenfälle. Sebastian schaute sich um und stieß dann die Tür auf. Wie er gehofft hatte, war es innen dunkel, und sie schlüpften geräuschlos hinein.

„Ich mag die Dunkelheit nicht, und ich hasse diesen Ort", erklärte Mary. „Er macht mich frösteln."

Ihre Stimme bebte ein wenig, und er musste das Verlangen, sie in die Arme zu schließen, unterdrücken. Wenn er sich das erlaubte, dann würde eins zum anderen führen.

„Frösteln? Das Arbeitszimmer hier lässt dich frösteln?" Er schloss die Tür hinter ihnen ab. „Warum denn?"

„Es erinnert mich an meinen Großvater, wie er hier saß und seine Grausamkeiten mit so viel Genuss austeilte."

Mary, bemerkte er, stand immer noch an der Tür, als ob sie sich nicht traute, weiter ins Zimmer zu gehen. Sie war ein dunkler Schatten inmitten von anderen weniger dunklen Schatten, und er wünschte sich, er könnte ihren Gesichtsausdruck erkennen. Zunder und eine Kerze waren zwar in seiner Rocktasche, aber er würde kein Licht machen, solange es nicht unabdingbar war.

„Er war nichts weiter als ein alter Leuteschinder." Sebastians Blick hing an der Statue, die dort verborgen im Dunkel stand. „Zu schade, dass der alte Mann in seinem Bett gestorben ist. Er hätte einen viel schlimmeren Tod verdient." Er ging zu den Vorhängen und zog sie zurück. Silbernes Mondlicht ergoss sich in das Zimmer. „So ist es besser."

„Ja, danke", sagte sie, aber trotz des Lichtes drohte das große Zimmer sie zu verschlucken.

Sie mussten ihre Arbeit erledigen, und das bald. Sebastian rüttelte an dem Schloss des Schrankes, in dem sich der Safe verbarg. Es öffnete sich widerstandslos wie zuvor auch schon, und er blickte missmutig auf den unversehrten Safe. Um ihn aufzubrechen, musste er sich auf seine Frau verlassen, wo er doch viel lieber und schon bald damit beschäftigt wäre, ihr ganz langsam die Kleider abzustreifen, jeden enthüllten Körperteil zu liebkosen, jede schlanke Linie und zierliche Kurve zu bewundern ...

Er versuchte sich selbst ein letztes Mal an dem Safe.

Er hatte sie noch nie unbekleidet gesehen.

Seine Finger rutschten ab. „Teufel aber auch." Er deutete auf den grauen Eisenkasten, der ihn so ärgerte. Aber Mary beachtete ihn gar nicht. Sie stand da, die Arme tröstend um sich geschlungen.

„Hier", sagte er. „Brauchst du Licht?"

An die vor ihr liegenden Pflichten erinnert, ließ Mary sich zu seinen Füßen auf die Knie sinken. Eine erregende Stellung – ein andermal. Ihre Finger glitten über das Schloss. „Nein, das kann ich sogar mit geschlossenen Augen." Sie griff in ihre Schürzentasche. „Charlie hat mich so lange üben lassen, bis ich es zu seiner Zufriedenheit konnte."

Sebastian hörte ein leises Klirren, etwas fiel zu Boden, und Marys hastig unterdrückten Ausruf. Sich neben sie kniend, fragte er: „Was hast du verloren?"

„Eine schmale, kleine Feile, die fast so wie eine Nadel aussieht." Sie seufzte erleichtert auf. „Da ist sie." Sie hielt sie kurz hoch, zog ihre Hand aber dann schnell zurück.

Sie zitterte.

„Was ist denn los?“ Er fing ihre Hand in seiner. Ihre Finger waren eiskalt. „Hab keine Angst. Wir haben das Recht, diesen Safe zu öffnen und das Tagebuch an uns zu nehmen.“

„Ich weiß.“

Sie versuchte, ihm ihre Hand zu entziehen, aber er erlaubte es nicht. Stattdessen nahm er das nadelähnliche Werkzeug, steckte es ihr wieder in die Tasche und begann, ihre Finger sanft zu reiben. „Komm, sag mir jetzt, was dich so aufregt.“

Mary sah über ihre Schulter hinter sich. „Ich habe das Gefühl, dass er noch hier ist.“

Er sah sich auch um. „Dein Großvater?“

„Ja. Er spukt hier in diesem Zimmer. Ich kann ihn in dem Stuhl da sitzen sehen, wie er Hadden und mich fortschickt.“ Ihr Mund, der so wundervoll großzügig und freigebig sein konnte, war zu einer schmalen Linie zusammengepresst. „Er hat mein Leben zerstört, und es hat ihm nichts, nicht das Geringste ausgemacht.“

Sebastian musste ihr aus vollem Herzen zustimmen. Der alte Mann hatte mitgeholfen, auch sein Leben zu zerstören. Seine Taten lagen wie ein Pesthauch über Mary, und auch über ihm selbst, und Sebastian war nicht gewillt, irgendjemandem, egal, ob tot oder lebendig, so viel Einfluss zuzugestehen. „Er saß in dem Stuhl hinter dem Schreibtisch, als er dich fortschickte?“

„Ja. Es ist ohnehin ein abscheulicher Stuhl, mit der hohen Lehne und diesen schrecklichen Fratzen.“ Sie schaute auf ihre immer noch verschränkten Hände. „Ich habe immer noch Albträume, dass diese Fratze mir an die Kehle geht, dass ich mir einen Feuerhaken nehme, und höre das Geräusch, wenn sein Schädel bricht. Ich sehe das Gehirn daraus hervorquellen und ich sehe ...“ Sie brach ab, bebend, ganz offensichtlich entsetzt von ihrer eigenen Erzählung.

Er verstand, warum sie davon verfolgt wurde. „Dann komm.“ Er stand auf und zog sie mit sich. Er überragte sie, aber sie hatte sich dadurch noch nie davon abhalten lassen, ihm zu trotzen. Sie hatte sich nie durch ihre zierliche Gestalt davon abhalten lassen, das zu tun, was sie für richtig hielt. Bloß jetzt, als sie von Erinnerungen an diesen Teufel von einem Großvater heimgesucht wurde, schien sie eines Ritters in schimmernder Rüstung zu bedürfen.

Er würde dieser Ritter sein. Er hatte heute einen Schwur geleistet, und dieser Durant brach seine Schwüre nicht. Allerdings konnte er ihre Ängste diesmal nicht mit seinen Fäusten oder Logik besiegen. Hier würden nur drastischere Maßnahmen helfen. „Lass uns die Geister, die dich verfolgen, vertreiben.“

Sie ließ sich nur widerwillig von ihm zu dem Schreibtisch ziehen. „Mir gefällt das hier nicht.“

„Das wird es noch.“ Sie gingen um den Schreibtisch herum, bis sie dahinter standen. Mit seinem Arm um ihre Mitte drehte er sie um, so dass Mary sich dem Raum zuwandte. „Schau mal. Von hier sieht das Zimmer ganz anders aus.“

Sie schien seine Absicht nicht ganz zu verstehen. Unsicher sagte sie: „Nicht wirklich.“

„Natürlich tut es das. Die Macht liegt auf dieser Seite. Und jetzt besitzt du diese Macht.“

Sie lehnte sich zurück und blickte ihn an, als hätte er den Verstand verloren.

„Ehrlich“, beharrte er. „Bramwell besitzt zwar den Titel, aber in der Familie Fairchild besitzt du jetzt alle Macht, weil du über das Vermögen verfügst.“

„Das hast du gesagt.“

„Ich habe es auch so gemeint. Du kannst mit deinem Geld machen, was du für richtig hältst. Du besitzt die Macht.“ Dann fügte er leise hinzu: „Du könntest *mich* dazu bringen, alles zu tun, was du willst.“

„Was?“

Er erläuterte seine Bemerkung nicht näher. Wie konnte er auch, wo er doch selber davon überrascht worden war? Aber es war wahr. Aus welchem Grunde auch immer, war er, seit er sie besessen hatte, von ihr besessen. Sein Beharren auf einer Heirat hatte nichts mit ihrem oder seinem Ruf zu tun, sondern einzig mit seinem unbändigen Verlangen nach ihr und der Überzeugung, dass er es keinem anderen Mann jemals gestatten würde, auch nur in ihre Nähe zu kommen.

Sogar der Trost, den sie in den Armen ihres Bruders gefunden hatte, hatte ihn erschüttert, und er verzehrte sich jetzt mit einem nahezu quälenden Hunger nach ihr, der ihn verrückt zu machen drohte. Der Mann, der sein ganzes Erwachsenenleben kühl und unbeteiligt geblieben war, war von einer Frau besiegt worden – aber das brauchte sie nicht zu wissen.

Wenn er sich nur so weit beherrschen konnte, es ihr nicht selbst zu erzählen.

Er schob den Stuhl zurück und drängte sie: „Setz dich.“

Sie beobachtete ihn argwöhnisch, tat aber, was er gefordert hatte. Die hohen Armlehnen reichten ihr beinahe bis unter die Achseln, und die gewaltige Rückenlehne ließ sie winzig erscheinen. Der Schreibtisch vor ihr war zu hoch, so dass sie wie ein Kind aussah, das zum ersten Mal am Esstisch der Erwachsenen saß.

„Das wird nicht gehen“, entschied er, legte ihr die Hände um die Taille und hob sie hoch. Sie hielt ihre Beine weiter angewinkelt, da sie nicht wusste, was er vorhatte, also befahl er: „Stell dich hin.“

Sie gehorchte. Und stand mitten auf dem Sitz des Stuhles.

„So." Er ließ seine Hand leicht auf ihrer Hüfte ruhen. „Das ist besser."

Diese Ansicht schien sie nicht zu teilen. Ihre Schuhe versanken in dem purpurroten Kissen, mit dem ihr Großvater den Sitz für sein vornehmes Gesäß gepolstert hatte, und Sebastian befürchtete, sie könnte jeden Augenblick ohnmächtig werden. Aber Mary war aus härterem Holz geschnitzt, und er hielt sie sicher, bis sie ihr Gleichgewicht gefunden hatte.

„Was siehst du?" fragte er sie erneut.

Sie schaute sich um. „Das Arbeitszimmer."

„Und vor dem Fenster?"

„Das Land."

„Du bestimmst über alles hier." Er wusste es und weihte sie mit unbarmherziger Freude ein. „Du musst nur sagen, was du willst, und die Fairchilds werden die Köpfe einziehen und tun, was du verlangst."

Erstaunt sah sie ihn an. „Das will ich aber gar nicht tun!"

„Du könntest aber. Das ist Macht – Macht, die dein Großvater nicht länger besitzt. Er war ein Tyrann, leicht zu ersetzen durch einen anderen Tyrannen, solltest du dich entschließen, einer zu werden. Er ist wirklich tot." Sie sah so wunderschön im Mondlicht aus, wie eine Fee, die eben erst ihre Flügel entdeckt hatte. Seine Lenden schmerzten vor Begierde, und seine Stimme klang belegt, als er sagte: „Aber du bist am Leben."

Jetzt war ihr Interesse geweckt, und sie sah sich ruhig um. „Das stimmt. Niemand trauert um meinen Großvater. Für all die Angst und den Schrecken, den er sein Leben lang verbreitet hat, ist von ihm nichts geblieben als schlechte Erinnerungen." Sie hüpfte auf dem Polster. „Es wäre bestimmt angenehm, wenn ich die Sache hier in die Hand nehmen würde. Das kann ich nämlich gut, musst du wissen."

„Ich weiß."

„Als ich noch Haushälterin war, waren meine Untergebenen ausgezeichnet geschult und überaus tüchtig, und ich habe sie mit fester Hand geführt."

Ihr Selbstbewusstsein wuchs, sie war seine Frau, und beides gefiel ihm sehr.

Dann runzelte sie die Stirn. „Aber da ist der Makel in meinem Blut. Die Macht könnte mich süchtig machen, und ich könnte sie zum Nachteil anderer nutzen."

„Hat dich denn die Macht, die du als Haushälterin besaßest, süchtig nach mehr gemacht?"

„Es hat mir jedenfalls besser gefallen", sagte sie nachdenklich, „als machtlos zu sein. Aber es bereitet kein Vergnügen, jene zu kränken, die weniger glücklich sind."

Darauf erwiderte er nichts. Sie war klug genug, selbst zu begreifen, was sie da gesagt hatte.

Er bemerkte es sofort, als sie das tat, denn sie sah zu ihm hinunter, ein unsicheres Lächeln auf den Lippen. „Aber es wäre eine Schande, diese Macht aufzugeben, ohne sie zu nutzen, um einem um Gnade flehenden Widerling zu zeigen, wo es langgeht."

Sie bot ihm eine Möglichkeit, das Unrecht, das er ihr angetan hatte, wieder gutzumachen, und er wäre ein Narr, das nicht zu seinem Vorteil zu nutzen. Langsam ließ er sich auf ein Knie nieder und legte sich die Hand aufs Herz. „Kein um Gnade flehender Widerling, aber ein Widerling immerhin. Tun Sie Ihr Schlimmstes, Madam. Ich verdiene Ihre Bestrafung und mehr."

Sie runzelte wieder die Stirn und klammerte sich an der Stuhllehne fest, als ob seine Ritterlichkeit sie beunruhigte. „Ich weiß nicht, wovon du sprichst."

„Ich habe dich aufs Schändlichste missbraucht, als ich dich das letzte Mal in deinem Schlafzimmer besucht habe."

Bei seinen offenen Worten erbleichte sie.

„Ich habe dich ungerechtfertigt der Unehrenhaftigkeit beschuldigt“, fuhr er fort, „und habe dich grob genommen, obwohl ich wusste, dass du in Wahrheit unberührt warst. Jetzt kannst du dich dafür rächen. Ich schwöre, dir jede Freiheit zu gestatten.“

Sie sah ihn befremdet an, und er musste daran denken, dass er sicherlich ziemlich dumm aussah – eine finstere Gestalt, ganz in Schwarz gekleidet, die vor einer Frau kniete. Aber es war ihm gleichgültig, wie er aussehen musste, ihm ging es einzig darum, dass Mary, seine junge Frau, erkannte, dass ihr aus seinen Händen kein Leid drohte.

„Eine Haushälterin nimmt keine Rache.“ Sie klang schon wieder züchtig, ganz Mary und kein bisschen Guinevere.

„Du bist aber keine Haushälterin mehr. Du bist jetzt eine reiche Erbin und meine Frau.“

Sie ließ sich an dem Stuhl hinabgleiten, den Rücken an der Lehne, die Füße auf dem Polster und die Knie angezogen. Sie musterte ihn neugierig. „Warum habe ich nur das unbestimmte Gefühl, dass du etwas im Schilde führst?“

Der Saum ihres Kleides verrutschte, während sie sich eine bequemere Stellung suchte, und man konnte ihre Fesseln sehen. Er betrachtete sie ausgiebig, dann wanderte sein Blick weiter nach oben, ruhte auf ihrem Schoß, bevor er weiterwanderte, bis er ihr Gesicht erreichte. „Es bereitet mir Vergnügen, dir Lust zu bereiten.“

„Das geht jetzt aber nicht“, erklärte sie. „Ich würde dich nämlich leiden lassen, Sebastian Durant. Ich würde dich ohne Gnade foltern.“

Visionen einer erbarmungslosen Mary erwachten in seinem Kopf zum Leben, und er schalt sich innerlich für seine Großzügigkeit.

„Zieh dein Hemd aus", sagte sie. „*Ich* werde *dir* Lust bereiten."

Er fiel beinahe hintenüber. Er musste sich verhört haben.

„Nun, was ist? Worauf wartest du noch? Steh auf und zieh dein Hemd aus." Sie machte eine Pause. „Langsam."

Er stand, wie benommen vor freudiger Überraschung, dann begann er, seinen Hemdkragen aufzuknöpfen.

Sie beobachtete ihn eindringlich. „Ich habe noch nie einen Mann mit entblößter Brust gesehen."

Natürlich hatte sie das nicht. Er hatte es letztes Mal zu eilig gehabt, um sich auszuziehen, und den flüchtigen Blick, den er ihr eben im Schlafzimmer gestattet hatte, konnte höchstens ihren Appetit angeregt haben.

Aber er beging jetzt nicht den Fehler zu glauben, sie wäre durch seinen Anblick erregt. Sie betrachtete ihn eher mit wissenschaftlichem Interesse, verglich ihn vielleicht sogar mit der Pferdestatue da oder ihrem Lieblingshund. Doch er hielt es unter gewissen Umständen sogar für möglich, dass er sie erregen *könnte*. Ganz bestimmt wollte er das wenigstens versuchen. „Ich zünde eine Kerze an."

Ihre Stirn legte sich in Falten, als er seine Taschen nach Kerze und Feuerstein abzutasten begann. „Nein, damit würden wir nur unnötig Aufmerksamkeit erregen."

Das machte ihm nichts aus. Er hatte sie beide schon zwei Mal in ihrem Schlafzimmer eingeschlossen und alle ignoriert, die sie zu unterbrechen versuchten. Dachte sie, er könnte Störenfriede nicht wieder ignorieren?

Als er sie ansah, bemerkte er, wie sie ihr Kinn reckte. Er erinnerte sich wieder an sein Gelöbnis, zu tun, was sie wollte, und schimpfte sich einen Narren. Einen vollkommen erregten, leicht verzweifelten Narren. Er ließ seinen Rock fallen.

Sie belohnte ihn mit einem Lächeln. „Was ziehst du gewöhnlich als Nächstes aus?"

Das hing davon ab, wie kurz er davor stand, seine Beherrschung zu verlieren. Aber nein, so eine Antwort könnte sie ängstigen. „Die Schuhe und die Socken." Er bemühte sich, kleinlaut zu klingen, und nicht so, als ob er so erregt war, dass seine Hosen jeden Moment von alleine aufgehen würden.

Sie nickte königlich. „Dann tu das."

Er hatte keine Lust, auf einem Bein herumzuhüpfen oder sich wie ein Kind auf den Boden zu setzen. Der gewaltige Schreibtisch ihres Großvaters war beinahe leer, und Sebastian legte seine flache Hand darauf. „Stört es dich?"

Sie machte eine einladende Handbewegung. „Bitte schön."

Er stemmte sich kurz hoch und setzte sich auf das glatte Holz. Dann streifte er Schuhe und Strümpfe ab und ließ sie zu Boden fallen. Dabei fragte er sich die ganze Zeit, ob sie sich der Tatsache bewusst war, dass er bald nackt war. Ein Kleidungsstück noch und dann noch eins ...

„Worauf wartest du noch?" fragte sie. „Zieh sie schon aus."

„Sie?"

„Keine falsche Bescheidenheit." Himmel, sie klang sogar wie er. „Zieh deine Hosen aus."

Das hier hatte er sich gewiss nicht ausgemalt, nicht in seinen kühnsten Träumen, noch hätte er es für möglich gehalten, dass sie den Spieß umdrehen und ihre eigene Neugier auf eine so freimütige Art und Weise befriedigen könnte, oder auch, dass ihre auf ihn gehefteten Augen in ihm einen solchen Aufruhr verursachen könnten.

Er glitt vom Schreibtisch und knöpfte langsam seine Hose auf. Als sie seinen intimsten Körperteil sah, schnappte sie nach Luft.

Sehr schmeichelhaft.

Dann streckte sie zögernd eine Hand aus.

Berühr ihn, berühr ihn, berühr ihn ... Sie berührte ihn. Sie strich versuchsweise mit ihren Fingerspitzen darüber, so zärtlich wie ein Künstler einen Pinsel benutzte. Hitze durchraste ihn; ihm wurde so glühend heiß, dass seine Haut sicherlich Blasen warf. Er langte nach unten und umschloss ihre Hand mit seiner größeren. „So." Seine Stimme war belegt, gebrochen. „Fest."

Sie streichelte ihn. „So?"

Er konnte noch nicht einmal nicken. Wenn er sich bewegte, würde er in tausend Stücke zerbersten.

„Ja." Sie klang erfreut. „So." Abrupt zog sie ihre Hand zurück. „Was kannst du mir noch zeigen?"

Er schloss die Augen, um Beherrschung ringend. Ihre Lust. Er hatte ihr angeboten, ihr Lust zu bereiten.

Er streifte seine Hosen von den Hüften und trat heraus. Wieder streckte sie die Hand aus, diesmal, um ihn zwischen den Beinen zu streicheln.

„Faszinierend", sagte sie.

Er konnte ihr nur aus tiefster Seele zustimmen. „Mary." Er würde sie auf Knien anflehen, bloß nicht aufzuhören. „Hör nicht auf."

Sie lehnte sich zurück und umfasste die Armlehnen des Schreibtischstuhles.

Er holte tief Luft, versuchte, sein inneres Gleichgewicht wiederzufinden, sich wieder zu fassen. Versuchte, sein Versprechen einzulösen. „Um dir mehr zu zeigen", erklärte er nicht ohne Berechnung, „müsste ich *dich* entkleiden."

„Jetzt noch nicht."

Er begann, sich mit ausgebreiteten Armen einmal um die eigene Achse zu drehen. „Bei mir gibt es nicht mehr zu sehen."

Dann verhielt er mitten in der Bewegung. Ihre Hände glitten

liebkosend über einen Muskelstrang seinen Rücken hinab zu einer seiner Hinterbacken.

„Du bist ganz anders als ich gebaut.“ Sie streichelte die andere. „Es gefällt mir.“

„Schön.“ Es war eher ein Knurren als ein Wort.

„Quäle ich dich?“

„Ja.“

„Wie erfreulich“, schnurrte sie. „Würde es dich ebenfalls quälen, mich zu entkleiden?“

Er umklammerte den Rand der Schreibtischplatte so fest, dass die Schnitzereien sich in seine Haut gruben. „Ja.“ Er sah keinen Grund, sie auch darüber zu unterrichten, dass die Qual unerträglich köstlich sein würde.

„Dann darfst du beginnen.“

Er drehte sich rasch um, und ihre Hand glitt von ihm ab. Sie am Arm fassend, half er ihr aufzustehen, und sah kurz Beunruhigung in ihren Augen aufflackern, als ihr klar wurde, wie dicht sie vor einem nackten Mann stand. Er fragte sich einen Moment lang, ob sie sich anders besinnen würde, aber das tat sie nicht.

So schnell er konnte, schnürte er ihr Kleid auf und zog es ihr über den Kopf. Er öffnete die Bänder ihrer Unterröcke und half ihr, herauszutreten, und während er sich vorbeugte, um ihr diesen Dienst zu erweisen, starrte er auf ihren seidenbestrumpften Schenkel. Das Hemd, das sie trug, war aus feinstem Batist, federleicht und weich, gerade lang genug, ihre Knie zu bedecken, aber kurz genug, um verführerisch zu wirken.

„Ich möchte nicht noch mehr Kleidung ausziehen“, sagte Mary plötzlich. „Das reicht.“

Ihr Mut war verschwunden. Aus irgendeinem Grund – vielleicht wegen seines eindringlichen Blickes oder der Hitze seiner Hände – wollte sie jetzt aufhören.

„Du kannst mir noch viel mehr Lust schenken", sagte er nicht ohne Hintergedanken.

Das brachte sie zum Lachen. „Oh, ja, das weiß ich." Ihn bei den Schultern nehmend, drehte sie ihn um und drängte ihn in den Lehnstuhl. „Jetzt setz du dich."

Zögernd tat er wie befohlen und wartete.

Sie schien unsicher, und er sagte: „Ich würde dich gerne sehen."

„Ich denke, du hast schon genug gesehen."

„Alles an dir. Du dürftest dich so langsam ausziehen, wie du willst. Ich würde mich nicht beklagen."

Sie lehnte sich gegen den Schreibtisch, der jetzt hinter ihr war, dann legte sie die Hände auf die Platte und stemmte sich hoch. Sie ließ ihre Beine baumeln und überlegte.

Er überlegte auch. Er überlegte, dass der Himmel in greifbarer Nähe lag, ziemlich genau zwei Fuß vor ihm, und mit dem richtigen Druck würde der Himmel vielleicht zu ihm kommen.

„Ich habe eine Idee." Er rutschte mit dem Stuhl zwischen ihre Knie. „Ich möchte dich noch einmal schmecken."

Sie versuchte, ihre Beine zusammenzupressen. Es ging nicht. „Ich weiß nicht, was du meinst."

Mit einer Hand auf jedem Fußknöchel öffnete er sie weiter und zog sie auf der glatten, hölzernen Oberfläche zu sich. „Ich werde es dir zeigen."

Sie begann sich zu wehren, als er den Saum des Hemdes nach oben schob und den Kopf vorbeugte.

Ihr Geschmack breitete sich auf seiner Zunge aus. Ah, ja. Sie schmeckte nach Mary und nach Sahne, tatsächlich. Wie von ferne hörte er ein Wimmern. Sie bog sich zurück, aber dadurch rutschte sie noch näher zu ihm. Er konnte den Schock und zögernde Lust schmecken, und als er ein Stöhnen hörte, wusste er, die Lust gewann die Oberhand.

Dann griff sie ihm in die Haare, umfasste ein Haarbüschel und riss seinen Kopf zurück. Ihm entschlossen in die Augen starrend, erklärte sie: „*Ich* wollte doch *dir* Lust bereiten."

Sie glitt auf seinen Schoß, hob ihre Beine über die Armlehnen und irgendwie gelang es seiner unerfahrenen, Fast-noch-Jungfrau, ihn an die richtige Stelle zu dirigieren und ihn dann langsam in sich aufzunehmen.

Das Wort, das er benutzte, war nicht druckreif, beschrieb den Akt jedoch perfekt.

„Sebastian!"

„Bist du entsetzt?" Er hielt sie fest, versuchte verzweifelt, so viel Beherrschung aufzubringen, sie glücklich zu machen. „Wenn wir das hier tun?"

„Ich habe noch nie gehört", bemühte sie sich zu erklären, „wie es im richtigen Zusammenhang benutzt wird."

Er lachte nicht. Er konnte nicht. Nicht jetzt. Später vielleicht ... Die Hände immer noch hinter sich auf dem Schreibtisch stemmte sie sich auf ihm hoch.

Er stöhnte.

„Empfindest du Lust?" erkundigte sie sich höflich.

„Ja. Mary ..."

Sie hob sich wieder und wieder, bestimmte den Rhythmus, so wie es ihr gefiel, fand ihren eigenen Genuss, während sie ihm Lust zu schenken suchte. Es unterschied sich von allem, was er bisher erlebt hatte, entzog sich vollkommen seines Einflusses, großartig und zügellos ... und es war das erste Mal, dass *er* geliebt wurde.

Er bebte und holte stockend Luft, beobachtete ihr Gesicht und erkannte zu seiner übergroßen Freude, dass sie keine Angst hatte. Sie mochte das hier. Sie schaute ihn an, seine entblößte Brust, seine Arme, die in Schatten gehüllte Stelle, an der ihre beiden Körper eins wurden. Sie sah ihn an, als ob sein Anblick sie erfreute. Sie gab ihm das Gefühl, ein König zu sein, ein Gott, der beste Liebhaber der Welt.

Marys Liebhaber.

Ihre weichen Hinterbacken pressten sich mit jedem Auf und Ab an ihn. Ihre Brüste hüpften unter ihrem Hemd, und er streichelte sie immer wieder mit seinen Fingerspitzen.

Sie schloss die Augen und öffnete sie gleich darauf wieder, stöhnte leise und biss sich auf die Lippe, beschleunigte dann ihre Bewegungen.

Sie war warm, eng, feucht. In ihr wuchs er, dehnte sich aus, füllte sie aus, kurz davor, zu bersten.

Bald, bitte, bald ...

Er berührte sie am Knie, liebkoste die Innenseite ihrer Schenkel, fühlte jedes Muskelanspannen, wenn sie sich hob und wieder senkte. Sie war stark, seine Mary, stark und zärtlich. Seine Handflächen glitten zu der Stelle, wo sie verbunden waren, und er erforschte sie behutsam. Fand die Stelle, die ihr das höchste Entzücken bringen würde.

Ein Ausdruck von Begeisterung gemischt mit Verwunderung flog über ihr Gesicht. Sie schloss sich noch fester um ihn. Sie würde Erfüllung finden, jetzt gleich, jetzt!

Ihre Zuckungen brachten ihm seinen Höhepunkt, einen Höhepunkt, wie er ihn noch nie zuvor erlebt hatte, und er glaubte, er würde vergehen vor Glück.

Sie kam auf seinem Schoß zur Ruhe, und er nahm ihren Kopf und drückte ihn gegen seine Brust. „Ruh dich aus. Du hast hart gearbeitet."

Sie schnappte leise nach Luft, als ihre schonungslos benutzten Muskeln sich entspannten.

Er lehnte seinen Kopf gegen die Rückenlehne des Stuhles. „Wenn das dabei rauskommt, dass ich mich wie ein Widerling benehme, dann werde ich mich bemühen, mich häufiger wie ein Widerling aufzuführen."

„Das wird nicht gehen." Ihr Atem strich über die bloße Haut seiner Brust und ihre Stimme klang gedämpft. „Du bist immer ein Widerling."

Zärtlich strich er ihr das Haar aus dem Nacken. „Dein Widerling. Dein Biest, meine Schöne."

Sie kicherte, stöhnte aber gleich darauf.

„Haben wir deinen Großvater erfolgreich vertrieben?"

„Groß...? Oh, ihn." Sie hob ihre Schultern. „Ja, ich denke, man kann sagen, dass sein Geist gründlich vertrieben wurde."

„Ich hoffe, er dreht sich im Grabe herum." Als er ihr übers Rückgrat strich, fiel ihm auf, dass er ihr noch gar nicht das Hemd ausgezogen hatte. Verstohlen wie ein erfahrener Taschendieb schob er den weichen Stoff nach oben, aber sie umfasste seine Handgelenke.

„Ich habe dich immer noch nicht gesehen." Er zupfte an dem Hemd. „Vielleicht verbirgst du irgendeinen Makel darunter, zum Beispiel einen verunstalteten oder missplatzierten Nabel."

„Nun, du bist auf jeden Fall jetzt mit mir geschlagen, nicht wahr?" bemerkte sie spitz.

Aber sie setzte sich auf, damit er ihr das Hemd ausziehen konnte.

Sie war genauso schön, wie er es sich vorgestellt hatte. Schimmernde Haut, ein straffer Oberkörper. Brüste von genau der Größe, dass sie perfekt in seine Hände passten. Lange Beine und zwischen ihnen die Stelle, die ihnen beiden so viel Lust bereitet hatte.

„Vollkommen", sagte er heiser und strich mit seinen Händen über ihren Bauch.

„Kein Makel?"

„Du bist vollkommen“, wiederholte er und entfernte mit einem Ruck ihr Strumpfband.

Streng mahnte sie ihn: „Sebastian, wir haben eine Aufgabe zu erledigen.

Er rollte ihre Strümpfe nach unten und küsste ihre nackten Schenkel. „Gleich.“

„Die Gesellschaft feiert noch unsere Hochzeit.“ Aufbrausendes, besonders lautes Gelächter aus dem Ballsaal unterstrich ihre Bemerkung.

Er sank in sich zusammen, dann seufzte er und begann, ihre Strümpfe wieder nach oben zu rollen.

„Sind alle Männer wie du?“

„Nein.“ Er lehnte seine Stirn gegen ihre. „Ich bin besser als andere Männer.“

„Ich meine, wollen alle Männer ... ausschließlich das Eine?“

Er lehnte sich zurück und schüttelte den Kopf. „ *Ich bin* sonst auch nicht so. Nur mit dir, meine liebste Mary.“

Sie lächelte und wand sich auf seinem Schoß.

Er stöhnte. „Wenn du weiter so zappelst, werden wir nie dazu kommen, den Safe zu öffnen.“ Den Stuhl ein Stück zurückschiebend, half er ihr behutsam aufzustehen. „Wenn wir uns beeilen, können wir nach oben gehen und mein Interesse an dieser einen Sache weiter erforschen.“

„Wie du willst.“ Sie klang wieder züchtig, Miss Mary, die untadelige Haushälterin, aber ihre Nacktheit strafte ihren Ton Lügen.

Mit der richtigen Anleitung konnte seine Frau leicht ein liederliches Frauenzimmer werden. Er hatte sich nie damit belastet, ein guter Lehrer zu sein, aber mit diesem Anreiz konnte er leicht anderen Sinnes werden.

Er half ihr in ihre Kleidung und beschränkte sich darauf, sie nur dann zu liebkosen, wenn er es nicht mehr anders aushielt. Und dann, während er sich anzog, ging sie schon zu dem Safe. Zu dem Zeitpunkt, als er sich neben sie kniete, vollständig angezogen und eine brennende Kerze in der Hand, stieß sie einen Triumphschrei aus. „Das Schloss ist offen“, sagte sie befriedigt. „Erweist du mir die Ehre?“

„Danke.“ Sie war eine großzügige Frau. „Das tue ich gerne.“ Er streckte seine Hand aus und zog die massive Eisentür mit einem Ruck auf.

Der Safe war leer.

21. KAPITEL

Er ertrank. Er war der Sohn einer Selkie und ertrank trotzdem, während seine Füße auf dem Trockenen waren. Ian ruderte mit den Armen und trat um sich, aber sein Angreifer war unerbittlich. Er hielt Ians Kopf unter Wasser, zog ihn heraus, drückte ihn wieder hinunter. Schließlich, als Ian bei einem seiner kurzen Ausflüge an die Oberfläche gierig nach Luft schnappte, nutzte er die wenige Zeit, die ihm blieb, um zu brüllen: „Es reicht! Mir geht's besser! Bei Gott, es geht mir besser! Und jetzt lass mich endlich los.“

„Ehrlich?“ Hadden hielt inne und tauchte ihn nicht gleich wieder unter.

„Ehrlich“, sagte Ian verdrossen, und Hadden ließ von ihm ab. Ian taumelte erschöpft von dem Pferdetrog fort. „Das war ekelhaft.“ Er hustete und spie Wasser auf den schlammigen, mit Hufabdrücken bedeckten Stallhof. „Pferde trinken normalerweise daraus, musst du wissen.“

„Ich weiß.“ Hadden stand da, die Hände in die Hüften gestemmt, und beobachtete seinen unter den Nachwirkungen eines gewaltigen Rausches und einer heftigen Schlägerei leidenden Cousin. „Führe sie ja gelegentlich selber her zum Trinken."

„Nun, das musst du ohnehin jetzt nicht mehr tun." Ian strich sich das Wasser aus den Haaren, zog sich sein beschmutztes Hemd vom Leib und wrang es aus. „Du bist der Bruder der reichen Erbin."

„Du willst mir das doch wohl hoffentlich nicht übel nehmen, oder?"

Hadden mochte zwar höflich klingen, aber Ian erkannte dennoch Sarkasmus, wenn er auf ihn traf, weshalb er finster vor sich hin starrte. „Warum nicht? Du hast mich angelogen, mir deine wahre Identität verschwiegen, hast das Geld, das mir zustand, in deine Finger bekommen, hast mich verprügelt ..."

„Das hast du alles auch verdient", erklärte Hadden kühl.

Dem hatte Ian nichts entgegenzusetzen.

„Und außerdem, was glaubst du, wer dich gestern in den bequemen, mit Stroh ausgelegten Stall geschafft hat? Und mehr noch, ich habe dich sogar ausschlafen lassen, bis ich wirklich nicht mehr länger warten konnte." Hadden zeigte auf die hoch stehende Sonne. „Es ist schon lange Mittag, und die Gäste beginnen abzureisen."

„Was für ein glücklicher Umstand", bemerkte Ian.

„Ja, sie haben eine so interessante Geschichte zu erzählen, dass sie darauf brennen, vor allen anderen in London zu sein, um sie als Erste zu verbreiten."

„Wie die Klatschweiber! Die sollten besser ihre Nasen in ihre eigenen Angelegenheiten stecken."

„Aber mit einem von ihnen habe ich noch etwas zu erledigen, so dass wir uns jetzt auf den Weg machen müssen."

Ian grinste anzüglich. „Eine Frau?"

„Ich habe wohl kaum Zeit für so etwas gehabt, bei all der Arbeit im Stall hier."

Ian fiel es immer noch schwer zu begreifen, dass dieser Pferdepfleger, dieser Saufkumpan, dieser *Fairchild* die Auszeichnung der Legitimität und den Vorteil des Reichtums besaß. Es war nicht gerecht, aber – auf der anderen Seite – wann war es schon bisher in Ians Leben gerecht zugegangen? Er wünschte, er könnte ihn verachten, so wie er die übrigen legitimen Fairchilds verachtete. Aber Hadden war Marys Bruder, und Ian konnte sich nicht dazu bringen, sie zu verachten. Außerdem war er an diesem Morgen – oder eher Mittag – zu müde, um wütend zu werden.

„Was gibt es denn so Wichtiges, dass du mich aus meinem Stall zerren musst – ohne Zweifel sowieso in Zukunft mein ständiger Wohnsitz, jetzt, wo ich deine Schwester auf immer verloren habe – und mich einer solchen Folter unterziehst?"

„Dies." Hadden hielt ihm ein bekritzeltes Blatt Papier hin. Ian wischte sich erst seine Hände an der Hose ab, bevor er es nahm. Er überflog es, blickte dann zu Hadden. „Wer ist eine Mörderin?"

Hadden erwiderte seinen Blick wortlos, mit gespreizten Beinen und vor der Brust verschränkten Armen dastehend.

„Du?" riet Ian. „Oder Mary?"

Hadden antwortete immer noch nicht, weder mit Worten noch mit Gesten, aber wer sonst könnte gemeint sein? Auf unsicheren Beinen hin und her wankend, bemühte sich Ian, alles zu begreifen. Es misslang ihm; das hier war ihm jetzt zu hoch. Aber zum Teufel, er würde es keiner schleimigen, erpresserischen Kreatur gestatten, irgendeinen seiner Cousins oder Cousinen zu ruinieren. „Gut. Wir werden uns darum kümmern."

Haddens Mund verzog sich zu einem Lächeln. „Ich dachte, dass du das vielleicht tun wolltest."

Jetzt voller Eifer erkundigte sich Ian: „Hast du schon einen Plan?“

Hadden schlang seinen Arm stützend um Ians Schultern. „Den habe ich allerdings.“

Kutschen säumten die Auffahrt, und die Fahrer hatten Schwierigkeiten, die hochgezüchteten Pferde unter Kontrolle zu halten. In der Eingangshalle standen Matronen, winkten einander mit Taschentüchern zu und beklagten die lange Zeitspanne, die man einander nun nicht mehr sehen würde. Auf der Terrasse traten die Herren unruhig von einem Fuß auf den anderen, während sie sich mit sachkundiger Miene über Pferde unterhielten. Immer mehr Gäste reisten ab, um eine weitere aufregende, wenn auch nicht unbedingt zutreffende Geschichte über die berühmt-berüchtigte Hausgesellschaft der Fairchilds zu verbreiten.

Die Familie Fairchild kam ihren Pflichten nach. Sie waren in der Halle und auf der Terrasse versammelt, um ihre Gäste zu verabschieden. Aber die Anstrengung, über eine so lange Zeit höflich und freundlich zu sein, war nicht spurlos an ihnen vorübergegangen. Ihr Lächeln war gezwungen, ihre Stimmen klangen schrill.

Sebastian stand schützend neben Mary, als ob er sicherstellen wollte, dass die wiederholten Glückwünsche auch wirklich höflich waren, und als sich die Gästemenge lichtete, neigte er den Kopf zu Mary hinunter und drängte sie verstohlen näher an Leslie. „Hör mal“, raunte er ihr zu.

Mary gab sich Mühe, nicht zu offensichtlich zu lauschen, aber ihre Onkel schienen keine Gedanken daran zu verschwenden, dass jemand mitanhören könnte, was sie besprachen.

„Du scheinst Gewicht verloren zu haben, Calvin“, bemerkte Leslie spitz zu seinem Bruder. „Verzehrst du dich nach deiner Geliebten?“

Calvins bekümmertes Gesicht legte sich in Falten, und er verkündete mit anbetend-verlangender Miene: „Lady Valéry ist wundervoll."

Mit spöttisch gekräuselter Lippe wandte sich Leslie zu Oswald um. „Ein erwachsener Mann, der sich aus Sehnsucht nach der Liebe einer Frau krank macht. Er hat einfach keinen Stolz."

„Stolz?" Oswald hörte auf, die Fenster der Suite im ersten Stock sorgenvoll zu mustern, wo Lady Valéry untergebracht war. „Was ist schon Stolz, wenn ein Mann den Himmel kennen gelernt hat?"

Leslie schnaubte verächtlich. „Unsinn. Diese hässliche alte Vettel kann keinem Mann den Himmel zeigen."

Oswald lachte laut auf. „Du hast ja keine Ahnung. *Dich* wollte sie ja nicht."

Leslie warf Sebastian einen feindseligen Blick zu. „Ich will sie ja gar nicht. Sie ist alt. Sie ist hässlich. Sie ist ..."

„Meine wahre Liebe, und wenn du dich unterstehst, auch nur ein weiteres Wort gegen sie zu sagen, werde ich dich umbringen." Oswald trat mit erhobenen Fäusten auf Leslie zu.

Leslie hielt den Mund, bis Oswald sich umgedreht hatte. Dann fragte er scharf: „Wo ist eigentlich Burgess? Er sollte doch hier sein."

Calvin seufzte schwer.

Oswald trat wie ein trotziger kleiner Junge unwillig gegen die Marmorstufen.

Leslie fluchte und ging ins Haus.

„Es ist immer dasselbe", flüsterte Sebastian Mary ins Ohr. „Sie macht sie zu ihren Sklaven."

Ein respektloses Lächeln erschien auf Marys Lippen. „Gut für sie."

„Das kann man sagen." Sebastian nickte zu Bramwell, der die

Auffahrt mit verlorenem Gesichtsausdruck beobachtete. „Er hält nach Nora Ausschau."

„Ja." Mary sah, wie Bramwell wieder in die Halle trottete, wo seiner die Pflicht harrte, sich um die Gäste zu kümmern, die immer noch zu betrunken waren, um jetzt schon abzureisen. Die restlichen Fairchilds folgten. „Ich verstehe nicht, wohin sie verschwunden sein könnte."

„Höchst eigenartig", stimmte ihr Sebastian zu. „Ich weiß nicht, was das bedeuten soll."

Unwillkürlich musste Mary wieder an den leeren Safe denken. Hatte Noras Verschwinden irgendetwas mit dem Tagebuch zu tun?

„Ich wünschte, ich wüsste, wo dieses Tagebuch ist", sprach Sebastian ihre Gedanken aus. „Es ist das Einzige, was uns hier noch hält."

Sie hatten nicht mehr über das Tagebuch gesprochen, seit sie zu ihrem Entsetzen vergangene Nacht im Arbeitszimmer hatten feststellen müssen, dass es nicht in dem Safe war. Sie hatten fast gar nicht mehr gesprochen. Nicht, dass sie aufeinander böse gewesen wären – nein. Sebastian hatte sie die ganze Nacht lang fest in seinen Armen gehalten – und trotzdem war da eine gewisse Befangenheit. War diese ganze Reise von Anfang zum Scheitern verurteilt gewesen? „Ich glaube, Daisy hat es", sagte Mary.

„Warum?"

Weil sie dir immer noch mit hungrigen Augen folgt. „Weil sie bereit ist, alles zu tun, um zu bekommen, was sie will."

„Diese Beschreibung passt auf jeden einzelnen Fairchild. Ich glaube, es ist Leslie." Seine Mundwinkel bogen sich nach unten, als hätte er in einen sauren Apfel gebissen.

„Warum?"

„Weil Leslie von dem Tagebuch weiß", erklärte Sebastian.

Mary starrte ihn erstaunt an. „Ja? Und woher weißt *du* das?“

„Er erwähnte es mir gegenüber.“ Sein grimmig verzogener Mund zuckte. „Als er mich verspottete.“

„Als er dir sagte, ich hätte es“, riet sie.

„Jetzt vertraue ich dir.“

Sie wünschte, sie könnte ihm ohne den geringsten Zweifel Glauben schenken.

„So, und jetzt, wenn du mich entschuldigen willst, muss ich dieses lebenswichtige, verdammte und immer noch nicht aufgetauchte Tagebuch weitersuchen gehen.“ Er umschloss Marys Gesicht in einer liebevollen Geste, dann wandte er sich ab und ging.

Und Mary begriff mehr von Sebastians unterdrückter Wut an jenem Tag in ihrem Schlafzimmer. Sie hatte also diese Ehe ihrem Onkel Leslie zu verdanken, und sie fragte sich – sollte sie ihm eigentlich eher danken, oder sollte sie die Götter anrufen und einen Fluch auf sein Haupt herabrufen?

Egal. Sie war verheiratet, und das ließ sich durch nichts ändern.

Eine Haushälterin stellte sich immer der Wahrheit. *Mary* stellte sich immer der Wahrheit. Und Mary brauchte einhundert Pfund, um ihren Peiniger auszuzahlen. Sie dachte kurz daran, sich an Lady Valéry zu wenden, aber dann würde sie Erklärungen abgeben müssen, die sie vermeiden wollte. Und was war eigentlich überhaupt mit ihrem Erpresser geschehen? Er hatte geschrieben, er würde mit ihr in Verbindung treten, aber seitdem waren keine anonymen Briefe mehr unter ihrer Tür hindurchgeschoben worden. War er mit seinem Herrn etwa schon abgereist?

Eine elegante Kutsche rollte langsam die Auffahrt herauf. Jemand, der umgedreht und noch einmal zurückgekommen war, weil er seine oder ihre besten Handschuhe oder vielleicht sogar seinen oder ihren Lieblingsköter vergessen hatte. Sie wollte sich gerade abwenden, denn sie hatte es satt, über ihren plötzlichen Reichtum oder ihre überraschende Heirat zu reden, als sie das Wappen auf dem Kutschenschlag bemerkte.

Das war eine Kutsche der Fairchilds.

Sie beobachtete neugierig, wie der Lakai die Stufen herunterließ und den Türschlag öffnete, um dann mit wachsendem Erstaunen zu sehen, wie Nora ausstieg.

„Mary", rief Nora. „Mary Fairchild. Oder bist du jetzt Mary Durant?"

„Durant." Mary stolperte über den Namen. „Lady Whitfield."

„Also lag ich mit meiner Vermutung nach der Szene in deinem Schlafzimmer richtig." Nora erklomm erschöpft bis auf die Knochen die Stufen. Die Feder an ihrem Hut war geknickt und ihr Schal hing schlaff. Eine kleine Tasche baumelte von ihrem Handgelenk und stieß bei jedem Schritt gegen ihr Bein. Als sie neben Mary stand, sagte sie: „Das war der Grund für meine plötzliche Abreise. Komm, meine Liebe." Sie legte ihre Hand auf Marys Arm, und sie betraten gemeinsam das Haus. „Ich bin nach London gefahren, um dein Hochzeitsgeschenk zu besorgen."

„Du bist nach London gereist wegen eines Geschenkes? Bis nach London?" Mary schaute Nora ungläubig an und konnte sich gerade noch so weit beherrschen, sie nicht der Lüge zu bezichtigen. „Du hast meine Hochzeit verpasst, um ein Geschenk zu beschaffen?"

„Es ist ein sehr wichtiges Geschenk."

Mary, die bemerkte, dass Mrs. Baggott auf sie zugeeilt kam, trug dieser auf: „Tee für Lady Smithwick, sofort bitte."

„Das wäre sehr angenehm." Nora führte sie in das Arbeitszimmer. Sie legte Schal und Hut ab, ließ sich in einen Stuhl neben dem Kamin sinken und stellte die Tasche zu ihren Füßen ab. „Die Straße nach London ist schrecklich. Selbst wenn ich nie wieder darauf würde fahren müssen, wäre mir das noch zu bald."

Marys Neugier wuchs. Hier ging etwas sehr Seltsames vor.

„Das ist noch etwas, das wir gemeinsam haben", fuhr Nora fort. „Wir reisen nicht gerne, und wir haben beide als Bedienstete gearbeitet ..."

Mary äußerte einen unterdrückten Protest.

Nora hob ihre Augenbrauen. „Mrs. Baggott hat es mir erzählt. Hast du gedacht, das würde sie nicht?"

So viel zu Marys klugen Nachforschungen. „Wenn sie es dir erzählt hat, dann vermute ich, weiß es jetzt jeder", bemerkte Mary bitter.

„Überhaupt nicht. Sie ist mir gegenüber äußerst loyal, auch wenn sie einen Hang zum Klatsch hat, wenn man ihr nur genug schmeichelt. Aber ich habe ihr gesagt, dass wenn deine Tätigkeit als Haushälterin verlautbar werden würde, ich sie dann ohne Empfehlungsschreiben entlassen und es mir zu einem persönlichen Anliegen machen würde, dafür zu sorgen, dass sie nie wieder eine Stelle fände. Ich denke, sie hat mir geglaubt, oder?"

Jetzt hatte Nora sich verraten, oder vielleicht schaute Mary auch einfach nur genauer hin. Diese Frau übte ihre Macht mit Bedacht aus. Ihre Autorität zeigte sich in ihrem besonnenen Blick, in dem kühlen, überaus höflichen Gesichtsausdruck, in dem ernsten Mund.

Ein Klopfen ertönte an der Tür; Mrs. Baggott brachte das Teetablett. Es herrschte Stille, während sie Tassen mit der dampfenden Flüssigkeit füllte und einen Teller mit einer Auswahl an Keksen hinstellte.

Mary bereitete es einige Mühe, sich so weit zu beherrschen, sie nicht wegen ihrer Indiskretion auszuschelten.

Aber eine *Lady* schalt nicht die Bediensteten ihrer Gastgeberin.

Als sich die Tür hinter der Haushälterin schloss, sagte Mary: „Ich verstehe nicht ganz. Warum erzählst du mir, dass du von meiner Vergangenheit weißt? Warum bist du nach London gefahren, obwohl du davon ausgingst, dass Sebastian und ich heiraten werden? Was geht hier vor?"

„Es ist ganz einfach, meine Liebe. Ich wollte niemals, dass du auf irgendeine Art zu leiden hast. Du bist eine der wenigen Auserwählten. Du bist eine Fairchild."

Indigniert stellte Mary richtig: „Ich bin ich selbst."

„So wie jeder Fairchild etwas Besonderes ist", pflichtete Nora ihr bei.

Mary wollte dieser offensichtlichen Unwahrheit widersprechen, aber die Höflichkeit gebot ihr zu schweigen.

„Ich besitze nur einige wenige Leidenschaften, aber die wenigen, die ich habe, sind stark." Nora griff nach ihrer Teetasse, stellte sie aber wieder ab, ohne etwas getrunken zu haben. Während sie sich ihre Handschuhe auszog, bemerkte sie beiläufig: „Du hast ohne Zweifel schon gehört, dass ich eine Gouvernante war, als Bramwell und ich geheiratet haben. Aber du hast bestimmt noch nichts Genaues über unsere Eheschließung gehört, nicht wahr?"

Mary war froh, dass sie jedes Wissen darüber ehrlich abstreiten konnte.

„Ich war noch sehr jung, als ich Gouvernante auf einem benachbarten Gut wurde, und völlig unerfahren darin, wie es in der Welt zugeht, auch wenn ich das nicht als Entschuldigung ansehen kann."

Mary zuckte zusammen und schüttelte den Kopf.

„Bramwell fand mich eines Tages, als ich weinte, weil ich meine Mutter so vermisste und die mir anvertrauten Kinder schwierig gewesen waren und ... ach, ich erinnere mich gar nicht mehr genau an alle Einzelheiten. Ich habe in jener Zeit oft geweint. Er war freundlich ... Nun, du weißt. Er ist immer freundlich, und als er wieder zu Besuch kam, hat er sich von der jungen Dame fortgestohlen, der er eigentlich den Hof machen sollte, um mir ein paar Süßigkeiten zuzustecken." Ein Lächeln umspielte Noras Lippen, während sie versonnen die Handschuhe in ihren Schoß glatt strich, erst einmal, dann noch einmal. „Das war der Beginn einer wundervollen Zeit für mich. Ich freute mich auf seine Besuche. Sie waren das einzige Licht in einem sehr düsteren Leben und es dauerte nicht lange ... und die Gouvernante Nora erwartete ein Kind."

Mary murmelte: „Die übliche Geschichte." Zu üblich. Zu sehr glich sie ihrer eigenen, als es ihr lieb sein konnte, und sie harrte in banger Vorahnung wie ein Fisch an der Angel Noras nächster Worte.

„Ich habe es noch nicht einmal gemerkt ... Nun, ich wusste nichts davon. Aber meine Arbeitgeberin erkannte die Symptome und setzte mich vor die Tür. Bramwell fand mich" – Noras Hand lag jetzt auf ihrem Herzen – „und wir fuhren nach Gretna Green, und er heiratete mich."

Mary stieß ihren angehaltenen Atem aus. Diese Geschichte hatte nicht wie ihre geendet. Es gab keinen vertuschten Mord hier, nur eine unpassende Leidenschaft und unerwartete Anständigkeit. „Gut für Bramwell!"

„Er hat mehr von einem Aristokraten als jeder andere Mann, den ich je getroffen habe." In Noras Augen schimmerte der Glanz wahrer Liebe. „Mit seinen Aussichten und seinem guten Aussehen hätte er jede Frau haben können. Aber er hat mich gewählt. Ach was, er könnte auch heute noch jede Frau haben, doch er bleibt bei mir. Er ist ein guter Mann, Mary. Ein guter Mann. Aber du hättest seinen Vater hören müssen! Der brüllte, dass er nichts als ein Idiot wäre, der die Familie ruiniert hätte. Was bildete sich sein Erbe ein, eine Gouvernante zu heiraten, einen Niemand? Bevor ich seinen Vater schreien hörte, hatte ich die Größe von Bramwells Opfer gar nicht begriffen, und in diesem Augenblick schwor ich mir, mich der Ehre, die er mir erwiesen hatte, würdig zu zeigen."

Nur mühsam konnte Mary eine unhöfliche Antwort unterdrücken. „Eine schöne Ehre." *Eher das Gegenteil.*

„Ja, und ich muss dir sagen, alles, was ich seitdem getan habe, geschah, um die Lebensumstände der Fairchilds zu verbessern."

Bei dem glühenden Eifer in Noras Worten lief Mary ein Schauder über den Rücken. Sie klang wie eine Fanatikerin, so eindringlich, dass es einem schon fast unheimlich wurde. „Ich sollte vielleicht einmal mit Sebastian sprechen", versuchte sie zu scherzen. „Er scheint sich der Ehre, die *ich ihm* erwiesen habe, überhaupt nicht bewusst zu sein."

„Aber mit dem, was ich dir gleich geben werde, wird er es begreifen." Sich vorlehnend, begann Nora in der Tasche zu ihren Füßen zu kramen und brachte schließlich ein ledergebundenes schwarzes Buch zu Tage. Ruhig gab sie es Mary. „Da hast du es."

Mary starrte einfältig darauf. „Habe ich was?"

„Lady Valérys Tagebuch, Kindchen." Nora lachte leise. „Du siehst verblüfft aus. Wer dachtest du denn, hätte das Tagebuch gehabt?"

„Ich hatte begonnen zu glauben, es wäre nur eine Legende", platzte Mary heraus, „ausgedacht, um mich hierher zu locken."

„Aber keineswegs. Stattdessen war es, so hoffte ich wenigstens, die Rettung der Familie."

„Bitte?" Mary hätte nicht überrascht sein sollen.

„Seit das Fairchild-Familienvermögen auf dich übergegangen

ist, haben wir in ernsthaften Geldnöten gesteckt, also habe ich einige der ... Wertsachen ... genommen und wollte sie verkaufen. In der Pfandleihe entdeckte ich ein hübsches Schmuckkästchen. Aus reiner Neugier betrachtete ich es, öffnete den Deckel und sah das Tagebuch. Nachdem ich einen Blick hineingeworfen hatte, war mir sein Wert sofort klar. Zum Glück hatte der Pfandleiher keine Ahnung von der Brisanz des Tagebuches, und so konnte ich es für ein paar Schillinge erstehen."

Nora war ihr immer wie eine eher fantasielose, pflichtbewusste Frau erschienen. Nun musste Mary entdecken, dass Nora die treibende Kraft hinter dem Überleben der Fairchilds war.

„Viele Karrieren hätten durch dieses Buch zerstört werden können. Ich habe Lady Valéry zuerst geschrieben und vorgeschlagen, sie solle für seine Zurückerstattung bezahlen. Ich erhielt eine hochmütige Antwort, also habe ich mich mit Männern in Verbindung gesetzt, von denen ich annahm, dass sie daran interessiert sein könnten, das Tagebuch Gewinn bringend zu veröffentlichen, und arrangierte diese Gesellschaft, um die Versteigerung abzuhalten ..." Nora sah sie mit mildem Interesse an. „Ist Aggass abgereist?"

„Ja", erwiderte Mary schwach.

„Ich habe ihm – und all den anderen – von Bramwell ausrichten lassen, dass ich dir das Tagebuch übergeben werde."

Mary holte tief Luft. „Aber warum? Warum jetzt?"

„Gewiss waren mir Lady Valéry und ihr Ruf gleichgültig. Aber nun gehört sie irgendwie zur Familie." Nora lächelte schwach. „Zum einen durch Sebastian und als eine Freundin der Familie durch Calvin und Oswald, vermute ich."

Mary hob die Hand.

„Burgess auch?" fragte Nora.

„Ich nehme es an." Erstaunlicherweise verspürte Mary einen

Anflug von Mitleid für die Fairchilds. „Ohne das Tagebuch … was werden die Fairchilds dann anfangen?“

Die Teetasse in Noras Hand klirrte leise. „Ich werde die Pfandleiher häufiger besuchen müssen.“

Mary strich über das Tagebuch. „Vielleicht könnte Sebastian …“

Entschieden schüttelte Nora den Kopf. „Ich erwarte nicht, dass der Familiensinn, der mich dazu bewegt, das Tagebuch zurückzugeben, auch Lord Whitfield dazu bewegen könnte, das Unverzeihliche zu verzeihen.“

Solche Unversöhnlichkeit beleidigte Marys Gerechtigkeitssinn und außerdem … Sebastian hatte doch beteuert, dass die alte Fehde keine Bedeutung mehr für ihn hatte. „Ich weiß immer noch nicht, was damals genau geschehen ist.“

„Wenn dein Ehemann dir alles erzählen will, schön und gut. Wenn nicht“ – Nora zuckte mit den Schultern – „lass die Angelegenheit ruhen.“

Vielleicht verdienten die Onkel Armut. Vielleicht verdienten es die Töchter, sich sorgen zu müssen. Aber Bramwell schien fast ein unschuldiges Opfer der Umstände seiner Herkunft zu sein. Ian, wessen auch immer er sich ihr gegenüber schuldig gemacht haben mochte, verdiente jedoch ihre Verachtung nicht. Und Nora sollte nicht die Bürde des Überlebens der Familie Fairchild alleine tragen müssen. „Ich habe eine Idee“, sagte Mary. „Würdest du vielleicht einen Teil des Fairchild-Vermögens als Geschenk annehmen?“

Nora lehnte sich interessiert vor. Dann hielt sie argwöhnisch inne. „Warum?“

„Ich würde gerne meiner Dankbarkeit darüber, das Tagebuch zurückerhalten zu haben, Ausdruck verleihen.“

Noras Lippen bildeten eine dünne Linie. „Es ist ein Geschenk.“

„Ja, natürlich. Aber lass mich wenigstens meine Dankbarkeit dafür ... dass du meine Einführung in die Gesellschaft ausgerichtet hast, zeigen.“ Mary konnte erkennen, dass Nora immer noch beleidigt war, also fügte sie hinzu: „Lass uns offen miteinander sein. Ich verachte Geld nicht. Mehr als irgendjemand sonst in der Familie Fairchild kenne ich die Macht des Geldes und die Verzweiflung, die der Mangel daran mit sich bringt. Aber das Geld meines Großvaters ist beschmutzt. Es wurde mir vermacht, nicht etwa, um vergangenes Unrecht wieder gutzumachen, sondern mit dem einzigen Ziel, die restlichen Fairchilds leiden zu lassen.“

„Woher weißt du das?“ erkundigte sich Nora erstaunt.

„*Ich* weiß es eben einfach.“ Mary schob sich eine Haarsträhne aus der Stirn und seufzte. „Ich weiß das, weil ich versucht war, es zu genau diesem Zweck einzusetzen.“

Noras Augen wurden groß.

„An jenem Nachmittag vor über zehn Jahren, als ich herkam, ihn um Hilfe zu bitten, bot als Einziger Ian mir ein wenig Unterstützung. Ansonsten war ich auf mich allein gestellt, und ich hasste alle Fairchilds. Ich hasste euch alle.“ Dieses Geständnis enthüllte den finsteren Ort in ihrer Seele, wo das Herz einer Fairchild schlug, aber Mary sprach entschlossen weiter, denn sie hatte den Dämon der Rache besiegt. „Ich würde also gerne zwei Drittel des Vermögens dir übertragen, das restliche Drittel soll Hadden erhalten.“

Nora starrte sie ungläubig an. „Du meinst, du würdest das tun ... sogar meinen Töchtern erlauben, Nutzen aus deinem Vermögen zu ziehen? Und den Onkeln?“

Mit dem Verzicht auf das Geld war Mary auch das Gefühl, schlecht behandelt worden zu sein, losgeworden, das ihr Leben in den vergangenen zehn Jahren überschattet hatte. Sie sagte leichthin: „Ja, verteile das Geld so, wie du es für angemessen hältst."

In Noras Augen breitete sich ein hoffnungsvoller Schimmer aus, der aber schnell wieder verschwand, als sie kopfschüttelnd einwandte: „Mein Kind, Lord Whitfield hegt in seinem Herzen keinerlei Zuneigung für die Fairchilds, und schließlich ist er dein Ehemann."

„Er besitzt die Verfügungsgewalt über mein Geld, meinst du? Aber er hat mir versprochen, dass ich mein Geld nach meinem Gutdünken ausgeben dürfe, und das hier ist eben mein Gutdünken."

„Wann hat er dir dieses Versprechen gemacht?" Nora klang mehr als zweifelnd. Sie klang zynisch und ein wenig belustigt. „War das vor oder nach der Hochzeit?"

„Ja, aber Sebastian ..."

„Ist genau wie jeder andere Mann und wird bereitwillig alles versprechen, um sicherzugehen, dass ihm seine Beute in die Falle geht." Sie musste gesehen haben, dass Mary zu einem Einwand ansetzte, denn sie hob ihre Hand. „Ich sage nicht, dass er nicht besser als die meisten Männer ist. Nur, dass er alles sagen würde, um sein Ziel zu erreichen. Man gewöhnt sich mit der Zeit an die Enttäuschungen."

„Nein!" Mary musste es einfach abstreiten. „Er würde mich nicht anlügen. Er war sehr aufrichtig. Mein Vermögen gehört mir allein."

„Hm." Nora stellte ihre Teetasse auf das Tablett und schob es von sich. „Ich kann deinen Grund zur Hoffnung nachvollziehen, und ich würde selbstverständlich das Geld mit Handkuss nehmen. Aber wenn es nicht so sein soll, dann versichere ich dir, wirst du dennoch immer meine tiefste Hochachtung besitzen. Meiner Meinung nach bist du die Beste der Fairchilds."

Mary war sich nicht sicher, ob sie scherzte oder nicht. „Ich denke ganz ähnlich über dich."

22. KAPITEL

Sebastian stand auf dem flachen Dach, lehnte an der hüfthohen Mauer und starrte über das Land der Fairchilds zu dem angrenzenden Besitz. Zu dem Besitz, der eigentlich ihm gehören sollte.

Er gehörte jetzt einer anderen Familie, Emporkömmlinge, neureiche Kaufleute, die zu so viel Geld gekommen waren, dass sie gar nicht mehr wussten, wohin damit. Neureiche Kaufleute – so wie er selbst. Er hatte sogar einmal versucht, das Gut zurückzukaufen, aber es hatte ihn nicht sonderlich überrascht, als man sein Angebot ablehnte. Inzwischen war er froh darüber. Er wollte eigentlich gar nicht wirklich inmitten all der schmerzlichen Erinnerungen leben. Er wollte viel lieber neu anfangen ... mit Mary.

Jetzt, wo er geheiratet hatte, stellte sich die Frage nach einem Landsitz wieder. Er und Mary würden Kinder haben, und diese Kinder verdienten es, in einer vergleichbaren Umgebung aufzuwachsen, wie er sie in seiner Jugend gekannt hatte. Sie würden auf Bäume klettern dürfen, über die Felder streifen, an einem nah gelegenen Fluss angeln gehen. Und sie würden Eltern haben, die ihnen ihr Leben lang zur Seite stünden.

Wenn er doch nur mit Mary von hier fortgehen und mit den Kindern anfangen könnte!

Stattdessen war er immer noch auf der Suche nach Lady Valérys Tagebuch. Ein unauffindbares Tagebuch, sicher nur eine Illusion – außer, dass Leslie ihn damit verspottet hatte.

„Sebastian?"

Er drehte sich um und sah Mary aus dem Treppenhaus auf das Dach treten. Sie kam auf ihn zu, an den qualmenden Schornsteinen vorbei, so dass es aussah, als hätte sie sich in Rauchschwaden gehüllt. Dann erhob sich eine Windbö und wehte den Rauch fort; die Sonne kam hinter den Wolken hervor, tauchte ihren unbedeckten Kopf in ihr strahlendes Licht und verwandelte ihre Haare in schimmerndes Gold. Die Fransen ihres Schals bewegten sich im Windhauch, als ob die sanfte Brise sie liebkosen wollte. Sebastian verspürte bei ihrem Anblick ein seltsames Ziehen in seinem Inneren, nicht nur die Hitze der Wollust – auch wenn die ganz bestimmt gerade in ihm aufwallte –, sondern etwas, das darüber hinausging. Stolz, sagte er sich. Sie machte sich gut – trotz ihres Erbes. Oder Bewunderung. Sie hatte viel Unglück erfahren und war als eine würdevolle, gefasste Frau daraus hervorgegangen.

Aber wie auch immer er dieses neue Gefühl nannte, seine über Jahre zur Gewohnheit gewordene Verschlossenheit hielt ihn davon ab, es offen auszusprechen.

Er hatte die letzten vierzehn Tage in Marys Gesellschaft verbracht und gelernt, ihr zu vertrauen. Er hatte in den vergangenen Jahren seines Lebens gelernt, ihre Familie und alles, was damit zusammenhing, zu verabscheuen.

Obwohl er davon überzeugt gewesen war, dass er seinen Abscheu überwunden hatte, war da ein kleiner Teil in ihm, der sich ihr verschloss.

Mary lächelte ihn an, ein offenes, erfreutes Lächeln, das ihn in seinen Grundfesten erschütterte. War dies das erste Mal, dass sie ihn wirklich anlächelte? Es schien ihm so, denn sein Herz begann zum ersten Mal wirklich zu schlagen, seine Lungen entfalteten sich und weiteten sich unter dem ersten wirklichen Atemzug. Seine Sicht klärte sich, und er konnte auf einmal bis in die Ewigkeit sehen.

Er war verrückt. Verrückt nach ihr. Doch er wollte nicht, dass sie von dieser seiner Geisteskrankheit erfuhr, denn darum musste es sich handeln. Also bemühte er sich darum, seine Würde wiederzufinden. „Was tust du hier oben?"

Offenbar hatte er sich im Ton vergriffen und statt Würde Hochmut erwischt, denn ihr Lächeln verlor sein Strahlen.

„Wie hast du mich gefunden, wollte ich sagen?" Er versuchte sich an einem freundlichen Lächeln. „Ich hatte angenommen, das Dach wäre verlassen."

Sie schien nicht beruhigt, denn sie trat einen Schritt zurück. „Ich habe gefragt, wo du bist, und einer der Diener hatte dich nach oben gehen gesehen."

Er versuchte es noch einmal, diesmal mit Herzlichkeit. „Nun, ich bin froh, dass du gekommen bist. Es ist fast wie in alten Zeiten."

„Welchen alten Zeiten?"

„Bei meinem letzten Aufenthalt hier oben war dein Vater bei mir."

„Mein Vater?" Sie beschattete ihre Augen mit einer Hand gegen die blendende Sonne und sah ihn verunsichert an, so als benähme er sich sonderbar.

Wie ein Gastgeber, der wollte, dass sein Gast sich wohl fühlt, begann er, Konversation zu machen. „Dein Vater mochte das Dach. Er sagte, es wäre ein guter Platz zum Träumen."

„Das glaube ich gerne." Sie nahm ihre Hand von der Stirn und fragte mit besorgter Ältere-Schwester-Stimme: „Sebastian, bist du krank?"

Entschlossen, sie nicht weiter zu beunruhigen, verbeugte er sich. „Ich bin bei bester Gesundheit, danke der Nachfrage."

Sie knickste als Antwort auf seine höfliche Geste. „Weil ich nämlich glaube, dass unter den Gästen eine Krankheit umgeht.

Ich habe eben Mr. Brindley im Flur vor dem Arbeitszimmer getroffen. Er war fast grün im Gesicht, und er floh vor mir, ohne ein Wort an mich zu richten."

Sebastian biss die Zähne zusammen und sagte betont deutlich: „Mir geht es gut."

Ihre gerunzelte Stirn glättete sich. „Gut. Dann habe ich wunderbare Neuigkeiten."

Er bemerkte, dass sie ein Buch an ihren Busen drückte und es umklammerte, als wäre es ein Schatz. „Ja?"

Sie hielt ihm das Buch hin. „Hier ist es."

Er schaute auf den schmucklosen Ledereinband. „Es?"

„Das Tagebuch. Ich habe es."

Mit einem langen Schritt war er bei ihr. Er riss es ihr aus den Händen und schlug es irgendwo auf. Eine schöne, wohl geformte Handschrift bedeckte die Seite. Lady Valérys Handschrift.

Ich liebkoste ihn nach russischer Art, bis er versprach zu tun, was ich ihm aufgetragen hatte, und die Lords im Oberhaus so zu beeinflussen, dass die Gesetzesvorlage vom Parlament genehmigt werden würde. Dann erst schenkte ich ihm Befriedigung, wie er sie noch nie zuvor gekannt hatte, und er flehte mich beinahe an, mir einen weiteren Gefallen tun zu dürfen. Also erlaubte ich ihm, mir Lust zu verschaffen.

Plötzlich verlegen, klappte Sebastian das Buch zu. „Du hast Recht. Das hier ist das Tagebuch. Wo hast du es her?" Er hatte so lange danach gesucht, so fieberhaft, und jetzt gab seine Frau es ihm einfach so, gerade als ob es ein Klacks gewesen wäre, es zu finden.

„Lady Smithwick." Mary lächelte wieder, ein leises, belustigtes Lächeln. „Wir hätten hier für immer und ewig danach suchen können und hätten es doch nie gefunden. Sie entdeckte es in London. Dort war sie die letzten beiden Tage."

„Sie hat *dir* das Tagebuch gegeben?" Er klang ausgesprochen ungläubig.

Mary bemerkte dieses Mal seine Missstimmung, und ihr Lächeln verblasste. „Nein, eigentlich wollte sie es *dir* geben."

„Kein Fairchild hat einem Durant jemals etwas anderes als Schwierigkeiten gebracht."

„Es ist ihr Hochzeitsgeschenk an uns und ein kostbares Geschenk noch dazu. Sie wollte es eigentlich an den Meistbietenden verkaufen, um die Familie mit dem Erlös vor dem Schuldgefängnis zu bewahren. Darauf hat sie verzichtet und es stattdessen, weil wir geheiratet haben und sie den Fairchilds gegenüber unvorstellbar loyal ist, uns gegeben."

„Warte. Warte eine Minute." Er hielt das Tagebuch hoch. „Du willst mir erzählen, dass sie erst dieses Buch hier gestohlen hat, drauf und dran war, eine alte Dame, mein Vermögen und vielleicht sogar das ganze Land aus Geldgier zu ruinieren, und jetzt gibt sie es uns einfach so als ein *Geschenk*?"

Mary seufzte ... verärgert, auch wenn er es kaum glauben konnte. „Sie hat es nicht gestohlen, sie hat es bei einem Pfandleiher gefunden, der es dem Dieb abgekauft hatte."

„Gott sei Dank!" Er tat so, als würde er sich den Schweiß von der Stirn wischen. „Ich hatte schon Befürchtungen, sie wäre vielleicht in etwas so Unehrenhaftes wie Diebstahl verwickelt." Sein Sarkasmus war mit unterschwelliger Wut durchsetzt. „Sag mir bitte – wie viel sollen wir für dieses *Geschenk* zahlen?"

Mary wich seinem Blick aus und wandte sich der Aussicht zu.

„Das habe ich mir gedacht." Er begann, das Tagebuch in seiner Jacke zu verstauen. „Wie viel?"

Sie nahm ihm das Tagebuch weg, steckte es in ihre Tasche und sah ihn dann an. „Nichts. Sie hat mich um kein Geld dafür gebeten." Sie unterstrich ihre Äußerung mit einem Nicken. „Deshalb habe ich ihr mein Vermögen gegeben."

„*Was?*" Es war eigentlich keine Frage, sondern vielmehr ein Aufschrei, der aus den Tiefen seiner sündengeplagten Seele aufstieg. Er fasste sie an den Schultern und hob sie an, bis sie nur noch mit den Zehenspitzen den Boden berührte. „Sag mir, dass du Witze machst, dass das ein Scherz war."

„Sebastian, du tust mir weh."

Er ließ seine Hände von ihren Schultern fallen und wartete; seine Geduld wurde schließlich belohnt, denn sie gestand ihm – nein, sie erzählte ihm eigentlich nur –, dass sie zwei Drittel ihres Geldes ihrer feigen, grausamen, verschlagenen und bösen Familie versprochen hatte. Den Fairchilds.

Er weigerte sich, das zu glauben. Ihre nüchtern vorgebrachte Eröffnung legte sich wie Frost über seine zarten neuen Gefühle. Während sie sprach, welkten sie in ihm dahin. Innerlich krümmte er sich, starb. Seine Hände ballten sich zu Fäusten. Er wollte sie für das erwürgen, was sie getan hatte. Stattdessen sagte er bloß, nachdem sie geendet hatte: „Nein!"

Das Luder wagte es auch noch, erstaunt auszusehen. Verwirrt sogar. „Was meinst du damit?"

„Ich meine *nein*. Nein, du kannst dein Vermögen nicht den Fairchilds geben."

„Aber es geht doch gar nicht an Bramwell", erklärte sie, als ob sie dächte, dass das einen Unterschied machen würde. „Nora wird es verwalten."

„Als ob mich das kümmerte. Vor mir sehe ich eine großartige Zukunft. Eine Zukunft, in der jeder Fairchild verzweifelt Geld braucht, der Armut preisgegeben, betteln muss ..." Mary starrte ihn entsetzt an, und er fing sich wieder. „Nein. Lass sie in der Hölle verrotten."

„Du bist bar jeden Mitgefühls", verkündete sie gelassen. „Aber das tut jetzt nichts zur Sache. Wichtig ist nur, dass du mir versprochen hast, es mir zu überlassen, was ich mit meinem Geld anfange. War das gelogen?"

„Nein, war es nicht. Nein. Du kannst mit deinem Reichtum tun, was immer du willst – außer das hier."

Während sie ihn anschaute, wich das letzte Strahlen endgültig aus ihrem Gesicht. Sie sah so tiefbetrübt aus, als wäre er im Unrecht, und daran waren allein Nora und ihre verfluchte Familie schuld.

„Warum willst du das unbedingt tun? Ich dachte, du hasst sie genauso wie ich", sagte er mit belegter Stimme.

„Ich betrachte die Familie und sehe eine ganze Generation, die verdorben ist bis ins Mark. Ich weiß nicht, warum, ich weiß nur, dass es so ist."

Sebastian erinnerte sich wieder an Leslies Bemerkung, dass sie alle die Verkommenheit mit der Muttermilch eingesogen hätten. Doch das war nur eine Ausflucht. Außerdem war es ihm gleichgültig.

„Aber *ich bin* eine Fairchild", erklärte sie selbstbewusst. „Mein Vater war ein Fairchild. Mein Bruder ist ein Fairchild. Wir sind nicht schlecht. Ebensowenig wie Bramwell, auch wenn er manchmal ... irregeleitet ist. Bramwells Tochter Wilda ist ziemlich nett. In einer weiteren Generation wird das schlechte Blut vielleicht ganz verschwunden sein. In der Zwischenzeit kann ich sie nicht zu Schimpf und Schande verdammen, wenn es mir möglich ist, sie zu retten."

Seine Augen verengten sich zu kleinen Schlitzen und mit durch jahrelange Erfahrung gestärktem Rücken gab er sich unversöhnlich. „Du wirst die Fairchilds nicht vor den Folgen ihrer Dummheit retten."

Sie konnte ebenso unnachgiebig sein. „Es sind nicht ihre Dummheiten, die sie in Armut gebracht haben, sondern das Testament meines Großvaters."

Sie war eigensinnig. Himmel, war sie eigensinnig. Und sie beurteilte ihn falsch, schließlich kannte sie die ganze Wahrheit gar nicht.

Es gefiel ihm gar nicht, von ihr für hartherzig gehalten zu werden. Es gefiel ihm sogar überhaupt nicht. Vielleicht war es wirklich an der Zeit, ihr alles zu sagen. „Weißt du eigentlich, wie es zu der Fehde zwischen unseren beiden Familien kam?"

Ihr Blick flackerte. „Lady Valéry hat mir einmal erzählt, dass beide Familien Pferde züchteten."

„Die Fairchilds taten das zum Zeitvertreib, die Durants dagegen, weil sie verzweifelt Geld brauchten."

Er beobachtete genau, ob sie von der Vorstellung, dass sein Vater, obwohl er ein Adeliger war, Geschäfte betrieben hatte, abgestoßen war.

Sie nickte bloß.

„Ein außergewöhnlich edler Hengst stand zum Verkauf, und nach sorgfältiger Prüfung kam mein Vater zu der Überzeugung, dass dieser Hengst Champions würde zeugen können. Er erzählte den Fairchilds davon – wir waren ja immerhin Nachbarn und boten nicht gegeneinander –, doch als es zu der Auktion kam, fing der Vormann der Fairchilds an, gegen Vater zu bieten." Sebastian lächelte, seit langem wieder eines seiner rasiermesserscharfen Lächeln. „Wir bekamen den Zuschlag."

„Wenn die Fairchilds doch aber mehr Geld besaßen ..."

„Der Vormann hatte nur die Erlaubnis, bis zu einer gewissen Summe mitzubieten, denn dem alten Fairchild war nicht klar gewesen, dass mein Vater bereit war, alles, aber auch wirklich *alles* auf diesen Hengst zu setzen."

„Ich verstehe."

Das tat sie zweifellos. Die Geschichte, die er da erzählte, wies alle Vorzeichen einer drohenden Katastrophe auf. „Die Fairchilds waren wütend, und als Rache verfielen deine Onkel auf die Idee, ihren lahmsten Hengst von ungewisser Abstammung in unseren Stutenstall zu lassen."

Er hatte die blanken Tatsachen schon vor Jahren zu akzeptieren gelernt, sie aber jetzt vor Mary zu wiederholen, fiel ihm schwer. Die damals empfundene Demütigung stieg wieder in ihm auf, färbte sein Gesicht, brachte die alte Bitterkeit erneut an die Oberfläche, als er sich bloßstellte und sich wappnete – gegen ihr Gelächter. „Dieser Hengst besprang all unsere Stuten, die dummerweise gleichzeitig hitzig waren, verdarb sie für eine Saison und machte den unbezahlbaren Hengst überflüssig."

Sie lachte nicht. „Dann war der Hengst, den Leslie uns zur Hochzeit geschenkt hat ..."

„Eine Verhöhnung." Wut mischte sich mit dem alten Schmerz.

„Wart ihr ... war dein Vater danach ruiniert?"

Immer noch kein Gelächter, ihre Miene war eher weich, mitfühlend. Mitleid? Das war noch schlimmer als Gelächter, also straffte er seine Schultern und stählte seine Stimme, so dass er dadurch bewies, es war ihm mittlerweile gleichgültig geworden. „Wir hatten all unser Kapital in dieses eine Geschäft investiert, und als Folge des üblen Scherzes haben wir unsere Pferde verloren. Wir haben unser Heim verloren."

„Wollte euch denn niemand ein Darlehen gewähren?"

Dieses Mal lachte er. Nicht aus Heiterkeit, aber er lachte. „Der Streich, den die Fairchilds uns gespielt hatten, hatte uns lächerlich gemacht. Niemand ...“ Einen Augenblick lang wurde ihm zu seiner Beschämung der Hals eng, und er konnte nicht weitersprechen. Er schloss die Augen und rang um seine übliche Beherrschung. Er spürte etwas an seinem Arm und griff danach. Er hielt eine Hand in der seinen. Marys Hand. Ihre Finger umschlossen seine, ihre Handflächen berührten sich, und sie bot ihm ihren Trost an.

Er öffnete seine Augen und schaute sie an. Und wie durch ein Wunder konnte er plötzlich wieder weitersprechen. „Es war eigentlich ein ziemlich lustiger Streich, einer, aus dem man Farcen schreibt.“

Sie murmelte leise etwas, ein heiserer Widerspruch.

„Niemand wollte uns also Geld leihen aus Furcht vor dem Spott, dem man sich damit aussetzen würde.“

Die Erinnerung an dieses Gelächter verfolgte ihn immer noch. Das war der Grund, warum Leslie ihn mit Marys Untreue verhöhnt hatte. Das war der Grund dafür, dass er so außer sich geraten war, so gewalttätig reagiert hatte, als er annehmen musste, Mary hätte ihn hintergangen.

Aber das hatte sie nicht getan und würde es gewiss auch nicht tun, noch nicht einmal in dieser Angelegenheit mit ihrem Vermögen. Wenn sie erst einmal die ganze Geschichte gehört hatte, dann würde sie sicher tun, was er wünschte. „Deine Fairchild-Onkel hatten dafür gesorgt, dass sie es auf keinen Fall verpassen würden, mit anzusehen, wie unsere Familie aus dem Haus geworfen wurde. Meine Mutter weinte. Mein Vater stand einfach nur etwas abseits und beobachtete alles, als ob sein Herz gebrochen wäre. Und ich vermute, dass genau das geschehen war, denn er beging kaum eine Woche später Selbstmord.“

Er war ziemlich stolz auf sich. Noch nie zuvor hatte er die Worte laut ausgesprochen – *mein Vater beging Selbstmord* –, aber er hatte es gerade getan, und er bildete sich ein, er hatte einigermaßen normal geklungen.

Mary drückte seine Hand fester. Und sie schlang ihren Arm um seine Taille. Und sie presste sich an ihn. Und umarmte ihn. Geradeso, als bräuchte er Trost.

Was er, wie er bemerkte, wirklich tat.

„Armer kleiner Junge." Marys Stimme brach. „Wie hast du es nur fertig gebracht zu überleben? Bist du zu Verwandten gegangen? Hat deine Mutter eine Stellung angenommen?"

„Keine Verwandten."

„Dann also Lady Valéry."

„Lady Valéry ist eine alte Freundin der Familie meines Vaters. Mutter weigerte sich, zu ihr zu gehen." Er umarmte Mary verzweifelter, ohne zu wissen, wie er bei einer so zierlichen Frau Kraft finden konnte, dann aber feststellte, dass es ihm so gut tat, so gut wie nie zuvor etwas. „Und Mutter konnte nicht arbeiten. Sie ... weinte." Bis sie krank wurde. Dann hatte sie noch mehr geweint. Ein endloser, nie versiegender Tränenstrom. Wimmern, Seufzen und kein Wort des Trostes für ihren verwirrten, bestürzten Sohn.

Die Erinnerung an den Schmerz versuchte sich durch die Risse in seiner Beherrschung zu zwängen, aber er schob sie mit der Leichtigkeit jahrelanger Übung zurück.

Als ob sie gar nicht merkte, wie gefasst er war, rieb Mary mit ihrer Hand über seinen Rücken und gab besänftigende Laute von sich.

Seine Gefühle waren zwiespältig: Einerseits lehnte er ihren Trost ab, auf der anderen Seite genoss er ihn. Unter ihrer streichelnden Hand schmolz er wie Butter in der Sonne. „Ich habe gearbeitet. Auf den Docks. Als Mutter starb, bin ich zu Lady Valéry gegangen. Sie schliff die Ecken und Kanten, die ich erworben hatte, ab und lieh mir genug Geld, dass ich mir ein eigenes Handelsschiff kaufen konnte. Inzwischen gehört mir eine ganze Handelsflotte. Seit damals habe ich ihr das Darlehen bis auf den letzten Penny zurückgezahlt, und sie hat dabei einen ansehnlichen Gewinn gemacht."

„Selbstverständlich", murmelte Mary.

Von ihr umarmt zu werden hatte eine betäubende Wirkung auf ihn, aber er straffte seine schlaffen Muskeln entschlossen. „Du verstehst also, warum du dein Vermögen nicht einfach den Fairchilds geben darfst."

Sie ließ ihn so plötzlich los, dass er einen Augenblick lang schwankte. Sie wandte ihm den Rücken zu, ging ein paar Schritte von ihm fort und stand an derselben Stelle, von der aus er zuvor die Landschaft betrachtet hatte, und schaute in die Ferne.

Sah sie den schlecht gepflegten Besitz? Sah sie die unrechtmäßig erworbenen Güter? Oder sah sie einfach nur das üppige Grün des Sommers? Er wollte ihr raten, tiefer zu blicken, aber irgendwie fürchtete er sich auch davor. Denn wenn er ihr riet, ihre eigene Familie genauer zu betrachten, könnte sie auf die Idee kommen, auch ihn genauer zu betrachten. Sie würde dann den Jungen sehen, der die Straßen Londons durchstreift hatte auf der Suche nach Arbeit und nur andere Kinder, gewieftere Kinder, gefunden hatte, die über ihn hergefallen waren, ihm seine schönen Kleider abgenommen und ihn in den Dreck gestoßen hatten. Sie würde sehen, wie der Junge härter wurde, während er aufwuchs. Sie würde sehen, wie er so tief gefallen war, dass er begonnen hatte zu stehlen, und wie oft er beinahe erwischt worden wäre, die heißen Tränen, die er geweint hatte, als er nach Hause kam, nur um zu entdecken, das nichts von alldem, was er getan hatte, genug gewesen war ... dass seine Mutter aus Gram gestorben war.

Ihre Worte wurden von der leichten Brise zu ihm getragen. „Also hast du mich doch wegen meines Geldes geheiratet."

Das riss ihn aus seiner Melancholie. „Nein!" Er trat zu ihr. „Ich sage dir doch, du kannst das Geld zum Fenster rauswerfen, wenn es das ist, was dir gefällt, und ich werde nichts dagegen unternehmen."

„Trotzdem hast du es getan", beharrte sie eigensinnig. „Du hast mich geheiratet, damit das Fairchild-Vermögen keinesfalls an die Fairchilds zurückfällt."

„Daran habe ich nie auch nur einen Gedanken verschwendet." Er drehte sie um, so dass sie ihn ansehen musste. „Herr im Himmel, Frau, warum sollte ich das auch? Schließlich wäre es mir in meinen kühnsten Träumen nicht eingefallen, dass du auf eine so hirnrissige Idee kommen könntest."

Sie antwortete nicht, beachtete ihn nicht weiter, so als hätte er ihr nicht gerade erst seine schreckliche Geschichte erzählt. Die Geschichte, die so offensichtlich erklärte, warum sie ihr Geld nicht einfach ihrer Familie geben durfte.

Die Wunden der Vergangenheit waren oberflächlich verheilt. Dass seine Eltern ihm nicht geholfen, ihn sich selbst überlassen hatten, machte ihm nichts mehr aus. Er war stark gewesen, unerschütterlich, ausdauernd – bis Mary in sein Leben getreten war. Jetzt brauchte er etwas, etwas, das er zwar nicht verstand, aber etwas, von dem er wusste, dass sie es ihm geben sollte, und anstatt ihm irgendein Zeichen ihres Mitgefühls zu zeigen, stand sie da und jammerte irgendeinen Unsinn über ihre Familie. In einem ungeprüften, unüberlegten – na gut, einem idiotischen – Satz stellte er ihr ein Ultimatum. „Wähle. Sie oder ich."

Irgendwo in einem verborgenen, wilden Teil seiner Seele musste er gehofft haben, sie würde ihn in einer ihrer wunderbar tröstenden Umarmungen umfangen. Als sie ihn bloß ausdruckslos anstarrte, sank sein Herz, und sein Magen zog sich schmerzhaft zusammen. Seine Gefühle schwankten zwischen stiller Pein und lauter Anklage, zwischen einfacher Verstimmung und rasender Wut. Abgrundtiefe, schwelende Wut. Wie er sich *davon* befreien konnte, wusste er.

„Ausgezeichnet." Er spie das Wort praktisch aus. „Du willst mich also nicht. Du hast ja deine kostbaren Fairchilds, auch wenn ich gerne ihre Gesichter sehen würde, wenn du als Mörderin gehängt wirst."

Alle Farbe wich aus ihrem Gesicht, ihre Augen wurden vor Entsetzen groß.

„Was ist denn?" höhnte er. „Ich habe dir meine Geheimnisse anvertraut. Wolltest du nicht, dass ich auch deine erfahre?"

„Es ist nicht nur mein Geheimnis", brach es aus ihr hervor. Dann erschauerte sie, verschränkte ihre Hände so fest, dass die Knöchel weiß wurden, und hob sie bittend. „Ich flehe dich an."

Dies bereitete ihm keine Freude, wie es das eigentlich sollte. Tatsächlich war ihm sogar beinahe übel von seiner eigenen Grausamkeit.

Sie tastete blindlings in ihrer Tasche nach dem Buch, zog es mit zitternden Finger hervor und reichte es ihm. „Hier, nimm es. Nur lass mich nicht verhaften."

„Du würdest alles tun, um dich zu retten." *Nicht nur mein Geheimnis.* Natürlich war es nicht nur ihr Geheimnis. Er wusste das.

Sie nahm seine Hand. Sie zitterte inzwischen so sehr, dass es ihr kaum gelang, seine Finger um das Buch zu schließen. „Wenn es das ist, was du glauben willst, dann tu das. Aber bitte ..."

Er schaute auf das Tagebuch herab. Das verdammte, dumme, kleine Tagebuch, das all diese Schwierigkeiten ausgelöst hatte.

Das und das verdammte, dumme, gar nicht so kleine Fairchild-Vermögen. Beides war ihm vollkommen gleichgültig.

„Nimm es." Sie fiel vor ihm auf die Knie. „Aber versprich mir ..."

„Hölle." Er gab ihr das Tagebuch zurück. „Behalte es. Gib dein ganzes Geld den Fairchilds, tu, was immer du willst. Es ist mir gleichgültig." Während er den Rückzug antrat, wurde ihm klar, dass er floh. Aber ... vor was floh er? Er blickte auf die Frau, die sich erniedrigte ... vor ihm.

Floh er etwa vor ihr? Lachhaft.

Er deutete mit dem Zeigefinger auf sie. „Bleib mir bloß vom Leib."

Und damit wandte er sich um und floh.

23. KAPITEL

Mörderin.

Triff dich mit mir allein am Brunnen im Garten mit den einhundert Pfund, oder ich werde alles erzählen und die Belohnung einkassieren.

Mord. Ian verzog angewidert das Gesicht. Hadden hatte ihn nicht weiter eingeweiht, und Ian hatte auch nicht nachgebohrt, denn das würde ohnehin keinen Unterschied machen. Er würde seinem Cousin sowieso helfen.

Er klopfte an Wildas Tür und schenkte der Zofe, die ihm öffnete, ein betörendes Lächeln. „Ich würde gerne deine Herrin sprechen."

Die Zofe versank in einem höflichen Knicks. „Sie ruht gerade, Sir, und möchte niemanden empfangen."

„Nun, mich wird sie empfangen." Ohne auf die protestierende Zofe zu achten, schob er sie beiseite und bahnte sich seinen Weg in das Schlafzimmer.

Wilda lag auf ihrem Bett, das Kissen über dem Kopf.

Sich über sie lehnend, raunte er: „Wilda, ich brauche deine Hilfe", und nahm das Kissen weg.

Ihr Gesicht war in Tränen aufgelöst. Ihre Haut war fleckig, ihre Augen waren rot gerändert, und sie bot ein Bild des Jammers. Ian seufzte. Sie trauerte noch immer dem jungen Mann nach, der sie erst ruiniert und dann sitzen gelassen hatte. Jemand musste sich ihrer annehmen.

„Was willst du, Ian?" Ihre Stimme klang krächzend, und ihr Kinn zitterte.

Er zuckte zurück. Gleich würde sie wieder zu weinen beginnen. Lieber Gott, gleich würde sie wieder zu weinen beginnen.

Aber er brauchte eine seiner Fairchild-Cousinen. Er brauchte diesen besonderen Blondton, diese Figur und diese Körpergröße. Die anderen Schwestern würden ihn einfach auslachen, wenn er sie um einen Gefallen bat. Höchstwahrscheinlich würde es ihnen sogar außerordentliches Vergnügen bereiten, seine Pläne zu durchkreuzen. Nur Wilda war weichherzig, also blieb sie als Einzige übrig. „Trockne deine Tränen, Liebes" sagte er sanft. „Ich brauche jetzt deine Hilfe."

Sebastian wusste es.

Blind und taub für ihre Umgebung, immer eine Hand an der Wand, schlurfte Mary wie eine gebrochene alte Frau durch die Flure von Fairchild Manor.

Er hatte es immer gewusst.

Entsetzen hielt sie fest im Griff. Sebastian erinnerte sich an das blutbeschmierte Mädchen, das Besseborough umgebracht hatte. Er hatte ihr seine Mitwisserschaft so lange vorenthalten, bis der rechte Zeitpunkt gekommen war, sie gegen sie zu verwenden.

Sie sollte nicht so am Boden zerstört sein. Sie hatte immer damit rechnen müssen, dass er sich erinnern würde. Und sie hatte immer von Sebastians Skrupellosigkeit gewusst. Aber irgendwie hatte sich in der vergangenen Woche ihre Meinung über ihn geändert. Sie hatte gedacht, sie hätte flüchtig eine gewisse Verletzlichkeit entdecken können, Anzeichen dafür, dass ihm etwas an anderen lag. Sie hatte begonnen sich auszumalen, sie verbände mehr als eine vorgetäuschte Verlobung, mehr als eine erzwungene Heirat. Sie hatte begonnen zu träumen ...

Ah, ja. Sie hatte begonnen zu träumen.

Sie lachte laut auf, verstummte aber sogleich wieder, als sie den schrillen Klang in ihrem Gelächter wahrnahm. „Papa", flüsterte sie vor sich hin. „Warum träume ich immer noch, wenn sich doch alles, was ich mir erträume oder erhoffe, in Rauch auflöst?"

Dumm, so dumm. Sie wischte sich eine herabkullernde Träne von der Wange. Dumm, über etwas so offensichtlich Unabänderliches zu weinen. Dumm, von einem Leben zu träumen, in dem sie wieder lernen könnte zu lächeln, Vertrauen zu schenken in einer liebevollen Verbindung, in ihrer Ehe.

Träume. Träume waren der Grund all ihrer Tränen.

Ein Schluchzer entrang sich ihr, und sie schaute sich verlegen um. Eine Magd, die gerade einen Eimer schleppte, beobachtete sie neugierig, wurde dabei aber nicht langsamer, was nicht weiter verwunderlich war. Um das Haus nach der Gesellschaft wieder in den ursprünglichen, tadellosen Zustand zu versetzen, war jetzt ein gründlicher Hausputz von Nöten. *Eine Haushälterin weiß das.*

Sie blieb mit gesenktem Kopf an einem Tisch stehen und rieb sich die Nasenwurzel, als ob sie dadurch ihre Tränen zurückhalten könnte. *Eine Haushälterin verliert nie die Beherrschung.* Doch sie war ja keine Haushälterin mehr. Sie war ... Sie wusste nicht, was sie jetzt war. Irgendwie musste sie unbedingt diesen Tränen Einhalt gebieten, wenigstens so lange, bis sie ihr Schlafzimmer erreicht hatte. Und lieber Himmel, wo war das bloß?

„Meine Liebe?" Die freundliche Stimme war ihr nur zu bekannt. „Ist irgendetwas geschehen?"

Sie hielt den Kopf weiter gesenkt. „Nein, danke, nichts, Mr. Brindley."

Er vertrat ihr den Weg und beugte sich vor, um ihr ins Gesicht zu sehen. „Aber, aber. Das sieht mir ganz nach Tränen aus. Warum weint denn unsere errötende Braut?"

„Ich weine nicht." Ihre Stimme schwankte.

„Nein? Oh, ich verstehe. Natürlich nicht." Er hielt ihr sein sauberes Taschentuch hin, sie nahm es dankbar an und wischte sich damit über ihr Gesicht. „So. Jetzt geht es schon besser, nicht wahr?"

„Ja. Danke sehr." Sie schaute ihn an. Seine Perücke hing schief und ließ seinen Kopf unförmig erscheinen. Und seine Gesichtsfarbe hatte sich auch nicht zum Besseren verändert. Ihr fiel wieder ein, dass er ihr heute früh, als sie ihn im Flur vor dem Arbeitszimmer bemerkt hatte, als sehr blass aufgefallen war. Er hatte ausgesehen, als ob es ihm nicht gut ginge oder er sogar Schmerzen hätte. „Sie sehen nicht gut aus. Sie sollten auf Ihr Zimmer gehen und sich hinlegen."

Er schien sie gar nicht zu hören. „Wir werden uns ein ungestörtes Plätzchen suchen, wo wir reden können."

„Vielen Dank, aber nein." Sie hatte keinesfalls vor, die Ereignisse des heutigen Tages mit irgendjemandem zu besprechen, egal, wie wohlgemeint der Vorschlag war.

„Sie werden doch ganz gewiss nicht wollen, dass man Sie in diesem Zustand sieht“, beharrte er.

„Dann bringen Sie mich zu meinem Zimmer.“

Ihren Arm nehmend, führte er sie den Korridor hinab, und sie ging dankbar an seiner Seite, bis sie die schmale Treppe erreichten, über die man zu den Dienstbotenquartieren und dem Dachboden kam. Über diese Treppe war sie heute schon einmal auf ihrem Weg zum Dach gegangen, um Sebastian die guten Neuigkeiten zu überbringen, und war sie später wieder hinabgestiegen, gebrochen von Sebastians verächtlichen Worten.

„Das ist nicht der richtige Weg.“ Sie versuchte, sich umzudrehen und zurückzugehen.

Er gestattete es nicht. „Wir werden jetzt auf das Dach gehen. Ich glaube, da waren Sie eben schon.“

„Ist denn alles, was ich tue, ein offenes Geheimnis?“ fragte sie gereizt.

„Ich hoffe doch nicht“, stieß er aus und zerrte an ihrem Arm.

Sie stolperte hinter ihm die Treppe hoch. Für einen älteren Herrn, einen kranken älteren Herrn, war er erstaunlich kräftig. Sie wollte nicht mit ihm gehen, aber genauso wenig wollte sie eine Szene riskieren. „Wirklich, Mr. Brindley, ich denke nicht ...“

„Dann lassen Sie das Denken bleiben, meine Liebe. Der gute alte Brindley wird sich um alles kümmern.“ Sie stiegen auch die noch schmalere Treppe auf das Dach hoch, und sie gab auf und ließ sich von ihm vorwärts ziehen. Irgendwie erschien ihr das einfacher, als sich zu wehren.

Oben angekommen, traten sie in einen Nachmittag mit wechselhaftem Wetter hinaus. Rauch hing dicht über dem Dach, und der Wind trieb große graue Wolken über den Himmel. Marys Stimmung sank weiter. Sogar die Elemente trauerten mit ihr.

„Sagen Sie mir, was nicht in Ordnung ist.“ Mr. Brindley klang überhaupt nicht mehr mitfühlend. Tatsächlich klang er sogar ziemlich ungeduldig.

Sie wand sich aus seinem Griff. Die unzähligen Schornsteine und Rauchabzüge ragten überall in bizarren Formen auf und verliehen dem Dach durch die Rauchwolken das unheilvolle Aussehen einer Vulkanlandschaft. Zwischen ihnen hindurch suchte sie sich ihren Weg zu der Mauer, die das Dach umgab, zu der Stelle, an der sie über das Land der Fairchilds geblickt hatte und ihr klar geworden war, dass Sebastian in seinen Hass auf die Fairchilds niemals nachlassen würde. Sie hätte wissen müssen, dass es hoffnungslos war. Sie hätte davon nicht so überrascht sein sollen, als er sie des Mordes anklagte.

Mr. Brindley war ihr gefolgt und sprach wieder zu ihr, seine Stimme rau und unerwarteterweise mit dem deutlich hörbaren Akzent der unteren Klassen. „Sie sagen mir jetzt, was zwischen Ihnen und Ihrem Ehemann vorgefallen ist, Madam, dass er so außer sich vor Wut davongestürmt ist."

Ihre Finger miteinander verflechtend, suchte sie fieberhaft nach den richtigen Worten. „Ehrlich, Mr. Brindley, so sehr ich auch Ihre Freundlichkeit schätze, das, was zwischen mir und meinem Mann geschehen ist, geht Sie nichts an."

„Ich denke, er war so wütend, weil Sie sich geweigert haben, ihm das Tagebuch zu geben", erklärte Mr. Brindley kühl.

„Jetzt ist es dir gelungen, dich vollkommen zum Narren zu machen."

Sebastian stand stumm vor ihr, den Blick gesenkt, die Hände hinter dem Rücken verschränkt. Er hatte mit dem Gefühl zu kämpfen, wieder ein Junge zu sein und Lady Valéry enttäuscht zu haben. Er war jetzt ein erwachsener Mann, und sie sollte ihn wirklich nicht mehr so einschüchtern können.

Wenn ihr das nur jemand sagen würde!

„Deine Frau kam zu mir und hat mir eine unglaubliche Geschichte davon erzählt, dass sie mein Tagebuch ohne die geringsten Schwierigkeiten an sich gebracht hat. Und du hast sie dafür des Mordes beschuldigt."

Das war nur die halbe Wahrheit. „Sie wollte ihr Vermögen einfach den Fairchilds überschreiben."

„Ganz recht, Sebastian, ihr Vermögen." Lady Valéry saß in ihrem Sessel und zeigte mit dem Ende ihres Stockes auf ihn. *„Ihr* Vermögen. *Und du hast sie des Mordes beschuldigt."*

„Nun, ich habe sie schließlich gesehen", brachte er zu seiner Verteidigung vor.

„Hast sie wobei gesehen?"

„Nach dem Mord." In dem gedämpften Licht des Stallhofes waren die Blut- und Schmutzflecken nicht voneinander zu unterscheiden gewesen, und er hatte sich nichts dabei gedacht, außer, dass das Mädchen – eine Fairchild – von einem nächtlichen Stelldichein mit ihrem Liebhaber heimkäme. Er hatte sie scharf angefahren und war danach seiner Wege gegangen. „Mir wurde erst klar, dass sie es getan haben musste, als man seinen verscharrten Leichnam ein paar Tage später entdeckte."

Lady Valéry verschwendete daran keinen weiteren Gedanken, das war deutlich zu sehen. „Gibt dir das etwa das Recht, ihre Schuldgefühle deswegen als Waffe gegen sie einzusetzen? Sie hat jedes bisschen Freude aus ihrem Leben verbannt als Strafe für diesen Mord. Wen hat sie denn umgebracht? Ich frage dich, wen hat sie umgebracht?"

Er hätte es vorgezogen, ihr die Antwort darauf schuldig bleiben zu dürfen, aber ihr flammender Blick zwang ihn dazu, kleinlaut zu sagen. „Besseborough."

„Besseborough." Der Name kam wie ein Fluch von ihren

Lippen. „Der berüchtigste Kinderschänder in ganz England. Himmel, ich weiß von jungen Adeligen, die er in seine Finger bekommen und missbraucht hat und die Mary heute liebend gerne eine Medaille dafür verleihen würden, dass sie Besseborough getötet hat.“

„Das ist mir doch klar!“ Selbstverständlich hatte er das von Besseborough gewusst.

„Und warum hat sie ihn umgebracht?“

„Weiß ich nicht.“ Sebastian gab sich redlich Mühe, nicht allzu offensichtlich zu schmollen, hatte jedoch das starke Gefühl, dass seine Unterlippe schon etwas vorgeschoben war.

„Sie hatte einen Bruder, der zu der Zeit neun Jahre alt war. Rate mal.“

Sebastian hatte schon vor zehn Jahren richtig geraten und zuckte erneut bei dem Gedanken daran, was der widerliche Earl Hadden damals angetan haben mochte. Tief im Herzen wollte er Mary für ihre Tat Beifall klatschen. Es war nur, dass sie ...

„Sie hat dir Angst eingejagt, nicht wahr?“ verlangte Lady Valéry zu wissen. „In Wahrheit wolltest du deine dumme Rache für sie aufgeben, und das hat dir einen Mordsschrecken versetzt.“

„Ich hatte keine Angst.“ Verdammt, jetzt klang er auch schon wie ein Kind. „Sie hat mir keine Angst eingejagt. Ich habe nur gedacht, sie sollte sich entscheiden zwischen ...“

„Das hat sie mir erzählt. Was für ein Esel du bist, Sebastian. Du willst, dass deine Frau mitfühlend, loyal und ehrenhaft ist, aber sobald sie diese Eigenschaften zeigt, machst du ihr deswegen Vorwürfe. Wenn sie sich bedenkenlos von ihrer Familie abgewendet hätte, wärest du mit Sicherheit auch nicht glücklich, denn dann müsstest du dich ständig während der nächsten fünfzig Jahre fragen, wann sie mit dir genauso verfährt.“

Lady Valéry hatte Recht. Er hasste es, aber sie hatte Recht. „Vielleicht."

„Warst du verstimmt, weil es ihr gelungen ist, nachdem du hier überall vergebens herumgeschnüffelt hast, das Tagebuch zu erhalten, ohne auch nur danach suchen zu müssen?"

„Nein!"

Lady Valéry schaute ihn unverwandt an.

„Sicher nicht."

Sie schaute ihn weiter an.

„Ich war nicht verstimmt, weil sie das Tagebuch bekommen hat." Wenigstens nicht sehr. „Ich war verstimmt, weil ich wollte, dass sie mich will. Ich wollte, dass sie ..." Er zögerte. Wie hieß das Wort, das er suchte?

„Dich liebt." Lady Valéry schüttelte den Kopf. „Sebastian. Sebastian. Was soll ich nur mit dir tun? Natürlich liebt sie dich. Wenn sie das nicht täte, glaubst du, dann hätte eine Frau von solcher Rechtschaffenheit und unerschütterlicher Tugend einen Mann wie *dich* genommen?"

Ein kleiner Hoffnungsfunke glomm in seiner Seele auf. „Wirklich?"

„Wirklich. Und ich nehme doch sehr an, sie wüsste gerne, dass du sie auch liebst."

„Liebe ich sie denn?"

Lady Valéry lachte scheppernd. „Tust du es denn nicht?"

Er rieb sich mit der Hand über seinen Mund. „Ich weiß nicht, ich habe niemals ... Auf der anderen Seite habe ich so etwas wie jetzt noch nie verspürt ... Es ist, als ob ..."

„Dann wäre das also geklärt." Nachdem sie am Ende ihrer Standpauke angekommen war, schenkte Lady Valéry ihm ein liebenswürdiges Lächeln. „Gut. Komm her, gib mir einen Kuss, und dann ab mit dir! Such Mary und sag ihr, dass du sie liebst."

Mary fuhr herum und starrte Mr. Brindley an, während der langsam näher kam. „Das Tagebuch? Was wissen Sie denn davon?"

„Ich weiß, dass ich hierher kam, um es zu kaufen. Lord Smithwick sagte mir, Lady Smithwick wolle es Ihnen geben, als er versuchte, mich abzuwimmeln." Rauch hüllte Mr. Brindley ein. Wie ein Dämon in der Hölle wedelte er ihn fort, und der Rauch gehorchte. „Und ich bin nicht bereit, ohne dieses Buch abzureisen."

„Sie möchten das Tagebuch haben?" fragte sie einfältigerweise nach. Er war einer dieser Leute, von denen Sebastian so abschätzig sprach. Sie musterte Mr. Brindley eindringlich. Erkannte sie ihn überhaupt wieder? Das hier war nicht das freundliche Antlitz, das sie unweigerlich mit ihm verband. Dieser Mann hatte einen harten Glanz in seinen Augen. Seine Fäuste waren groß und kräftig, und er hielt sie, als wollte er sie schlagen.

Sie sah sich um. Es gab nichts, mit dem sie sich hätte verteidigen können. Keine Regenschirmständer, keine silbernen Tablettdeckel. Sie wich zurück, stieß gegen die Mauer und versuchte, die Ecken zu meiden, die durch Überhänge der äußeren Mauer entstanden waren. „Ich habe das Tagebuch nicht."

„Davon möchte ich mich selber überzeugen."

„Wie bitte?"

„Geben Sie mir die Tasche, die Sie da so umklammern."

Sie schüttelte abwehrend den Kopf. „Ich habe das Tagebuch nicht mehr."

Er machte plötzlich einen Schritt nach vorne und ragte bedrohlich vor ihr auf. Er griff nach ihr, und sie überließ ihm hastig ihre Tasche. „Sehen Sie? Ich habe es nicht ..."

Ein in schwarzes Leder gebundenes Buch polterte auf den Boden.

Sie schnappte nach Luft. „Aber das ist gar nicht das Tagebuch!“

Er bückte sich und hob es auf. „Was wollen wir wetten?“ höhnte er.

„Sie verstehen nicht!“

„Nein, Madam, Sie verstehen nicht.“ Er wedelte ihr mit dem Buch vor dem Gesicht herum. „Das hier ist jetzt meins, und es gibt nichts ...“

Eine Gestalt tauchte kurz in dem Rauch und dem Nebel auf. Mary schnappte überrascht nach Luft. Mr. Brindley drehte sich halb um. Die Gestalt entpuppte sich als Sebastian.

Mary hörte den dumpfen Aufprall, als die beiden Männer gegen die Mauer stießen. Während sie über das Dach rollten, verlor Mr. Brindley seine Perücke, die wie einer dieser grausigen, vom dazugehörigen Körper von der französischen Guillotine abgetrennten Köpfe davonkullerte. Dann landete einer von beiden einen Treffer.

Sebastian. Sebastian hatte zuerst getroffen. Das Buch flog Mr. Brindley aus der Hand. Mary bekam es zu fassen, bevor es über die niedrige Dachumrandung die drei Stockwerke hinab auf den Boden fallen konnte.

Die Männer kamen wild um sich schlagend näher. Sie beeilte sich, ihnen aus dem Weg zu gehen.

Sebastian war jünger. Mr. Brindley war größer, und er war offensichtlich auf den Straßen aufgewachsen. Aber auch Sebastian hatte in seiner Zeit in den Londoner Elendsvierteln einiges gelernt. Zusammen führten sie einen brutalen Tanz auf, tretend, schlagend, stöhnend bei jedem kraftvollen Hieb.

Mr. Brindley nutzte seine längeren Arme, Sebastian festzuhalten, rang mit ihm und nahm ihn dann schließlich in den Schwitzkasten. Sebastian stieß ihm seinen Ellbogen gezielt in die

Rippen, und als Brindley aufkeuchte, gelang es ihm, sich zu befreien. Brindley kam taumelnd auf seine Füße und holte zu einem Tritt in Sebastians Magen aus. Aber Sebastian bekam ihn am Fuß zu fassen und riss daran, so dass Brindley wie ein gefällter Baum zu Boden ging. Er schlug sich dabei den Kopf an einem der Kamine an, und der Kampf endete so plötzlich, wie er begonnen hatte.

Sebastian stand blutend und nach Luft ringend da. „Ergib dich, du Verräter."

Sich gegen die Ziegel stützend, zog sich Mr. Brindley auf die Füße. Er tastete in seinem Rock nach etwas – seinem Taschentuch, dachte Mary.

Sebastian rief laut „Nein!" und wollte sich auf Mr. Brindley werfen.

Zu spät. Mr. Brindley hielt schon eine Pistole in seiner Hand, die schwarze Mündung auf Sebastian gerichtet.

Sebastian kam schlitternd zum Stehen. „Sie wollen das doch gar nicht wirklich tun."

Aus seiner anderen Tasche holte Mr. Brindely eine weitere Pistole hervor. „Sag mir nicht, was ich will, Junge. Ich bin auf die harte Tour groß geworden, und ich habe immer gewusst, was ich will." Ohne seine Perücke und mit seinem blutenden, zerkratzten Gesicht sah Mr. Brindley wie der entsprungene Insasse einer Irrenanstalt aus. „Die ganze Regierung ist durch und durch korrupt, nichts weiter als ein Haufen Aristokraten, die eine Revolution verdienen. Wir werden tun, was die Franzosen mit ihrem hochwohlgeborenen Adelsstand getan haben. Dann wird sich schon herausstellen, wer am Ende oben an der Spitze steht."

Mary kam wieder Aggass' Äußerung über Brindley in den Sinn. *Ihn zu einer Gesellschaft einzuladen, ist jedenfalls besser, als sich in London auf dunkler Straße seinen gedungenen Mordbuben gegenüberzufinden.* Zu dem Zeitpunkt hatte sie das als Unsinn abgetan. Jetzt aber, während sie ihn beobachtete, sah, wie er die Pistolen fest auf sie gerichtet hielt, hörte, wie er die Schrecken der französischen Revolution lobte, erkannte sie, dass es der Wahrheit entsprach. Der Mann war vollkommen skrupellos.

„Ich habe Pläne für dieses Tagebuch, und ich würde nicht zögern, wenn nötig, sogar dafür zu töten." Er wedelte mit einer Pistole in Marys Richtung. „Du hast es. Du liebst ihn. Gib es mir."

„Brindley, *denken* Sie doch nur einmal darüber nach. Sie sind hier auf dem Dach", sagte Sebastian. „Sie können unmöglich hoffen, unbehelligt zu entkommen."

Mr. Brindley grinste. Seine Lippe war aufgeplatzt, und Blut färbte seine Zähne rot. „Ich werde euch beide hier oben aussperren. Ihr könnt gegen die Tür schlagen. Ihr könnt so laut rufen, wie ihr wollt. Die Diener kommen nicht vor heute Nacht in ihre Zimmer. Niemand wird euch unten hören. Ich werde lange fort sein, bevor ihr befreit werdet."

Die ersten Regentropfen fielen, und Mary betrachtete geistesabwesend, wie sie auf dem Boden zerplatzten. Sie glaubte Mr. Brindley nicht. Eine Revolution ließ sich nicht an einem Tag in Gang setzen; er brauchte Zeit, das Tagebuch zu veröffentlichen und Unruhe zu stiften. Sebastian und sie konnten ihn als Urheber der Revolte entlarven. Sie hier einfach zurückzulassen, würde ihn nicht vor dem Gesetz retten. Er musste sie umbringen.

Mary warf Sebastian einen Blick zu. Er wusste das auch. Er machte sich bereit zu springen. Machte sich bereit, von einer Kugel getötet zu werden.

Ohne zu überlegen, hielt Mary das Buch hoch. „Sehen Sie!"

Brindley war schon drauf und dran, es sich zu holen. Sebastian war schon drauf und dran, ihn anzugreifen. Seine Pistole noch entschlossener auf Sebastian richtend, streckte Brindley auffordernd seine Hand aus. „Bring es her."

„Mary, nein!" rief Sebastian.

„Sag ihr nicht, was sie tun soll" verlangte Brindley. „Sie ist ein kluges Kind. Sie wird die richtige Wahl treffen."

„Ja, das werde ich." Mary streckte ihre Hand aus und hielt das Buch über den Abgrund jenseits der Mauer. „Und wenn Sie auf Sebastian schießen, lasse ich es fallen."

Von dieser Drohung beunruhigt, sprang Brindley zu ihr. „Nein, nicht!"

Sebastian begann, auf ihn zuzugehen.

Brindley richtete seine Aufmerksamkeit wieder auf ihn und zielte genauer. „Das gilt auch für dich, Junge."

„Es beginnt zu regnen." Mary wich an der Mauer entlang zurück, sorgsam darauf bedacht, außer Reichweite zu bleiben. „Wenn ich es jetzt fallen lasse, könnte es gut und gerne, bis Sie es an sich bringen, vollkommen durchweicht sein. Unbrauchbar, wertlos. Die Tinte bis zur Unleserlichkeit verlaufen."

Ein fanatischer Ausdruck verhärtete Brindleys Züge. „Sei ein gutes Kind, und gib es mir."

„Ich werde nicht zulassen, dass Sie Sebastian erschießen."

„Na gut." Er bewegte die Hand mit der Pistole auf sie zu, bis die Mündung auf sie zielte, und sie bemerkte die Anspannung in seinem Gesicht. „Dann erschieße ich eben dich."

24. KAPITEL

Wilda stand in der Mitte des kreisrunden Gartens an dem Springbrunnen. Ein dünner Schleier bedeckte ihren Kopf. Er ließ zwar ihre Züge verschwimmen, aber ihr goldblondes Fairchild-Haar schimmerte deutlich darunter hervor.

Von der Stelle im Gebüsch aus, in dem Ian sich verbarg, sah sie aus, so fand er, wie eine angepflockte Ziege, mit der man die Raubtiere anlocken wollte. Der erpresserische Hanswurst sollte sich besser bald hier blicken lassen, oder Wilda würde die Nerven verlieren und fliehen.

„Ian." Ihre Stimme zitterte, während sie ihn rief. „Wie lange muss ich noch hier draußen stehen?"

„Nicht mehr lange." Hoffte er wenigstens. „Er ist ohnehin schon spät dran."

Aus den Zweigen der Weide, die über den Springbrunnen ragten, sagte Hadden: „Hab noch etwas Geduld, Wilda."

„Aber es fängt an zu regnen." Man hätte meinen können, Wilda sei an einer Lungenentzündung erkrankt, so pathetisch klang sie.

„Du wirst dich schon nicht auflösen, keine Angst", versuchte Ian sie zu beruhigen. „Und jetzt sei bitte still, ja? Schließlich sollst du alleine hier sein."

„Ich kaufe dir auch ein neues Paar Handschuhe, wenn du nur noch ein bisschen Geduld hast", versprach Hadden.

Sie knetete ihre Finger, während sie überlegte. „Ich möchte auch noch ein Paar Seidenstrümpfe", verkündete sie endlich.

„Himmel, Wilda, du bist wirklich ...", setzte Ian an.

„Du bekommst sie", sagte Hadden in dem Tonfall, den er einsetzte, um ein störrisches Pferd zu besänftigen.

Sie schnitt Ian eine Grimasse, was er ihr – ungesehen – ebenso vergalt.

Das Warten begann, an ihren Nerven zu zehren.

Dann erklang ein dünner tonloser Pfiff über dem Wind, und Wilda versteifte sich. „Versuch bitte, ruhig zu sein", flüsterte Ian. „Vergiss nicht, deinen Kopf gesenkt zu halten und lass ihn vor allen Dingen nicht in dein Gesicht sehen, bis er unter dem Baum steht."

Sie nickte.

Als er um die Kurve des Gartenwegs zu dem Springbrunnen kam, dachte Ian, dass er den Mann kannte. Ein Diener der zu Besuch weilenden Gäste – wohl ein Kammerdiener, von seiner Kleidung und Haltung her. Er schritt lässig, sich von Zeit zu Zeit nach allen Seiten umsehend, doch als sein Blick auf Wilda fiel, sah er nicht wieder fort, sondern betrachtete sie immer eindringlicher. Sie stand halb abgewandt, aber sie zitterte sichtlich, und Ian hoffte darauf, dass der Schurke von seinem Opfer erwartete, verängstigt zu sein.

„Lady Whitfield. Ich wusste, Sie würden kommen." Der Mann weidete sich an ihrer offensichtlichen Furcht, der Schimmer, der ihn umgab, unheilvoll düster. „Haben Sie das Geld?"

Er streckte seine Hand aus und drehte sie zu sich herum, und sie zog zur gleichen Zeit den Schleier von ihrem Gesicht. Erschrocken fuhr er zurück. „Verdammt! Ihre Augen!"

Als er sich umwandte, um zu fliehen, ließ sich Hadden aus dem Baum auf ihn fallen und stieß ihn zu Boden. Er begann sich zu wehren, aber Hadden schlug ihn einfach mit einem gezielten Schlag gegen das Kinn bewusstlos.

Ian kam aus der Hecke gekrochen, die Stricke in der Hand. Wilda sprang aufgeregt quietschend auf und ab. Als Hadden ihn an Händen und Füßen gebunden hatte, begann der Kammerdiener sich zu regen, gegen seine Fesseln zu kämpfen, zunächst schwächer, aber dann immer heftiger.

„Lasst mich los", murmelte der Gefesselte, erst leise, dann lauter. „Was tut ihr da? Lasst mich los!"

„Du wirst jetzt für deine Sünden bezahlen müssen." Hadden zog die Knoten etwas fester zu. „Was dir hier widerfährt, ist Gerechtigkeit, sei versichert."

„Ich weiß gar nicht, wovon ihr sprecht. Ich habe kein Unrecht begangen."

Der Kammerdiener klang so aufrichtig, dass Wilda nicht mehr quietschte und zuzuhören begann. „Solltet ihr ihn nicht wirklich wieder gehen lassen?" fragte sie schüchtern.

Hadden blickte auf, und Ian bemerkte erschrocken, wie sehr sich sein Cousin verändert hatte. Alle Freundlichkeit war aus seinen Zügen gewichen, ersetzt durch Wut und Abscheu. „Ich verspreche dir, Wilda, er ist ein durch und durch schlechter Mann."

„Ich weiß gar nicht, wovon ihr sprecht!" wiederholte der Kammerdiener.

Hadden blickte zu ihm hinab. „Doch, das tust du. Weißt du, ich erkenne dich wieder."

Der Kammerdiener wurde ganz still und starrte zu Hadden hinauf.

„Aber du erkennst mich nicht, oder?" Hadden lächelte ein so unerbittliches Lächeln, bei dessen Anblick sogar Ian innerlich zusammenzuckte. „Das letzte Mal, als du mich gesehen hast, war ich neun Jahre alt, und du hattest gerade deinen Herrn in mein Schlafzimmer gelassen."

Alle Farbe wich aus dem Gesicht des Kammerdieners.

„Ich sehe, du erinnerst dich wieder." Hadden nickte. „Ich bin froh darüber. Ich fände es schrecklich, annehmen zu müssen, nur eine in einer langen Reihen von schlechten Taten gewesen zu sein, die du begangen hast." Er zerrte seinen Gefangenen an den Handfesseln hoch. „Jetzt bekommst du einen Vorgeschmack darauf, wie du in Zukunft behandelt werden wirst. Mein neuer Schwager besitzt viele Handelsschiffe, weißt du, und für dich steht ein Platz auf einem davon als neues Mannschaftsmitglied bereit."

„Nein." Der Kammerdiener versuchte, sich auf seine Knie fallen zu lassen, aber Hadden riss ihn wieder in die Höhe. „Ich flehe dich an."

„Es wird ein neuer Anfang für dich werden." Hadden gab Ian ein Zeichen, und der packte die Füße des Dieners. Hadden nahm ihn an den Schultern, und gemeinsam bewegten sie sich auf die wartende Kutsche zu. „Wer weiß? Vielleicht findest du in dreißig Jahren oder so am Seemannsleben sogar Gefallen."

Mit einem ohrenbetäubenden Knall löste sich aus der Pistole ein Schuss. Mary sprang zur Seite, aber nicht schnell genug. Schmerz explodierte in ihrer Seite. Während sie fiel, erklang ein anderer Lärm, ebenso laut, aber eher einer menschlichen Kehle entstammend. Jemand brüllte. Sebastian brachte Brindley zu Fall, so wie ein Wolf über eine Ratte herfällt, und Mary wusste, dass Brindley diesmal keine Chance hatte. Sie hatte Sebastians Gesichtsausdruck gesehen, als Brindley abgefeuert hatte. Sie nahm an, auch Brindley hatte das gesehen. Es war das Ende jeder Hoffnung für Brindley, für seine ganze Sache.

Das Gesicht zu einer schmerzhaften Maske verzogen, betastete sie ihre Seite. Es brannte wie Feuer, und als sie ihre Hand wieder vor ihr Gesicht hielt, bemerkte sie Blut. Blut an ihren Fingern. Genau wie das letzte Mal. Genau wie damals, als sie Besseborough umgebracht hatte.

Schwarze Punkte erschienen vor ihren Augen und verschwammen.

Als sie wieder zu sich kam, fiel ihr Blick auf Sebastian, der über einem am Boden liegenden Mr. Brindley stand. Er umklammerte die noch nicht abgefeuerte Pistole mit seiner Hand.

Er wollte Brindley erschießen. Das konnte sie nicht zulassen. „Nein." Mary versuchte zu rufen, aber ihr gelang nur ein Wimmern.

Sebastian fuhr augenblicklich zu ihr herum. „Mary? Geht es dir ..."

„Mit geht es ausgezeichnet." Eine schamlose Übertreibung, aber unter Berücksichtigung der Umstände sicher verzeihlich.

Brindley bewegte sich unruhig. „Siehst du? Sie ist nicht tot. Ich habe gar nicht auf ihr Herz gezielt."

Mary wusste, dass das ein Lüge war. Sie hatte sich selbst gerettet, indem sie zur Seite gesprungen war.

„Brindley, Sie haben auf meine Frau geschossen." Sebastians Stimme war eiskalt, sein Vorhaben eindeutig. „Und dafür werden Sie mit dem Leben bezahlen."

„Nein." Diesmal, das wusste Mary, hatte ihre Stimme kräftiger geklungen.

„Um der Liebe Gottes willen, Sebastian, erschieß ihn nicht. Bring ihn nicht um."

Sebastian schenkte ihr keinerlei Beachtung. Sie hätte glauben können, dass er sie vielleicht gar nicht gehört hatte, wenn sie nicht bemerkt hätte, wie sein Kinn sich vorschob.

Mary hätte am liebsten vor Enttäuschung geweint. Langsam, den Schmerz verdrängend, richtete sie sich auf. „Du willst doch nicht wirklich dein Gewissen damit belasten. Sebastian, bitte, um meinetwillen. Ich bitte dich."

„Hör auf sie." Brindley stieß sich mit den Füßen vom Boden

ab und rutschte auf seinem Hintern zurück. „Sie hat Recht. Du willst mich gar nicht auf dem Gewissen haben."

„Zur Hölle mit meinem Gewissen!" erklärte Sebastian.

„Er ist es nicht wert." Mary lehnte sich gegen die Mauer. „Er wird England ohnehin verlassen müssen, oder er läuft Gefahr, in den Kerker geworfen zu werden. Ist das nicht Strafe genug?"

„Ich dachte, er hätte dich umgebracht." Sebastians Stimme brach.

„Mir geht es gut", behauptete sie, obwohl ihr jeder Atemzug wehtat; die Kugel musste eine Rippe gestreift haben. Ihre Seite brannte, und sie freute sich ganz gewiss nicht darauf, die Wunde von irgendjemandem säubern und versorgen zu lassen. Genauso wenig wie sie irgendwelche Vorfreude bei dem Gedanken daran verspürte, sich ihre Rippen verbinden zu lassen. Aber sie würde es überleben. „Bitte, Sebastian, vertrau mir. Einen Mann zu töten, auch wenn es jemand ist, der den Tod verdient ..." Sie schüttelte den Kopf, als ihr Tränen in die Augen traten.

Sebastian schaute kurz zu ihr. „Wenn ich ihn gehen lasse, Mary ..."

„Genau, Junge!"

„Dann musst du etwas für mich tun."

„Ich glaub, mich tritt ein Pferd!" entfuhr es Brindley.

„Das hoffe ich doch", erwiderte Sebastian.

Marys Kopf begann sich seltsam leicht anzufühlen. „Einen Gefallen?"

„Du musst mir vergeben."

Mary hätte annehmen können, Sebastian wollte Mr. Brindley nur noch ein wenig auf die Folter spannen, aber er klang ganz aufrichtig. Sie blinzelte, doch ihr bot sich nach wie vor dasselbe Bild. Sebastian stand immer noch über dem am Boden sitzenden Brindley. Er hielt immer noch die Pistole in der Hand. Er sah immer noch aus wie ein Mann, der entschlossen war, seine Rache zu nehmen. „Dir vergeben? Wofür?“

Sein Mund verzog sich zu einem seiner schiefen Lächeln. „Für alles. Dafür, dass ich dich hergebracht habe, dass ich deine Verbindung zu den Fairchilds ausgenutzt habe, dass ich an dir gezweifelt habe, dass ich dich gezwungen habe, mich zu heiraten, dass ich dir versprochen haben, über dein Vermögen frei verfügen zu dürfen und dann mein Wort gebrochen habe.“ Er sah sie aus dem Augenwinkel an. „Dafür, dass ich versucht habe, dich dazu zu bringen, dich zwischen mir und deiner Familie zu entscheiden, und dass ich, als du dich verständlicherweise weigertest, diese Entscheidung zu treffen, das, was ich über deine Vergangenheit wusste, dazu benutzt habe, dich zu verletzen.“

Wie das mit Entschuldigungen oft so war, schien ihr diese irgendwie nicht ganz ausreichend. „Du wirst ihn erschießen, wenn ich dir nicht verzeihe?“

„Mit dem allergrößten Vergnügen.“

„Miss Fairchild, ich war immer nett zu Ihnen. Ich habe Ihnen das Tanzen beigebracht.“ Mr. Brindley plapperte, als hinge sein Leben davon ab, was es in gewisser Weise ja auch tat.

Mary ignorierte ihn. „Aber wenn ich nicht will, dass du ihn erschießt, dann bleibt mir ja gar keine andere Wahl.“

„Beeil dich, Frau, und mach schon“, unterbrach sie Brindley. „Bevor er seine verdammte Meinung ändert.“

„Du hältst die Klappe, verstanden?“ befahl ihm Sebastian. „Die Dame kann sich so viel Zeit lassen, wie sie will.“

Mary hätte am liebsten gelacht, aber ihre Seite tat ihr zu sehr weh. Vom ersten Augenblick ihrer Bekanntschaft mit Sebastian an war er ihr fordernd, grob und ohne sich um die kleinen höflichen Gepflogenheiten zu kümmern, gegenübergetreten. Er wollte, dass alles nach seinem Kopf ging, egal, was es kostete, und wenn er das nicht auf dem rechten Weg erreichen konnte – na gut, der Zweck heiligte bekanntlich die Mittel. Mit ihm verheiratet zu sein, mochte von Zeit zu Zeit schmerzlich sein und sie oft in Wut bringen, aber es würde immer eine echte Herausforderung für eine zur Dame aufgestiegene Haushälterin sein und niemals langweilig. In sittsamstem Tonfall wiederholte sie eine ihrer goldenen Haushälterinnen-Regeln: „Eine Haushälterin billigt niemals eine Schießerei. Es bereitet viel zu viel Mühe, alles nachher wieder sauber zu machen."

„Du bist keine Haushälterin", erklärte Sebastian fest. „Du bist meine Ehefrau."

„Ehefrauen mögen auch keinen Schmutz."

„Heißt das, dass du mir vergibst?" drängte sie Sebastian.

„Ja, ich vergebe."

Sebastian wedelte mit der Pistole in Brindleys Richtung. „Worauf wartest du noch? Mach, dass du fortkommst."

Brindley kroch die ersten paar Meter, ohne Sebastian aus den Augen zu lassen, als ob er damit rechnete, in den Rücken geschossen zu werden. Als Sebastian die Pistole einsteckte, kam Brindley stolpernd auf die Füße und rannte so schnell er konnte zur Tür, die hinter ihm zufiel.

„Denkst du, er hat sie abgeschlossen?" erkundigte sich Mary.

„Das ist mir egal." Sebastian kniete vor ihr. „Du kannst ja immer noch das Schloss knacken. Sag mir die Wahrheit. Wie schwer bist du verletzt?" Ohne ihre Antwort abzuwarten, hob er ihren Arm und untersuchte sorgfältig die Wunde.

Mary zuckte zusammen und wandte den Blick ab, als er sich mit einem Taschentuch das Blut von den Fingern wischte. Sie hatte auch immer noch Blut an ihren Fingern. Es war inzwischen klebrig geworden. „Es ist schwer, Blut abzuwaschen."

Er verstand sie absichtlich falsch. „Zur Hölle mit dem Taschentuch“, sagte er leichthin und rieb ihre Hände. „Du hast eine Fleischwunde. Es hat schon aufgehört zu bluten. Komm, ich trage dich nach unten.“

Sie fiel ihm in den Arm, bevor er sein Vorhaben in die Tat umsetzen konnte. „Noch nicht. Ich wollte sagen ... Ich wollte dich fragen ...“

Er nahm ihre Hand, umschloss sie fest mit seinen beiden und beantwortete die Frage, die sie sich nicht auszusprechen traute. „Ich habe dich sofort erkannt, als ich dich bei Lady Valéry sah.“

Sie stöhnte. Das war ja noch schlimmer als befürchtet. Die Röte, die auf ihrer Haut aufflammte, war beinahe so schmerzhaft wie ihre Verwundung.

„Ich habe niemals vorgehabt, dich mit meinem Wissen zu verletzen.“ Er saß direkt neben ihr, den Rücken gegen die Mauer gelehnt, an ihrer unverletzten Seite.

Mit übertriebener Vorsicht legte er den Arm um sie. „Ich wusste, was Besseborough war. Als ich von seiner Ermordung erfuhr, als ich erfuhr, dass die Gouvernante, die fortgelaufen war, einen kleinen Bruder hatte, war mir klar, warum du ihn umgebracht haben musstest.“

„Ich dachte, er käme in das Kinderzimmer, um mich zu sehen.“ Sie konnte nur mit Mühe sprechen, so sehr war sie wieder in ihrem Elend von damals gefangen. „Ich war so verzweifelt, die Kinder, die mir anvertraut waren, benahmen sich so schrecklich, dass ich bereit war, jeden Fluchtweg, der sich mir bot, anzunehmen. Und ich dachte, Besseborough wäre der Prinz, der gekommen wäre, mich zu retten, der Prinz, den mir Papa immer versprochen hatte. Ich habe mit ihm geflirtet, und er ist darauf eingegangen.“

„Du musst mir das nicht alles erzählen." Er drückte sie etwas fester an sich. „Ich verstehe das doch wirklich."

Sie hörte kaum, was er sagte. „Eines Nachts, nachdem ich die Kinder ins Bett gebracht hatte und sie endlich eingeschlafen waren, kam ich in unser Zimmer zurück und fand ihn ... Er hatte seine Hosen schon heruntergelassen und versuchte, Hadden zu ... Ich war so wütend. Oh, ich war so wütend. Ich dachte ... Ich weiß gar nicht genau, was ich dachte. Ich habe einfach einen Schürhaken genommen und Besseborough den Schädel damit eingeschlagen." Die Szene stand ihr wieder deutlich vor Augen, als wäre es gestern erst geschehen, sie konnte wieder Haddens Schreie hören und den Tod riechen.

„Der Schuft ist geradewegs zur Hölle gefahren." Sebastian schob ihr einen Arm unter die Knie, einen um ihren Rücken und hob sie auf seinen Schoß.

Ein stechender Schmerz durchschoss sie, aber ob er von ihrer Verletzung oder von ihren Erinnerungen herrührte, konnte sie nicht sagen. Er zog sie tröstend an seine Brust, hielt sie so sicher, als wollte er sie mit seinem Körper beschützen.

Aber die Erinnerungen drangen unaufhörlich weiter auf sie ein. „Ich musste Besseborough anfassen, ihn von meinem kleinen Bruder herunterziehen, Hadden trösten. Er war so schwer, ich konnte ihn unmöglich allein fortschaffen, also musste Hadden mir helfen. Ich hatte keine andere Wahl. Ich schwöre dir, ich hatte keine andere Wahl."

„Ich glaube dir doch", sagte er sanft.

„Wir haben den Leichnam in einen Läufer gewickelt, haben ihn die Treppe hinabgeschleppt und nach draußen, um ihn irgendwo zu verscharren. Es hat Stunden gedauert, und die ganze Zeit mussten wir immer wieder über die Schulter schauen, ob jemand käme. Wir hatten uns getrennt, um leichter ungesehen ins Haus zurückschleichen zu können, als du mich gesehen hast." Sie erschauerte immer wieder. „Ich wusste immer, dass ich es verdiente zu hängen."

„Du bist rechtzeitig gekommen", erklärte er sachlich. „Du hast Hadden gerettet."

Er klang aufrichtig. Sie starrte ihn an. Er schien gar nicht abgestoßen zu sein. Atemlos, ohne die Augen von seinem Gesicht zu nehmen, vertraute sie ihm an: „Jemand versucht, mich zu erpressen."

Er strich ihr liebevoll das Haar aus dem Gesicht. „Ich werde mich darum kümmern, Mary. Ich werde für *dich* sorgen."

Überwältigt von Erleichterung und dem Gefühl, dass ihr verziehen worden war, presste sie das Gesicht an seine Brust, umklammerte mit ihren Händen seine Weste und begann, leise in sein Hemd zu weinen. Er sagte nichts, ließ sie einfach gewähren, hielt sie fest, streichelte sie zärtlich, wiegte sie sanft hin und her.

Schließlich, als das heftige Schluchzen abebbte, sagte er: „Als ich hörte, dass die Obrigkeit nach der Gouvernante suchte, weil man sie des Verbrechens verdächtigte, ging ich zu ihnen und erzählte ihnen, ich hätte in jener Nacht jemanden in den Ställen gesehen."

Sie versteifte sich in seinen Armen.

„Ich erzählte ihnen, ich hätte einen kräftigen jungen Mann mit einer Narbe im Gesicht gesehen, der einen schweren Sack hinter sich herzog. Ich sagte, ich hätte ihn angesprochen und er wäre mir verstockt und ärgerlich erschienen und dass er einen unbekannten Akzent gehabt hätte. Ich sagte, mir wäre jetzt erst aufgefallen, dass die Spuren auf seiner Kleidung nicht, wie ich ursprünglich angenommen hatte, Schmutzflecken waren, sondern Blutflecken. Ich habe sie dafür ausgelacht, als sie mir sagten, sie suchten nach dir. Machte mich darüber lustig, dass sie allen Ernstes annahmen, eine so zierliche Frau wäre dazu in der Lage, einen Mann von der Größe Besseboroughs umzubringen, aus dem Haus zu schaffen und draußen zu vergraben. Du siehst also, schon damals war ich nicht der Meinung, dass du es verdientest zu hängen."

„Ich ... Wirklich? Das hast du getan?" Sie starrte ihn an, die Augen weit aufgerissen, und es war, als blickte sie in das leicht verkratzte, aber immer noch wunderschöne Angesicht der Liebe. Dieser harte Mann, der so von dem Gedanken an Rache beherrscht worden war, verurteilte sie nicht. Sie sprachen von dem Mord, den sie auf dem Gewissen hatte, und ihm schien mehr daran zu liegen, sie zu trösten als zu verdammen. „Ich war damals so unerfahren und dumm. Impulsiv."

„Du warst Guinevere Fairchild."

„Ja!" Er verstand es. „Wo Guinevere herrscht, folgt das Chaos auf dem Fuße."

„Manchmal ist Chaos gut. Es bringt Veränderung. Guinevere hat ganz gewiss mich verändert. Wo ist dein Taschentuch?"

„Mein ...?" Sie schaute ihn verständnislos an.

„Dein Taschentuch."

Mit vorsichtigen Bewegungen zog sie das Taschentuch hervor.

Er legte seinen Finger unter ihr Kinn, hob ihr Gesicht an und begann ganz zart ihre Tränen fortzuwischen. Ihre Haut war vom Weinen fleckig, und ihr regennasses Haar fiel ihr ins Gesicht. Ihm war, als hätte er noch nie etwas Schöneres gesehen. „Der Teil von dir, den du Guinevere nennst, hat die Führung übernommen an jenem Morgen in deinem Schlafzimmer, und es hat mir außerordentlich gefallen, was dabei herausgekommen ist."

Sie nahm ihm das Taschentuch aus der Hand und putzte sich die Nase. „Es hat dir gefallen, zur Heirat mit mir gezwungen zu werden?" fragte sie ungläubig.

„Ich wäre vielleicht klug genug gewesen, von allein darauf zu kommen, aber es hätte ganz sicher wesentlich länger gedauert, bis ich zugegeben hätte, wie sehr ... wie sehr ...“ Er brachte es nicht so einfach über die Lippen. Doch er holte tief Luft und sagte entschlossen die so lange tief in ihm verschütteten Worte: „Ich liebe dich, Guinevere Mary Fairchild Durant.“

Er hatte erst vor kurzem schon einmal diesen Ausdruck auf dem Gesicht eines Menschen gesehen. Er versuchte, sich daran zu erinnern, bei wem, und dann fiel es ihm ein. Als er mit der Pistole auf Brindley gezielt und erklärt hatte, er würde sein Leben verschonen, wenn Mary ihm vergäbe, da hatte Brindley ihn genauso angesehen. Verängstigt ... und hoffnungsvoll.

Mary sah hoffnungsvoll aus. Sie hoffte, seine Liebeserklärung wäre ernst gemeint, und er entspannte sich ein wenig. Vielleicht hatte Lady Valéry ja doch Recht.

Aber der verängstigte Teil von Mary meldete sich zu Wort. „Du liebst Guinevere nicht. Niemand könnte Guinevere lieben, sie ist wild, ungezügelt und einfältiger, als man es sich vorstellen kann.“

„Sie, *du* warst einfach jung. Junge Menschen sind immer so.“ Er fürchtete, langsam die Geduld mit ihr zu verlieren! Warum konnte sie es nicht einsehen ...? „Guinevere Mary Fairchild, das bist du. Deine unterschiedlichen Charakterzüge machen dich zu der, die du bist. Deine Vergangenheit hat dich zu der gemacht, die du heute bist, die ich liebe – und achte.“

Sie rümpfte die Nase.

„Wirklich, Guinevere Mary, denk doch mal darüber nach. Hast du dich seit jener lange zurückliegenden Nacht jemals versucht gefühlt, einen Menschen umzubringen?“

Sie schien darüber nachzudenken, während sie geistesabwesend die Schornsteine und den daraus emporsteigenden

Rauch betrachtete. Schließlich schaute sie wieder zu ihm. „Nur dich."

Er lachte. Himmel, wie er sie liebte! Sie antwortete ihm aufrichtig und ohne Furcht. Sie verwies ihn immer wieder geschickt auf seinen Platz. Sie holte ihn ins Leben zurück nach so vielen Jahren des Schattendaseins. Er war es ihr schuldig, ihr denselben Gefallen zu tun. „Heute hast du mein Leben gerettet. Brindley hätte mich erschossen, wenn du nicht das verdammte Tagebuch über den Abgrund gehalten hättest."

Ein Schauder rann ihr den Rücken hinab. „Ich weiß."

Er zog seine Jacke vor ihrer Brust zusammen. „Du hast einmal ein Leben genommen, aber heute hast du eines gerettet."

Sie erwog das schweigend. Schließlich legte sie ihren Kopf in den Nacken. „Das stimmt."

„Also kannst du dir endlich selbst verzeihen." Er fragte sie nicht, sondern trug es ihr auf. „Du wirst selber zu der Erkenntnis kommen, dass das Leben deines Liebsten zu retten eine vollkommen ausreichende Wiedergutmachung dafür ist, das Leben eines Monsters zu nehmen."

„Ja." Sie streichelte seine Wange. „Bist du denn mein Liebster?"

„Lady Valéry behauptet das wenigstens."

„Hat sie sonst noch etwas gesagt?"

Er verzog bei der Erinnerung an Lady Valérys Standpauke das Gesicht. „Nichts Wichtiges. Nur, dass du mich liebst und ich dich liebe, und du weißt ja sicher, dass wir es nicht wagen dürfen, ihr zu widersprechen."

„Nein." Sie reckte sich vorsichtig und küsste ihn sanft auf den Mund, kostete seine Lippen, als ob sie mit Honig gewürzt wären. „Sie hat ja Recht. Dich wirklich bei mir zu haben ist tausend Mal besser als jeder Prinz, den ich mir je erträumen könnte."

Sein Körper erwachte unter ihrer zärtlichen Liebkosung zu neuem Leben – vor allem an bestimmten Stellen –, und sein Herzschlag beschleunigte sich bei ihrem süßen Geständnis. Er wollte sie in ihr Schlafzimmer tragen und ... und einen Arzt rufen lassen, um ihre Wunde zu versorgen. Ihr Gewicht verlagernd, stand er auf und ging mit ihr auf seinen Armen zur Tür. „Eines noch. Du wirst dich nie, hörst du, nie wieder meinetwegen in Gefahr begeben, ja?“

„Er wollte dich doch aber umbringen.“

Er drückte sie fester an sich. „Ich dachte, er *hätte* dich tatsächlich umgebracht, und alles nur wegen dieses idiotischen ...“ Er hielt inne, drehte sich um und suchte mit seinen Augen den Boden ab. „Was ist mit dem Tagebuch geschehen? Wo ist es?“

„Das ... Ach, du meinst das Buch. Ich vermute, es ist irgendwo da unten auf die Erde gefallen.“

Verärgert wegen der Schwierigkeiten, die Brindley gemacht hatte und noch machte, erklärte Sebastian: „Er wird es sich geholt haben. Wenn ich dich erst einmal ins Bett gesteckt habe, werde ich mich an seine Fersen heften.“

Sie lachte schwach. „Lass nur. Er kann es behalten. Das Tagebuch habe ich Lady Valéry schon vor Stunden gegeben.“

Wenn sie nicht verletzt gewesen wäre, hätte er sie jetzt geschüttelt. Stattdessen wandte er sich zur Seite, um mit ihr auf den Armen durch die Tür zu kommen, und verlangte: „Erklär mir das.“

„Nachdem du mich dort oben“ – sie deutete auf die Tür, durch die sie eben getreten waren – „zurückgelassen hattest, bin ich zu Lady Valéry gegangen und habe ihr erzählt, was sich zugetragen hatte.“

„Natürlich.“ Sebastian hatte es nicht gründlich genug durchdacht. „Daher wusste sie es.“

„Sie behielt das Tagebuch und gab mir dafür ein Buch, das ihr einmal ein Liebhaber, der in Indien gewesen war, geschenkt hat."

„Was für ein Buch?" Er hatte da einen Verdacht.

„Hm." Mary wandte ihr Gesicht ab, aber hatte doch flüchtig sehen können, dass sie schamrot geworden war. „Es war illustriert. Lady Valéry schlug vor, ich sollte es mir mal anschauen, und, sollte die Zeit kommen, wo du und ich uns wieder versöhnt hätten, dann könnten wir es als Anregung verwenden."

Sie betraten den Hauptkorridor. „Das *Kamasutra.*"

„Ja, so hieß es, glaube ich."

„Die Frau ist einfach unverbesserlich", murmelte Sebastian.

„Ja, vielleicht, aber es ist ohnehin gleichgültig." Mary bebte vor unterdrücktem Gelächter. „Mr. Brindley hat es jetzt."

Als Lady Valéry ihre Stimmen hörte, riss sie ihre Schlafzimmertür auf und trat in den Flur. Wie erwartet hielt Sebastian Mary, als wäre sie zerbrechlich oder könnte jederzeit wie ein Stück Konfekt in der Sonne dahinschmelzen. Mary hing an seinem Hals, als wäre er ein Engel, der jederzeit seine Flügel ausbreiten und fortfliegen könnte.

Ja, das war Liebe. Sie hatte es oft genug gesehen, um es zu erkennen. Und das bedeutete, dass sie einmal mehr erfolgreich gewesen war. Mit energischen Bewegungen band sie sich die Schleife ihres Hutes unter ihrem Kinn. „Habt ihr beide euch schließlich doch noch wieder versöhnt? Gut, denn ich muss abreisen."

Mary schaute sie benommen an. Langsam nahm sie wahr, wie ungeduldig Lady Valéry war, und ging augenblicklich wieder wie gewohnt dazu über, ihre eigenen Bedürfnisse hinter denen Lady Valérys zurückzustellen. „Was ist denn geschehen, Mylady? Kann ich Ihnen irgendwie behilflich sein?"

„Das halte ich für höchst unwahrscheinlich." Sebastian runzelte drohend die Stirn, während er Lady Valéry anschaute.

„Mary ist angeschossen worden. Sie geht erst einmal nirgendwohin."

„Hölle, Tod und Teufel!" Entsetzt eilte Lady Valéry an Marys Seite. „Was ist geschehen, Kind?"

„Nichts, weshalb Sie sich aufregen müssten, Mylady", unternahm Mary den Versuch, sie zu beruhigen.

Sebastian hatte keine solchen Hemmungen. „Ein enttäuschter Kaufinteressent für das Tagebuch hat versucht, uns beide umzubringen."

Lady Valéry betastete Marys Seite. Sie verfügte über Erfahrung mit Schusswunden, und diese hier war ungefährlich. Dann sah sie Sebastian an. Sein Gesicht wies neue Prellungen auf, aber er schien kräftig genug, das zu überstehen. Sie seufzte erleichtert. „Ein bisschen Blut, doch du machst nicht den Eindruck, sehr darunter zu leiden."

„Mir geht es schon viel besser. Wenn Sie gehen müssen, können wir gerne abreisen", erklärte Mary fest.

„Ich werde darüber entscheiden, wann es dir besser geht." Sebastian festigte seinen Griff um sie. „Und erst dann können wir abreisen." Er warf Lady Valéry einen warnenden Blick zu. „Keinen Augenblick früher."

„Jetzt warte aber mal, Sebastian ...", wollte Mary widersprechen.

Sebastian ging schon weiter in Richtung ihres gemeinsamen Schlafzimmers „Jetzt warte aber mal, Mary", machte er sie nach.

„Du kannst nicht in allem und jedem deinen Kopf durchsetzen!"

Marys Stimme wurde immer leiser, während sie den Flur hinabgingen, und Lady Valéry schnaubte, als sie Sebastians leises Lachen hörte.

Mary war geschlagen. Sie wusste es nur noch nicht. Und der

Art und Weise nach zu urteilen, in der er sie anschaute, würde sie es vermutlich auch wenigstens in den nächsten fünfzig Jahren nicht merken.

„Georgette." Ein erhitzter, verzweifelter, vollkommen erregter Burgess stand in der Tür zu ihrem Schlafzimmer und winkte sie zu sich. „Komm doch bitte zurück, Georgette. Ich habe hier etwas für dich."

Sie musterte ihn nachdenklich. Er war jünger als die anderen. Leichter zu erziehen. Besaß viel versprechende Möglichkeiten ... „Na gut." Sie band die Schleife ihres Hutes wieder auf und entfernte ihn mit gnädiger Miene. „Aber gib dir diesmal Mühe mitzuhalten, verstanden?"

– ENDE –

Lisa Kleypas

Entführung nach
St. Petersburg

Wie durch ein Wunder gelingt Anastasia Kapterewa, russische Prinzessin unter Mordverdacht, die Flucht aus einem St. Petersburger Gefängnis. Wie soll sie nur ihre Unschuld beweisen, wo sie sich nicht an die Vorgänge, die zu Michails Ermordung führten, erinnert? In England, als Gouvernante der kleinen Emma, wähnt sie sich zunächst in Sicherheit. Und glücklich erkennt sie, dass Emmas Vater, der verwitwete Marquess of Stokehurst, ihr zärtliche Gefühle entgegenbringt. In einem kleinen Cottage gestehen sie sich ihre Liebe. Doch die Freude ist nur von kurzer Dauer, denn wenige Tage später wird Anastasia von dem Bruder des Ermordeten zurück nach St. Petersburg entführt. Diesmal soll es kein Entrinnen geben ...

Band-Nr. 25032
6,95 €
ISBN 3-89941-041-6

MIRA®

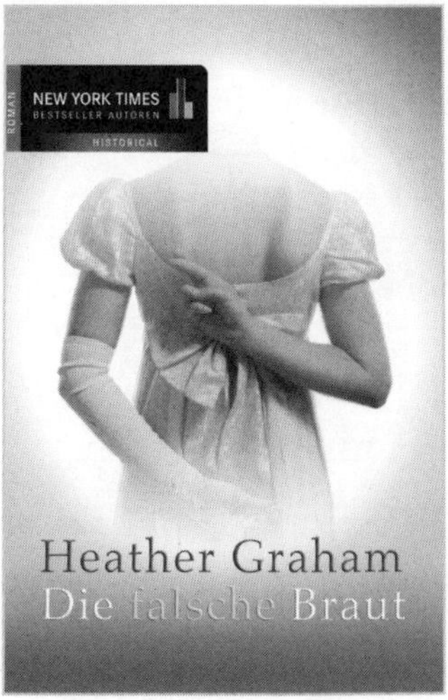

Heather Graham

Die falsche Braut

Band-Nr. 25022
6,95 €
ISBN 3-89941-022-X

Connie Mason

Haremsnächte

Band-Nr. 25023
6,95 €
ISBN 3-89941-023-8

Susan Wiggs

Die Reise ins Paradies

Band-Nr. 25010
5,95 €
ISBN 3-89941-010-6

Candace Camp

Die geheimnisvolle Mitgift

Band-Nr. 25011
5,95 €
ISBN 3-89941-011-4